黄永玉题写文集书名

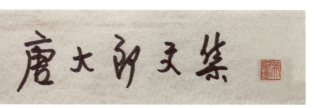

吴承惠题写文集书名

黄永玉绘画《戊戌中秋读大郎忆樊川诗文》

1948年4月10日和龚之方摄于浙江南北湖

唐大郎夫妇20世纪60年代初在上海豫园合影

承惠兄：

迭奉无函欣悉，我们素生向不认识，一向上有所之嫌，它始终是
十口以内，所云有两逃。我给你的写着一多话，只是想记事话的空题，
当然特例高。而出版社无论如何人有意见，绝对没美产。我
绝不会怎绝，不千万千万不要候之心上。保全身体要紧。
近半年我也扎过医院，因身子太胖有血压病，即已厄医住了我的胸膛，
一天又五通脉文上拍片（透视又送），大概的发现你爷爷去世之会，但还你一点，
波的心意很深厚，每得夫子喜欢到这了。我早来生病一次，几天我们的
身体在未恢复会的情况局我们得抖个时间来看你。胡孝光也已经又五通
一回报。况十二、胡风和郑兄夫妇几了一起很兴旺。死了大约七十二之。这掌他了个
上半五年低个精间。叶门

庞三月十六日

自寿

任经浪后没么，天趣撄才两不磨。
时向性灵搜妙语，偶於沉醉放狂歌。
鬓华散尽声华绝，俊士门生日正多。
七十还同童子气，自言来日正长么。
（承惠我作此情歌）

家居一首答友人作

雨山夕照未全收，饭熟茶香们一楼，可著
一身经一族，却因无故故无求。花间病眼
方知果若佳斯作不再泰。片语译君君美
笑，丈夫至竟名依到。

你是会心朋友，承诗却不用注释，真惬得。
等两一首俊士可贤，高妈说奉是说我的诗的，
他说是俊士读我上，我见人亲程
无此匣生远墨。

己未十一月重晤大郎诗家写此奉教,西泠石伽

唱江南

刘郎

代序一首

知君久已別江南，頻得鄉思日就酣。我唱江南君自記，江南近事我經諳。

本報這個新闢刊要我當些打油詩之類的東西，我就想了一個「唱江南」的題目，用小詩的形式，來寫江南的小事？「江南何辦長相思」，即使是江南的小事，也往往是耐人相思的。

因為勵筆前沒有什麼計劃，因此這個唱江南，也不是有什麼系統的記錄，只是拉拉雜雜地唱出來，我是唱到那裏是那裏，閱者諸君，你們就「聽」到那裏是那裏吧！

唐大郎以"刘郎"笔名写《唱江南》专栏，刊1954年1月1日香港《大公报》

唐大郎文集
唱 江 南

张伟 祝淳翔 编

上海大学出版社

图书在版编目(CIP)数据

唱江南/张伟,祝淳翔编. —上海:上海大学出版社,2020.8
(唐大郎文集;第11卷)
ISBN 978-7-5671-3878-0

Ⅰ.①唱… Ⅱ.①张… ②祝… Ⅲ.①诗集—中国—当代 Ⅳ.①I227

中国版本图书馆 CIP 数据核字(2020)第 093598 号

责任编辑　黄晓彦
封面设计　缪炎栴

唐大郎文集
唱　江　南
张　伟　祝淳翔　编
上海大学出版社出版发行
(上海市上大路99号　邮政编码200444)
(http://www.shupress.cn 发行热线 021-66135112)
出版人:戴骏豪

*

江阴金马印刷有限公司印刷　各地新华书店经销
开本 890mm×1240mm　1/32　插页 8　印张 14.5　字数 400 千
2020 年 8 月第 1 版　2020 年 8 月第 1 次印刷
ISBN 978-7-5671-3878-0/I·587　定价:88.00 元

版权所有　侵权必究
如发现本书有印装质量问题请与印刷厂质量科联系
联系电话:0510-86626877

小朋友记事

黄永玉

大郎兄要出全集了。很开心,特别开心。

我称大郎为兄,他似乎老了一点;称他为叔,又似乎小了一点。在上海,我有很多"兄"都是如此,一直到最后一个黄裳兄为止,算是个比我稍许大点的人。都不在了。

人生在世,我是比较喜欢上海的,在那里受益得多,打了良好的见识基础。也是我认识新世界的开始,得益这些老兄们的启发和开导。

再过四五年我也一百岁了。这简直像开玩笑!一个人怎么就轻轻率率地一百岁了?

认识大郎兄是乐平兄的介绍。够不上当他的"老朋友"。到今天屈指一算,七十多年,算是个"小朋友"吧!

当年看他的诗和诗后头写的短文章,只觉得有趣,不懂得社会历史价值的分量,更谈不上诗作格律严谨的讲究。最近读到一位先生回忆他的文章,其中提起我和吴祖光写诗不懂格律,说要好好批评我们的话。

我轻视格律是个事实。我只愿做个忠心耿耿的欣赏者,是个不愿做奴隶的人(们);我又不蠢;我忙的事多得很,懒得记那些套套。想不到的是他批评我还连带着吴祖光。在我心里吴祖光是懂得诗规的,居然胆敢说他不懂,看样子是真不懂了。我从来对吴祖光的诗是欣赏的,这么一来套句某个外国名人的话:"愚蠢的人有更愚蠢的人去尊敬他。"我就是那个更愚蠢的人。

听人说大郎兄以前在上海当过银行员,数钞票比赛得了第一。

我问他能不能给我传授一点数钞票的本事!

他冷着脸回答我:

"侬有几化钞票好数?"

是的,我一个月就那么一小叠,犯不上学。

批黑画的年月,居然能收到一封大郎兄问候平安的信。我当夜画了张红梅寄给他。

以后在他的诗集里看到。他把那张画挂在蚊帐子里头欣赏。真是英明到没顶的程度。

"文革"后我每到上海总有机会去看看他,或一起去找这看那。听他从容谈吐现代人事就是一种特殊的益智教育。

最后见的一面是在苏州。我已经忘记那次去苏州干什么的。住在旅馆却一直待在龚之方老兄家,写写画画;突然,大郎兄驾到。随同的还有两位千金,加上两位千金的男朋友。

两位千金和男朋友好像没有进门见面,大郎夫妇也走得匆忙,只交代说:"夜里向!夜里向见!"

之方兄送走他们之后回来说:

"两口子分工,一人盯一对,怕他们越轨。各游各的苏州。嗳嗨:有热闹好看哉!"

"要不要跟哪个饭店打打招呼,先订个座再说,免得临时着急。"我说:"也算是难得今晚上让我做东的见面机会。"

"讲勿定嘅,唐大郎这一家子的事体,我经历多了!"之方兄说。

旋开收音机,正播着周云瑞的《霍金定私悼》,之方问怎么也喜欢评弹?有人敲门。门开,大郎一人匆忙进来:

"见到他们吗?"

"谁呀?"我不晓得出了什么事。

"我那两个和刘惠明她们三个!"大郎说。

"你不是跟他们一起的吗?"我问。之方兄一声不吭坐在窗前凳子上斜眼看着大郎。

"走着,走着!跑脱哉!"大郎坐下瞪眼生气。龚大嫂倒的杯热茶也不喝。

"儿女都长大了,犯得上侬老两口子盯啥子梢嘛?永玉还准备请侬一家晚饭咧!"

大郎没回答,又开门走了。

第二天一大早我上龚家,之方兄说:

"没再来,大概回上海了!"

之方兄反而跟我去找一个年轻画家上拙政园。

大郎兄千挑万挑挑了个重头日子出生:

"九·一八"

逝世于七月,幸而不是七月七日。

2019年6月13日于北京

给即将出版的《唐大郎文集》写的几句话

方汉奇

唐大郎字云旌,是老报人中的翘楚。曾经被文坛巨擘夏衍誉为"勤奋劳动的正直的爱国的知识分子"。他发表在报上的旧体诗词,曾被周总理誉为"有良心,有才华的爱国主义诗篇"。他才思敏捷,博闻强记,笔意纵横,情辞丰腴。每有新作,或记人,或议事,或抒情,或月旦人物,都引人入胜,令人神往。有"江南才子""江南第一枝笔"之誉。我上个世纪50年代初曾在上海工作过一段时期,适值他主持的《亦报》创刊,曾经是他的忠实读者。近闻他的毕生佳作,已由张伟、祝淳翔两兄汇集出版,使他的鸿篇佳构得以传之久远,使后世的文学和新闻工作者得到参考和借鉴,善莫大焉,功莫大焉。

2019年6月11日于北京

序

陈子善

唐大郎这个名字,我最初是从黄裳先生那里得知的。20世纪80年代初的某一天,到黄宅拜访,闲聊中谈及聂绀弩先生的《散宜生诗》,黄先生告我,上海有位唐大郎,旧诗也写得很有特色,虽然风格与聂老不同。后来读到了唐大郎逝世后出版的旧诗集《闲居集》(香港广宇出版社1983年版)和黄先生写的《诗人——读〈闲居集〉》,读到了魏绍昌、李君维诸位前辈回忆唐大郎的文字,对唐大郎其人其诗才有了进一步的了解。再后来研究张爱玲,又发现唐大郎对张爱玲文学才华的推崇不在傅雷、柯灵等新文学名家之下。张爱玲中短篇小说集《传奇》增订本的问世是唐大郎等促成的,而张爱玲第一部长篇小说《十八春》也正是唐大郎所催生的。于是我对唐大郎产生了更大的兴趣。

十分可惜的是,唐大郎去世太早。他生前没有出过书,殁后也只在香港出了一本薄薄的《闲居集》。将近四十年来默默无闻,几乎被人遗忘了。这当然是很不正常的,是上海现代文学史研究的一个重大缺失,也是研究海派文化不得不面对的一个严重问题。所幸这个莫大的遗憾终于在近几年里逐渐得到了弥补。而今,继《唐大郎诗文选》(上海巴金故居2018年印制)和《唐大郎纪念集》(中华书局2019年版)之后,12卷本400万字的《唐大郎文集》即将由上海大学出版社推出。这不仅是唐大郎研究的一件大事,是上海现代文学史研究的一件大事,也是海派文化研究不容忽视的一个可喜成果。

1908年出生于上海嘉定的唐大郎,原名唐云旌,从事文字工作后有大郎、唐大郎、云裳、淋漓、大唐、晚唐、高唐、某甲、云郎、大夫、唐子、唐僧、刘郎、云哥、定依阁主等众多笔名,令人眼花缭乱,其中以高唐、刘郎、定依阁主等最为著名。唐大郎家学渊源,又天资聪颖,博闻强记。他原在银行界服务,因喜舞文弄墨,约在20世纪20年代末弃金(银行是金饭碗)从文,不久后入职上海《东方早报》,逐渐成长为一名文思泉涌、倚马可待的海上小报报人。当时正是新文学在上海勃兴之时,在最初一段时间里,唐大郎与新文学界的关系并不密切,40年代初以后才有很大改变。但他的小报文字多姿多彩,有以文言出之,也有以白话或文白相间的文字出之,更有独具一格的旧体打油诗,以信息及时多样、语言诙谐生动而赢得上海广大市民读者的青睐,一跃而为上海小报文坛的翘楚和中坚。至40年代更达炉火纯青之境,收获了"小报状元""江南才子"和"江南第一枝笔"等多种美誉。

所谓小报,指的是与《申报》《时事新报》等大报在篇幅和内容上均有所不同的小型报纸。20世纪20年代以后,各种小报在上海滩如雨后春笋般涌现,是上海市民阶层阅读消遣的主要精神食粮;后来新文学界也进军小报,新文学作家也主编小报副刊,使小报呈现更加丰富多彩的面貌。完全可以这样说,小报是上海都市文化的一个重要标志,海派的一个独特的文化现象。近年来对上海小报的研究越来越活跃,就是明证。

唐大郎就是上海小报作者和编者的代表。他的文字追求并不是写小说和评论,而是写五百字左右有时甚至只有两三百字的散文专栏和打油诗专栏。从20年代末至40年代,唐大郎先后为上海《大晶报》《东方日报》《铁报》《社会日报》《金钢钻》《世界晨报》《小说日报》《海报》《力报》《大上海报》《七日谈》《沪报》《罗宾汉》等众多小报和1945年以后开始盛行的"方型报"《海风》等撰稿。他在这些报上长期开设《高唐散记》《定依阁随笔》《唐诗三百首》等专栏,往往一天写好几个专栏,均脍炙人口,久盛不衰。他自己曾多次说过:"我好像天生似的,不能写洋洋几千字的稿件,近来一稿无成,五百字已算最多的了。"(《定依阁随笔·肝胆之交》,载1943年5月14日《海报》)唐大郎的写作史有力地表明,他选择了一条最适合发挥自己特长、最能得心应手的创作之路。

　　当然,由于篇幅极为有限,唐大郎的小报文字一篇只能写一个片断、一个场景、一段对话、一件小事……但唐大郎独有慧心,不管写什么,哪怕是都市里常见的舞厅、书场、影院、饭馆、咖啡厅,他也都写得与众不同,别有趣味。在唐大郎的专栏文字中,谈文谈艺、文人轶事、艺坛趣闻、影剧动态、友朋行踪……,无不一一形诸笔端,谐趣横生。如果要研究20世纪20年代至40年代上海的都市文化生活,唐大郎的专栏文字实在是一份不可多得的生动的教材。又当然,如果认为唐大郎只是醉心风花雪月,则又是皮相之见了,唐大郎的专栏文字中,同样不乏正义感和家国情怀。在全面抗战时,面对上海八百壮士可歌可泣的抗日事迹,唐大郎就在诗中写下了"隔岸万人悲节烈,一回抚剑一泛澜"的动人诗句。

　　归根结底,唐大郎的专栏文字和打油诗是在写人,写他所结识的海上三教九流的形形色色。唐大郎为人热情豪爽,交游广阔,特别是从旧文学界到新文学界,从影剧界到书画界,他广交朋友,梅兰芳、周信芳、俞振飞、言慧珠、金素琴、平襟亚、张季鸾、张慧剑、沈禹钟、郑逸梅、陈蝶衣、陈定山、陈灵犀、姚苏凤、欧阳予倩、洪深、田汉、李健吾、曹聚仁、易君左、王尘无、柯灵、曹禺、吴祖光、秦瘦鸥、张爱玲、苏青、潘柳黛、周𬭎霞、胡梯维、黄佐临、费穆、桑弧、李萍倩、丁悚丁聪父子、张光宇正宇兄弟、冒舒湮、申石伽、张乐平、陈小翠、陆小曼……这份长长的名单多么可观,多么骄人,多么难得。唐大郎不但与他们都有所交往,而且把他们都写入了他的专栏文字或打油诗。这是这20年里上海著名文化人的日常生活的真实记录,这些人物的所思所感、所言所行,他们的音容笑貌、喜怒哀乐,幸有唐大郎的生花妙笔得以留存,哪怕只有一鳞半爪,也是在别处难以见到的。唐大郎为我们后人打开了新的研究空间。

　　至于唐大郎的众多打油诗,更早有定评,被行家誉为一绝。"刘郎诗的重要特色就在于在旧体诗的内容与形式上都做了创新的努力,而且确实获得了某种成功。"唐大郎善于把新名词入诗,把译名入诗,把上海话入诗,简直做到了出神入化的地步。论者甚至认为对唐大郎的打油诗也应以"诗史"视之(以上均引自黄裳《诗人——读〈闲居集〉》)。这是相当高的评价,也深得我心。

本雅明有"都市漫游者"的说法,以之移用到唐大郎身上,再合适不过。唐大郎长期生活在上海,一直在上海这个现代化大都市里"漫游",他的小报专栏文字和打油诗,使他理所当然地成为上海都市文化生活的深入观察者、忠实记录者和有力表现者。唐大郎这些文字也理所当然地成为海派文化和江南文化历史记载中的宝贵遗产,值得我们珍视和研读。

张伟和祝淳翔两位是有心人,这些年来一直紧密合作,致力于唐大郎诗文的发掘和研究,这部12卷的《唐大郎文集》即是他们最新的整理结晶,堪称功德无量。今年恰逢唐大郎逝世40周年,文集的问世,也是对他的最好的纪念。作为读者,我要向他们深表感谢,同时也期待《唐大郎文集》的出版能给我们带来对这位可爱的报人、散文家和诗人的全新的认知,使更多的读者和研究者来阅读、认识和研究唐大郎,以更全面地探讨小报文字在都市文化研究里应有的位置和所起的作用。

2020年6月14日于海上梅川书舍

编 选 说 明

  本卷内容全部为诗歌加注释的形式,且均来自香港《大公报》。内容主要包括1954年1月1日至1966年5月的《唱江南》专栏,以及记人的《怀人律句》《交游集》和《海上银灯词》《海上拾句》专栏。也将形式差不多的诗歌作品混编其中,并以编者按语的方式略作说明。这些作品中原有不少配图(风景或人物摄影等),可惜分辨率不够高,又无法找到原图,故在结集出版时只得割爱。但保留相关说明文字,以使诗注保持完整。

目　　录

唱江南（1954.1—1954.12）

代序一首／1
吃桂花／1
冬至前三日纪事／2
天平红叶／3
云楼夜宴寄旅外读者／3
人参糖／4
冬计一首／4
王兰英／5
再唱王兰英／5
微暄天气／6
人海见闻／6
自动扶梯（竹枝词）／7
路上所见（竹枝词）／7
西子秋妆／8
练身体／8
池浜桥／9
皮衣／9
车中让座（竹枝词）／10
虹桥所见／10
霜风一叶／11
腕上新表／11
宁波轮船／12
买宫灯／12
城南／13
舞会一千家／13
生活／14
全香曲／14
迎春／15
接儿车／15
遇金采风又观其剧／16
"你不错"／16
满床书／17
迎玉兰荣归／18
夜读书／18
虞山／19
春联／19
买年货／20
沧浪亭／20
元宵前三日作／21
游中山公园与刘十一／22
邓尉晚归／22
春宴记事／23
看球吟／23
街树／24
看球吟／25
煤气灶／25
糖食／26
虹桥试马／26
玄墓梅花／27
江头春晓／28
送孙景路至云南／28
谢之翁／29
番茄和花／29
喜童芷苓登台沪上／30
看陈书舫演杜十娘作／30
江头／31
绸巾艳／32

"心里美"／32
佘山行／33
为顾丽华喝采／33
迎裘盛戎南来／34
碧桃花下／34
红娘与九斤老／35
新茶／36
唱酬／36
西郊公园／37
虎邱山畔／37
立夏见三新／38
"月下老人祠"／38
日夜排队／39
贺新娘／39
听吠声／40
太湖水／41
贺玉兰新婚／41
四月江南／42
衡山路闻蛙噪声／42
儿童节前一日作／43
端阳即事／43
艺坛盛事／44
湖上词（一）／44
迎薛觉先来上海／45
湖上词（二）／46
西郊公园杂诗（一）／46
西郊公园杂诗（二）／47

团扇／47
马路吟／48
薄暮过延安中路／48
发丝长／49
伞下／50
闻二云再起因怀淑娴／50
午睡即事／51
勤学二记／51
泡泡纱／52
童芷苓产子／52
言公有女／53
衬衫艳／53
七十二胎／54
冒雨看《自然之子》／54
游泳池口占／55
看傅全香小戏／55
送天流赴东北／56
龙华道上／56
米价／57
修屋／57
看《天鹅湖》与《泪泉》／58
送戚雅仙毕春芳莫干山避暑／58
老师贤／59
浦江夜游／59
台湾席／60

佐临米谷自苏京归／60
晚香玉／61
观荷一首／62
夜话／62
送新凤霞北归／63
赵老师看唐都（用长短句）／63
鸡头肉和圆菱／64
海宁潮／64
考篮（二首）／65
中秋望月口占／66
买旗／66
中秋望月怀山静庐主人／67
送姥姥归／67
大道颂／68
秋塘所见／69
看《春香传》作（一）／69
看《春香传》作（二）／70
看《春香传》作（三）／70
看《春香传》作（四）／71
看《春香传》作（五）／72
看《春香传》作（六）

/72
咏牌楼(纸质韵浑押) /73
一队红妆 /73
一队红妆(二) /74
十月十五夜看红星 /75
送乐小英兄游七里陇 /75
绿化外滩 /76
再咏"外滩绿地" /76
南郊渡水 /77
香粳与血糯 /77

菊花十万盆 /78
重过明楼时芙蓉甚放 /79
西郊看桂花与芙蓉 /79
重见"一娟"来 /80
答云夫人招游南园记事 /80
西湖风景竹 /81
赠巾记 /82
光宇、乐平、桑弧游绍兴 /82
复兴岛公园纪事 /83

围巾与手套 /83
看菊一首 /84
看常兰 /85
孙景路自滇边归,以小宴款之 /85
巨花记 /86
谢石挥赠照 /86
踏灯词 /87
持螯对蜡梅 /88
好丈夫 /88
忽见二首(过汾阳路作) /89
看《盖艺》纪录片 /89

唱江南(1955.1—1955.12)

贺新年 /91
新年吃黄瓜 /91
看裘盛戎《盗马》 /92
黎翁新曲 /93
答桑弧自三味书屋来书 /93
答梅园游人诗(二首) /94
团圆夜饭 /95
上海大雪访信芳夜话 /95
老小签名 /96
九斤黄 /97
题言慧珠《春香》图 /97

三八节,请太太上老饭店 /98
换新币 /98
见张聿光画孔雀 /99
南郊寻春 /100
饱看山茶 /100
闻振飞返北京,喜极奉寄 /101
送金采风赴德国 /101
二看"苏联展览会" /102
游春二首 /103

得意楼座上作 /103
阿苏儿 /104
为阿苏儿觅偶 /104
贺张敏玉重起球坛 /105
牡丹与木香 /106
荔枝 /106
雨余 /107
"迷途的羔羊" /107
题影诗 /108
双果尝新 /109
望江边 /109
漳缎赞 /110
悼渊雷先生 /110

3

闻人美、浅予南来度
　　蜜月／111
看杨宝森二剧／111
六朝瓶里插菖兰／112
重晤俞振飞于十三层
　　楼／112
迎"南娇"／113
访振飞,饮捷克可可
　　酒／113
花裙一首／114
盛暑游复兴公园／114
吃番茄／115
咬珍珠／116
送儿子赴吴淞／116
蔓耘夫人为予述歌者
　　某在外近况,怃然
　　有作／117
莲塘／117
养鱼／118
纳凉词／118
言慧珠《惊变》／119
"连杯"／119
长春桥题画／120
看"蛙王"／120
为芷苓慰劳／121
抚州瓜／122

访旧友于柯罗门公寓,
　　见蓼花盛放／122
花前三老／123
天鹅绒草地／124
接全香从莫斯科寄来
　　照片／124
纳凉竹枝词／125
秋夜乘车过衡山路作
　　／125
盆景四百本／126
坟山变花园／126
十五楼屋顶所见／127
贺振飞既卜新居复将
　　上演／127
薄醉一首／128
水上飞莲／128
看民主德国女运动员
　　表演／129
七夕与桑弧石挥为小
　　饮归后所作／129
买唱片／130
散木北游／130
"简家厨"／131
上官携鹦鹉同归／131
高秋绝句／132
丝绒／132

题桑弧蠹园摄影／133
中秋夜,饮长白山野
　　葡萄酒／133
海宁潮／133
题静安公园之树／134
买捷制羊毛巾与唇膏
　　赠夫人礼／135
题桑弧鼋头渚摄影
　　／135
沪中山公园桂花盛放
　　／136
登虞山剑阁／136
剑门风景／137
遇老王与小王／138
秋郊绝句／138
重九游人民公园作
　　／139
江南秋晚图／139
题天平看枫图／140
赏菊持螯／140
太湖饭店／141
万花怒放拥"飞来"
　　／141
江南大菜／142
祖光南来同为小饮
　　／143

唱江南（1956.1—1956.12）

为吴青霞催妆／144　　儿子集邮／144　　冬晨游西郊公园作

/145
为郭琳爽先生登台献句/145
绿媚红酣溅四郊/146
凝妆图/146
乌龟从此砍招牌/147
听荣毅仁唱《草桥关》/148
爆竹喧天一市同/148
看"少奶奶"演戏有作/149
江南初雪/150
迎春二首寄海外故交/150
岁暮纪事/151
梅园花发/151
步步生莲/152
里巷竹枝词/152
乙未除夕二首/153
送孙景路上屏风山休养/154
闻王洁操琴/154
一月十八日与周鍊霞同饮/155
酣舞有作/155
龙井茶虾/156
忆富春早茶/157
筱玲红重披歌衫/157
夜过妇女用品商店作/158
彩衣/158
歌呼并押,寄香港,祝《大公报》复刊八周年纪念/159
下乡二首/159
《蜻蜓》的新装/160
看《蜻蜓》/160
题周鍊霞《春郊跃马图》/161
长袄——裙(咏新装之一)/162
咏新装之二/162
接色旗袍(咏新装之三)/162
三大角/163
贺盖老新居/163
蠹园春昼/164
体育狂/164
看《群英会》作/165
垂钓所见/166
游东郊,过阮玲玉墓作/166
灯火一首/167
游园杂诗/167
"聊斋"座上/168
暮春夜雨/169
夜礼服/169
娃娃出国/170
怀全香平壤/170
小孙目疾既愈,约其夫妇同饮/171
啖荔枝/172
游虹桥,小饮于郭家花园/172
闻陈镜开举重破世界纪录,喜极歌呼,得十二韵/173
三人影/173
六月二十二夜,游黄浦滩口占二首/174
倚舷人/175
绿云衢/175
买"齐眉"兼买"丝苗"/176
短发/176
送上官出国/177
海上竹枝词/178
"老妪解诗"赞/178
听《四郎探母》喜甚得诗/179
闻傅全香归来,拟往访问/179
重晤荀慧生于上海,而荀年逾六十矣/180
"霓虹灯"/180
海滨之夜/181
盛夏看象牙红盛放

/ 182
纳凉词 / 182
七夕两首 / 183
裁缝忙（五言、七言各一绝）/ 183
帽饰 / 184
"何人不识况青天" / 184
迎梅二首 / 185
题傅全香新婚图 / 185
题马师曾江上弄"桥"图 / 186
红线女江上弄弦图 / 186
咖啡座上与"黄线女"作 / 187
过思南路 / 187
好抵梅公掌上珠 / 188
寄桑弧莫斯科 / 188
伊人不比琵琶肥 / 189
"待决"，看周信芳演《十五贯》 / 189
"见都"，看周信芳演《十五贯》之二 / 190
"踏勘"，看周信芳演《十五贯》之三 / 190
"访鼠"，看周信芳演《十五贯》之四 / 191
看慧珠的"杰作" / 191
凤鬟雾鬓入银灯 / 192
"迷云式"：上海新发样之一 / 193
马红南归 / 193
"悬环式"：上海新发样之二 / 194
"流云式"：上海新发样之三 / 194
"卷云式"：上海新发样之四 / 194
《家》/ 195
凌云一老 / 195
红线女和铁镜公主 / 196
蝶恋花 / 196
宿将登坛范雪君 / 197
题凌云翁演《借茶》/ 197
香雪集 / 198

唱江南（1957.1—1960.1）

红娘咏 / 199
绿牡丹 / 199
题言慧珠"双重杰作"图 / 200
元旦"梁山伯"出嫁 / 200
除夕前一日，金采风结婚 / 201
除夕靓白杨于少年宫 / 201
送花楼会 / 202
怪"龙"吟 / 202
看王美玉演西太后 / 203
阿舒弄鸟 / 203
舒绣文养鱼 / 204
挽杨清磬 / 204
深雪城南路 / 205
雪影 / 205
"红房子"座上 / 206
栖霞山下旅人家 / 206
新妇 / 207
顷刻花 / 207
看俞振飞《太白醉写》/ 208
迎石嫂南迁 / 208
婉儿译作忙——眼儿媚 / 209
贺袁雪芬得子 / 209
减字木兰花 / 210
见瑞芳近影，因怀旧游——玉楼春 / 210
看慧珠、振飞演《贩

马记》——浣溪纱
／211
驾车人／211
溪口风光／212
和平饭店筵上／212
徐玉兰弄儿图／213
富春道上／213
觐王映霞于上海／214
拙政园春永图二首戏
 寄天笑翁香港／214
相见欢：汉剧名旦陈
 伯华赴沪／214
三听《宇宙锋》／215
与熙春同食锦江／216
媒人排队谣／216
过肇嘉浜林荫大道作
 ／217
故乡吟／217
"蒸柿子"／218
黄金果／218
为汪笑侬修墓／219
送桑弧赴捷／219
小红念旧／220
夏兴（阳、庚浑押）
 ／221
木兰花慢：七夕记事
 ／221
送周璇入殓／222

悼周璇／222
赋得"水发输出"
 ／223
妙点二咏／223
石湖行／224
缅甸赵宣扬兄万里归
 来晤于海上／224
"依旧烟笼十里堤"
 ／225
湖上桂花开／225
《不夜城》／226
雪影词／226
玄武湖夕照／227
朝阳丹凤／227
燕雁吟／228
栖霞红树／228
佛手吟／229
初冬黄浦公园作／230
北过南刘／230
过花市，见晚香玉与
 蜡梅并放，时冬至
 前半月／231
漳绒／231
看振飞、慧珠合作《牡
 丹亭》／232
打猎／232
绿色长廊／233
不误少年头／233

香花布／234
孙梅英产子／234
人民公园渡水示儿子
 二绝／235
张君秋上银幕／236
打麦场上望宗英／236
"踏街唱"／237
杨菊苹演《白毛女》
 ／238
在上海听粤剧清唱
 ／238
歌声是吼声／239
一城子弟尽成兵／239
尊姥姥／240
周信芳先生自蜀归沪
 ／240
儿童游泳场所见／241
九月吴门闲客少／241
看电视／242
游秋郊，息于桂林公
 园／243
思佳客：游南园后又
 至龙华寺／243
秋夜重过克莱门公寓
 时蓼花盛放／244
重题凤端红叶图／244
吴温如挽诗／244

唱江南(1960.2—1963.12)

冻柿／246
新春觏言慧珠于上海／246
过徐光启墓／247
题银心弄子图／248
送刘十一就业／248
古猗园杂诗／249
浴佛节竹枝词／250
淮海路杂诗／250
看李玉茹演《红梅阁》后／251
张美娟赴穗演出，载誉归来，诗以赠之／252
好"外婆"／252
江南农村杂诗／253
禾田／253
沪上购得吴缶庐二屏，皆极作也，留红梅自赏，以雁来红分赠瞿云，并寄近句／254
瓜田记事／254
"老虎黄"／255
盛夏过古猗园登补缺亭眺望忽感旧游／256
小人鱼／256
送衬衫／256
体育一条街／257
送金采风南下行歌／257
王文娟赞诗／258
闻徐玉兰赴深圳演出／258
《关汉卿》第一个镜头／259
春城争看小麒麟／260
盘夫诗／260
青浦蟹／262
丹凤南翔／262
剪鞋样／263
吴中盛事／263
丽都花园记事诗（一）／264
丽都花园记事诗（二）／266
丽都花园记事诗（三）／267
丽都花园记事诗（四）／267
丽都花园记事诗（五）／268
丽都花园记事诗（六）／269
春蔬双绝——枸杞／270
春蔬双绝——香椿／270
白桃花／271
海上春郊／271
"分前"茶／272
藤花、扁豆花／272
佘山行／273
周园杂诗／274
催妆词／274
茭白／275
荷叶粥／276
海上新装／276
豫园／277
桂花二首／278
血荸／278
看《窦娥冤》赠张继青／279
杨派第一人／279
"艺林韵事"／280
访老吟——许奇松／280
访老吟——钱崇威／281
看《镀金》赞蒋天流

/282
徐老收徒/282
赵丹的"小型画展"/283
京昆佳剧/284
高青演《柜中缘》/285
"上海牌心里美"/285
周信芳登台六十年纪念会上作/286
侯老登台/287
题排戏图/288
闻夏佩珍再生/288
七十六岁老人的一个硬抢背/289
溪口诗抄之一/290
溪口诗抄之二/291
《三盖衣》上银幕/291
龙华道上看桃花/292
"小红楼梦"/292
阳羡茶/293
闻孙花满与高青将演新戏/294
闻高盛麟到沪喜赋

/294
送上海评弹团南行/295
送刘韵若献艺香港/295
朱雪琴赞歌/296
看孙淑英"庵堂认母"后作/297
塘栖白沙/297
看《桃花扇》律句寄曹聚翁/298
拾镯能传一片痴/299
王孙二咏/299
争为周郎浚眼波/300
天流书画/300
为薛君亚《庵堂认母》作/301
为曹汉昌说《岳传》放歌/301
阿翁弦子媳琵琶/302
苏州兰花会/302
金采风丁赛君旧档新拼/303

虞山新貌/304
银灯长照"活武松"/304
太湖虾/305
金氏三姝/306
丽秋词/306
诗中榴火/307
农村消夏图/307
南京路上巨龙游/308
吴门七亩园/309
淀山湖杂诗/309
熙春剧照/310
持螯二绝/310
菜市口占/311
送"出手"名将出国/311
菊花田/312
橱窗美人/313
南京路佳话/313
冬笋/314
余红仙涕泪话当年/315

唱江南（1964.2—1966.5）

迎春杂事/316
迎春杂事之二/316
迎春杂事之三/317
宛夫人糖/318

楼车竹枝词/318
皱云石/319
墨梅/319
春分登佘山作/320

春游绝诗/320
虎丘山下采茶花/321
上门早点/322
我来正好赶花朝/322

虹桥之灯和树 / 323
枇杷时节洞庭游（之一）/ 323
枇杷时节洞庭游（之二）/ 324
白水粽 / 324
徐派打金枝 / 325
领巾欲夺彩霞红 / 326
赞曹银娣 / 326
听煞张文涓 / 327
看大翻跟斗 / 327
听刘韵若唱《送瘟神》后作 / 328
纳凉词 / 329
纳凉词之二 / 329
牛奶车 / 330
纳凉晚会 / 330
纳凉晚会之二 / 331
听《无影灯下的战士》/ 332
七夕在上海看京剧《芦荡火种》/ 332
听新书《芦苇青青》/ 333
二千人横渡黄浦江 / 334
看李玉茹演《红嫂》/ 334
送学堂 / 335

食家制苔条月饼口占 / 336
苏州夜市卖菱藕 / 336
寄怀林风眠唐云景德镇一首 / 337
阳澄河早蟹 / 337
闻徐玉兰将演《黛诺》/ 338
来了燕山徐小兰 / 339
饮玫瑰香葡萄酒 / 339
看花爱趁桂花蒸 / 340
看《琼花》，送《琼花》赴广州 / 340
上海甘蔗 / 341
赏菊词 / 342
赏菊词之二 / 343
解放军美展会上 / 343
篮边一首，自衡山路归来作 / 344
菜丰收 / 345
题画绝句 / 345
看《芦荡火种》临别戏 / 346
肉市吟 / 346
新年看江西地方戏 / 347
桃花坞年画也翻新 / 348
春前小景 / 348

原母近事 / 349
早梅花 / 350
三看《江姐》/ 351
山花撩眼 / 351
玄妙花园 / 352
小太阳 / 353
听评弹《江姐》简陈灵犀兄 / 353
红灯风格 / 354
奉城拾句 / 355
四月廿日之晨记事 / 356
三月见冬瓜 / 356
平水珠茶 / 357
新发型 / 358
肉食之争 / 358
游泳今年早 / 359
龙华律句 / 360
重看《斯大林格勒战役》/ 360
里弄乒乓 / 361
江上小英雄 / 362
老人歌 / 363
女儿入学考试 / 363
纳凉新词 / 364
纳凉新词之二 / 365
乡居二首 / 365
今日应无陌路人 / 366
送女儿上学 / 367

送儿子赴洛阳 / 368	库尔勒蜜梨 / 371	岁朝喜事 / 375
宝山游到崇明 / 368	手表佳话 / 371	檐前肉 / 376
悼天韵 / 369	王野囝赞 / 372	过青阳港作 / 377
听程丽秋《望北方》作 / 369	红叶林中有旅家 / 373	访天目路 / 377
沈孙档"传灯" / 370	拙政园灯会 / 374	徐雪月退隐书坛 / 378
	虎丘塔开放 / 374	

怀人律句（1958.5—1958.6）

雪艳琴 / 380	王丹凤 / 381	华慧麟 / 382
黄宗英 / 380	上官云珠 / 381	

交游集（1961.2—1962.6）

金素雯 / 383	周柏春 / 394	金采凤 / 404
周信芳 / 384	王雪艳 / 394	乔奇 / 405
黎锦晖 / 384	毕春芳 / 395	高盛麟 / 405
赵丹 / 385	李如春 / 396	李玉茹 / 406
戚雅仙 / 386	王丹凤 / 396	路明 / 407
陆洁 / 386	盖叫天 / 397	上官云珠 / 407
言慧珠 / 387	佐临 / 397	吕恩 / 408
桑弧 / 388	朱雪琴 / 398	张慧冲 / 409
黄绍芬 / 388	俞振飞 / 399	舒适 / 410
沈扬 / 389	朱端钧 / 399	吴祖光 / 410
韩非 / 390	刘琼 / 400	魏鹤龄 / 411
蒋月泉 / 390	韦伟 / 400	黄宗英 / 411
童芷苓 / 391	王美玉 / 401	丁赛君 / 412
金焰 / 392	谢添 / 402	金山 / 413
傅全香 / 392	应云卫 / 402	新凤霞 / 413
蒋天流 / 393	王熙春 / 403	刘斌昆 / 414
孙景路 / 393	姚慕双 / 403	

海上银灯词(1962.6—1962.7)

忙导演桑弧 / 415　　孙郎何日作新郎？ / 416　　晴晖一路照惊鸿 / 417
海燕之会 / 415　　"大力士"关宏达 / 416　　金焰病中练剑 / 417

海上拾句(1964.1—1964.5)

与凤英话别 / 419　　《柜台》旧侣 / 423　　知君真悔廿年迟 / 428
哭沈扬 / 419　　为现代京剧而作 / 423　　披甲凝妆看采风 / 428
一张弦子自成家 / 420　　麒麟犹似童年勇 / 424　　菊部新苗 / 429
岁暮喜朱石麟先生归来 / 421　　题画 / 425　　红灯照尽一双蛾 / 430
"徐娘旦"看乔夫人 / 421　　看李炳淑演《两块六》 / 425　　送杜宣赴巴基斯坦 / 430
三八前夕记事 / 422　　麒门历历数交游 / 426　　朱家一曲最缠绵 / 431
　　　　　　　　悼戈湘岚 / 427

一部连续几十年的私人观察史(《唐大郎文集》代跋) / 432

唱江南(1954.1—1954.12)

代 序 一 首

知君久已别江南,积得乡思日就酣。我唱江南君自记,江南近事我经谙。

本报这个新副刊要我写些打油诗之类的东西,我就想了一个《唱江南》的题目,用小诗的形式,来写江南的小事;"江南何事长相思",即使是江南的小事,也往往是耐人相思的。

因为动笔前没有什么计划,因此这个《唱江南》,也不是有什么系统的记录,只是拉拉杂杂地唱出来,我是唱到哪里是哪里,读者诸君,你们就"听"到哪里是哪里吧!

(香港《大公报》1954年1月1日,署名:刘郎)

〔编按:1953年12月29日《大公报》头版刊登《本报副刊充实内容》,其中介绍:刘郎《唱江南》,刘郎为沪上某作家的笔名,昔时常在报章发表诗作,极为读者欣赏。现化绮艳为清丽,写新人,咏新事,首首可读。〕

吃 桂 花

老桂流香定可寻,莫嫌花发在秋深。江南春早君如赶,及见年糕点碎金。

去年秋天桂花盛放,花市和菜市上都有折枝出售。

前一时,我在本报《大公园》里,用刻玉的笔名写过一篇题名《桂香》的小文,在这小文的后段,我提到苏州人想的方法,把糖渍桂花,放在一些茶食、糕饼和甜菜里,真是甘芳可口。

无论什么时候,想起了叶受和的猪油年糕来,常会流涎三尺的。读者诸君,一定也有这样的感觉吧?你如果在春节前赶回江南,就吃得着去秋开放的桂花,一朵一朵地贴在每一块玫瑰红的、玉白色的年糕上,像点碎金的一样。苏州的叶受和做得最地道,上海的老大房也不算错了。

(香港《大公报》1954年1月4日,署名:刘郎)

冬至前三日纪事

当时快意一樽同,饮啖居然各自工。余事颇惊君笔巧,逢人都说我颐丰。涮锅、羊肉、腰、肝、肚,生酱、麻油、醋、辣、葱。归去趁跄花市过,买来满抱象牙红。

给本刊写《孙景路的来信》的孙景路,两年前刚从香港回来不久,我在北京碰着她,那天苗子同郁风借吴祖光、新凤霞夫妇的家里,请我们吃饭,我吃的很多,吃完了,还吞下两块蛋糕,小孙看得惊奇起来,对我说:"你怎么这样能吃啊!"后来她回到上海,把我能吃的事,向所有的朋友都传播到了,她是作为笑话来传播的。

去年起,我们都在上海,我同小孙经常见面,也常常在一道吃饭,一坐到饭桌上,她就会对我笑,她还在想着北京的事。但在两个月前,小孙忽然对我说,她的食量也在宏大起来,不知怎么,就爱饿老爱饿的。

冬至前三日的中午,我们约定在新城隍庙的洪长兴吃涮羊肉,斗一斗到底谁的食量大,好几满盘的肉,都把它销光了,还喝一点酒,斗的结果,还是她吃的更多,于是相对大乐。这一天我们很高兴,吃完了一同出门,路过花市,捧了很多象牙红回去,预备快乐地过冬至夜也。

(香港《大公报》1954年1月7日,署名:刘郎)

天 平 红 叶

冬来游迹盛吴中，饱看天平十里枫。日白霜红人似玉，情狂意挚我犹童。问渠日断家山梦，一往应怜客况穷。倘念早春冰雪里，梅花玄墓与君同。

游虞山以后，又看过一次天平的枫叶。天平的枫林，有一个特点，它却不是一红如火，而彩色是浓郁的，有一种凝重之美，像油画里看见的那样。所以把"霜叶红于二月花"来形容天平的枫林，总是不恰当的。

在天平山时，忽然想着有一年也来看过枫叶，一清早，同游的人比这一次多，但这里面有一些人，后来都走远了，香港的香港，国外的国外，自然家山客梦，这些朋友们，一定总会想念为劳的！

苏州的广福道上，虽然在冷天，也是游人不断。再下去，就好看玄墓（即世所艳称的邓尉）的梅花了。我诗的末一句，是烟霞万古楼的成诗，虽云抄袭，聊当寄意。

（香港《大公报》1954年1月8日，署名：刘郎）

[编按："烟霞万古楼"即清代诗人王昙（字仲瞿），原报将"楼"误作"柳"。]

云楼夜宴寄旅外读者

层楼依旧入高云，楼上灯红接夕曛。来作常宾犹是我，忽因羁旅颇思君！已倾恩重临双座，与斗杯深合一军。明月窗前风物异，万株树映碧波纹。

上海国际饭店的十九层楼，本来开着一家食府，名唤云楼。这云楼停歇了好几年，在去年的九月初，又老店新开，用最最丰腴的大菜来应客，果然宾至如云。我爱吃他们的鸡面，因此又时常来作座上贵宾了。

云楼内部的布置，跟从前改变的很多，十八楼也辟了散座，还辟了

3

音乐室。自然更加两样的是月明之下,从十九楼的南窗口来作俯瞰,下面已经不是乌黑默暗的一块"跑马厅"场地,而是有无数明灯,密缀在万树青青间,绕着一环流水,桥影波光,风景奇丽。这便是一年内不断成长起来的人民公园了。

(香港《大公报》1954年1月9日,署名:刘郎)

人 参 糖

"养身极品"是参著,替作蔗糖价便宜。用以入茶供老母,取它和乳哺婴婗。太多名产真难数,直说灵山亦可移。谁信域中生计美,本来生计胜含饴。

上海市土产公司,有人参糖出售。

原来东北长白山一带,生长着一种"水参",在每年白露霜降期间,由山农采撷下来,再由人参加工厂把它浸在溶化后的糖液里,经过若干时日,取出后除去浮面的糖,又剥去外皮,这种参,就是有名的"移山人参"。再把浸过移山人参时用的白糖,加以提炼,就成为人参糖了。因为糖里面有着移山人参的成分,所以这种糖自有很多的滋养。上海人把这种糖和在红茶和牛奶里,别有一种甘芳之味。

由于国内交通运输的通畅,连老远老远地方的土产,上海人也有得享受了,有人吃了移山人参糖,说:"真好像长白山移到江南来了。"

(香港《大公报》1954年1月10日,署名:刘郎)

冬 计 一 首

已被轻霜催菊绽,寒潮骤至赶芙蓉。腹因米好偏常饿,炉为煤多不断红。稚子新书翻水浒,老夫蜜橘擘南丰。者般冬计非徒我,此地人家大抵同。

写这首诗的日子,是初冬骤冷的那一夜,那一夜是星期六,我同孩子围坐炉边,孩子翻着人民文学出版社改订的《水浒》,我则躺在沙发上，不停吃南丰橘子。肚子饿了，我们就切些面包，在炉子上烤得黄黄的，涂上内蒙牛油，大嚼一顿。念此生涯，殊复不恶，拉起笔来，写起诗来，而不自察其东冬之韵押也。

（香港《大公报》1954年1月11日，署名：刘郎）

［编按："绽"字，原作"锭"。］

王 兰 英

我今提出此人名，列位闻之定陌生。原在江南新崛起，偶来海市便纵横。眼波似锦成奇艳，腔势如云入太清。真爱百花齐放里，一株连放是琼英。

江苏省锡剧团作旅疆观摩演出时，有四个小戏，歆动了无数的上海人，上海人最醉心的两个戏，是《打面缸》和《双推磨》。演这两个戏的女演员叫王兰英，真是杰出的人才。

上海人已予锡剧以很高的评价，也给了王兰英很高的评价，有人说，锡剧这一朵奇葩，如果不断地盛放下去，前途是未可限量的。

（香港《大公报》1954年1月12日，署名：刘郎）

再唱王兰英

三分回荡七分清，十丈歌尘起姓名。惯技不妨工苦誉，宝藏所发尽精英。打来颇喜面缸闹，推就尤怜豆磨轻。正是腊梅花放日，腊梅声色动江城。

王兰英的两个小戏《打面缸》和《双推磨》，真是受尽了观众的喜爱，有人这样说：《打面缸》是个闹剧，它像一幅漫画；《双推磨》则轻灵淡远，真是一页白描。

在《打面缸》里王兰英扮的那个伎女，名叫"周腊梅"，一上台就那样光艳照人的。我这里有她一张照片，附刊在此，让海外的读者看看，祖国的江南，有非常好的剧种，在非常好的剧种里，更有超然极诣的演员。

（香港《大公报》1954年1月13日，署名：刘郎）

微 晅 天 气

无复长裾憎曳地，羊皮换得絮襦轻。江南一雨连云冻，便有微晅十日晴。

上海的冬天，皮货业呈现了蓬勃现象。西北的羊皮，东北的獾狌，都是在市场上供不应求的。

下雨的日子，江南是阴冷的；但是一朝放晴，便暖洋洋如春之已至。江南就是这样好，在冬天里，常常过得着像春日的天气。人们在这样的天气里，把羊皮卸下来，换上了轻装，所谓轻装，那就是以短襦实絮的人民装了。

好像陈后山有这样两句诗："微晅天气衣应减，小别情怀酒乍醒。"如果你体会了这样的境界，谁都会不尽低回的。

（香港《大公报》1954年1月14日，署名：刘郎）

人 海 见 闻

听听我唱似荒唐，其实未夸半点张。那日分明进六合，片时冲激出西藏。大包小扎头来顶，小票大钞额上装。料想今年"年夜快"，此中人海变人洋！

上海市国营第一百货商店，这地方原是大新公司旧址。自从开张以后，买客是没有一天不拥挤的，而以星期日为尤甚。

我就在一个星期天的下午，从六合路的边门进去，一进门就受里面人流的冲激，什么都不让我看一看，一霎时把我冲出了西藏路的边门。在人海中大家的一双手都失了效用，很多人把买到的货物顶在头上走路的；我还听见一个人在说笑话：到这里来买东西，钞票最好贴在额角头上，付货款时让售货员一张一张揭下来，因为自己的手，就没法手伸入自己的袋里。

平时如此,到买年货的时候该怎么样?真是不可想象了。

(香港《大公报》1954年1月15日,署名:刘郎)

自动扶梯(竹枝词)

谁将妙喻说盘香,无数人圈绕一场。有个女儿簪绛结,分明爬塔小红娘。

上海市第一百货商店拥挤的情形,我昨经有诗记其事了。

这一首是写它里面的那具自动扶梯。每天自晨至暮,这只扶梯上,从来没有断过搭乘的人,扶梯下面等候的人群,总是环绕着许多圈子,有个朋友形容得真好,他说那里的情形,真像一架"盘香"。有时候人群中有一个簪着红色发结的女孩子,令人想起了一只谜语:"有个小红娘,走向宝塔旁,一爬爬到塔尖上,不见了宝塔也不见了红娘。"这个谜语的谜底就是盘香。

(香港《大公报》1954年1月16日,署名:刘郎)

路上所见(竹枝词)

前面红灯换绿灯,哥哥想走妹还停。却呼叔叔搀搀我,地冻天寒路有冰。

冷天,在四川路的人行道上,看见两个小学生上学。那时他们都阻于红灯。后来绿灯开了,男孩子要跑过去,女孩不肯走,她牵住了那位交通警察的衣裳说:"叔叔,你再搀搀我走过马路去好吗?"那警察说:"对,我应该搀你过去,人多,车马多,地上又滑。放着你一个人走,我也是不放心的。"说罢把两个孩子都护送过了马路。

从女孩子口中说的"你再搀搀我走过马路",可以知道这位叔叔,已经不止一次搀着她走过了。

上海市民对人民警察的歌颂,从来是无微不至的;然而人民警察对市民的爱护,也从来是无微不至的。

(香港《大公报》1954年1月17日,署名:刘郎)

[编按:本篇经删改,又刊于1954年1月26日《新民报晚刊》,篇名改为:《"叔叔,搀搀我!"》,署名:端云。]

西子秾妆

花满堤边树满山,圣湖也改旧时颜。看来西子贪秾艳,尽取繁红压翠鬟。

西湖上的建设,近年来不曾有一天间断过。个别地方的修缮工程,这里不想报道,只想告诉读者:打去年起,杭州人民政府在近湖的山上,添种了各色各样的树木,确数在二百万株以上,于是湖上的山,都成了树林;而西湖的四沿,又添种了不可数量的花枝,花的名目也是繁多的,当它们盛放的时候,那一种"花影怒于潮"的情景,该是多么动人!

现在,整西湖的人,简直四时都是拥挤的,今年春末的有一个时期,游湖的人因找不到投宿的地方,在路上过夜的,比比皆是。

(香港《大公报》1954年1月18日,署名:刘郎)

练 身 体

乐声时逐角声传,好趁朝阳一抹妍。肢展、腰回兼背直,室中、场上更檐前。加餐知已强消化,投老行之足睡眠。忽顾朱颜明镜里,刘郎果又返郎年。

祖国的每一个人,都以练好身体为最大的欲望。广播体操,推行已经二年,自然开展得很是普遍了。一清早,上海的人民公园里,真有数不清的人在等待扩音器里播放音乐;在杭州的西湖边上,游人们一听见广播操开始,谁都会立定了跟着操练起来的。

我自己也连续操了八九个月,所得的效果是吃得下,睡得着,连小伤风都不大有。我的工作单位里的黑板报上,因为我积极参加早操,还表扬我为"老当益壮"。表扬我自然乐意,不过用这个"老"字,我不大开心,但后来想想,也应该原谅黑板报的编辑,因为他自己才是个二十不到的娃娃。

(香港《大公报》1954年1月20日,署名:刘郎)

池 浜 桥

当初走过池浜桥,雨后低洼似小沼。偶遇飞车轮溅土,忽因滑脚粪沾袍。自埋地下粗长管,遂绝街前来往潮。昔日赵犹今日赵,一团糟是蒋皇朝!

近年来上海马路的整修,我想以池浜桥为例。池浜桥亦称池浜路,在新闸路大通路附近,是一条小路。我是常常走过这条小路的。

在从前这条路是七高八低不去说它,路旁经常堆了很多粪便,也常常有抛弃的婴尸。一场大雨,整条马路,真的会发了"池浜"。

这几年来不但把路面修平了,地下还铺了排水的管子,走路的人,再也不受涉水之苦。

国民党时代的上海工务局长是赵祖康,现在上海市人民政府工务局局长还是那个赵祖康,奇怪的是:为什么我们的赵局长,他在这个时代里,就会大展雄才呢?

(香港《大公报》1954年1月21日,署名:刘郎)

皮 衣

当腰微窄下微粗,七尺青毡映雪肤。一领宽胜披水獭,双肩清暖挂银狐。已丰冬计期春早,快试新装接岁除。灰背黄狼收拾起,滩皮飘拂作长襦。

今年冬天,皮货又在上海盛销,特别销得多的是黑羔皮和白羊皮。上海妇女们做的短氅,也绝大多数用上面的两种皮做夹里,用黑呢作面子,加上一个水獭的领头。

自然有些家庭妇女,出门也有穿玄狐、黄狼、豹皮或灰背大衣的。但就不大普遍了。譬如我的老婆,今年也改制了一件上面说的那种短氅,此外还做了一件长裙及地的旗袍,用白滩皮做里子,玄色花缎的面子,滚了花边,轻轻暖暖的也很漂亮,而跑出门去,就不必另穿大衣了。

(香港《大公报》1954年1月22日,署名:刘郎)

车中让座(竹枝词)

开得车门一妇来,座中诸客尽身抬。不缘她有如花貌,她是身怀数月胎。

在公共车辆上,有一个孕妇上来,车子里的男人,尤其青年,他们会争着把位子让给她坐的。

从前车上,对女人也有让座之风,但都是让与那些穿高跟皮鞋的女人,怕她们站坏鞋跟,是表现一种"怜香"之愿;对老太婆当然不让,大肚皮女人无论矣。

听说北京更好,女人带着孩子上了车,人挤的时候,她们就会喊着,"劳驾啦,哪一位把位子让我坐?"何其爽脆!

(香港《大公报》1954年1月23日,署名:刘郎)

虹 桥 所 见

"盛事"何须溯往年,虹桥依旧毂相连。锦车载得"劳模"返,车不颠时肉自颠。

上海的虹桥路,一向是郊游最好的地方,从前每当假日,万车相接,这些都是阔人,到自己的别墅里,度他们的假期。

现在的虹桥路,还是十分热闹,这条遥长的路上,两旁设置了很多的工人休养所,把市区的劳动模范都送到虹桥休养。吃得好、住得好,休养的日期,一个月、两个月、三个月都有。我曾在虹桥看见过几辆汽车,都是迎接休养好的人员回去,劳模们都养发了块头,面上是紫气腾腾,项间的肉,一抖一抖的,拉开了嘴巴直笑。

(香港《大公报》1954年1月24日,署名:刘郎)

霜 风 一 叶

却趁霜风一叶飞,犹待片卷伴征衣。谁知雪压冰堆里,养得清躯尔许肥。

言慧珠也是到朝鲜去作慰问演出的一个京剧演员。在朝鲜时,她寄了朝鲜的红叶和自己在朝鲜拍的照相,赠与江南故旧。也写了信,告诉江南的朋友们她在朝鲜生活得如何高兴,她常常跟中国人民志愿军一道谈话,一道游戏。她说:"在这时候观察这些人,都是天真无邪的孩子,怎样也想不到他们一上战场,就都是勇士。"

那张照相上的言慧珠,胖了,还拿着一本书,说明她虽然在旅行中,也未忘读书。后来她回国了,看见她的人说:"比寄来的照相上,她更胖了。"

(香港《大公报》1954年1月25日,署名:刘郎)

腕 上 新 表

当初环饰都无分,今亦琳琅结满身。围项能窥金作练,护襟还用钻为针。乌丝白领衫光艳,粉底青帮履色匀。最是寸阴争爱惜,腕间一表灿然新。

近年来,在路上走,在稠人广座之间,会看出一样特色:绝大多数的人们,腕上都戴了一只新表。这说明了人们的生活豫裕,戴得起表了;也说明了人们对于工作的热情,因此对时间是怎样的重视了。

工厂的女工,在商业机构、企业机构里以及文教机关里工作的女人们,不但大多数人腕上都有表,她们一般的衣着,总是白底黑帮的便鞋,白衬衫的翻领上,托着一头黑发,看上去自有一种净艳之美。她们有的都挂着金项练,绒线外套的对襟上,还缀了嵌钻的别针。她们是这样考究修饰的。

（香港《大公报》1954年1月26日，署名：刘郎）

宁 波 轮 船

    天天阿拉返宁波，闻说船楼乐事多。胖耳肥头乖宝宝，口开齿豁老婆婆。三餐米饭三餐肉，一片机声一片歌。归去料应恣口腹：望潮、蟹酱、黄泥螺。

  每天从上海开往宁波的轮船，有"民生三号"和"民主四号"两只。

  以前船楼上的大菜间，现在已改为老妇和孩子们的休息室。还另辟了图书室、俱乐部，拉拉唱唱的，可以一路上欢乐过去。

  统舱里也变得空气流通了，每个旅客，也都占了卧席，不至再挤到甲板上去过夜。船上的膳食也做得很好。有位朋友五年没坐过宁波轮船，这次回去了一趟，他告诉我说：无论怎样一团糟的事，叫人民政府一理，就会理得山青水绿。（按：此诗末一句皆写宁波出产的海鲜。）

（香港《大公报》1954年1月28日，署名：刘郎）

买 宫 灯

    摇红尽室散流霞，况有轻笼十色纱。云片无端腾素纸，水仙因暖得清花。曾嗟零落深宫院，终喜来归万姓家。灯火自亲人自远，问渠何事恋天涯？

  准备迎春，上海的百货商场或是专营彩灯的店家，都挂出了五颜六色的宫灯，使买的人身处其间，直欲目为之眩，神为之移。

  我买了一盏，是枣红色的灯衣，在多色多样的宫灯中，这已算是淡素的一种了。我把它挂在书案上面，灯的下面，放了一盆水仙。夜间，伏案作书，灯影儿流照到纸上来，纸上好似生了云彩一样。

  结尾的两句，因为想起了前人的诗"天涯何处无灯火，不是伊人相对时"而写出来的,也为眷念着散处海外各地的同胞而作也。

(香港《大公报》1954年1月29日,署名:刘郎)

城　　南

南郭原同歇水连,龙华绀宇气翛然。谁驱绣毂驰垄上,不买香花诣佛边。瑞雪已催多穗梦,夭桃犹待艳阳天。莫嫌犯晓冲寒到,有客敲冰晓渡船。

冷天,上海居住在市区里的人们,到了假日,还有很多结队作郊外游的。

沪南的漕河泾和龙华,沪东的江湾、吴淞和复兴岛,沪西的虹桥,都是郊游的好去处。

这首诗是有人赶一个清早去逛了龙华和漕河泾,回来告诉我那里的情形,我就把它记了下来,他们曾经在一家私人的园子里,买舟弄桨。上海可以渡水的地方还是不多,就是城南的这个园子里有一泓流水,备几条渡船,游人至此,这有限的几条船,往往成为争竞之标。

(香港《大公报》1954年1月30日,署名:刘郎)

舞会一千家

一市腾欢欲入痴,万家灯火似虹霓。天当转绿回黄日,人自旋腰侧面时。试竞新腔温百曲,更耽善酿倒千卮。最怜明日机房下,搴去红旗又是谁!

有人曾经计算过,每个星期六或是星期日的晚上,上海全市举行晚会的地方,至少有千把起,工作的人们,就是这点好:在工作的日子里,总是矻矻地不肯有一些随便,但遇到有欢乐的机会,也必然要尽情争取。

我是曾经和一些纺织工人们一起参加舞会的。她们不但跳得好,也唱得好,肚皮里真是"百戏杂陈"的,搬出来就是。她们也雄爽得可爱,如果你要求同她们斗酒,她们就喝在你前头,她们是懂得休息和娱乐,精神上奋发的人,更重要的是,她们在自己的工厂里,都是有一定劳绩的功臣。

(香港《大公报》1954年1月31日,署名:刘郎)

生　活

　　田间初布菜根香,晓起争看万瓦霜。入馔新尝鳗鲞活,养花最爱水仙黄。簿书长系终非累,乐事能寻可却忙。昨日全香京里返,今宵一曲度红娘。

谁都知道,凡是在内地工作的人,没有一个不忙的。但所有这些人,都懂得生活,他们把工作看成是生活的一部分,因而是快乐的;他们还把一般的日常生活,过得更丰富而多姿,于是他们就一天到晚的忙,也一天到晚的快乐了。

上面这首诗,是写我自己在某一天里的生活:早晨起来,看看天气,想想小菜,弄弄花草;然后出去工作,在写字台上,足足埋首了八九小时;到了晚上,还不想休息,因为傅全香刚从北京回来,这一夜在大众演《西厢记》的红娘,我还去看了看她这一个痴丫头也。

(香港《大公报》1954年2月1日,署名:刘郎)

全　香　曲

　　年来过往颇相知,我更知渠入细微。一愿无他惟上进,其名至竟得腾驰。声从回荡归凝厚,腔以端华祛诡奇。绝爱绍兴今到古,全香曲与放翁诗。

在上海的越剧名家中,我是一直爱好傅全香底声腔的。而全香亦以她独创的声腔,风魔了当时的上海。我曾经这样说,越调之从平简而到繁复,傅全香是应该居一份创造之功的。

四年多来的傅全香,一心向上,不但在思想上生活上改变得最多,在她的曲艺上,也换了一番面貌。她的声腔经过了陶铸,经过了滤沥,把浓腻的变成了厚实,把侧媚的变成了淡宕。每次听她唱老戏,不但是平实了,有时还古拙得非常好听。

孙景路曾经提到过傅全香的练声,也就说明她对于事业的修练之专。

(香港《大公报》1954年2月2日,署名:刘郎)

迎　　春

新衣添置守春初,贪暖丝绵软软铺。女笑儿痴逗父乐,帽黄巾绿复鞋朱。裁缝满桌堆云锦,包扎随身接道途。夫爱家常妻爱巧,羊皮飘拂作长襦。

上海人为了纷置新衣迎新春,裁缝店的作台上,真如霞团云簇;布店和绸缎店,也都门庭若市。

我也添了一件二斤半重的丝棉上装,我的老婆则买了一件玄色锦缎的面子,缝了旧有的滩皮做了一件长袍。

有一天,孩子们逗着我,要我给他们买鹅黄色的帽子、鲜绿的围巾,还要求朱漆皮鞋。我把这笔账记下来,交给老婆,对她说:你到百货商店去给孩子们买吧,我是挤不过人家的。

(香港《大公报》1954年2月6日,署名:刘郎)

接　儿　车

别了爸爸又别妈(平),阿姨楼下喊声哗。围胸白布猩红字,护座银栏碧绿车。六弟先登旋八妹,东边去过接西家。新歌唱得云衢满,此是中华艳艳芽。

早晨,上海的马路上,可以看见一种座前装着栅栏的三轮车,里面载了七八个孩子,一样打扮,一样长短,他们有的对着朝阳在嘻笑,有的咿哑地唱歌。

这就是托儿站的接儿车,每天清早,由阿姨(保育员)挨家地把孩子们接到站上,傍晚时还送他们回去,这种方式,叫作"半托";"全托"的则是寄宿在托儿所内,每周才由大人领回一次。上面所说的托儿站,目下在上海,已普遍设立了。

(香港《大公报》1954年2月7日,署名:刘郎)

遇金采风又观其剧

"象牙""一串"后先红(注),忽自尊前观采风。与作笑谈真朗豁,若论才气太高雄。冲寒车上《盘夫》座,排雨来看撷眼虹。不在过房娘手里,却教俊赏万人同。

在年尾年初之际,上海的越剧界有两个小戏,欹动了观众,那就是金采风的《盘夫》和吕瑞英的《箍桶记》。

我是先认得金采风其人,后来才看她戏的。跟傅全香、袁雪芬这班人比,她是后一辈了,可是雏凤清声,不由得老辈的人,为之敛手。

我一向以为越剧演员之所以红,唱与行头两个条件而已,看了《盘夫》,才知道越剧也还有出色的演技;以前耽在上海而现在远离祖国的人,一定还有这样的想法:越剧演员的过房娘多也是她们成名的条件。那末现在的金采风,就从不曾认过一个过房娘,倒也受尽了人们的喜爱。可见当初那些有钱人家的老太婆,好为人母,只有消蚀了我们演员的意志,什么好处,都没有带给过她们。

(注:"象牙红"和"一串红"都是开在冬天的花。)

(香港《大公报》1954年2月8日,署名:刘郎)

"你 不 错"

随设西厢随作家,戎装才卸绣帔加。徐腔灌尽英雄乐,此是功勋"你不错"!

"千对万对是你对,千错万错是我错。"这两句是越剧《是我错》里的唱词,若干年前,徐玉兰把这个戏唱得上海人像着了魔一样。

玉兰剧团在前年加入了总政文工团,参了军,去年上半年她们又到了朝鲜,长时期的在朝鲜前方,作巡回演出。

上海人是想念徐玉兰的,但因为徐玉兰的戏,是在演给国防上的英雄们观赏,也就化想念为欢愉。

这一首诗末一句末一个字,读者诸君要用平声去读它,不然是我要"失粘"了;我还希望你们用徐玉兰的声腔把这句唱出来,一定好听。你们不会吗?可惜我在上海,不然,我倒会教你们唱的。

(香港《大公报》1954年2月9日,署名:刘郎)

[编按:失粘,原误作"先拈"。]

满 床 书

漫嗟昔日欠藏储,今为求知未可疏。始信青灯真有味,幸无白发不胜梳。积之连岁盈千卷,期更三年溢一居。夫自贪多妻自恼,夜来堆得满床书。

以前我是没有藏书的,买了书看完了不是送给别人,就乱丢乱放让它随便散佚,近三年来,不但书买得勤,而且还好好保存,编了一个目录。

有关社会科学的理论书籍,差下多买完全了;这一时常常买苏联小说,就在最近我也读完了《远离莫斯科的地方》那么厚厚的三本册子。

上海马路上,有许多个新华书店,不但是店,还有"书亭",还有"流动服务车",还有流动的"服务站"。这种"服务站",每一个月里,总有一天开到我们工作的地方来,叫大家选购。只要你是经常在学习的,又是想多得一点知识的,看见了这些书,不由你不眼红地要据为己有的。

因为我时常买书,又买得很多,太太已在警告我了:"你再买下去,最好搬一个家,这里就让你的书耽下去吧!"

(香港《大公报》1954年2月10日,署名:刘郎)

迎玉兰荣归

识得戎衣是锦衣,玉兰昨夜喜荣归。戴来獾帽峨峨耸,拂去风霜往往肥。方是春回冬欲尽,愿闻声从乐随飞。悬知陶铸经年后,学就英雄杀贼威!

徐玉兰从朝鲜回来了。

返沪的那天是傍晚时分,车站上挤满了迎接她和她的剧团的人。

徐玉兰和王文娟一下了车,大家看见她们身上是战士的服装,头上戴了又长又厚的皮帽,她们捧着人家献给她们的鲜花,走出月台,她们都在欢乐地笑,而风采依然。

过了春节,玉兰剧团要在上海演出。又是一年多,上海人没有听过"徐腔"了,真是相思若渴!这些上海人中,我刘郎也是一个。

(香港《大公报》1954年2月11日,署名:刘郎)

夜 读 书

不趁斜阳理晚妆,开柜但挽学生装。美谈岂止夫传妇,新事今添子课娘。遣兴久抛中发白,借灯还赶史文常(历史、语文、常识)。秋深夜静书声明,郎伴书声入梦乡。

绝大多数的家庭妇女,都进了识字班和补习学校,以我老婆为例,已经读了将近两年的夜书,课程真是不算少的,算术、历史、地理、语文乃至政治常识。她们对于新事物的感染是敏锐的,譬如老婆的作文,有时我给她改动改动,她就以为我改动得思想性不强,给了我很大的讽刺。她许多课程,我还可以给她做辅导,惟有算术,我小时候常常为了它留级的一样课程,现在老婆也不能以我为师,她只好同儿子商量。

秋夜,她下学回家,还在读书,我是早上六时半要上班的,只好恕不奉陪,睡觉吧!

(香港《大公报》1954年2月12日,署名:刘郎)

虞　山

　　日暖风柔到剑门,遂知此往亦销魂。剩来枫柏舒辛艳?多喜松杉养子孙。盛世能回衰鬓绿,危崖倘许彩云屯。湖波(剑门下有尚父湖)媚对岚光里,所欠诸君酒一樽。

　　秋尽江南的时候,我们又游了虞山。多少年来,我一直留恋着这个地方。虽然日寇在江南的时期,把满山的松树斫伐殆尽,三山道上最好看的枫柏的红叶,也被野兽们盗作炊薪材了。但剑门的胜景,在江南还是找不出第二个地方来的。

　　虞山的老松固然少得多了,但遍地都是小松,它们一年年在成长起来,记得五六年前来时,这些小松,矮得都在我的膝下,我当时有"雨后春泥漠漠香,小松一路搞衣裳"的记游诗,现在可不是这个情景,它们长的都高与人齐了。

(香港《大公报》1954年2月14日,署名:刘郎)

[编按:"小松一路搞衣裳"中的"搞",或应作"挦"。]

春　联

　　春回万户换桃笺,映日当门墨色鲜。生产已勤更增产,明天可爱胜今天。"招财进宝"谈成耻,"四海三江"义亦迁。我是光荣军属第,飞金巨字好遮椽。

　　在解放以前,每年的春节,我常常留心看所有的商店排门板上贴的春联,虽然语气有所不同,但用意只有一个:就是希望天下的财富,都归到他们身上;到这几年来就不同了:春联还是服帖,而写的都是热爱祖国、热爱劳动、热爱生产或热爱工作的话。

　　我最喜爱的有这样一副春联:"是新春亦是青春,努力作到三好,让青春更加美丽;爱今天亦爱明天,积极准备一切,要明天提早到来。"祖国的每一个人,都在热爱着祖国的明天,那就是说都在热爱着工业化的祖国。我因为也是军属,每年过节,人民政府总把金字的春联,贴在我家门上。

这诗的结尾两言,又是说我自己,读者诸君你们不笑我又要以此翘人了吗?但是一个人把自己的子弟,送去干国防建设工作,这样的事,还是值得翘人的;你们也还应该原谅我,我在以前,实在太没有做过可以翘人的事啊!

(香港《大公报》1954年2月16日,署名:刘郎)

买 年 货

土产公司合作社,春前到处闹盈盈。直疑果树林中往,若伴鱼虾水上行。堆得粉丝如滚雪,砌成咸肉似坚城。爱民政府担心事,遍请专家讲卫生。

今年春节以前,上海买年货的情形,有如我诗所述,然而我诗又何能状其万一?

上海有二张报纸上,写市土产公司第一门市部(新新公司旧址)里的粉丝,堆叠得似高山滚雪;一块一块咸肉砌得像坚厚的城墙。我因为它形容得很好,所以把他的句子衍化在我的诗里来了。

最有趣的是我们的政府,看见副食品这样在大量倾销,担忧市民们恣贪口腹,会吃坏身体,于是请了很多研究营养问题的专家,在电台上、报纸上宣传卫生教育,要市民们应该节制吃喝,例如含有蛋白质的肉类,吃多了便不能吸收和消化,因此会影响健康。劝市民们最好匀开来分几顿吃,不要在一顿上大嚼云。

(香港《大公报》1954年2月18日,署名:刘郎)

沧 浪 亭

春来又报放沧浪,想见吴儿乐事长。胜迹有名追拙政,《浮生》多事记芸娘。看山黄石修为屋,垂钓深溪曲拟廊。料得花开如锦日,鹍翁持牒约刘郎。

苏州去年开放了拙政园后,又着手整修沧浪亭。到今年春节,沧浪亭也正式开放了。

沧浪亭实在是一个古迹,相传开始建筑的人是苏子美,到明代由文瑛和尚重行修建。归震川的《沧浪亭记》,就在那时候写的。

沈三白的《浮生六记》里也提到沧浪亭,后来人迷惑于这一段"哀艳"的故事,几乎忽略了这所园林的更大的价值。

沧浪亭的风景有紫石堆成的看山楼,名曰"印心石屋",在楼上可以看郊外群山;有仰之堂,也就是五百名贤祠;有复廊和花墙等,都是引人入胜的景物。经过人民政府的大力修缮后,这所园林更加花多树密,减去了以往的一副萧条面目,原是可以想象得到的。

末句是说周瘦鹃先生,周先生目下还健地常住苏州。

(香港《大公报》1954年2月22日,署名:刘郎)

元宵前三日作

我诗写就近元宵,寄与远人慰寂寥。一队儿郎来簇拥,万条蜡烛影飘摇。梅花因暖芳尤烈,身事逢辰气自豪。依旧江南风俗美:"上灯圆子落灯糕"。

春节过后,又是元宵。这两天的夜晚,马路的人行道上,弄堂里,尽是孩子们拖着灯笼;还有卖花灯的店家,把它的整个店面,打扮得五彩纷披。你道这些卖花灯的店是什么店?就是从前专门替死人做房子,做日常用具(俗称巧玲珑)的纸扎店。现在他们不替死人服务了,专门做灯笼,因为祖国的节日多,欢庆的日子多,灯彩的用场大,"巧玲珑"的生意好,"巧"老板"巧"伙计一年忙到头,从"巧玲珑"而变成"巧殷实"了。

新中国是永远会把民间相传下来的风俗人情,保留得好好的。这两天灯市热闹之外,糯米食品,满街尽是,一望而知现在正是"上灯时节落灯糕"的日子了。

(香港《大公报》1954年2月24日,署名:刘郎)

[编按：末尾"上灯时节落灯糕"中"时节"应作"圆子"。]

游中山公园与刘十一

　　故惜春泥放步迟，东南风软栉香丝。不闻蛙闹真同梦，遥想花开定此时。林树本来谙宿约，刘郎今始用真痴。情深十载长宁路，说与星霜哪得知？

新春中的一天，同全家人游了一次中山公园。

我是一直这样说的：上海的中山公园和北京的中山公园是各有千秋的。北京中山公园的柏树，郁郁苍苍，它谐和了北京城的雄浑与高古；上海的中山公园，则有旷野平林之美，它也谐和了江南地方的幽蒨和纤柔。

结婚十四年来，总是同了刘十一来游中山公园的。在它还叫"兆丰花园"时代，我们常常两个人来，现在却牵着绕膝群雏了。

我们这一次玩得很久，仔细地看了看中山公园，它换了主人以后，在感觉上，更加的亲切可爱了。

这首诗，个别的改用了旧时游中山公园的成句，我还这样想，当一个人收拾了放心的时候，对于人、对于祖国一切的物象，所用的感情，也自然会"返璞归真"的。

（香港《大公报》1954年3月1日，署名：刘郎）

邓尉晚归

　　篮舆一路傍山行，梅柳连村送复迎。衣润渐知春雾重，腮红不借夕阳明。一天云气兼浓淡，四面峦光杂雨晴。安得玉骑双鞍稳，滞香黏雪返江城。

元宵后二日到苏州去，也到了邓尉。玄墓风光，仍如昨日。人是浸在芬芳里，也不只是"时有花香袭帽檐"而已。

这回我们也到了灵岩，所以写的诗，不仅这一首，因为这一首比较有时令性，故记了下来。这是写广福归途的情形，因为有我太太在一道，一个人大概是"老则思伴"吧，有了她，吐属就不免带点儿绮旎了。

（香港《大公报》1954年3月4日，署名：刘郎）

春 宴 记 事

璇姑鸾吹记当年，今日相逢各辗然。犹欠石麟留岛上，未逢芳信列樽前。儿郎跳荡年相若，夫婿痴顽语妙连。自别国门三月后，肠尤柔绕志尤坚！

上月，我们曾经举行过一个迎春宴，列席的人有王熙春和她的先生，金素雯和她的先生，桑弧、吴邦藩诸兄，还有熙春同素雯的孩子，他们今年一样十二岁了。大家随意纵谈，因为熙春同素雯都从朝鲜回来不久，她们谈的都是在朝鲜看到的情形，谈到朝鲜老百姓的受难深重，不免愤激到发指眦裂。

在她们出国期间，她们的丈夫都留在上海，当时她们中的一位先生指着另一位先生说："我们做了三个月的'军属'。"大家听得都笑了起来。

我忽然想起周信芳先生组织移风社的全盛时期来，当时《文素臣》一剧，熙春的朱鸾吹，素雯的刘璇姑，都曾为观众歆动。这一夜信芳没有来，写《文素臣》剧本的朱石麟先生，也远居香岛，但他夫人却作了座上客的。

（香港《大公报》1954年3月9日，署名：刘郎）

看 球 吟

举世轰传"六比三"，今逢支旅过江南。万千人逐球流转，心自奔腾目自贪！

二月二十三日下午，我去看匈牙利国家足球混合队与华东足球混合队举行的友谊赛。因为匈牙利足球队去年在英国取得了世界足球史上的无上荣誉,因此上海的足球观众,也都把来华的匈队,称为"六比三",很少有人叫它为匈牙利足球队的。

　　白衣一队健腰身,争把鲜花献上宾。多感上宾情意重,鲜花还献四厢人。

在入场式结束以后,我们的女运动员,都穿了白色的衣裤,跑到场中,向匈队的队员们献花,匈队的队员们抱着花绕场一匝后,将手里的花纷纷地遥掷给看台上的观众。此时也,花光飞处,掌声如雷,全场的人,都浸在欢愉的气氛中。

（香港《大公报》1954年3月11日,署名:刘郎）

街　　树

　　　　树木树人一样勤,江城处处绿云深。春供游目千苗秀,夏布长街百亩阴。既辟尘沙兼辟露,尽鸣蝉蛋晓鸣禽。和平画出家乡美,说与诸君慰远心。

以前虽有植树节,但上海只有所谓高等华人住宅区的马路上,才种着街树;到了现在,则满处都在种着街树了。我有一位住在自忠路的朋友（自忠路即旧时西门路一带）,新近在上海一张报纸的副刊上,写了一篇以《街树》为题的小品,开头两段是这样说的:

"我家弄堂口那条马路的东段,前几天,人行道上的水泥有规律地被翻了起来,大约每隔十步左右,翻开那么一方块。我和朋友打赌,朋友说这是种树;我说不见得,那恐怕是在施行电力方面的工事。结果朋友打中了。现在,梧桐树已给一棵棵种在方块地里,一直种到南阳桥转弯朝北。

"我们住在嵩山区偏南,根据上海人口分布地图所示,是点子被画得密密层层的那一区,我本来就想,像这样的空气混浊地带,却见不得一棵树;在有些冷清清的马路上,反而浓荫夹道,未免有点厚彼薄此。而这种多年来的不公平,今天终究被市政当局所发现了!……"

（香港《大公报》1954年3月12日,署名:刘郎）

看 球 吟

　　无数眉头放不宽,向隅人自隔篱盎。解衣推食寻常事,今日惟求一票难!

　　球赛的入场券,只售两千元一张,为了保持秩序好,一场球,决不卖过三万张门票,因此向隅的人就多了。这些人都老早赶到球场外面,碰着一个持券入场的人,便问他们:"票子有得多吗?"其实这些人也明明晓得哪里会有多余的票,但不赶来问一问,他们是不会死了这条心的!

　　从知真理有由来,赖此何坚不可摧?成事莫非群作力,不矜谁某一人才!

　　看了匈队球艺的表演,所有的观众,都领悟出一个真理来:那是合作力量的伟大,也就是整体力量的伟大!看上去他们的方法很平常,他们总是把球互相传递,一直到对方球门为止,从来没有一个人突出地来表演自己,然而就是这一点方法,铸成了无坚不摧的力量。

　　第二天,我在美琪大戏院看《六比三》的纪录片时,也明显地体现了匈牙利球队这一精神的宝贵。

(香港《大公报》1954年3月13日,署名:刘郎)

煤 气 灶

　　昔日富家煤气灶,今年全市得均铺。省他馈妇许多力,无复尘灰到处敷。安用历书翻吉日,快呼工匠造新厨。开心予亦连称便,夜半香茶沏一壶。

　　上海煤气公司,今年年初开始征求上海的住户普遍装置煤气灶。目下住户正在纷纷登记。

　　改装了煤气灶的好处:可以大量节减运输垃圾的人力和车辆,因为每天全市的垃圾,单是煤球灰,占总数量的一半以上;可以使住处改少灰尘,亦符合了清洁卫生之道;也可以节省当厨的人很多时间和气力,譬如用不着一早起来,拿了一把芭蕉扇擘拍擘拍的引风炉了。

在我更有一样方便:假如我半夜里还在工作,想呷一壶新沏的香茗,有了煤气灶,就绝对不成问题了。所以我家已经向煤气公司登记,现在过了春节,还要请匠人来改造厨房。

(香港《大公报》1954年3月15日,署名:刘郎)

[编按:"改少灰尘"中的"改"当作"减";"擘拍"如作象声词,似应作"劈拍"。]

糖　食

　　糖衣裹就白于霜,咬出其中松子香。除汁杨梅犹琥珀,黏牙胶切散晶光。初烹蜜粽因油糯,新焙蛋糕见尺方。海外徒称"朱古力",漫将远礼赠刘郎。

海外的朋友写信来说,他回来时,要带些朱古力糖给我吃吃。我告诉他我是不欢喜外国糖果和外国蛋糕的。我就喜欢苏州的糖食和苏州的茶食。

譬如说,我新近在采芝斋买的松子糖、杨梅干、胶切糖,又在老大房买的粽子和蛋糕。这些都是江南的特产。

松子糖价值是贵一点,但是也最好吃,一颗松子肉咬在嘴里,真会使你齿颊芬芳的。杨梅干也披上一层薄薄的糖霜,把它原来的紫红冲淡了,看起来更加滋然明润;用芝麻做的胶切糖,在亮光里照着看,真像图案花纹的玻璃。自然苏州好吃的糖食,哪里止于这几样,如果要统统罗列出来,那末我这一首七阳韵的诗,至少可以衍成一百几十韵的排律了,这样好的胃口,就近乎朱竹垞写的风怀诗了。

(香港《大公报》1954年3月18日,署名:刘郎)

虹 桥 试 马

　　暖被春田漠漠晴,梅花傍水一枝清。持来羁索人犹健,跨上雕鞍马不惊。自与青光常作对,遥知往事百无情。焉从看遍江山美,此去能穷万里程。

政府要使人们的体育活动,无所不有,因此正在江湾附近,筹建专门供给大家去骑马的地区。蹄声鞭影,撩乱于沪东道上,算起来为期当不是太远的了。

在虹桥路古北路那里,有一份人家,养了几匹骏马,主人好客,乐于借骑,我们拣一个春暖的早晨,在那里驰骋,直到晌午。

二十多年来,没有在马背上顾盼自雄了,投老登鞍,真有髀肉复生之感。

(香港《大公报》1954年3月20日,署名:刘郎)

玄 墓 梅 花

酿得春寒尔许深,冷香缘路扑衣襟。高墙松树仍奇态,浅盎梅花有赤心。却接苏州儿子报,为迎玄墓阿翁临。安排韵事怜天欲,一自晴郊踏雪寻。

刚过了春节的几天,就接到住在苏州的一个孩子的来信,邀我们上苏州去白相,我们没有立刻动身。直到元宵的前一天,他又写信来了:"我等不得你们,在星期日那天已经到过邓尉了,是晴冷的天气,一路上都闻到了梅花香。在香雪海附近,不是有个袁司徒庙吗?那里有四株古松和一盎蜡梗红梅(刘郎按:这株梅花,不但花朵作朱砂色,连梗子的内外都是红的),都是父亲爱看的东西,你们如果这几天就来,梅花开得还要盛,还要好看,你们来啊……"

我是想在元宵那天去的,忽然下起雪来。我在想,玄墓山我不止去过一次,踏雪寻梅,倒还不曾经过,那末雪,你就下吧,下得大些更好,让我索性去"雅"它一"雅"。

(香港《大公报》1954年3月21日,署名:刘郎)

江 头 春 晓

  春须早已触江南,才探春头万象酣。日暖纤杨如欲活,风柔小厣更多憨。幽兰披拂山农背,稚笋参差厨妇篮。春事江南书不尽,老夫动笔便忞贫!

春犹未到江南的时候,江南已经温和似春天一样;过了春节,从年初五开始,日暖风柔,春光骀荡得像三四月里一样了。我写这首诗的日子是年初八,晚上九点钟了,北窗还是开着的,因为关了窗,室中就觉得燠闷。

这一天的早晨,在黄浦江边散步,所以中间的四句,都是罗列当时看见的现象。

我在想,这些现象中更使远道人为之向往的是上海的春笋,它在腊未尽时,已见新于菜市。再过些时,蚕豆登盘,与春笋同炒,这个菜,在江南食谱中,我认为应推杰选。三年前我在北京过春天,曾经为了这个菜而想望流涎过的!

(香港《大公报》1954年3月22日,署名:刘郎)

送孙景路至云南

  歌呼一夜又空樽,健醉时时念小孙。多惜殷勤朋友义,互消浩荡国家恩。雄风入影山间取,絮语将书海外存。此往应无些子憾,域中到处着春痕。

孙景路到云南去了,是与刘琼他们一道去的。他们一道去拍一部影片,名字叫《山间铃响马帮来》。

因为她的行期要一年,在启程之前,我特地给她饯行。这两年来我们和她聚首频繁,一旦要分别这么多的日子,都不免有一些依依之感。我要她把旅途的景色时时写信报告我们,也报告海外的朋友。她说,保证一定做到。

她走的那天,上海甚雨。在家动身的时候,打了个电话向我辞行,我抽不出空,所以没去送她。

(香港《大公报》1954年3月24日,署名:刘郎)

谢 之 翁

独扛巨笔向工农,老健江南一谢翁。不把长眉描入鬓,已停出浴艳当胸。泥随犁动翻翻起,烟向天空滚滚浓。黄发垂髫皆笑靥,张张年画写年丰。

以前上海的"月份牌"画家,谢之光三个字,真是一块老牌子了。

月份牌上的画,大家一定记得,常常是一个"美女",匀称的身材,"芙蓉似面柳如眉"的,老是那么一套。画家如果"卖"点"力",把这种"美女"身上,不穿其它衣服,覆了一幅轻绡,题之曰"兰汤浴罢"。

像这一类"月份牌"画,现在看不见了,但是"月份牌"的画家,如谢之光等人,他们还是好好的生活着,工作得也很认真。他们这些人,不是改画国画,就是改画了年画,在上海举行的"年画展览会"上,就有谢老先生的作品。看的人不但是赏爱他的作品,而且重视他的作品了。

(香港《大公报》1954年3月28日,署名:刘郎)

番 茄 和 花

健体怡情两不差,太多供养感农家。四郊光艳浓于画,不种番茄便种花。

上海市区居民对于鲜花的需要量,每天都在增加,因此四郊的农家,栽植鲜花的也渐渐多起来。如龙华、江湾、真如等,都有拓地很广的花田,而他们的产品的质量,也在不断提高。有一个花农栽种的菖兰花,颜色已多至一百五十种以上,这可以说明他们在培植方法上致力之深了。

还有,四郊的农民,对市区蔬菜的供应,也都注意养份的多少,因此在番茄时节,他们是无限制种植的。上海有一张报纸,登过一篇郊区种植番茄情形的"特写",用这样一个标题:《番茄红,红遍上海郊区》,好漂亮的笔墨!

(香港《大公报》1954年3月29日,署名:刘郎)

喜童芷苓登台沪上

汝能弄桨我撑篙,别去都门三岁遥。妹婿清奇夫婿俊,戏材灵爽体材高。秋江愿借川陈韵,闹简将无京荀娇。昨向台前通一意,要她喜酒补予叨。

童芷苓很久没有登台了,有人说她已卸却歌衫,这话分明不确,因为三月中旬,她又来上海上演。她是接川戏之后出演于大舞台的,也是接川戏之后,贴全部《秋江》的。当陈书舫在此演《玉簪记》之日,芷苓几乎每场都往观摩,读者诸君一定欣赏过芷苓演程派的《锁麟囊》与荀派的《红娘》来时,那一分玲珑剔透的聪明劲道,便可以想象她的《秋江》,也一定会把陈书舫的神髓,吸收了不少到京戏里来的。

我和芷苓在北京别后,已经三年没有见面,那年同她在北海划船,还有石挥和童葆苓,这一对,已于上月结婚,而芷苓早于前年效于飞之乐。她的丈夫姓陈,年少而美,人家都这样说,我还不曾见过。这回她登台的第一夜,我去看戏,她一出台跟我照了一个面,我对她点了点头,意思说,你怎么不请我吃喜酒啊。

(香港《大公报》1954年4月1日,署名:刘郎)

看陈书舫演杜十娘作

不是身沉是怒沉,修来工力十分深。原无涕泪垂双颊,但有辛酸罨一心。吾土何关风世俗?陈家尚擅好声音。只愁红粉漂零处,斗志难伸直到今。

三月里,川剧到了上海,我第一次看了五个小戏。最激赏的是陈书舫演的《归舟投江》。

陈书舫在川剧里是演唱最好的一个演员,她扮的杜十娘,在台上真是不矜才不使气的,用一副凄怒之色,来传神这一个倨傲蛾眉。

《归舟投江》的故事:"名妓杜十娘,钟情李甲,许以终身。不意李为薄倖男儿,归途拟将十娘重价卖与富商孙某。杜乃以所藏财宝饰物,怒沉江底,然后投水自死。"

像杜十娘那样遭遇的女人,除了新社会里,也许还滔滔皆是,问题是在于这些女人,会不会像杜十娘那样,勇于与魅鬼争耳!

(香港《大公报》1954年4月2日,署名:刘郎)

江　　头

近来日日过江头,昂首轩眉复豁眸。寸草所生皆我土,劳腔谱出动人讴。频繁货运最徂暮,难数轮拖叠更稠。独有经霜杨柳树,风前犹自弄腰柔。

这是黄浦公园的记事诗。黄浦公园就是从前的外滩公园,也是我二十年前的旧游之地。

二十年前,上海还是租界时代,像外滩这种地区,帝国主义殖民地的气息,特别浓厚,中国人到这种地方来,自然更多窒息之感。当时有位诗人有过这样两句诗:"日暮苏州河上过,劳歌凄厉不成腔!"他是写出了中国的穷人,被压榨得不遑喘息的气氛来。

读者诸君,当时一定走过外白渡桥,看见过苏州河上的内河小轮,现在告诉你们,这种内河小轮,不但是运客,而且运货了,一只轮船后头,拖着八九艘货船,是常见的事,这是说明城市物资的下乡,正在与日俱增;你们一定没有看见过黄浦江的岸上,已种了无数的杨柳,在春初到秋末,这些树枝叶茂盛,那末它也衬托了远行的人们,在这里攀条折柳,弥不胜情的那种古人的韵致。

(香港《大公报》1954年4月5日,署名:刘郎)

绸 巾 艳

满头似戴一春花,亦若身被十色霞。质细纹多夸至美,价廉用广不成奢。艳欺颐项光欺发,飞作凤凰游作蛇。顾盼清风柔日下,微回双鬓走钿车。

上海女人曾经用一块方方的绸巾,托在大氅领子内的,在以前这是一种"豪华",因为一巾之值,往往是穷人家半月之粮。她们买起来,还讲究哪一家花色多,哪一家外国的牌子好。现在呢,这种绸巾,我们自己造了,质地造得更加好,颜色、花纹比起以前来要多得多。

最近中国丝绸公司,在上海中山公园举行了一次"丝绸品种纹样观摩会"。会场的天花板上,就是用无数方不同彩色、图案的绸巾,装缀起来,使参观的人,看了目眩神迷。

这种绸巾,上海的妇女,已在普遍使用,有的围在头颈里,有的覆在头发上,轻车载去,一抹轻尘,看上去真是风神欲绝。

你道这种绸巾,在上海卖什么价钱,两万元(合港币不到五元)还不到,不过是看一场京戏而已。

(香港《大公报》1954 年 4 月 12 日,署名:刘郎)

"心 里 美"

初春蔬果满长街,笋看清甘始发埋。佛饮蜜茶上海好,冻吞霜柿北京佳。咬来蔗老知牙劲,香入杞头慰酒怀。分取天津"心里美",围炉心里美无涯。

我已经说过,上海没到春天,已有了春笋,随后莴苣和枸杞都次第荐新了;再后,行见香椿上市,蚕豆登场。

市上所买不到的水果,只有北京的一种冻柿,大概因为它冻在北方,到了上海,就冻不起来。但这东西好吃,在北京过冬时,那么大个儿的,常常一吞两枚。

近来买着一种天津萝卜,青的皮,紫红的肉,越到内层,颜色越是鲜艳,北方人管这种萝卜叫"心里美",多好听的名字。

春寒料峭,家里的炉子日夜旺着,于是大啖"心里美"。

(香港《大公报》1954年4月17日,署名:刘郎)

佘 山 行

　　滨江望见一山遥,犯晓来寻味亦饶。时触土香经鼻底,忽张羽艳出林梢。千家农事连云路,二月春风似剪刀。款客杏花慵不起,更无桃李与招邀。

攀登上海国际饭店的十四层楼,往西望,可以隐隐地看到一座远山,那就是佘山。

佘山是上海人的郊游之地,出虹桥路走完沪青路,就到青浦,再走六华里路,便是佘山。

在拗春的天气里,很多熟人,已经到过佘山去的,有个朋友,把他道路所见,说与我听,我就写了上面这样一首诗,诗是不好,但也表现了江南气息之浓烈,因此也把它凑在《唱江南》里。

(香港《大公报》1954年4月19日,署名:刘郎)

[编按:拗春,嘉定话,表示春寒料峭之意。]

为顾丽华喝采

　　作计念当初,当初计未疏。停腰专曲事,拔脚出泥涂。剧苑添新旦,梅门得幼徒。并时飘荡女,谁及此"名姝"?

五六年以前,上海有一群所谓"名雌"、"名女人",好听一点叫作"名姝"的人物,顾丽华也是其中的一个。

顾丽华是红舞女,一面卖舞,一面学戏。后来一门心思想唱戏,所以不像其他人再发展下去从舞女而做旧社会的"交际花"。

戏学得差不多了,还投拜了梅兰芳为师,去年今年都在上海正式登台,把名字也改为"顾景梅"。有人问她,你为什么不敢用顾丽华三个字呢?她操着一口宁波话说:"顾丽华名字,本来很好,但我是因为景仰梅先生,所以改了景梅两字。"

到底是下了工夫来的,所以在唱腔和身段上,都有所成就。一个飘荡的女人,居然勤修曲艺,总算志趣不卑;只要看看跟她同时负"名"的那些人们,有的老早离开了上海,到如今还流转在泥涂中呢!

(香港《大公报》1954 年 4 月 23 日,署名:刘郎)

迎裘盛戎南来

砚秋在此已登台,初夏还添马与梅。戏好固教人意动,爱偏未必我心开。二生(马、谭)而外犹余子,一净无亏数霸才。喑恶风云南下路,恍闻窦某策骑来。

从四月开始,上海的京戏热闹了:程砚秋已于六日登台,不久马连良就来,梅兰芳也已动身南下,他到上海后,先往南京演一短期,接着在沪出演。但这些纷纷大角,还没有我最想望的人,我最想望的是裘盛戎,而裘盛戎他也要来。

裘盛戎之来,也不出一二月内的事,他同谭富英、梁小鸾一道。上海人好多年没有看到裘盛戎了,我们想象窦尔墩趟完了马,唱"得意洋洋回转山岗……马……来……"就这一点点,也足够我们过一番瘾的。

(香港《大公报》1954 年 4 月 27 日,署名:刘郎)

碧桃花下

投老寻春力未殚,尚余健盛与人看。不教盐米萦清度,诣得青郊寄畅欢。数树碧桃临汝艳,寸心贱子为君丹。虽然归鬓尘沙满,互放情怀百尺宽。

这是游复兴岛公园的一首记事诗。

复兴岛公园,也是近年来才建筑起来的。上海市区和郊区新建的公园,真是可以用风起云涌这种字句,来形容它们的成长。到目前为止,全市的新旧公园算起来一共有二十八所。

复兴岛公园地处东郊,这里所栽的花木,好像比别处多一些,我们去的时候,正是碧桃花烂漫枝头,听说再过些时,紫藤就要盛放了。顾飞有"好花开遍紫藤棚"的诗,是写她故乡庭院里的风景,这样美丽的景物,上海市区里不大有,但是复兴岛公园有了,等一个月,我们再去看它。

(香港《大公报》1954年4月30日,署名:刘郎)

红娘与九斤老

后起常将老辈凌,红娘到此最飞腾。春风度尽江南岸,曾有何人不跟齐?

在华东越剧团里,与金采风竞爽一时的人物是吕瑞英。很多人看了吕瑞英在《西厢记》里演的红娘,作这样的评语:看过了舞台上的一切红娘,打京戏荀慧生的老红娘起,乃至其它所有剧种里的红娘,吕瑞英这一份是压卷之作。

九斤齿颊自芬芳,骨肉恩情特地长。座上有人殊所感,阿爹恍似唤刘郎。

越剧的小戏《箍桶记》女主角是个农村女儿,名唤九斤老,吕瑞英扮这个九斤老也是杰唱之一。她把一出戏轻轻快快的演下来,并不见得她刻意求工,却有出神入化之妙。戏里,九斤老同她的父亲张箍桶相依为命,吕瑞英的一只手,有时搭在父亲的肩胛上,有时扯着父亲的围裙,口口声声,阿爹长,阿爹短,那种娓娓清谈,那种依依绕膝的神情,大概我自己的年岁到家了,总好像台上人的手是在搭我的肩胛上,扯的是我的衣襟,阿爹阿爹是在喊着我一样的亲切。

(香港《大公报》1954年5月3日,署名:刘郎)

新　　茶

　　雨前龙井渐新尝，一碗原同七碗香。舌上生津甘若涩，眼中浮绿沸犹凉。怜子已快三朝饮，问汝焉从百虑忘？但为远人深体贴，酽茶容损易愁肠。

　　一位旅居在香岛的朋友，写信来问我龙井登场未？碧螺春荐新否？他还记得我"一饮能敌百虑忘"的那句旧诗。

　　这信来的时候，上海还没有新茶。有个同事在杭州休养，是四月二十日返沪的，就是这一天，杭州市上才有新龙井可买，他给我带来了十两，所以我在四月二十一日，已经喝到新茶。但上海的茶叶店里，直到二十五日以后，始有出售。

　　不要说远居海外的人，会想念江南的新茶，记得我在北京的那年，已经为了新茶而相思若渴。这首诗算是答复那位香岛朋友的，意在慰问，却不在诱其口欲也。

（香港《大公报》1954年5月7日，署名：刘郎）

唱　　酬

　　本来思国亦思家，秋实春花望里赊。君唱江南君自乐，嗟予何意"唱天涯"？

　　吴门每去过君家，亦念离人别绪赊。犹有疏顽君莫笑，年年今日看梅花。

　　有一个住在香港的苏州朋友，读了我那一首《宫灯》诗里的两句："灯火自亲人自远，问渠何事恋天涯。"觉得很激动。因此写信告诉我，还附了一首诗，就是上面刊出的第一首诗。

　　我是不习惯唱酬的，但这一回也答了他一首，却连原韵都没有完全用好。我因为要告诉他寄出这首诗的第二天，又要到苏州去看梅花了。就是这几天来，到邓尉、到超山、到无锡梅园去看梅的人,已络绎于途;不但如此,连上海的报纸,也派了摄影记者,赶到这些地方,把"香雪海"尽量地摄取回来,刊印在版面上,来点缀江南的春色。

(香港《大公报》1954年5月8日,署名:刘郎)

西 郊 公 园

当初尽日镇长门,今有人流来去奔。车马西郊喧一路,新将定义说"销魂"。

上海将有一个最大的公园出现,定名为西郊公园,位置在虹桥路上,这地方也许是大家熟悉的,就是从前我们都叫它"考而夫球场"的,再西下,便到程家桥了。

西郊公园暂时拓地为四百多亩,计划中要放到一千亩,但就是四百多亩,已经是一个半中山公园(原名兆丰公园)的面积了。

公园开幕以后,虹桥路的热闹可知。这条路,一直叫有钱的人们受用尽了,这几年来,才捱到大家去白相相。十年前我的《虹桥杂诗》有"十年此是销魂路,今日真留刻骨恩"之句,到如今,连"销魂"二字,还是可以下一个新的定义来解释的。

(香港《大公报》1954年5月10日,署名:刘郎)

虎 邱 山 畔

吴宫花草不寻常,埋就忠骸土也香。试向虎邱山下过,更无人往访"鸳鸯"。

虎邱山畔,修了一个烈士墓,所葬的都是革命战士的遗骸。到苏州的人白相虎邱,都会走近烈士墓前,徘徊凭吊,而进行膜拜。

进虎邱山门,走不了几步路,就有一个"鸳鸯冢",以前这里向导的人,都会告诉游人:从前辰光,有某姓某名的一对青年男女,为了情死,就合葬在此,故名鸳鸯冢。其实这是一位无可稽考的"遗迹",现在相信的人更不多,都认为鸳鸯冢是呒啥看头了。

（香港《大公报》1954年5月12日,署名:刘郎）

立夏见三新

倘闻立夏觅三新,四月江南更醉人。笋屑鲜提蚕豆嫩,梅酸溅得齿牙驯。樱桃熟就红红艳,花木淹留悄悄春。此际絮裳齐去体,还他儿女好腰身。

"立夏觅三新"的"三新",已在次第登盘了:红红的樱桃,青青的梅子,还有碧绿碧绿的新蚕豆。

大概因为我是生自田间,所以特别爱吃蚕豆,每年在它幼果的时候就吃起,吃到它老了,还煸了豆瓣酥吃。前几天到城里的"老饭店"去吃饭,要蚕豆,店里人说,本地豆还未见新,现在有的只是杭州豆,我便惘惘然若有所失。

有个住在漕河泾的朋友,他约我过几天到他那里去吃豆,他那里是摘下来就煮的,更加甘芳可口,我很感谢他的盛爱,但也可见我这个人之弥老弥饕了。

（香港《大公报》1954年5月19日,署名:刘郎）

"月下老人祠"

记否西湖月老祠,与人曾此倒签枝。因缘不是前生定,缺陷还须今世弥。但要志同和愿合,本无女怨或男痴。漪园丛竹难回绿,剩有萧条百首诗。

西湖的白云庵,原是漪园遗址。大家又叫它"月下老人祠"。在日寇侵入杭州的日子里,白云庵这一带地方,成了废墟。胜利以后,杭州有个国民党的官,一直叫喊着要重建白云庵,但一直到他下台为止,白云庵的旧址,仍是废墟。

人民政府是这样的,凡是名胜古迹,只要它是无害于人民的,一定保留,圮毁了的也必须修建;月下老人这东西,因为跟我们的婚姻法,实在太不对头,那末它既已遭毁,也就不会考虑重建了。现在这地方正在平地起楼台,兴造一所规模宏大的全国工人疗养院。白云庵的余迹,从此便渺不可寻,不过它那里"签诀"的一百首诗,从前有人搜印成册,至今也许尚有残本可寻耳。

(香港《大公报》1954年5月22日,署名:刘郎)

日 夜 排 队

是处人流涌若潮,戚腔淡宕傅腔高。排排队队排排队,暮暮朝朝暮暮朝。戏论"桂""花"(尹桂芳和陆锦花)都不弱,场开《梁祝》便长包。诸君请看图为证,速写还当让叶苗。

读者诸君,一定听说过越剧在上海风魔的情形。戚雅仙和傅全香,是拥有观众最多的两个演员。尤其是戚雅仙,譬如她去年演的《琵琶记》,在九月份开始登预告广告,一两天内,票子就定到十一月底,自然一部分是要留着门售的,因此门售必须排队。上午九时开始售票,排队买票的人,往往在隔夜十一二点钟就来了,人们荒时废事,且也不利于健康,这现象当然不好,但也没有办法不让人们这样做。戚雅仙的剧团,一个戏常常连演半年。它们有一句很翘人的话:"'合作'(戚雅仙主持的剧团的名称)的戏不客满才是奇迹。"

排队买票的盛况,自然不止合作剧团一家,尹桂芳、陆锦花乃至丁赛君她们的剧团,也都差不多的。奇怪的是《梁山伯与祝英台》这一个戏,无论哪一个剧团贴出来,客满总是不成问题;自然,傅全香、戚雅仙演起来,轰得更加厉害吧了。

(香港《大公报》1954年5月24日,署名:刘郎)

贺 新 娘

岁朝东鹣会西鹣,连夜高楼置盛奁。争为良辰空盏底,时飞喜色上眉尖。从今书札频频报,此后生涯种种甜。愿汝养儿兼养女,个中滋味本无嫌!

孙景路和乔奇于今年一月初在上海向区政府申请公证结婚。

乔奇是去年十月随了文工队到朝鲜去的。除夕那天回来,一回来就举行了合卺之礼。

他们通知我是在结婚后的第二天。他们请我吃饭,夫妻俩兴致真高,都吃了很多的酒。

我想我的报道到此为止。以后他们的甜蜜的光阴,让新娘自己去告诉读者吧。

不过我要祝贺新娘的:希望她今年还来得及生个孩子,明年再生一个孩子,后年再生一个孩子,就这样年年生下去,用她自己告诉我的话来说:政府对孕妇的备极关心和照顾,多生几个孩子,有啥关系。

(香港《大公报》1954年5月25日,署名:刘郎)

[编按:唐大郎习惯将"鹣鹣鲽鲽"的"鲽"字写成"鹡"。]

听 吠 声

岂止荒唐小热昏,恍闻一犬吠声浑。奴颜脱尽人伦样,猿语将酬主子"恩"。百眼攒来报纸上,几条笑痛肚肠根。问它张口何能发,滚滚除非发自臀。

在日内瓦会议讨论朝鲜问题的日子里,有一天下午我在电车上,差不多全车的人,都买了一张晚报在阅读,大家都看到了卞荣泰的"发言"。卞荣泰遗憾于美国的干涉还不够,希望美国多干涉一些。于是不约而同地哗笑起来,哗笑以后,继之纷纷议论。

有的说:"这哪里像一个人讲的话!"

有的说:"这就是人头而畜鸣者是也!"

有的说:"当它小热昏唱滑稽,倒是可以哈哈一笑的!"

但到最后,这些人的态度都是严肃的,因为大家都想到了一样:在这一窝奴才统治下的老百姓,所受的煎熬真是够他们痛苦的。

(香港《大公报》1954年5月27日,署名:刘郎)

太 湖 水

载得西施水亦温,烟波销尽大夫魂。空随层树群山绿,不入千家万姓门。未必惠泉泉可用,从知中国国多恩。甘浆饮罢回头想:都是江南旧泪痕!

无锡这地方,号称惠泉,而太湖又近在咫尺,但市民的用水,却是依靠土井;没有井的地方,则汲之于河浜,河浜里的水,作赭黑色,混浊不堪,但绝大多数的无锡人,就靠着这种一半河水、一半泥浆的东西,以生以养起来的。

到去年,政府在太湖的北犊山上,建造了一所自来水厂,将太湖之水,引入市区,于今年"五一"开始放水,水厂一天的放水在一万吨以上,全市大街小巷埋设的水管,积起来长八十八里。于是无锡人大乐。

无锡人有赞美自来水的两句歌谣:"太湖之水来天上,今到'耐宜'家里来。"耐宜者,无锡土话,意思是说我们也。

(香港《大公报》1954年5月29日,署名:刘郎)

贺 玉 兰 新 婚

果是年深爱亦深,和平园地更追寻。最怜前度重来日,不负刘晨一片心。

闺中定是贤新妇,台上依然好小生。此后筝停弦歇夜,烦郎亲手解儒巾。

五月中旬,越剧名小生徐玉兰在上海结婚,新婿姓俞名则人,是上海的一个工程师。

上海的越剧迷,谈起徐玉兰的婚姻史来,真是津津有味的。他们都知道在徐玉兰十七岁那一年,俞则人就开始追求她了,锲而不舍地一直追求了十几年,因为有一个很长的时期,是徐玉兰无意于配偶,因而未就良缘,现在是徐玉兰需要于飞之乐,而见个郎未娶,于是联为婚媾。

(香港《大公报》1954年5月31日,署名:刘郎)

四月江南

　　好花开过紫藤棚,近市能听布谷声。细雨初添万树绿,隔灯长照一波平。千杯郭外人争赴,四月江南气最清。此际明蟾云外涌,犹人负醉竟腰轻。

农历四月十五日在漕河泾夜宴。是下午,乘甚雨而往。前人诗云:"万树绿围僧舍矮,一江白洮雨珠圆。如何借得襄阳笔,画出江南四月天。"在路上,看到的正是这般光景。

傍晚时分,雨止,月亮也涌现了出来,这时候天气清和,爽人心意。我们在一家花园里的水榭上吃夜饭,这里的菜特别好,一位朋友从上海带了十斤最好的黄酒来,于是男女宾客,都畅饮起来。我还是不会吃酒,但因为是醇醪,刚沾着点儿,已是醺然有醉意了。

(香港《大公报》1954年6月1日,署名:刘郎)

衡山路闻蛙噪声

　　青梅初映红莓新,别去销魂一段春。河下入时虾饱子,江头得雨鲥肥鳞。最难吾辈仍奇趣,若数交情近更亲。携手衡山路上过,蛙声依旧闹行人。

我同韩非、石挥,平时虽不大见面,但我们都是十年以上的老友了,不见面也都在彼此想念着。难得通个电话,相约打一回牙祭,大家一碰头,就会远近古今的无所不谈,谈还是谈得诙谐绝倒,博得三个人都哈哈大笑不已。

最近我们在上海又聚在一起,吃完奶油杨梅,再吃夜饭,点了两只时鲜菜:子虾与鲥鱼。吃完了手牵手儿地回去,经过衡山路,那里听到一部蛙鼓,我说:这条路我已走了十年,年年这时候总是蛙声聒耳,大约这一群小东西的意兴之豪,也不减于十年来我们三个人之依然嘻嘻哈哈也。

(香港《大公报》1954年6月10日,署名:刘郎)

儿童节前一日作

　　安排瓦盎种牵牛,护养端须灌溉稠。闻道花同衣色艳,巴巴小眼望清秋。

"六一"儿童节快到的时候,买了一只小水壶和一只小喷壶,送给两个小女儿;另外在两只瓦盎里,移植了整株牵牛花,教她们天天浇水;告诉她们这种花的颜色是玫瑰红的,有着白色的边,像她们的衣裳一样。也告诉她牵牛花会爬藤,要到夏末秋初才能开花,她们不懂什么时候是秋天,就从这一天起,已天天在那里盼望着新秋的来到了。

　　阿爷为汝买篮球,愿汝勤修体力道。儿自欢欣娘自怨:门窗打坏阿爷修。

五月三十日,买了一只篮球,送给两个男孩子玩,他们欢喜极了,就在房子里、天井里、弄堂里打起来了。他们的母亲说;孩子身体打好之日,也是我们家的房子七穿八洞之时!

(香港《大公报》1954年6月11日,署名:刘郎)

端 阳 即 事

　　尽是千般变,不教风俗殊。家家餐角黍,户户挂菖蒲。额画雄黄字,盘陈石首鱼。儿童花布美,老虎怒胡须。

我在新春的《唱江南》里,有"依旧江南风俗美,上灯圆子落灯糕"的两句诗。真的,我们的社会,每天都在往新的方向变,但只有一样是不变的,那就是民间流传下来的风俗。

在我看来,风俗非但不变,而且我们的政府,还在把它的色彩加强。

这里有一件事可以说明：在今年端阳节的前十天,上海报纸上登着一段新闻,说为了农村中孩子们的需要,上海的纺织公司特地印制了大批老虎图纹的花布,运送出去,给孩子们做过节的新衣。

读者诸君,你们若是生在江南的人,一定还记得小时候妈妈给你们额角头上写了雄黄字,穿上老虎花纹的衣裳,打扮得漂漂亮亮的,过着你们的端阳佳节。现在还是这个情形啊!

(香港《大公报》1954年6月12日,署名:刘郎)

艺 坛 盛 事

桂芳难得挂胡须,忽唱昂扬屈大夫。"蛇"里雅仙工侧艳,"猫"中包拯竞豪粗。鸡毛信寄儿童乐,裘黑头来我辈娱。日日清晨披报纸,快将佳讯告桑弧。

端阳节前,上海的戏馆里都在上演应时戏。自然最轰动的还是戚雅仙她们的《白蛇传》;今年尹桂芳排了《屈原》,桂芳在光下巴上黏上胡须,她的声腔也从舒徐转为激越,大家都认为非常别致。

京戏则以《包公》最叫座,尤以李如春的包公风魔上海,这一位真是在台上拼命的包孝肃,曾经使那位"老牌包公"的小达子,都为之敛手而去。

儿童节,石挥导演的《鸡毛信》上映了,把全市的孩子们都骚动起来,因为这是写一个小英雄的故事。

每天早晨,我等不及起床,先看报纸,看到《梁山伯与祝英台》的五彩片,在日内瓦上映的报道,就打电话,把桑弧从被窝里喊起来,一五一十地告诉他报道的内容,因为这张片子的导演人就是桑弧。

(香港《大公报》1954年6月16日,署名:刘郎)

湖 上 词 (一)

今年我没有到杭州,但老婆同几个朋友去了,时在五月初旬。下面

这些诗,都是在她回沪以后跟我的谈话中取来的材料,得若干首:

  西湖于我皆施惠,今感西湖惠过奢。半日游程花占去,不须衣鬓更簪花。

在孤山的中山公园,在蒋庄的花港观鱼,都是繁花如锦,正如《唱江南》里写过的"花满堤边树满山,圣湖也改旧时颜"。因此到处都可以使人尽日留连,不知离去。

  流翠飞青欲上天,一番劳累接缠绵。人来林下低于笋,倚定修篁听远泉。

以前游湖上,登玉皇山,总是坐的轿子,这一回却攀登而上。走得疲乏了,就憩息在竹林下,生平不大看见过参天绿竹,到此境地,更加觉得幽倩可爱,把身体倚向一竿修篁,陡觉自己就成了稚笋。

(香港《大公报》1954年6月17日,署名:刘郎)

迎薛觉先来上海

  相逢记得各青年,长忆天南薛觉先。作客定深家国恋,归来方识故人贤。颇闻硕貌增光采,还待新腔逸管弦。昨向宝莲灯下看,驹翁风度自翛然。

近来的上海曲艺界,粤剧浸入了最热闹的时期,我曾经看了白驹荣的《宝莲灯》。而从六月七日起,薛觉先又要登台。有二十年不见薛觉先了。记得那时候我才二十四五岁,曾与薛先生缔交,他喜欢吃辣,我们常常找四川馆子一道吃饭。二十年来,薛觉先的声华无替,而我,不止是我,所有的上海人,都在想念着他的清才杰艺。这一回他从海外归来,最先就到了上海,上海人一定要以歆动的热情来迎接这一位粤剧泰斗的登台,我想是必然的事。

(香港《大公报》1954年6月18日,署名:刘郎)

湖上词（二）

　　一纸书来漫展伸，画图尚罨未归春。相逢陌路心肠热，寄与清溪濯足人。

　　一天，老婆同了个朋友，从虎跑而六和塔而九溪十八涧。在九溪到龙井道上，她们赤了脚，坐在岩石上，让脚下的涧水流过，她们正在欢呼的时候，看见有一对夫妻经过，男人背了照相机。她们两人就要求那男人肯不肯替她们拍一张照片，那男人答应得爽快，拍完了，还写下了上海的地址，说十天以内，把底片寄到上海。

　　果然，在老婆回来后的两三天，收到一封信，一张照相的底片，还有一张印好的照片。老婆说：记得解放前这条路上，经常碰得着强盗，上海去的人，遇到洗劫的难以数计；然而现在陌里陌生的人，都肯好心地随便给人家拍拍照了。

　　烟霞洞外感苍茫，乘雨翻登湿履裳。一棹西湖晴日待，斑鸠到处唤斜阳。

　　从烟霞洞翻翁家山时，雨势甚盛，但抵水乐洞时，又是夕阳在照，于是一棹西湖，为乐弥永。所谓"游客喜晴兼喜雨"者，真写出了游湖人的真实心情来也。

（香港《大公报》1954年6月19日，署名：刘郎）

西郊公园杂诗（一）

　　曾教鸟迹兽蹄蟠，今日来时得至欢。从此程家桥外路，钿车都聚绿云端。

　　上海西郊公园原定五月一日开放，旋延期到五月二十五日。开放的那天，万树成林，万人如海。读者诸君，你知道现在的西郊公园，从前时候是什么东西？是洋人和"高等华人"的销金之地，即虹桥路上的"考而夫球场"是也。上海市政府在这里拓地四百数十亩，改装为上海最大的一个公园。

一塘春水绿于油,难得临流便豁眸。暂辟尘嚣谙静趣,泥郎作伴试垂钩。

园中设鱼塘,供游人垂钓,双携过此,往往在塘上消磨半日光阴。

(香港《大公报》1954年6月22日,署名:刘郎)

西郊公园杂诗(二)

亭亭棕榈植当门,来与高梧共托根。摇尽清凉纾尽绿,不须长夏恋黄昏。

入园门后,新植棕榈五百树,与原有的梧桐、白杨,竞其高劲。亦同为夏日招凉胜处。

数番快翠与轻红,行见清莲出水中。万树寒梅千树桂,看花直欲过严冬。

园中千花万蕊,无所不栽。尤其多的是桃、梅、李、杏,又如樱花、紫薇、山茶、丁香、栀子、绣球、玉兰、杜鹃、荷花、牡丹乃至芙蓉、腊梅,几穷其类。最难得的还种了桂树千株,上海无盛大桂林,有之,将自西郊公园始,从此八月流香,可以袭游人襟袖矣。

(香港《大公报》1954年6月23日,署名:刘郎)

团　　扇

要从古态取团圞,凉采轻罗薄采纨。摇动不妨清度美,含词忍笑腻于檀。

入夏以来,上海的扇子生意,又入旺销时期,王星记的门庭若市,不在话下;奇怪的是各区的合作社,今年忽然定制了大批团扇出售,这些团扇,大都是绢制的,一样有书有画。从这里我们又可以得到体会:凡是一件好的东西,它是为人们所喜爱的,我们的政府,不会叫它埋没掉,而必然要让它延续下去,甚至还要把它发扬光大。

放翁盛事记吴中,好景江南到处同。团扇家家依旧画,家家调粉画英雄。

读过陆放翁诗的人,一定记住他两句好诗:"吴中近事君知否,团扇家家画放翁。"我诗即本此意,不再作注。

(香港《大公报》1954年6月24日,署名:刘郎)

马　路　吟

过桥车马自喧阗,桥下都非旧市廛。一路堂堂宽百尺,直通"上海大门"前。

西藏路桥(旧称新垃圾桥)的北塊本来都是弯弯曲曲的马路,破旧的弄堂,看起来这一带地方很猥琐,很局促。但在一年前,这里完全变了样,修建了一条宽逾百尺的马路,这条路一直通到号称"上海大门"的上海北站。

如果已是两年不到上海的人,下了火车,经过这条马路时,一定以为这是个陌生的地方,因为旧时的迹象,在这里已渺不可寻了。

生防蚁聚惹灾殃,四面铺行护一墙。人海涌潮潮更阔,"七重天"在海中央。

白天,先施公司、永安公司一带地区,经常为人流拥塞,为了行路人的安全,不能不在这里拓宽马路。目下已经动工,北面从日升楼、沈大成、三阳,乃至信大祥布庄一带,都拆让了很大的地方,南面永安公司也退进一个橱窗地位,而东面的周羽春茶楼的一角,也卸了下来。到将来工竣以后,在"七重天"酒楼上,看下面的万人如海,必别有一番壮丽之象。

(香港《大公报》1954年6月25日,署名:刘郎)

薄暮过延安中路

"名园"往事久成尘,驵侩无情迹自沦。一自东方升旭日,即令斯土得青春。会看层厦连云起,长庆邦交万世亲。薄暮延安中路过,歌呼到处动飞轮。

过上海延安中路时,见中苏友好大厦的工地,几千个工人昼夜轮流地把这所巨舍在修建起来,不但是工地外面的行路人,走过这里时,总是要仰首欢呼,就是公共汽车经过的时候,车上人也是欢声雷动,更有的人,向着工地上的工人们挥手致意。

中苏友好大厦的旧址,是所谓哈同花园。像我这样一个在上海住了三十年的人,从来把这个地方当是一个"死角",一步也没有走进去过,但是今后的这块土地上,将是我们常来常往的地方了。

(香港《大公报》1954年6月26日,署名:刘郎)

发 丝 长

脑后终无一掠光,越姬竞秀发丝长。或梳两辫垂肩下,亦挽双鸦砌鬓旁。膏沐仍烦轻电力,腻香犹借好风扬。女儿原要女儿样,打点纷纷作嫁娘。

过去上海的越剧演员,尤其是扮小生的演员,有一种流行的发样,那就是梳得光光的、脑后短短的,徐玉兰、范瑞娟都是如此。但这两年来,他们都改变了这样的发式,而绝大多数把自己的头发留长,在演戏时,可不必乞助于假发。

她们留长了头发,有的梳了双辫,有的也挽了双髻,据说这些人中,两条辫子最长的是金采风,傅全香也不短。

但是也有一些演员的头发是电烫过的,如徐玉兰、尹桂芳;而戚雅仙、毕春芳,更是修剪得最最讲究。

从过去她们的发式,乃至她们中大部分人的不思婚配,当时人就说她们是变态的,是不正常的。到现在可以说明,还是那个时代压迫了她们,为什么她们到了今天,头发也梳女人头发了,大家也都在打算自己配偶问题了呢?

(香港《大公报》1954年6月28日,署名:刘郎)

伞　下

擎来翠盖没头深,宛若当头障绿阴。已用轻黄谐履色,如敷浅粉出桃林。渡坡人似霞光转,投楫身随宝气沉。最爱香丝修剪美,真同照水息幽禽。

杭州的绸伞是世界闻名的。近年来的盛销情况,我们的报纸上,也曾经记述过。

湖上归来的人,往往对我盛道绸伞之美。他们说,这些绸伞,都是印着最艳丽的颜色。他们说,在青山绿水间,看见女人们撑着这种绸伞,都是快翠轻红的撷人双目。

一位女太太说得最好,在西湖边上,看见一个女人,撑了一顶五彩斑斓的绸伞,她的头发,修剪得十分匀美,加上含风玉立的神气,使人对她的感觉,真像临水的彩禽,正在修剔其羽毛一样。

(香港《大公报》1954年6月29日,署名:刘郎)

闻二云再起因怀淑娴

施朱抹白上氍毹,未觉当时绝业疏。忽卷声华双艳起,更夸意气二云粗。《别窑》弦上添离绪,劫庙场中失老奴。愿隔风尘随处问:有人曾见淑娴无?

近年来说不完的歌场盛事。譬如讲京剧的女演员吧,老辈艺人之重整歌衫者,在北有雪艳琴和新艳秋;在南有潇湘云和杜丽云。潇、杜二云,至今虽未演出,但是吊嗓子、排身段、理脚本,都在忙得不亦乐乎了。

我于是一直想念着张淑娴,她跟我合作过好几个戏,《别窑》都唱过不止一回;《蚣蜡庙》,她反串褚彪,我唱贺人杰,到现在我有时吊吊嗓子,想唱"说什么,秦赵高……"那一段西皮原板,因为没有淑娴来接唱青衣,往往废然而罢!

(香港《大公报》1954年7月3日,署名:刘郎)

午 睡 即 事

南来初剖早西瓜,正遇东山涌白沙。果酒原同春酒软,梦痕常受笑痕连。高帘挂得风檐绿,幼女传来画院哗。陡觉鬓鸦秋俗美,白兰花接石榴花。

六月中旬,南方的西瓜已到了上海,与洞庭山的白沙枇杷争其甘爽。昨天中午,我喝了一些华北酿制的鸭梨酒,有点醉,就把这两种珍果,来作醒酒物,但吃了也就睡着了,一睡就是两小时,还是被一个小女儿吵醒的。这一天,小女儿不戴发结,而在鬓上插了一朵白兰、一朵榴花,这两种花,我们都一向看作秋俗的,但是在晴空下,又插在女孩子的头上,只有觉得孩子更美丽。榴花是那样灼灼地炫人两眼,好像把孩子的眉发都照得红了。

在祖国的工作人员特别是工作紧张的人,每天一定要有午睡的时间,夏天睡得更长更足。但几年来,我一直没有养成这个习惯,难得来一次昼寝,还是倚一浅盏的可口醇醪。

(香港《大公报》1954年7月4日,署名:刘郎)

勤 学 二 记

市区上学宿郊区,一路步行半路车。夫自应门姑守媳,不教一夜席曾虚。

一个住在上海西郊法华的家庭妇女,为了要学习会计,每夜到市区南京东路一个夜校里上课。她总是从家里走十多里路到静安寺,在静安寺坐电车到学校,回去也是这样,每夜到家总在十一时前后,这不算奇迹,奇迹的是两三年她没有缺过一课。

后来半课无心修,要向先生请早休。为道乳囊潮阵急,有儿待哺在床头。

有位朋友到夜校里去代课。在将要放学前的十多分钟,一个同学对代课老师说："请你准许我早退一刻钟。"老师问她什么理由？她说："我的'奶阵'来了，才出生三个月的孩子，正等着我去喂奶。"

（香港《大公报》1954年7月5日，署名：刘郎）

泡 泡 纱

不须哗笑莫羞爷，爷也能穿泡泡纱。要趁时行挨一脚，未妨爱俏选条花。障身真比轻罗爽，经水无烦烙铁加。"吓苦死跟""钉轧扁"，负隅只自傲豪奢。

从去年起，上海的夏季衣料，盛行了泡泡纱。但去年只有素色的，如米色、咖啡色、藏青、湖蓝、绯色、白的这一些颜色。

而今年则又有印花泡泡纱了。给少妇和小女儿穿起来，真是千娇百媚的。我替两个女孩子都买了印花泡泡纱，而自己则置了一条藏青条纹的裤子。孩子们都笑起来，说阿翁贪俏，犹与儿辈争妍也。其实孩子们是少见多怪，近五十岁的人，穿泡泡纱的，在上海不只他们的父亲一个。像凉罗一样轻爽，洗过了又用不着熨斗烫，为什么不穿呢？

（香港《大公报》1954年7月6日，署名：刘郎）

童芷苓产子

才退氍毹下，便登产妇床。多年为大角，初次作亲娘。尽管儿勤养，但教艺莫荒。今还是开始，以后更加忙。

童芷苓生了一个男孩子的消息，是她的妹夫石挥告诉我的。

有一位新闻记者，到产房里去看她。她正在收听无线电里报告全国人民热烈讨论宪法草案的消息，她就对记者说：

"等我产假满期之后，一定要加紧用功，练好艺术，以便重登舞台，更好的为人民服务。宪法草案鼓励我们艺术工作者发挥积极性和创造性，我怀着无限欢欣的心情来这样做。

"我是第一次做母亲。在国民党统治时期，作为一个京戏演员，是不可能也不敢结婚和生孩子的；而在解放后，我们艺人在人民政府的培养、爱护与保障下，外界阻力消失了，我的顾虑完全打破了。因此，我做了母亲。"

她说到这里，一面高兴的笑起来，一面就去抚摸她的正在酣睡中的婴儿。

（香港《大公报》1954年7月10日，署名：刘郎）

言 公 有 女

微怜家学渐深埋（指言派老生），后继何人不见来。但使令公骄有女，能持清志托师梅。上妆一顾推殊色，下笔千言仗宝才。试看辉煌新著在：自编自演《祝英台》。

言慧珠在初春的时候，曾经在家里关上了房门，耗半个月的时间，写出了一个《梁山伯与祝英台》的剧本。写完后就到北京，在北京将这个剧本排演，演了七天，回到上海，在上海也演了七天。京剧演员能写剧本的人不多，女演员更绝无仅有，有之，当以言慧珠写《祝英台》始。

言慧珠原来是会写文章的，而且写得极好。近年来，她涉猎了许多苏联关于戏剧理论的著作，在这方面得到了很高程度的修养，我们从她不久前给上海一张报纸写的一篇文章里，可以看出她在艺术的成就上和戏剧的理论上，都是表现得突飞猛进的。

她那篇文章的题目，好像是《我对梅兰芳先生演〈宇宙锋〉的初步体会》。全文长五六千字。

（香港《大公报》1954年7月11日，署名：刘郎）

衬 衫 艳

衫光历乱映清姿，称体尤宜素色丝。护就高胸匀骨肉，系来长裤镇腰支。领边细细花如绣，望里盈盈影是诗。绿遍摇凉街树下，含风玉立万容仪。

去年夏天,上海女人时行一种非常漂亮的丝质衬衫。出售这种衬衫的都在南京西路石门二路(旧同孚路)一带商店里。

到了今年,中国蚕丝公司大量制造,由第一百货商店经售,在那里,有几百种乃至几千种花色的衬衫可供选拣。

妇女们欢喜挑一色的买。如黑、白、藏青、深蓝、米色、蓝灰、黄灰等颜色,尤受欢迎。她们往往做一条黑绸或是藏青绸的西式长裤,再配上各种素色的衬衫,颜色是没有不谐和好看的。

这些衬衫,当胸一律用的拉链,故称"拉链绸衬衫",有的在领下、胸前,扣上同色的花纹,更有颊上添毫之美。

(香港《大公报》1954年7月12日,署名:刘郎)

七 十 二 胎

推去乌云见日来,回思往事尽堪哀。小人有母终须养,静女无家枉托媒。才是一头二年事,积成三十六双胎。雏生鸡旦凭挑选,各仗亲娘育美才。

越剧演员尹桂芳今年春天有一次谈到越剧演员的结婚问题。大意说,在旧社会,越剧演员是不敢结婚的,结了婚有三怕:一怕丈夫不良、二怕生孩子、三怕失去了舞台生命,因此连自己的母亲都养不起;解放以后,因为社会面貌的改变,她们都在觅取家室之乐,短短几年来,结了婚的姊妹,统计下来,已经养了七十二个娃娃。

这还是尹桂芳在春天说的话,接着,徐玉兰不是也结婚了吗?连下来名演员筹备作新嫁娘的很多,毕春芳的喜讯,目下正争传人口。

(香港《大公报》1954年7月13日,署名:刘郎)

冒雨看《自然之子》

江城歌舞压香尘,更杂银波照眼驯。依旧双携来妙侣,每劳远至感嘉宾。未妨风雨长行列,争看芭拉善女人。谁念淫靡荷里活,但忧毒焰蚀斯民!

在上海看不完的好戏,也看不完的好电影。观众们热爱祖国的电影,也热爱苏联和其他人民民主国家的电影。对于资本主义国家的好电影,也是很欣赏的。

最近我去看捷克斯洛伐克新片《自然之子》的时候,正是下着倾盆大雨,但这样下了连续几小时的大雨,也没有把观众驱散。还是撑着伞或是穿了雨衣,在戏院外面,排了遥长的队伍,等候入场。

《自然之子》是写一个聪明、勇敢和善良的少女,与封建迷信搏斗的故事,那少女的名字,叫作芭拉。

(香港《大公报》1954年7月15日,署名:刘郎)

游泳池口占

眼沙弄日似群鸥,载得汤汤笑脸浮。远处翻腾潜一体,近看俯仰出全头。漫夸妇有溜冰勇,今喜儿能入水游。却笑阿翁真老拙,伏波攀岸喘如牛。

两个男孩子都在十岁上下,他们从去年起学会了游泳,他们总是自己去,下水以后,在水里的人,便都是他们的教师,不但随身当心他们的安全,还认真地指导他们以许多技术,所以孩子们一下子就学会了的。

今年上海游泳池开门以后,孩子们还是常常去。有一次我同老婆跟他们一道去,孩子因为母亲溜冰的技术很好,怂恿她也去游水,但她却懦怯不前。我呢,这个泅水之术,三年来没有进步过,这回下水是下水了,还是泡在岸旁边,学老牛之喘水,惹得孩子们直对我好笑。

(香港《大公报》1954年7月16日,署名:刘郎)

看傅全香小戏

喧腾人畜此关头,赖有红妆骨气道。曾被陈书舫唱绝,莫言并世竟无俦。

当场磨出一双心,夜更深时爱更深。曾被王兰英唱绝,谦虚老辈肯摩临。

在上海长江剧场看了傅全香两个小戏,《双推磨》与《归舟投江》。前者是锡剧王兰英的杰构(上海电影制片厂已摄成纪录片),后者是川剧陈书舫的绝唱。我曾经先后在《唱江南》里介绍过的。

我不想过分地揄扬傅全香把它们排为越剧后的成就是如何的卓越;只是有一点可以提出的:就是锡剧在江南是一个新起的剧种,王兰英也是一个新起的人才,但是因为好,傅全香便不计自己演出后的成败,毅然搜罗到自己的剧种里来。我认为这不仅是个人的气度问题,而是突出地说明了今日祖国的社会风气,真是变换得崭然一新了。

(香港《大公报》1954年7月19日,署名:刘郎)

送天流赴东北

桃花城郭少年游,最爱银才一女道。泌得辛柔如好酒,写来媚爽似凉秋。故乡春事萦渠臆,祖国工程豁汝眸。赖有画图双笑在,愿依绛树望天流。

蒋天流到东北,还在孙景路到云南之前。

在舞台上、银幕上,论演技,到现在为止,我还是推重蒋天流的。看上去不像在做戏,然而浑身都是戏,这是演技到了纯炼的表现。

这诗头两句说的是我同天流是同乡,在中国的著名艺人中,只有天流一个人是我的乡亲,因而我特别珍重这一分乡情;末两句说的是三五年前,我同天流合照过一张照相,我在上面题有"愿待磨奢圭角后,长依绛树望天流"之句。

(香港《大公报》1954年7月20日,署名:刘郎)

龙 华 道 上

龙华原有万株桃,百十年来日就凋。风物皆随今世转,胜游要待好春招。金修塔貌如新起,红上僧颜识善劳。苗长何须三五载,霞光照路不知遥。

从虹桥弯到龙华去。龙华寺已经刷新过了,龙华塔也换了新貌。龙华寺里的和尚,从事了生产,面孔都红喷喷的,不像以前吃吃白相相的时候,他们的脸色,不是苍白,就是蜡黄。

和尚说:龙华道上,本来是看桃花的,因为一向只有砍,没有栽,终于连桃树的影子也没有了。但目下又要开始栽植桃苗,已经种了好几百株,还要种下去。将来龙华这地方,一定会变成桃林,或是桃圃,龙华道上,依旧要变成"桃花路"了。

(香港《大公报》1954年7月21日,署名:刘郎)

米　　价

昔时粒米贵于珠,而今粗米白似玉。满碗盛来软复香,加餐焉用鱼兼肉?一年三月价不更,我家账上有记录。莫向厨中计饔飧,多喜群儿强食欲。

昨夜翻阅我家的日用账,偶然注意了一下白米行情,一直翻到前头,发现上海的米价,从一九五三年三月到现在,总是站定在一个数目上,丝毫不曾变更过。

"世难忽惊升米贵,秋高快试一腰轻。"这是我八九年前的诗,当时并没有把这些句子,看成忧时愤世之作,到现在想起来,不禁毛骨悚然;我们这般人在那个政府的腐败统治下,是怎样活过来的!

(香港《大公报》1954年7月26日,署名:刘郎)

修　　屋

管得衣丰管食足,自然还要管房屋。沿路市楼满刷新,全条里弄勤修筑。地板重铺整且平,钢窗加漆红和绿。装成无异搬过场,人住其中叹殊福。

上海市的公共房屋，政府护养得十分周到。我们走在马路上，经常看见一排一排的店面房子，都围上篱笆，鸠工修理；弄堂房子，亦不例外。譬如以瑞金一路（旧金神父路）的金谷村来说，是一条比较整齐的弄堂，原没有到破破烂烂的程度，但目下正在大兴土木，不但地面墙壁都要整旧成新，就连每一家每一户的门窗地板，也修的修，换的换，动工到现在已逾四月，预计还要两月，才能完工。

有位住在金谷村的朋友对我说：政府所用的这一笔修理费，要收足两年多全弄堂的房租，才能抵偿得过。

（香港《大公报》1954年7月28日，署名：刘郎）

看《天鹅湖》与《泪泉》

天鹅舞到泪泉枯，卸却羽襦一体酥。原以芭蕾夸极诣，最怜神彩映明湖。偶依中国人间宝（指梅兰芳），来看苏联掌上珠。散射银光犹散福，此时合座尽欢呼。

七月八日的晚上，看了两部苏联的芭蕾舞短片：《天鹅湖》与《泪泉》。是苏联的人民演员、苏联人民的掌上明珠乌兰诺娃主演的。这两个片子，是最新的出品，在上海还没有正式公映，我所以能够得快先睹，是因为梅兰芳先生要看一看，梅先生就是这样，他到了现在的地步，还在不断观摩，来增加自己，丰富自己的。而我于是乘机揩油了。

这一夜同看的人不多，张乐平、柯灵、言慧珠诸人外，就是梅先生和梅先生的几个朋友而已。

（香港《大公报》1954年7月30日，署名：刘郎）

送咸雅仙毕春芳莫干山避暑

年年辛苦仗坚顽，暂息歌尘一解颜。更有追攀余勇在，青山放得翠鬟闲。

繁花莫漫斗妍红，人比繁红自不同。海上移来山里住，下山与汝接丰容。

七月初,戚雅仙和毕春芳的合作剧团歇夏,她们就双双上了莫干山。

这两个人一年到头,很少有休息的机会。因为戚雅仙、毕春芳两个人在上海演戏,场场无不客满。

但这两个演员的身体是健康的。我们从这一张她们今年春天拍的照相上看,不是看得出她们都两颊垂腴了吗?我在想,这一回,她们在莫干山上耽了一时回来,说不定还要发"块头"咧。

(香港《大公报》1954年8月3日,署名:刘郎)

老 师 贤

此来多感老师贤,作息安排一夏天。朝起阿爷书案上,从今不见片尘沾。

此来多感老师贤,饭罢儿竟呵欠连。一院蝉声喧枕席,芭蕉分绿照清眠。

孩子的学校里放暑假以后,他们都遵照着老师的安排,每天在定时地进行暑期作业。

此外,老师还叫他们每天必须午睡,也必须帮助妈妈操作家务。老师每隔几天,要到小朋友的家里来访问,检查小朋友是不是做了学校里替他们布置的"日课"。

老师到过我家里来了。查问我的孩子日常的生活情形,她问起是不是也学习操作家务,我告诉她,我的写字台就是女孩子每天一清早替我整理的。老师笑笑说,那就很好了。

(香港《大公报》1954年8月5日,署名:刘郎)

浦 江 夜 游

灯火船楼似彩虹,随波仙乐响琤琮。风清月白宜消夜,江阔潮深直放东。贪舞每烦三步快,多情最愿一樽同。倚舷归去凉生倦,近岸钟声十二春。

这两年上海市轮渡公司,一到夏天,便要举办"浦江夜游"。

上海的机关团体或是企业单位,集百余人或二三百人,向轮渡公司租了一艘轮渡,到高桥打个来回,或是直放吴淞的也有。就在船上面举行联欢晚会,楼舱上有的是光滑的地板,足够供数十对人起舞之用。中舱则可集合些人,开怀畅饮,至于安排其它节目,搞成百戏杂陈,更是任从客便。这两天,就是这两天的夜晚,黄浦江上的闹猛是难以形容的。

(香港《大公报》1954年8月11日,署名:刘郎)

台 湾 席

凉生梦寐台湾席,悯念台海织席人。枭迹狼蹄蟠此工,水深火热苦斯民。互期解放须偿愿,我有宣称定当真。歌舞欢腾宜可待,雄师降处胜天神。

家里大大小小的床上,都是铺的台湾席。这些席子都是从前买的,或者是人家送的,用了都将近十年了。

台湾席是爽滑的,而织造得那样精细和匀净,真是织席工人的辉煌手绩。我在家里每次看到它们,或者自己躺在上面的时候,总会联想到台湾人民。我们已经享到了几年的福气,而他们都还在噩梦里,过着水深火热的生活。血泪斑斑中,不能不唤醒台湾广大爱国志士的抗争。

可以誓言,总有一天我们会同享升平的。

(香港《大公报》1954年9月1日,署名:刘郎)

〔编按:"手绩",似当作"业绩"。〕

佐临米谷自苏京归

二兄作客苏京日,画片先登淮海廊。此往真供双眼豁,相逢无话各颐张。客中良晤皆才彦,樽畔交欢拓酒肠。携得远方糖果美,多情分享到刘郎。

今年"五一"节,参加莫斯科观礼的中国代表团中,上海有两位文艺工作者,是戏剧导演佐临与漫画家米谷。

他们在苏联住了五十四天,当他们回国前半月,所有在苏活动的照片,已经放在上海各个中苏友好的画廊里了,最多的一处是淮海画廊。

他们回上海后一星期,我们又聚在一起了。米谷本来欢喜喝酒,从苏京归来,酒量更加大了,因而谈锋弥健。他跟叶菲莫夫碰过几次头,这是位世界闻名的漫画家,他的作品,永远像一把利刃,是一把插在美国好战分子心脏上的利刃。

(香港《大公报》1954 年 9 月 2 日,署名:刘郎)

晚 香 玉

晚香流溅玉楼封,嗟赏徘徊我亦从。以展闲窗星月艳,偶明一火发肤融。为怜迷眼甘随读,倘念余年更事农。弯尽双眉花隐去,误它朝露十分浓。

夏末秋初,上海的花市,又热闹起来了,花店、花摊以及花担上所备最多的两种花是夜来香和菖兰,往年我是酷喜菖兰的。因为它颜色多,常常买了好几种颜色杂放在一个瓶子里,看起来真是鲜艳掇人双目,然而可惜的是菖兰无香。

到了今年,我爱上了夜来香,夜来香正确的名称应该叫晚香玉。近来我就经常买一大簇来放在案上,当下班回去,它已流散清香,一室皆满。夜里无论看看书报,或是写些什么,有了它会觉得精神旺盛。有一天忽然想着"别无香草系予思"的旧句,就写了一首以晚香玉为题的类似"花语"的诗来。

(香港《大公报》1954 年 9 月 9 日,署名:刘郎)

观 荷 一 首

　　百尺池塘好放船,萍踪暂聚故相怜。比肩双士无人识,数茎高荷向午妍。看竹古来休问主,赏花今亦不须钱。埋头更有氄氄柳,为我多情弄翠烟。

　　八月上旬,霞儿到上海来时,住在一所隆隆巨厦里面。这巨厦正是从前的"大户人家"。门外是车马喧闹的延安中路,而门内却是院落深沉,不仅花木扶疏,还有水榭风廊,替那所巨厦掩映生姿。

　　我去看霞儿的时候,正是池塘里的荷花怒放,这些花又高又肥,都美丽极了,我就对霞儿说:从前住在上海市区里,永远看不见一朵荷花,凡是名花,都是叫有钱人关紧了大门欣赏的。霞儿却说,现在这里的主人,整天把大门敞开着,谁爱看花,谁就请进来吧,这点,倒是绝不吝啬的了。

（香港《大公报》1954年9月11日,署名:刘郎）

夜　　话

　　渐看萤火出禾田,散尽残阳与乱蝉。一病肩如新削玉,今年秋是早凉天。人言尘世终无佛,我谓舷歌或有仙。更喜横眉意气在,要凭佳唱待支前。

　　是七月下旬的夜里,傅全香演完了《织锦记》,预备到北京去参加开国纪念的庆祝演出。我到她家里去和她话别。

　　今年春初,她到浙江、福建去给解放军战士作了三个月的慰问演出。回来后,曾经病过一时,瘦些了。这一夜,相谈起在福建沿海一带演出时的情形,那是在对敌斗争的最前方。

　　她为我们的海上健儿那种英勇卫国的精神所感动了,也为了国民党的飞机在我沿海上空骚扰而激怒了。她曾经彻夜高歌地为解放军战士们慰劳,也是对空中强盗的示威。因此她又谈到了我们一定要解放台湾,一谈起解放台湾,她自然会勇气百倍地谈个无休无歇,最后她是说,她将要最最高兴的一天,那就是在已经解放了台湾以后,她再去给曾经见过面的越海英雄们作慰劳演出。

(香港《大公报》1954年9月16日,署名:刘郎)

送新凤霞北归

蓦地动歌尘,赢来万口称。刘郎未倒屣,"老妹"(注)已抽身。祖国尊才技,艺人是宝珍。却嗟前一辈,几个不沉沦。

新凤霞到上海来,只演了十来场戏,因有要事,又把她请回北京去了。因为她去也匆匆,上海人是非常抱憾的,戏那样好,上座又那样挤,只听过一二次的人,认为不够畅快,向隅的观众,自然更加失望了。

当凤霞演出期间,上海市的行政首长,差不多都去看她的戏了;不但看了她的戏,对她在上海的生活起居,也备加关注。

在新中国,劳动人民翻身了的今天,从每一个艺人的际遇上,可以体会得最最明显。我们的国家,都把艺人视为珍宝。新凤霞是有福气的,她碰上了这一个时代;比她早一辈就倒霉,白玉霜是怎样死的?朱宝霞也终世沉沦?还有一个喜彩莲。若不是新中国成立的快,不由她不流转沟壑,到现在哪里还见得到她的影子呢?

(注:凤霞与吴祖光结婚后,我不再呼她为新凤霞,而呼她为"老妹子"。)

(香港《大公报》1954年9月17日,署名:刘郎)

赵老师看唐都(用长短句)

明日唐都将上学,今朝忽报老师到。老师先来认唐都,也教唐都识师貌。不要怕陌生,明日来须早。幼儿园里朋友多,比之你家更热闹。滑梯要当心,饼干供腹饱。想着大便喊阿姨,饭后睡足才算好。老师叮咛罢,唐都噢噢噢。老师临走告唐都,记住老师是姓赵。我送老师行,只有点头笑。真是好老师,老师真周到。

九月一日,上海的中小学都开学了。今年我的小女儿唐都也考取了允中女子中学附设的幼儿园小班。这一个不到六岁的小女儿,我们正担心她第一天上学,将会觉得怎样的不习惯。但学校的考虑是周密的,在八月三十一日下午,有一位赵老师先来访问我家,她一来就说:"我要看看唐都,也让唐都认得认得我。"接着又跟唐都逗了很多的话。第二天我们送唐都上学时,刚走进幼儿园的门,唐都已看见赵老师,立刻跑过向赵老师致礼说"赵老师早"了。

(香港《大公报》1954年9月19日,署名:刘郎)

鸡头肉和圆菱

我儿送礼阿爷收,一匙犹吞十斛秋。念到鸡头新剥肉,移家直欲住苏州。

年年就口辨清鲜,涵足南湖雨复烟。英气何尝殊少日,要持一桨刺菱田。

清秋蔬果,在江南,我爱好的是鲜莲子、鲜藕、鲜菱,记得去年送敏玉北上诗,就有"此去快尝梨与枣,归来饱唊藕和莲"之句。

菱,自然以南湖菱为第一,这在上海市上,年年有得买,我也年年有得吃。二十年前,还在南湖的菱田里,打过桨唎。

就在这个时候,有一样最好的东西见新了,那是鸡头肉。我实在是偏爱鸡头肉的,可我也是年年吃得着,在苏州的儿子每年总要带一蒲包给我,也算是"甘香之奉"。

当我每年吃到鸡头肉时,总有这样一种感觉:江南的万斛清秋,都叫我吞到肚子里了,也惟有这样,才觉得没有浪掷了九月凉秋。

(香港《大公报》1954年9月22日,署名:刘郎)

海　宁　潮

清游意兴比秋高,到处相呼到处邀。金桂香流词客帽,蓼花红过女儿腰。遂知家国恩深布,始有和平福可消。看罢团圞楼上月,再看十八海宁潮。

上海的天气,直到中秋前一星期始荐新凉的。

于是走到哪里,哪里都是洋洋盈耳的作伴相邀,为秋游之计。

今年最多的是要去看一次有名的海宁潮。因为据推测,今年海宁的潮头,必较往年壮阔。他们说,看完了海宁潮,然后再赶杭州满觉陇的桂花。也有喜欢简单些的,则以虞山为目的地。虞山的兴福寺也有唐桂可看,而最不能忘情的是王四酒家的吃,血糯和桂花栗子羹,都是别地方尝不到的人间极味。

(香港《大公报》1954年9月24日,署名:刘郎)

考　篮(二首)

儿背书包我挈筐,出门一路趁朝阳。白头老母凭楼笑:父子双双上学堂。

出门一路趁朝阳,宛似提篮上考场。老母凭楼勤嘱咐:愿儿考作"状元"郎。

每天清早,我总是跟一个在中学读书的儿子一道出门。孩子挽着书包,我挈着草篮,孩子赶他的上课时间,我则赶我的学习时间,我的母亲天天看见我们爷儿俩上学的情景。

凡是一个国家干部,都是要一面工作,一面学习的。近两个月,正在集中精力,学习社会主义经济建设问题。因此必须要提一个草篮,才能放得下这么许多文件、参考书和笔记本。

我母亲又说我手上提的真像一只"考篮"。事实上我们学习过一个时期后,是要经过考试的,今年就已考过不止一回。在考试中谁又不想独占鳌头,所以我们平时的读书,也实在是并不含糊的。

(香港《大公报》1954年9月25日,署名:刘郎)

中秋望月口占

片云不滓太空间,但着晶莹月似盘。试向明年悬一愿:明年薄海庆团圞。

直废刘郎一夜眠,中秋望月到明天。知渠朗澈非无意,祖国今年大喜年。

今年中秋的月亮是分外莹洁的。

月亮也好像在替我们祖国庆贺。因为今年我们的国家在中秋节后,喜事重重,如召开第一届全国人民代表大会;通过宪法;选举中央人民政府正副主席;开国五周年的庆祝大典;提出了解放台湾的任务,必然要完成这一任务。还有和平力量的高涨;我们在日内瓦会议上取得的胜利;今年有数不清的外国来宾,要到我国来观礼。

其它如五年来祖国在各方面的伟大成就,这笔喜事的细账,我就数不清了。

(香港《大公报》1954年9月28日,署名:刘郎)

买　　旗

买旗不费几多钱,作势翻腾映日妍。手把一麾何处去,祝它开国五周年。

临高直似踞青山,但听上头号令颁。越海英雄儿做得,擎旗要去插台湾。

为迎接国庆节,孩子们已经买了很多的五星红旗。小儿子拿了一面,在家中挥舞,嘴里直在喊着"庆祝国庆"、"中华人民共和国万岁";大儿子拿了一面,他站在桌子上,把旗帜向东直指,嘴里喊着:"一定要解放台湾。"

不单是我家的孩子们在这样做,别人家的孩子也都在这样做。这是说明全中国的人民,用怎样一副欢愉的心情,来迎接一九五四年的开国五周年纪念；也是说明全中国的人民，如何万众一心地来对待一定要解放台湾的这一个神圣事业。

（香港《大公报》1954年10月1日，署名：刘郎）

中秋望月怀山静庐主人

北投书至六年前，自此光阴苦难连。到处所逢皆白眼，从无一见是青天。更何心看团圞月？只待恩施解放船。修建家园同着力，回甘正有福绵绵。

在台湾的故人中，工书画、精金石的山静庐主人，是我时常想念的一个。

我们有六七年没有通音问了。我在上海，有时遇见唐云、周鍊霞他们，总要打听打听山静庐的近况，而他们告诉我的也和她音书久断。

这诗里的"解放船"是有一个出典的：当五年前上海解放了没有几天，我听一位负责首长的报告，他把解放军的百万雄狮，譬喻为一条船，这位首长说："现在这条船靠到上海来了，不久就要靠广州，最后一定要去靠台湾。"

（香港《大公报》1954年10月3日，署名：刘郎）

送姥姥归

儿书劝母归陇亩，为道乡居事事全。数斗新粳留煮粥，一床旧被早添棉。弄孙莫负含饴乐，令子群称入社贤。祝汝余年腰脚健，青青都踏自家田。

姥姥姓高，在我家帮佣了将近十年，前年她的儿子从宜兴乡下来信，要她回去，她没有答应。到了上个月，又写信来，非要叫老娘回去不可，如再不去，那末他要自己来搬请她了。

姥姥儿子的信上说，打去年起，一家人的日子过得更加满足了：因为他已加入了农业生产合作社，不用再愁饥愁冻；家中已经有了三个孩子,都长得很结实,娘看见了一定高兴。这些话打动了姥姥的心,因此收拾收拾,告别我家。

姥姥走的那天,行装倒也丰盛,有花布、肥皂、热水瓶,还有大包小扎的糕饼,猜想起来,大概是送给三个孙子的见面礼了。

(香港《大公报》1954年10月5日,署名:刘郎)

大　道　颂

横跨广场修大道,远程宽度不胜勘。铺成都用花岗石,望去真同彩地毯。绿树为屏驱市闹,红旗似火满空涵。今年行列尤雄绝,一路昂头许我参。

上海的人民广场大道,已在九月二十五日完工。今年国庆节的游行队伍,就在这条大道上通过。

这条大道横跨人民广场,东接西藏中路,与福州路衔接,西接黄陂北路(旧称马霍路),贯通威海卫路。大道开放后不但便于游行集会之用,并可改善市中心区的东西交通,使福州路、威海卫路一带的车辆、行人,不必再绕道南京路、武胜路,可横穿人民广场直行。

大道全长五百六十公尺,宽二百公尺,在当中廿八·八公尺阔的面积上镶了坚固耐磨、色泽大方的花岗石。有人赞美人民广场大道说:"它铺上了花岗石,望上去真像一条米黄色的大地毯。"在镶铺花岗石块时,工人们采用了水泥浆灌缝的先进方法,把十多万块三十公分见方的花岗石块,结成一个整体,使大道更平坦、坚固。在花岗石路面两边是泥结碎石浇柏油路及煤屑路,再外层就是美丽的绿化地带。大道两边及广场主席台、观礼台前都饰以绿树、草坪和鲜花。光是冬青,这次就添种了一千多株。

(香港《大公报》1954年10月10日,署名:刘郎)

秋 塘 所 见

秋光甚艳被横塘,一路花香杂土香。塘下无航人不到,风柔日软见鸳鸯。

露清怕碎珍珠草,日丽还障闲放身。便与芦花头共白,蓼花高艳竟如人。

过了中秋后的一段日子里,上海的秋光甚艳。有一天早晨,我到了西郊,在虹桥路的一条支路上信步走去,那里是一带横塘。

在塘岸上坐着一对农家的青年男女,都是含情脉脉地在讲些什么。我因为打扰了他们,心里有些抱歉,便故意避开了视线,特地注意塘上的风光了。

塘上的风光如画:沿塘两岸,都是还没有探出头来的芦花,然而蓼花已亭亭艳放,明明知道这些都是无香的花。但到了这里,收来鼻观的自然有一种清芬之气,如果这不是花香,那一定是露润过了的草香或是土香了。

(香港《大公报》1954年10月12日,署名:刘郎)

看《春香传》作(一)

真见天人鸾鹤姿,广寒楼外立多时。娟娟原比高花艳,一顾能成刻骨痴。

徐玉兰、王文娟回国以后,把朝鲜故事《春香传》搬上舞台,用越剧演出。因为故事的动人,演员演技的精炼,于是轰动江南。公演两个月以来(预计演至今年年底,售座弗衰),我看了两次。得绝句十二首,第一首也就是春香传戏的第一场:春香是朝鲜一个艺伎的女儿,生有殊色,故艳名动一国。这一天是端阳节,春香与婢子香丹,游广寒楼,与当地使道(相当中国封建时代的太守)之子李梦龙遇。剧中,饰春香的是王文娟,妍趾纤腰,风神甚俊。饰李梦龙的是徐玉兰。

夜半呼童篝火寻,名姬不要斗量金。阿娘到老飘零苦,故要恩情万丈深。

是夕,梦龙与其童仆房子,挑灯访春香于寓所。告春香母,愿联为姻媾,母感其意诚,遂为女托终身。在订盟时,文娟腼腆万状,表演入神,令人意远。饰月梅(春香母)的是周宝奎,不火不温,果然老手。

(香港《大公报》1954年10月17日,署名:刘郎)

看《春香传》作(二)

但期永永是今宵,蜡烛烧残第几条。明月当空留不住,今宵依旧到明朝。

这是戏里"爱歌"的一场。演春香与梦龙两人的蜜爱柔情,双栖甚乐。在他们对唱的唱词中,有如下的几句:"但愿百年如今宵","但愿百年人不老";"我要把明月捆绑在天空照","莫使明天再来到";"从此是天不明,人不老,百年一日如今宵"。

又谁知人间情种,竟是天上愁痕,"爱歌"乍唱,又接唱"别歌"也。

莫更扬言傲两班,两班只是食人肝。老身见过公卿惯,话别公卿齿也寒。

李梦龙之父,调官汉阳,命梦龙奉母随行,但不许春香同往,以两班子弟(朝鲜君主社会时期,朝廷开会,席分东西两班,文官在东班,武将在西班),娶贱民女为妇,将有辱官声。

梦龙以父言告春香母女,母闻言大怒,痛詈两班,其唱词有:"两班二字休再提,分明是倚仗两班把人欺……。"

(香港《大公报》1954年10月19日,署名:刘郎)

看《春香传》作(三)

万里关山万里愁,愿君此往觅封侯。马蹄香踏南原道,倘念有人守白头。

这是戏里的"别歌"一场。

梦龙唱：临别叮咛记心头，此去汉阳无别念，只念你雪里青松长相守。

春香唱：长相守，长相守，岁月匆匆情不留，怕只怕红颜易老又白头。公子，纵然白头，我也等候。

　　一心不作负情人，能反淫威是至仁。杖下蛾眉魂可断，何尝断得骨嶙峋？

梦龙走后，卞学道继甚父之任，卞亦恶吏，既至南原，强春香为其"守厅"（侍奉官府的艺伎，似妾非妾，名为守厅），春香拒不从，卞怒，杖春香于庭，杖已，沉之狱底，且声言欲夺春香命。

这一场戏，越剧的幕题名为"一心"。

（香港《大公报》1954年10月20日，署名：刘郎）

看《春香传》作（四）

　　亲娘来看狱中花，不被轻纱被硬枷。颗上泪痕梳上发，当时一样乱于麻。

春香系狱中，被长枷，几覆一体。其母常来省视，为女梳长发，且梳且为呜咽吞声之曲，听之泪下。

　　南原狼虎杀春香，血泪书成寄汉阳。盼断天涯人自至，心中夫婿梦中郎。

常至狱中与春香作伴的，除老母外，尚有婢子香丹。春香从香丹劝，作一书述沉冤事，告与梦龙，书成，香丹携出，觅李氏童仆房子，烦房子送往汉阳，时房子方为役吏于此。后梦龙果至。

上面的两首诗，戏里的幕题叫"狱中花"，凄酸蚀人心骨。

（香港《大公报》1954年10月21日，署名：刘郎）

看《春香传》作（五）

　　万姓输铜愤不平，植碑争欲瘗倾城。春香若死应无恨，试听民间有正声。

南原人闻春香将受害，皆愤愤，争献铜匙，为春香立碑，旌其勇与恶吏斗，亦旌其与梦龙论爱之专也。时梦龙已为巡按御史，方微服察访，将至南原，闻村人聚议春香事，大震，适房子持春香书至，梦龙遂驰赴南原，会春香于狱中。

这一场戏的幕题叫"农夫歌"。

　　微命犹留待死身，谁知狱底忽回春。可怜桔凤敛鸾夜，来看惊红骇绿人。

这一场戏的幕题叫"狱中歌"。

（香港《大公报》1954年10月22日，署名：刘郎）

看《春香传》作（六）

　　有客无端闯寿筵，题诗竟去气昂然。今朝除却凶残吏，更庆春香得见天。

御史出道之日，正值卞学道大摆寿筵。梦龙至，就堂下坐，众人犹不知其为京中新贵也；梦龙索笔题诗云："金樽美酒千人血，玉盘佳肴万姓骨。烛泪落时民泪落，歌尘高处怨声高。"题罢掷笔自去。至是众官始惊散，及梦龙易服登堂，遂执卞置于阶下，亦遂与春香庆重圆焉。

　　三百年前事可尊，爱她刚烈杂温存。后人继此坚强志，盗寇何能入国门？

《春香传》是三百年前流传到现在的朝鲜的一个民间故事。朝鲜的人民，没有不熟悉这个故事而热爱这个故事的。

这个故事，歌颂着朝鲜人民具有又是温柔又是刚强的性格；也歌颂着朝鲜人民具有任何暴力所不能征服的意志。这一种优良传统,到了现在,朝鲜人民都已表现在捍卫祖国的反侵略战争中。在美国侵朝时期,我们听到过成千成万件朝鲜人民为了追求自由幸福,英勇不屈地与顽敌抗争的故事。

看了《春香传》,我们更加明白,这种最可珍贵的民族性格,在朝鲜的历史上,是可以找到根据的。

(香港《大公报》1954 年 10 月 24 日,署名:刘郎)

咏牌楼(纸质韵浑押)

大小牌楼数难计,就中一个巨无匹。不在通衢闹市间,巍峨却向江头起。彩椽黄瓦朱红柱,气象万千真雄丽。前临滔滔黄浦水,其下蠕蠕人如蚁。有客到此设想奇,直将万寿山来比。排云殿外昆明湖,两者何尝不可拟?域中喜事办不完,一桩过去一桩继。为问归期可有期,君若归来正好睇。

今年国庆节,上海修建了十五个大牌楼,而最最大的一个是在南京路外滩,黄浦江的边上,像是到浦东去的一扇大门。

有人把这里的风景,比作北京颐和园的一角,那些大楼好似排云殿,而黄浦江犹如昆明湖,因为排云殿下面是有一个硕大无朋的彩色牌楼的。

到了夜里,黄浦江上的牌楼,霓虹灯都亮了,于是各牌楼的人流,涌塞在黄浦江边,一个广东老头子,叫人挤得透不过气来,在人群中直嚷着:"睇死人冇命赔!"从这句话里,牌楼下面的热闹,可想而知了。

(香港《大公报》1954 年 10 月 25 日,署名:刘郎)

一 队 红 妆

红妆一队出云衢,锦织披肩绣织襦。入握宁输花朵艳,临风初抹口唇朱。不因家计忧盐米,但觉年来壮发肤。片片芳心都爱国,既勤教养亦勤厨。

上海,每年的劳动节和国庆节的游行队伍中,总有一队是家庭妇女的行列。

今年国庆节,这一个行列特别壮大,因此也特别受人注目。游行的人,穿着最艳丽的衣服,敷了粉,也抹了口红,修剪了头发,在行列中每个人都捧了鲜花,喊着响亮的口号。

祖国的妇女,在政治上、经济上有了崭新的地位以后,她们心头的愉快是可以理解的。她们都知道热爱祖国,而她们的爱国之道,又非常简单,只要带好孩子,做好家务,如是而已。所以她们对于每年两次的游行,都是以狂喜的心情,来迎接这一运动的。

(香港《大公报》1954年10月26日,署名:刘郎)

一队红妆(二)

此声怒壮绝尘寰,出自红妆一队间。七字宣言成国策,万支劲旅扑台湾。

引刀先把魔头斩,聚首能期夫子还。六亿人儿心一个,正从心底郁狂澜。

在上海家庭妇女的国庆节游行队伍中,她们一面走着,一面也高呼口号。喊到"一定要解放台湾"时,有些太太们是喊得特别激动的,因此听她们的声音是怒壮的。

可以料想这些太太们都是有亲戚朋友仍在蒋贼血腥统治下的台湾,过着地狱生涯,她们都盼望他们回来。她们也知道只有我们的解放大军出动以后,希望才能实现。对于我国人民解放台湾的正义行为,这些太太们也和别人一样是衷心拥护的,问题提到了她们的心上,再喊到她们的口上,那声音自然会激动得厉害了。

(香港《大公报》1954年10月27日,署名:刘郎)

十月十五夜看红星

钢塔报初升,似锥复似菱。悬空替落日,满市见红星。两国心同结,群獠势失凭!晶晶此福曜,照亮万门庭。

十月十五日上午十时半,上海新建的中苏友好大厦中央大厅楼顶上,升起了一座金光闪烁的镏金铁塔。塔形是八角锥体,它的外面,包着镏金的菱形钢皮。全塔共有二十二节,计五一·八公尺高,重三十二吨。

塔顶有一颗五角红星,也于同日晚上,在距离地面一百〇六公尺的高空,发出像宝石般的光芒,照耀全市,使人好像看见莫斯科克里姆林宫上的红星一样。

这一天,我是站在自己家里的四层楼上,趁天还未黑的时候,就等候这颗红星放光的。当它灿烂的光芒射向市空的时候,耳朵里真像聒动着全市人民的一片欢腾的声音。

(香港《大公报》1954年10月31日,署名:刘郎)

送乐小英兄游七里陇

满觉陇头万树金,西湖迟桂发秋深。知君画笔添香后,直把严滩着意临。

一日扬帆过富春,情深祖国赐闲身。中年方识东南美,七里陇前着画人。

乐小英兄是上海著名的漫画家之一。近年来他是一家报纸的美术组的负责人。

因为工作好、学习好,对自己的业务又是钻研不息,在他的工作单位里,成了楷模人物。

十月初,他接受了国家给他的公休待遇,前后十天的假期。他就约了太太先从上海到杭州,去看一看满觉陇的桂花,然后再从杭州到富阳,自富阳而桐庐、而七里陇。

他从来就向往着富春江风物之美,直到如今,总算了其宿愿。

他来和我道别的时候,对我说:"我这个宿愿还是现在我们的政府,给我轻轻了却的。"言下真有乐不可支的样子。

(香港《大公报》1954年11月1日,署名:刘郎)

绿 化 外 滩

无山巨厦自隆隆,无寺能闻上界钟。轮轨飞腾潮上落,花光长照四时红。

风前棕榈比人高,若向归航用手招。去国当年无限意,何曾折柳更攀条?

绿化外滩的工程,已经完成了一部分,这一部分是从南京路的黄浦江边到北京路的黄浦江边。这一段已经出现了一个美丽的园林。

这一张照片,是九月下旬的一个早晨去摄取来的。摄影人立的地方是原来外滩公园(现称黄浦公园)的门外,镜头朝着西南,所以海关大厦顶上的片钟,隐约在望。

这个江上花园的美丽,我不再多所描写,读者诸君自会从画图中想象得来的。但愿海外的同胞们,将来回到祖国的上海来,正是景色方浓的天气,当船还没有靠拢码头,一眼望见了江上的满园花树,你们的心,也会像花一样,一片一片地先放开来了。

(香港《大公报》1954年11月2日,署名:刘郎)

再咏"外滩绿地"

再请从南往北看,外滩真入绿云端。楼高丛街栽如草,波阔行舟望似瘢。日暖最宜江水静,花开不碍铜街宽。为君欲说春城美,拼秃霜毫说不完。

"外滩绿地",曾经唱过一首了,也附了一张照片,现在再来一张。

这一张是从"绿地"的南端向北摄取的,中间的一片园林景色,已于国庆日开放,招待游人。

图的左边是沙逊大厦,和中国银行(现在的人民银行)大厦;而绿云深处,高耸一楼,那是白渡桥北岸的上海大厦。图的右边则是艨艟在望的黄浦江。

这块"绿地",只有三五个月的工程,就把它修建起来了,我们的政府,天天在把上海打扮,打扮得美丽无伦。其实岂止上海,祖国每一个城市,到处都在漂漂亮亮的披上它们的新装也。

(香港《大公报》1954年11月3日,署名:刘郎)

南 郊 渡 水

一串红开日,南郊小驻车。天颜蓝似缎,人面灿于霞。橹拙舟难进,风高日易斜。咖啡当酒饮,归鬓浣尘沙。

十月中旬的一个假日,同朋友们游了上海城南的一家花园。在园里,辟一方园地,满种着"一串红",正值花开,濡眉染鬓,都是霞光;而头上顶着的是像缎子一样的蓝天,若不是高秋天气,是不会有这样的境界的。

后来又买舟渡水,分两个人为一船,和我同舱的是俞三。久居都市,看见了河,就欢喜,更何况还在水上荡着轻舟。给我们摇橹的一个女人,她把在哺乳中的婴孩,用一根索子络住了,让他匍伏在船橹上,孩子常常用手拉着橹绳,好像帮他母亲操作一样。可惜这位母亲的艄功不太好,水又是逆流,我们怕她费力太多,摇了一些路,就打了回程,到了岸上,叫店家煮了一壶咖啡,与俞三坐对斜阳,不觉神意之俱苏也。

(香港《大公报》1954年11月4日,署名:刘郎)

香 粳 与 血 糯

香粳海市来新米,异种虞山产血糯(叶平)。翡翠浮光堪煮粥,桃花助色可调糊。桂筛金点猪油重,豆捣朱泥莲子酥。九月江南多美食,橙黄橘绿又何如?

秋来,家里贮备了两种新米,一是故乡来的香粳,一则虞山输来的血糯。

香粳煮粥,当荷叶还鲜活的时候,放在粥里同煮,便成绿糜,入口尤饶清芬。

血糯是常熟的特产,颗粒甚长,天然赤色。叔范先生写王四酒家有血糯饭,其煮法如寻常之八宝饭,加赤豆泥以外,再入桂花栗子、鲜莲子,而又采新桂花点缀其上,遂成美品。就中桂花栗子亦产虞山,与血糯同时荐新,王四之所以驰誉江南,其故在此。上海人家煮血糯饭,往往不及他的出色,因桂花栗子不易求致也。

(香港《大公报》1954年11月5日,署名:刘郎)

菊花十万盆

莫问花几朵,盆栽十万株。绵绵如锦绣,灿灿若云荼。到处以香染,当年用血涂。人流滚滚涌,自晓抵于晡。

今年上海所有的公园,都盛植菊花。中山公园一进门,就陈列着一千株,都是黄花,颜色虽是单调了一些,然而可以想见这里的秋色之浓了。

此外人民公园则陈列了十万盆以上的菊花,开着规模宏大的菊花展览会。将上海所有的名种,一下子都搜集在这一个园林里。我不想来形容这些花朵的彩色之丰,以及这些花朵的奇姿异态,因为不要说在这样一首小小的诗里唱不出来,即令变体为长歌,或是仿效朱竹垞的风怀二百韵,也是不可能写尽这一番花事之美的。

但是我还想向读者诸君提醒一声的:现在这一个装点得花团锦簇的园林,菊花展览会的所在地,在解放前,是引人去倾家荡产的大赌场,人们唤它作"跑马厅"的是也。

(香港《大公报》1954年11月6日,署名:刘郎)

重过明楼时芙蓉甚放

　　明楼秋色老犹秾，又着歌呼旧日踪。人自贪多分菊种，我来爱俏看芙蓉。谁家晚桂流香烈，傍水蓼花作意慵。剪得春菘供百箸，一双赤蟹过三盅。

在江南秋老的日子里，又访老友于明楼。

明楼在沪市西郊一条幽洁的弄堂里，其实这里已不像弄堂了，两三年来，叫大家修建成为一个水木明瑟的花园。譬如现在，只要你数得出名字的秋花，这里几乎无一不有，自然最惹人眼鼻的，正是晚桂流香，芙蓉盛放。

明楼下面的两树芙蓉，高可及檐，而花开甚丽。主人置酒阳台，煮大蟹飨客，蟹后再吃饭，有菘菜二碟，则是刚从后圃剪出来的，以故香美可口，是日，我赖此得尽饭两大碗。

（香港《大公报》1954年11月7日，署名：刘郎）

西郊看桂花与芙蓉

　　西郊闻有千株桂，及我寻时放已浓。不肯匆匆作过客，还来细细看芙蓉。地因旷远天随大，老惜风华事更恭。醉就酡颜车下别，一心腾沸骨销溶。

重阳后一日，到西郊公园看桂花，很可惜，迟来了几天，桂花已开过了头，有些已呈萎色。然而，想不到那里的芙蓉盛放。

上海西郊公园的芙蓉是多得不可胜数的，不但是株数多，花色亦多，有淡紫色的，有蜜色的，有红的、白的和嫩黄色的。烂漫枝头，真是美丽极了。

我们刚到公园门外，一下来，就看见了篱笆里有好几株芙蓉；进了园，走几步便有种芙蓉的地方。因此觉得身入园林，已先神醉。这天我在里面留连了很多时候，临走也是用依恋的心情，和芙蓉作别。

回到市区,逢人苦誉:若去秋郊,必到虹桥,若到西郊,必须饱看芙蓉也。

(香港《大公报》1954年11月8日,署名:刘郎)

重见"一娟"来

曾断蛾眉无数魂,遥违幸有"一娟"存。漫从前辈矜喉貌,直到今朝识爱恩。百尺歌尘倾万座,廿年旧梦得新温。《盘夫》台下昂头者,都是清贤汝子孙。

二十余年前,是越剧在上海的新兴时期。那时,花旦唱得最红的有四个演员:施银花、赵瑞花、王杏花,还有一个是姚水娟,当时人称她们为"三花一娟"。像现在上海领导国家越剧团的袁雪芬和傅全香她们,比起来还是后一辈的。

二十年后,"三花"已不知何往,存者但有"一娟"。数年来,姚水娟一直在杭州出演。今年九月到十一月上海举行的华东戏曲会演,姚水娟是浙江省入选的演员,于是上海人又看到了她唱的《盘夫》。四十多岁的人,戏还是唱得那么声容并茂。在台下,越剧的后起人物,都往观摩。姚水娟之于越剧,是投种而又看它萌芽的人,到现在看见这个剧种的枝叶扶疏,花开如锦,她心中的欢愉,是可想而知的。

(香港《大公报》1954年11月9日,署名:刘郎)

答云夫人招游南园记事

南园无复长蒿莱,为赶清秋特地来。黄水一江和滔涌,高杨百树及门栽。已同草径连长鬓,时引花香拂浅腮。鬼哭久遥诗客笑,刘郎到老似童骏。

在上海的打浦桥路底到黄浦江边,这一带本来是棚户、丙舍,还有无名尸体堆葬的地方。过去这地方的棚户,一场火烧,往往数千户顿成灰烬。

现在这里有了花园,是就一家会馆的旧址改建起来的,叫南园。里面是花树扶疏,堆石作山。而外面的棚户,也都已改为洁净的平房,闹盈盈的俨然市廛风光。

答云夫人曾经在南园设宴款客,也曾开过舞会,她又常常请她的女伴到那里去谈天说笑。女伴们坐在假山石上,或者园里的长椅上,逗逗孩子,打打绒线,经常地把它当作了自己的花园。

有一天,我也被邀作客,归来后有诗为记。

(香港《大公报》1954年11月11日,署名:刘郎)

西湖风景竹

豪竹万竿十万竿,箫箫直欲碍天宽。西湖终是平安地,便作云栖道上看。

潮波如镜不生潮,岸上无端涌磬涛。从此乱蝉林下过,绿云更比白云高。

西湖上不是没有竹林,但是不多,不多便是缺陷。最近浙江农林部门设计,选定湖滨的若干地区,遍放竹林,要使幽篁万茎,涌绿成潮。

这些竹根,目下都已于产地运往杭州,第一批计重一百万斤,将来箫箫怒发的都是粗大的毛竹。因为长成以后,不把它们作为农业产品,所以农林部门把它定名为"风景竹"。这名词就是寓专供游人赏览之意。

本刊在二三月前,曾经登过叔范先生一篇谈"云栖竹径"的文章,因为笔墨好,写得风光如画。现在只待西湖风景竹的计划成功,那末云栖竹径的胜境,不消几年,就会出现在西湖上了。

(香港《大公报》1954年11月12日,署名:刘郎)

〔编按:"箫箫怒发"似应作"萧萧怒发"。〕

赠 巾 记

　　西风初动玉肌凉,闻道归来意兴长。酒进三樽尼赫鲁,巾还一抹傅全香。绮罗昔日何曾乐,颐项今朝也有光。多谢故人深爱惜,要分清暖与刘郎。

　　傅全香从北京回上海的时候,正是华东戏曲会演如火如荼的日子。有一天,我同她一道看安徽的黄梅戏,她把一条围巾授给我,问我好不好。

　　一条印着淡蓝花纹的丝绸围巾。全香说:是印度共和国总理尼赫鲁送给她的。

　　原来全香在北京时,曾经演过《西厢记》给尼赫鲁总理看,她回到上海,尼赫鲁总理也来访问上海,在上海人民的招待会上,傅全香、袁雪芬、范瑞娟代表文艺界给尼赫鲁总理敬了酒,当这位贵宾离开上海的时候,送了她们每人一条围巾。全香很珍视尼赫鲁总理的礼物,把它作为初冬的装饰,经常围在脖子上。她叫我也围上一围,说我也分享了印度给与中国人民的一点友情。

　　(香港《大公报》1954年11月23日,署名:刘郎)

光宇、乐平、桑弧游绍兴

　　花气烟香互郁蒸,新冬连夜聚良朋。抽身无计从三士,涌绿成潮看六陵。香岭虽高峰可跻,施髩若遇醉堪乘。今朝送去双奇笔,画本张张写绍兴。

　　张光宇兄从北京来,再从上海到杭州、到绍兴去写生。到了上海,张乐平和桑弧二兄,愿附光宇偕行,他们几次都邀我同去,因为要有一个月的时间,我实在无法脱身。然而想起了香炉峰,想起了山阴道上,想起了东湖,想起了宋六陵,又想起了鲁迅故乡的百草堂,而我不能与胜侣同探,失去这样的机会是可惜的。

桑弧说,他到了绍兴,要去找给"新野"写"听潮夜话"的施叔范先生。叔范近在余姚乡下,农事之暇,犹不能忘情于杯中物,乐平与桑弧,此去都可以陪他一醉的。

宋六陵是绍兴最好的风景区。叔范先生写六陵的松林,用"涌绿成潮"四个字来形容它,真是白描圣手。

(香港《大公报》1954年11月24日,署名:刘郎)

复兴岛公园纪事

一桥临浦拱如虹,一路槐杨障海风。细榆多情怜袖薄,斜阳无计夺腮红。携来果饼膏馋吻,留与夫妻坐晚枫。我倚青松君倚我,老来何幸气犹童。

江南秋色太浓,我是每一个假日,几乎都作郊游的。十月二十八日又到了复兴岛公园。

这个公园的特色是树多,它的外面是黄浦江,有了丛树为屏,就看不见滔滔江水。但气氛是宁静的,宁静得叫人舍不得走开。

我们有时憩息在林荫下,因为风大,觉得有些凉意,又移坐在日光下。太太带来了一只草篮,篮子里放着朝鲜的倭锦苹果,也放着在淮海路上买来的果酱棚格,她用刀子剖苹果、切棚格来充饥解渴,因此更加忘记了回去。

园中有一个硕大的紫藤花棚,为市区所看不到的名种,目下不是花时,预期明年四月,重过此园,看满架花枝,琅琅如璎珞之四垂也。

(香港《大公报》1954年11月26日,署名:刘郎)

[编按:棚格即burger,今译汉堡。]

围巾与手套

已逝江南百日秋,西风漠漠降寒流。短襦新实三斤絮,轻氅争悬一领裘。镶色浅深围颈艳,擘绒图案巧心钩。斑斓护就能劳手,望去温馨亦劲道。

上海来过一个冷汛以后,妇女们都换上了冬装。她们也用一些考究的配备,像围巾和手套,都是用绒线编的,而编的方法,又都是用的钩针,据说只有钩针最能够编出美丽的花式。

的确,那些用深浅两色来镶成的图纹,乍一看似乎斑斓骇目,但多看看也会从雄健中找出温静来的。譬如用大红镶嫩黄、紫镶白、咖啡镶轻灰,不是都很谐和的吗?

(香港《大公报》1954年12月3日,署名:刘郎)

看 菊 一 首

身入花园里,便教花朵埋。低眉看"柳线",昂首望"悬崖"。一握"梨香"满,三潭菊印皆。愿分"蜜球"种,折取替鬘钗。

上海人民公园举行的"菊展"开幕后,我去参观了一次。这首诗里写的四种菊花,是我最喜爱的,事实上它们在整个"菊展"中,也都居名种之列。

"柳线菊":花瓣甚细,然而望上去自有一种芳洁之美。它的开花时间特别久,然而这个种已经不多,据说到现在为止全国也只剩了放在人民公园的这一盆了。

"悬崖菊":无数小花,像瀑布一样的从削壁上挂下来,是奇观,亦是壮观。

"梨香菊":菊无香,而梨香菊有香。可是你若引鼻子去嗅它,又不觉得有香,必须将手在花上掠过,则芬芳入握,经久不散。

"蜜球菊":华秀如美妇人,宜于为衣鬓之饰。

在"菊展"的布置中,用菊花堆成三潭,像西湖的三潭印月一样,安排在人民公园的一道湖上。我诗的第六句就是讲的这个,不作注解,读者会看不懂的。

(香港《大公报》1954年12月6日,署名:刘郎)

看 常 兰

　　常兰戏里演秋兰,十五未临过十三。此女妙曼如吾女,济南潇洒似江南(黄山谷句)。一身灵爽谁能敌?两眼清明莫谓贪。况是少年兼极艺,披霜不厌百回探。

　　山东的吕戏,在上海会演的日子里,大家激赏了一出《王定保借当》。桑弧看过了,叫我去看,王彻看过了,也叫我去看,他们都说这个戏里饰演小女儿秋兰的那位演员,一定使我欢喜。

　　我是到吕戏公演期间才去看的。连看了三次,都是《借当》。真的,那位小演员把我吸引住了。她的名字叫常兰,不过是十四五岁吧,但是这个小花旦演技的成熟是惊人的。她运用眼神、身段、腰肢以及脚底下,都到了出神入化的境界。桑弧同王彻,近年来几乎看遍了祖国所有的剧种,但是他们说:"京戏里没有这样一个女旦,其它剧种里也没有这样一个女旦。"他们都是如此推重常兰的。

　　我特别喜欢常兰,还因为她的面貌很像我的小女儿;第一次同太太去看,她也认为"真像我家阿历"。

(香港《大公报》1954年12月9日,署名:刘郎)

孙景路自滇边归,以小宴款之

　　岁晡忽报小孙旋,犹是江南未冷天。或惜新婚夫婿别,偏劳绝域怜弟兄。跨鞍马稳身腰健,烟咀牙精姓字镌。为答情深留薄饮,丰容至竟挂嫣然。

　　十一月杪,孙景路从云南边境归来。

　　她是婚后两个月就出门的,离上海有九阅月了。客里生涯,辛苦是不必说的。然而她的精神比去年更加健爽,肌肉也丰盈得多了。

　　到上海的第三天,我们一道吃饭。她给我讲了许多在云南边境,遍受少数民族弟兄热情款待的故事,还有在悬崖绝壁上骑马的故事,都十分动人。据她说,这些她将来会写出来告诉我报读者的,不必用拙笔来代她叙述了。

她送我一只象牙的香烟咀,还刻了上下款;又送我太太一只布制的提包,缀着富有民族色彩的图纹,很好看。都是那边土产。

(香港《大公报》1954年12月13日,署名:刘郎)

巨 花 记

不是牡丹不是莲,忽随丛菊傲霜前。已添秋老三分媚,更助新冬一段妍。

巨花光艳自团然,奇迹园工说暮年。成事莫非心与力,劝君不用傲多钱。

十一月间,整个的上海,成了菊花世界。但是在中山公园里,忽报大丽花亦盛开。

大丽花原是年年开的,不是什么稀奇之物,稀奇的是今年的大丽花开的特别大,特别浓。据园林管理处的报告,最大的几朵花,达九·七吋,这是从来没有的。据那个栽种大丽花的园工自己说,他在这个花园里做了二十多年的栽花工作,这样大的花,还是今年第一次看见。

从苏州来的周瘦鹃先生,看了这么壮大的花,他说:其实这是工夫问题,也就是肯用心力的问题。只要及时松土、施肥、浇水,使花根全部经常得到养分和空气,花是一定会开得大的。

体味周先生的话,那末就可以知道一切奇迹的发现,都是劳力去换出来的。

(香港《大公报》1954年12月15日,署名:刘郎)

谢石挥赠照

石挥内蒙归,向我作报告:"者回草原游,遇见山西宝,山西之宝水上漂,一身杰艺真倾倒。年龄五十余,丝毫未见老,手眼脚和腰,何一弗精到？其戏绝古今,相见恨欠早;其人温温然,不矜亦不躁。万里结良朋,此行直堪傲。我友刘郎若不信,立此共影为存照。"

石挥从内蒙古拍外景回来后,兴奋地告诉我他在内蒙遇见了山西梆子名艺人水上漂先生。石挥认为他从来没有见过这样好的演员。看了水上漂的戏,令人解渴、过瘾而心花怒放。

我一向听说山西人把水上漂当作瑰宝看待的。因此对石挥说:"你有福气,能够跑那么多路看见了水上漂,我就看不着了。"

石挥说:"你愁什么？说不定明年他就会来上海,现在的事儿,难道还怕天涯人远吗？"他说完了,从身上掏出一张他们同水上漂拍的照片送给我说:"伙计,先拿着这个瞧瞧吧。"

(香港《大公报》1954年12月18日,署名:刘郎)

踏　灯　词

　　江城儿女总飞腾,不待明蟾缓缓升。过尽双携连日夜,广衢千尺数宫灯。

　　莫教星火压双蛾,漫向林河斗媚波。一路辉煌今日始,看灯人似看花多。

人民公园的"菊展"结束以后,园外那一条新铺的人民广场大道上,出现了辉煌的奇景。

原来在这条大道上,所有路灯的式样,都是仿制古代的宫灯,其色纯白,晶莹如玉。而灯柱的样子,亦有异恒常,它的柱座,完全由石工精凿出来,作莲花状;上面的灯钩,则是金属物,作如意头状。

宫灯放光以后,增加了这条大道的无限壮丽,也吸引了上海人到此看灯,不待夕阳西坠,皓月当空,已经络绎于途了。

(香港《大公报》1954年12月22日,署名:刘郎)

持螯对蜡梅

　　菊花无力谢清霜,只有江南蟹汛长。楼上红炉楼外雪,持螯竟对蜡梅黄。

　　记得加餐觅晚凉,而今佐酒杂冰霜。半年不断持螯兴,"六月黄"连"腊月黄"。

　　今年江南的蟹汛是特别长的。十二月九日那天,阴历已是十一月十五日了,是我的假期,黑云垂地,寒风如刺,我就没有出门,在家拢上了火,案上蜡梅,时有清香扑鼻。当馈妇从菜市回来,买了一大串蟹,中午一家人便围炉大嚼,蟹的鲜肥不减于一个月前。

　　正在吃蟹的时候,窗子外面飘起雪花来了,自然更加增添了严冬的景象,因此愈觉得吃蟹的场面,放在这样的空气里,真的太不协调,然而也是奇迹。

　　我家里的人,比较都喜欢吃蟹,夏天的上海,有一种蟹叫"六月黄",非常可口,我们常常买它来做面拖蟹或是油酱蟹吃,那时是挥扇吃"六月黄"的,现在围炉吃的蟹,我想倒可以叫它"腊月黄"了。

　　(香港《大公报》1954年12月26日,署名:刘郎)

好 丈 夫

　　徐郎昨日贻书来,为言绕室尽幼孩,当初赴京带三名,四年以内育四回。不道今年夫人腹,居然隆起又成堆,便请医生作检查,一声恭喜双胞胎!夫人轻着恼,徐郎呵呵笑,他劝夫人莫忧嗟,加紧争取英雄号。祖国何事不可骄,人多更是大财宝。徐郎之理正堂堂,夫人遂将眉头放。走出医院门,同把电车上,徐郎猛然高声喊,劳驾哪位让一让?只因孕妇受双胎,不宜站着受震荡。座上诸人齐起立,对此夫妻争敬仰。都说徐郎真体贴,丈夫淘里好榜样。刘郎看书毕,心目都明爽,老友之言直妙哉,岂徒欣赏且向往!

徐光玉是一位编写连环画的作家。

最近他从北京写给我一封信,我把它一事不漏地改写成为长短句,代替一首《唱江南》。这里面所谓"英雄号",那是说社会主义的国家里,人是最大的财富,每一个孩子养得多的妇女,都可以荣膺"母亲英雄"的称号。

(香港《大公报》1954年12月28日,署名:刘郎)

[编按:徐光玉即作家、连环画编者徐淦。]

忽见二首(过汾阳路作)

"襄阳"西去接"汾阳",曾是町畦地一方。忽见红楼云外起,弦歌一片绕槐杨。

依依槐柳本葱茏,不是来寻旧日踪。忽见普希金在笑,低眉犹自唱儿童。

上海的汾阳路,旧称毕勋路。它的北端是淮海路(霞飞路),东面是襄阳路(拉都路),就在这个三角地段,原有一块很大的空地,多少年来,有人在这块地上栽种果蔬。但到了今年,这里已起了一座红楼,将是未来足以容纳数千人的淮海中学。

在汾阳路的南端,原有一座普希金的铜像。有一天我经过那里,看见离铜像前面不远的地方,有一所规模宏大的托儿所,我觉得这个托儿所的位置实在不能再相宜了。这位俄国的大诗人,曾经用如沸的热情,为世界上的儿童祝福。我们的托儿所,建立在他的铜像前面,难道真是不为无因的么?

(香港《大公报》1954年12月30日,署名:刘郎)

看《盖艺》纪录片

江南长健叫天翁,嗟赏银灯万口同。赖有走边留谢虎,还将趟马改朱仝。爱他绝艳千秋业,惜此惊才一瞬空。绛树飘摇何处去,漫劳隔海望苍松。

《盖叫天舞台艺术》的纪录片，继《梁祝》之后，又在上海轰动。

在这部片子里纪录了叫天翁八出好戏：《白水滩》《七雄聚义》《劈山救母》《史文恭》《茂州庙》《打虎》，还有《狮子楼》和《打店》。

大家晓得盖叫天的《恶虎村》和《洗浮山》都是精心杰构，但是这几年来他把这两个戏都收起来了（因为戏的故事是颂扬统治阶级特务行为的），而把《恶虎村》的"走边"，放在《茂州庙》的谢虎身上，又把《洗浮山》的"趟马"，放在《七雄聚义》的朱仝身上，凡是精华部分，都改装在别出戏里，看了一样过瘾。

在海外我有许多朋友都是爱好叫天翁的超然绝艺的。譬如十年前，我有一首同友人看盖叫天演《史文恭》的诗，有两句是"愿我将身依绛树，劝渠放眼看苍松"。这里的"绛树"，也久客未归，但愿"盖片"有一天到海外去上映，使朋友们都看到这位矍铄老人的千秋绝业。

（香港《大公报》1954年12月31日，署名：刘郎）

唱江南（1955.1—1955.12）

贺 新 年

飞腾有路逐时轮,迈往今逢换岁新。愿隔风尘齐额手,欢呼祖国万年春。

修来盛世福绵绵,强国人人乐事全。我在江南新得句,寄将海外贺新年。

《唱江南》与海外读者,相见一年矣。一年以来,祖国益臻于强盛无敌之境,祖国人民于安居乐业之余,常时以海外同胞的生活近状为念;遥知海外同胞,更无不心怀故国,其热情奔放,有不可言喻者。当兹岁首,制就小诗,愿与诸君子同为唱乐,一以欢呼祖国昌盛,至千秋万世而弗替;一以与诸君互勉,凡是中国同胞,时时贡其心力于祖国之建设事业而毋懈毋怠也。

（香港《大公报》1955年1月5日,署名:刘郎）

新年吃黄瓜

夏蔬冬食忆京华,今见江南满架花。下粥已当香莴笋,熬羹初放早番茄。原从温室催藤实,盛以冰盘沁齿牙。笑语万家新岁里,佐他杯酒咬黄瓜。

冬天,北京市上,有黄瓜出卖,是由来已久的事;在上海的严寒天气里,吃得到黄瓜,则是今年才有的事。

去年,上海进入冬季后,菜场上不断有莴苣与番茄应市,大家已认为奇迹。但到了一九五五年的新年,忽然有黄瓜出售,使不少上海人不禁欢呼起来。

这大批应市的黄瓜,是上海国营华漕农场温室种菜场的产物。在温室里培养出来的黄瓜,比露天种植的滋味更加鲜美,因为它不受自然灾害的侵袭,而所受到肥料来得均匀,养分便更加充足。

国营农场对于温室培养法的开展,可以使各种蔬果,四时不断地供应市民。所以到了今后,这种情况,就不再是什么奇迹了。

(香港《大公报》1955年1月6日,署名:刘郎)

看裘盛戎《盗马》

颇难冬至有南风,不用披霜看盛戎。座上银坛诸宝石,台中菊部一锤铜。量之踵顶皆奇美,识得行骑尽苦功。粉墨廿年予有恨:《拜山》终不与君同。

京戏名演员裘盛戎、谭富英来上海演出。

《将相和》《姚期》,我都没有买到票,一直等到贴《盗马》,才看着戏。那是冬至的晚上,南风,和煦如春。

这一夜的台前,有一个特点,坐着许多电影工作人员,我认得而又同他们招呼的有刘琼、石挥、赵丹、桑弧、沈寂诸人,他们都是不约而同来看《盗马》的。也可见这个戏之为文艺界人士所歆动了。

裘盛戎这个戏,少说一点,我看过三十遍以上,从他表演的纤巧到凝重,又从凝重而到洗练。现在已经是一样精磨细琢的艺术品了。尽管他现在不唱《拜山》,就是《盗马》这一点点戏,也足够叫人过瘾。

提起《拜山》,不免要引起我一些惆怅来的。想我当年,《连环套》的黄天霸,演过不下十来次,最得意的一回,与周信芳先生同台,他扮朱光祖;然而我的所谓惆怅,是从来没有跟裘盛戎唱过《拜山》。

(香港《大公报》1955年1月8日,署名:刘郎)

黎 翁 新 曲

乐坛一老兴婆娑,廿载相违鬓欲皤。终使才华归正义,不教生命叹蹉跎。误人悔谱浮靡曲,喝贼翻成战斗歌。硬是黎翁英气在,挥毫如剑斩"蛇窝"。

在上海的音乐工作者,最近完成了一批新作,都是关于支援解放台湾的作品。在这许多作品中有一首《解放台湾战歌》,它的作曲人是黎锦晖先生。

这是一位与我久违了二十年,才于前年重晤于上海的老友。在二十年前,黎先生是以造作靡靡之音,为人所诟病的"黎派歌曲"的创始者。但到了现在,他毕竟为人民所用了,不再谱浮靡之曲,而创豪迈激越之音了。于是有《解放台湾战歌》之作。

在我这首诗的末句有"蛇窝"二字,典故出在苏联一位小品文作家塞姆斯诃夫的一篇文章里。这篇文章刊于一九五四年第二十九期的《鳄鱼》画报上,题目就叫《蛇窝》。

文章的开头,就是这样说的:"中国有句老话:'蛇入筒中,曲性自在。'中国人民早在五年以前就把蒋介石这条蛇赶到了台湾,然而它还盘着,时常抬起头来咝咝地狞叫几声。中国俗话说得好:'打蛇不死,后患无尽。'中国人民决不会容许在自己的土地上有一个蛇窝。中国人在哥仑布还没有发现美洲的时候,早就定居在台湾了。如今蒋介石这条毒蛇和它的喽啰们正准备把一整块中国领土,出卖给凶神恶鬼……。"

(香港《大公报》1955年1月18日,署名:刘郎)

答桑弧自三味书屋来书

猱升曾上第三枝,想见先生少日痴。汝是江东佳子弟,豪灵若在定低眉。

老树杈丫殆百年,寒香流散游人肩。知渠不受斤和斧,故主相随万世传。

一九五四年冬,影片《梁山伯与祝英台》导演桑弧游湖上,居半月,又往谒绍兴的鲁迅故家,便下榻于三味书屋,是为鲁迅少日读书处,今则已经改为鲁迅纪念馆了。

桑弧在三味书屋居住将近两星期的时间里,曾经写信给我,谈及三味书屋后院的一株蜡梅,已是百年老树,鲁迅先生的文章里,曾经写到过这株树,说他小时候常就此树爬上爬下。

桑弧到的时候,正值蜡梅盛放,不仅白天,时有一径寒香,沁人鼻观,即在晚上,芬芳亦常流客枕。

读他的信,不单是使我羡慕老友此行之乐,也使我向往三味书屋这段光景之美,因作二绝句,报桑弧,专为蜡梅咏也。

(香港《大公报》1955年2月7日,署名:刘郎)

答梅园游人诗(二首)

太湖风物本清嘉,无奈身边事似麻。安得早春闲一日,我来补看白桃花。

在文化机关工作的朋友吴嫣、程述尧等几个人,都在休假中,便结伴往游无锡,正赶上梅园的梅花盛放,她们写信来叫我去,她们说:"你再不来,梅花就要谢了。"我回信给她们,来是想来的,实在忙得走不开。希望未来有一天的空闲时间,我也会乘槎于五里湖上,即使梅花谢了,那末我一定会看得见鼋头渚岸上的一树白桃花的。

七八年前我曾经看见过这株白桃怒放的时候,真是惊为绝艳。在我的旧诗中,有一首《太湖杂句》:"扬舲一路隔风尘,千顷湖波万斛春。岸上白桃花在笑,当时艳绝倚舷人。"便是写的这株白桃花,这株白桃花是紧接着梅花而开放的。

但使寒香十里浮,诸君欲折亦应休!加餐莫笑刘郎俗,便送梁溪肉骨头。

她们的信上又说:"你若真的不来,那末我们只好折一枝花,等回来时送给你了。"我说:"你们千万不要折花,如果一定要送我礼物,最好买些无锡肉骨头来吧!"说真的,我近来忽然变成一个非肉不饱的"俗物"了。

(香港《大公报》1955年2月23日,署名:刘郎)

团圆夜饭

团圞夜里话绵绵,绝爱樽前二少年。忽自霜天投绛牒,为爷贺岁发戎边。

辛劳漫向酒杯沉,常记当前寇势深。要逐狼群浮海去,归来好接一颗心。

去年阴历的大年夜,家里的团圆夜饭烧得特别丰盛,因为特地请了两个远道归来的客人,都是我家的亲戚,也都是二十余岁的少年,在四五年前他们都进了部队,这一次趁着寒假,都回来与家人欢度春节。真巧,当我们吃饭的时候,收到一封贺年信,是我参军的孩子寄来的,他信上写着:"亲爱的祖母、父亲和母亲:我因为这里的工作关系,分不开身,又不能回家了,特地写信给你们拜年,祝你们快乐长寿。我的身体很好,最近给医生检查后,说我整个身体上,没有一些些毛病。(哲儿一·十九)"

虽然信上的话不多,却增加了饭桌上的欢愉。

两个客人都说,等台湾解放了,我们回到家来,这颗心就会踏实得多。这是真的,祖国的每一个人,都在随时留心着台湾的解放,这两个直接负着捍卫祖国的责任的小兵,自然更加念兹在兹了。

(香港《大公报》1955年3月1日,署名:刘郎)

上海大雪访信芳夜话

互垂青眼看青丝,何况交情老不移。惟子千秋成杰唱,似予今日尚能诗。华灯焰焰双颐解,腊雪菲菲一市弥。归去车篷寒欲透,抚怀忽笑暖于斯。

就在春节前几天,上海下过一场数年来未有的大雪;就在下雪的黄昏,我去找信芳夜话。

不久前,周先生从璧加廷公寓搬到他自己的住宅里,他把住宅布置得非常华美。

我们还像从前那样,见了面,便天南地北的无所不谈。周先生六十岁了,不仅健谈如昔,更使人高兴的是从他头上找不出一丝白发。好像在二十多年前,我们初订交时,他的神采焕发,并无两样。

到夜深了,我要走,雪还在下,信芳一定要把我送到门外,他穿了一双新棉鞋,踏着庭院里的雪,在门口,看我上了三轮车,等车子移动了,他才进去。

(香港《大公报》1955年3月5日,署名:刘郎)

老 小 签 名

日日盈街复合庐,千人响应一人呼。满头白发扶床写,三字端楷大笔濡。早是哥哥签密密,后来妹妹署都都。万民心志坚于铁,直指翻云作恶徒。

像全世界各地一样,全国正在掀起反对使用原子武器的签名运动。

在上海,才进行了三四天,而签了名的已占总人口六百六十万人的三分之二以上。

在我家,除了不会写自己名字的小妹妹以外,其余八九个人都在世界和平理事会常委会《告世界人民书》上面,写上了自己的名字。

当然,我是最先行的一个。当上海发动签名运动的第一天下午六时三十分,我就签了名的。到第三天,母亲也签了名,她在生病,但是她也扶了笔,在病榻上写下了她的名字,老年人对于战火的痛恶,是最最可以理解的了。

在学校里读书的唐密和唐都,他们都把自己在签名时一种沸炽的、

激动的情绪,告诉我们,一头说,一头面孔红红的,又是气呼呼地,孩子们是更加热爱和平的。(二月二十三日)

(香港《大公报》1955年3月9日,署名:刘郎)

九　斤　黄

　　提鲜原要放葱姜,更着陈醪好助香。一釜汤腾三两滚,当时嫩绝九斤黄。

　　漫将心事托芳菲,但愿春城洒满衣。所快年年恣口腹,今年偏爱越鸡肥。

每年过春节,我家总要买一只越鸡,来丰盛敦盘的。今年过了春节,一个在杭州铁路上工作的亲戚,又给我带来了两只越鸡,每只各重九斤,真是称得起九斤黄了。

关于越鸡之为鸡中极品,叔范先生已谈得很多。我这里再谈一谈烧法,那还是最近有人教给我的。

越鸡大多是白燷了吃的,把鸡洗净,在肚中放好葱姜,和少许黄酒;煮水待沸,将鸡放入,及再沸,便将鸡取出,俟沸水冷却后再煮,又沸,又将鸡放入,及水再沸;鸡已熟,便可取食,其肉绝嫩。不过煮的时候,必须盛火。煮的过程很简单,只是等待沸水冷却,比较功夫大一些吧了。如果是老鸡,那么可以多煮一次,法如上,也必须待鸡汤冷却后再煮。

(香港《大公报》1955年3月11日,署名:刘郎)

题言慧珠《春香》图

　　阿姊偏烦阿妹扶,妹儿灵爽姊儿腴。虽然不是同枝女,都是梅公掌上珠。

　　故人远道寄双图,三尺香丝七尺襦。省识春蚕千古志,要将贞烈耀氍毹。

还是春节前,言慧珠在北京上演了她自己编排的朝鲜名剧《春香传》,自饰春香。有一次在她与我通信中,寄给我两张《春香》的照片。

一张是同梅兰芳女公子梅葆玥(读月)合照的。她在照片后面写着:"中朝妇女牢不可破的友谊。"(见附图)

另一张则是春香在舞台上的全部装束了。

(香港《大公报》1955年3月14日,署名:刘郎)

三八节,请太太上老饭店

　　复从灯下看酡颜,为解辛勤贡一餐。活剥虾仁鲜入笋,文熬玄菜(文火煨的冰糖甲鱼)腻于鳗。更添线粉烧鸡块,只欠鲖鱼伴腐干。此际空杯还笑语,老来互惜齿牙蛮。

在上海,是隆重地度过三八节的。

我们机关里的女同志,都休假半日,孩子也不上学,因为他们的女老师都是假期。

我的太太是家庭妇女,这一天,我为了对她有所表示,请她上老饭店吃一餐本地菜。把孩子们也都带着去了。

老饭店开设在老城隍庙相近,年代已久,可是我们才发现了一二年。这家店只一开间门面,但是治馔之精,我以为在上海应推第一。我想去吃时鲜的鲖鱼,不料去得早了,尚未登盘。就另外要了五个菜,有些菜都写在上面的诗里,但还有一只咸菜竹笋塘里鱼,和一只扣三丝,没有写进去,因为诗只有八句,如果都要包括尽了,那么我的诗就变了一张菜单。

(香港《大公报》1955年3月19日,署名:刘郎)

换　新　币

　　时浮喜气过春云,稠叠怀中灿灿新。街上蜿蜒成一串,舍间喧嚷已三晨。雉年妹妹争颜色,解事哥哥论角分。儿女但知今日乐,不知往事只吟呻!

三月一日，新人民币发行的当天下午，上海各区的人民银行门口，很多排着一个小人的队伍，那是放了学的孩子们，把自己存储的旧人民币，去零碎地向银行掉换多样的新辅币券。

我家的孩子也是这样。他们已经筹划好几天了，拼拼凑凑也有旧币十来万元，那天由大的两个孩子去换来了一元、五角、二角、一角、五分、一分的新币，回来分派，小女儿挑颜色最漂亮的要，大的哥哥要求比较广泛，他要式式俱全，就这样他们分派了很多时间。

孩子们的喜爱新人民币，正是表现了他们对祖国的热爱。这样的心情和际遇，在我小时候是没有经历过的。我小时候，只是两眼望着母亲的愁眉苦脸，在永无安定的生活中度过来的！这样，就一直熬到了自己的中年。所以今天孩子们的喜悦，反而引起了我很久时间的感慨系之。

（香港《大公报》1955年3月20日，署名：刘郎）

见张聿光画孔雀

新婚喜汝腰犹健，彩笔能调腕更骄。定是妆台连画室，既描眉样又翎毛。老来得伴加恩爱，未有多才叹寂寥。倘与湘齐（谓白石）追永寿，似公今日尚青苗。

二月号《新观察》的封底画，刊用了张聿光的一幅孔雀。是张先生的近作。

张聿光是上海的老画家，今年七十二岁了。现在有很多年在四十以上的画家，都是他的学生，例如张光宇就是一个。

老先生鳏居了很长一个时期，但在去年他忽然需要有个老伴，把他的心事告诉了钱瘦铁，瘦铁就给他做媒，新娘是个四十有余五十不到的寡妇，约他们在酒楼"相亲"，当时张老先生爽快地抢着会钞，瘦铁心中有数，他的大媒就是这样做成功的。

张聿光的画室，一向在斜土路，到现在也没有搬家，我听在上海的许多画家说，这个老先生自从结婚以后，不但画好更多，也画得更精了。

看了《新观察》上的那幅孔雀,确是十分令人喜爱的。

(香港《大公报》1955年3月24日,署名:刘郎)

南 郊 寻 春

莫嫌双鬓满尘沙,问老寻春意有加。但使青光旋古塔,更多笑语送归车。轻寒犹勒新桃树,别梦无端到谢家。赖有土山湾下路,辛夷爽白似莲花。

三月上旬的一天,是我的假期,上午到虹桥去,姚虹西路有一所小洋房,十年前,这里曾是我的游息之地。后来的新主人也是我的朋友,她却一直住到现在。今年她结婚了,洞房也设在这里。这天我是特地来为她道喜的。遗憾的是,她家不算太小的园圃里,而桃李无花,也可见今年的江南春信,比往常来得都迟。

下午,绕道龙华,过徐家汇再回到家里,一路上也看不见什么春花。只有经过土山湾,在天主堂附近,一份人家的高墙以内,有二树辛夷,花开正盛,在墙外徘徊良久,为之心目俱明。

(香港《大公报》1955年3月29日,署名:刘郎)

饱 看 山 茶

高花开甚欲忘疲,望里姚红眼自迷。作势盈盈同玉貌,流香漠漠伴春泥。堂前宝气连腮鬓,廊下霞光照履衣。况有幽兰三十本,刘郎到此便轻肥。

三月中旬,上海举行了一次茶花展览会。陈列的大部分是世界著名的云南茶花,一小部分是江浙栽植的名种。

是一个天气轻晴的上午,我们一家人都去参观了这个莳花会。在上海本来不大看得见山茶,到了这里,乃有美不胜收之快。

有一种花的题名很特别,叫"抓破脸",这三个字也真是恰当而风趣,在每一片洁白的花瓣上,都有那么一丝红晕,仅仅是一丝,就很像面孔上着了一缕爪痕。

伴随着茶花展出的还有三十盆极品的兰花,遂使尽室氤氲,所有看花的人,鬓角襟边,都染满了花香回去。

(香港《大公报》1955年4月2日,署名:刘郎)

闻振飞返北京,喜极奉寄

清音久绝故人闻,我念江南愈加勤。至竟深情怀祖国,归来宿将亦新军。一身合傍梅花老,三字宁同曲史分。知否旧居楼外事,红星永日耀高云。

一星期前,上海传说俞振飞同鬓云夫人都从香港回到了北京。不久我就证实了这个传说,我是以无限欢欣,迎接老友之从瀛海归来的。

这两天我又去打听振飞几时会到上海来。料想他一到上海,踏进旧住的楼房(蓬莱大楼),便看见楼窗外面一片几百亩的平地上,已经新起了一座隆隆巨厦,巨厦的顶上,直立着光芒四射的镏金塔,塔之尖,日夜照耀着一颗红星,那就是三月初落成的中苏友好大厦。

必然会有一个晚上,我陪着振飞聊天,振飞捧了一壶酒,一边谈,一边喝他的酒,酒半酣时,红星的光耀,射到振飞的脸上,振飞虽未醉,而他的脸,却已变成醉人颜的。

(香港《大公报》1955年4月13日,署名:刘郎)

送金采风赴德国

袁、徐、傅、范、吕相从,定有新腔满袖笼。妙女飞腾今是始,大邦供养衣无穷。汝于海外鸣金玉,我在江南唱采风(注)。珍重连声分手去,但期再见各颐丰。

上海一部分重要的越剧演员,都要在四月底五月初到民主德国去演出。

袁雪芬、徐玉兰、傅全香、范瑞娟、吕瑞英她们是先往北京,只有金采风是在上海演完《彩楼记》再赶去集合的。幸亏她迟走了一步,我得到消息,还来得及给她送行。

近年来,中国的剧影演员们到外国去,几乎成了家常便饭。我曾经数了一数,我所认识的一些戏剧家们,没有出过国的,已经数不上几个了。譬如有一回我去看金焰,那时秦怡刚养过孩子,在产期休假中,但过了一个多月,我又打电话给老金,是秦怡听的,她对我说:"你的电话真巧,我好向你辞行,再过一个钟头,我在火车上了。"我问她上哪里去?她说:"到苏联,就要回来的。"又隔了不过一个月,上海一张报纸上,登出了莫斯科寄来的一张照片,是秦怡和张瑞芳二人,跟一位苏联的戏剧家在谈笑风生的谈论着。

（注：近一年来金采风演的《盘夫》,轰动大江南北,我正在打算写《盘夫本事诗》。就是这一个戏,我先后看了五次。）

（香港《大公报》1955年4月21日,署名：刘郎）

二看"苏联展览会"

及门几个不昂头,滚滚人潮涌一楼。自我之来凡二次,当时所恨只双眸。筛金布玉临天上,飞翠流丹满海陬。却笑闺中刘十一,游春竟不念杭州。

苏联展览会在上海举行的盛况,海外的读者,一定听到很多了。上海人一般形容这个会场的崗皇瑰丽,说:"这里简直是天堂。"我在开幕后的半个月内,前后去了两次。每次都在三小时以上,还是一个感觉:"只带两只眼睛去是不够用的。"

这个展览会的魔力,使今年的春假中,近上海的风景区如杭州、苏州、无锡等地,都爱得比往年寂寞。以我家的刘夫人言,每年春天她总要到西湖去住上三五天,但今年她还没有去,她在等苏联展览会的入场券。直到四月十日,她才派到两张,于是带了小女儿在里面看了五六小时。回来的晚上,听她打电话给路局里的一个朋友,问问龙井一带山上的杜鹃花,已否盛开。她,又在动游湖的念头了。

（香港《大公报》1955年4月26日，署名：刘郎）

游春二首

　　同来东浦赶芳时,桃李争华媲柳丝。最喜紫藤迎远客,中春先放数花垂。

　　三月中旬的一个假日,春光奇丽。便同桑弧、广明在午饭后到复兴岛公园,那里正是桃李争花,垂柳茂密得像帷屏一样。园中有一架紫藤,根深干老,在上海,这个花棚是最大的一个。可惜我们来早了,花没有开到烂漫的时期,只有一串串紫色的花蕾,挂了下来,也有一朵两朵先开放出来的,好似在迎接我们三个"有劳远至"的游人。

　　深堂看罢杜鹃花,来吃新烹普洱茶。隔岸木桃红若火,一行杨柳罨人家。

　　从复兴岛回到市区,我们又进入了人民公园,先参观了第一天举行的"杜鹃花展览"。然后在临河的地方,柳林之下,各泡了一杯这里特别供应的普洱茶,憩坐在藤椅上,望着木桃红艳,波澜河清,真像这里是田野人家,而不像上海的闹市,更想象不出是当年"跑马厅"的旧址来。

（香港《大公报》1955年4月28日,署名：刘郎）

得意楼座上作

　　碧萝春嫩沸清瓯,来坐城南得意楼。萃秀堂深千石净,紫藤花烂一棚浮。片闲赊取神同醉,数子相投兴莫收。猛忆儿时耽昼寝,阿婆怀里阿常头。

　　四月二十一日下午,偕唐云、张光宇夫妇、胡考、戈扬、桑弧、张乐平诸兄到上海老城隍庙的得意楼吃茶。茶叶是光宇从洞庭山带来的新鲜碧萝春。

　　我们坐在茶室的三楼,下临萃秀堂,此地有水榭风廊之胜,假山堆叠得非常工巧,我们都说它胜过苏州狮子林十倍。而一架紫藤,花开正盛。乃知春光至此,浓且烂矣。

说起来连自己也不相信,这得意楼上,我已经有四十年没有来了,还在我七八岁的时候,跟了祖母到庙里来烧香,烧香完毕,祖母总带我到得意楼吃生煎馒头,在楼窗口看九曲桥上来来往往的人,也算是游庙的节目,我看啊看的,就在祖母的怀里睡着了。四十年后的今天,常会想起这个童年的印象。(末句阿常是我的小名)

(香港《大公报》1955年5月1日,署名:刘郎)

阿苏儿

起看二女睡犹痴,破晓游园且莫随。槛外忽传喧一语,同行喜有阿苏儿。

羽衣灿烂如鹦鹉,弄舌无能似老夫。挂向枝头勤学唱,予须娱尔尔娱予。

上月中旬的一个假日,我很早就起身了,想带两个小女儿去游园,但看看她们睡意正浓,却又不忍唤醒,准备一个人去了。忽然听见阿苏儿的啼声,从窗外传来,不禁大喜,盖喜我此行,不虑无伴了。

阿苏儿是新买来的一只小鸟,翼有灰斑,故亦称虎皮鹦鹉,因为是海外来的,外国人称它为阿苏儿,到了中国,中国人又称它为娇凤。腹部作湖蓝色,美丽得很。这一天,我把它一带就带到了中山公园,放在树林下,让它和百鸟争鸣。其实阿苏儿的鸣声是不好听的,正像我一样,讷讷而不善于言词。因此我痴心地让它学一些别样的禽声,也好唱得动听一些。

(香港《大公报》1955年5月3日,署名:刘郎)

为阿苏儿觅偶

初求颇不辨雌雄,但觉恹悚有病容。闻汝天生双宿惯,此情竟与老夫同。

谁为佳禽锡妙名,不工巧语也多情。求凰城里归来日,聘礼无多一说成。

阿苏儿来到我家后的半个月,有人告诉我这种鸟还有一个别名叫作"恋鸟",它是习惯于两性双栖的。我听了以后,推己及物,不觉对阿苏儿大为歉疚,便决定替它寻个配偶,可是我又不识雌雄,应该给她娶个媳妇呢,还是招个女婿。不得已只好把它带到老城隍庙的鸟市上去,叫鸟店里给它物色一个对象。鸟店里的人,看了以后,说这是一只雄鸟,于是我就叫他配只雌的,放在一个笼子里拎了回家。

这只新鸟的颜色,又是不同,她的腹部羽毛,作浅绿色,看起来更加艳丽。这两天好像觉得,自从新鸟来了以后,那只先来的雄鸟,忽然高兴得多了。

(香港《大公报》1955年5月5日,署名:刘郎)

贺张敏玉重起球坛

小简临风细细存,高名近日动都门。身腰犹健休嗟老,骨干能坚定更温。地与淼姑分一席,酒烦唐某废三樽。不须再投思亲泪,妙业辉煌足报恩。

天衣从北京写信给我,说他在运动场上遇见张敏玉,穿上了有号码的运动衣,她是北京市排球联队的代表。

我立刻写信给敏玉道贺。她也立刻来了回信。她说:"自己也想不到的,这一把老骨头,居然还能够角逐青年队里。"

若干年前,张敏玉与李淼(著名足球员李垚之妹),同是上海的排球名将。李淼从来没有放弃过这一事业,现在她是上海第二医学院的体育教练;敏玉则是在近一二年间重新练习起来的。到今年竟当选代表。

其实,敏玉今年还不过三十左右的人,根本不是老骨头,正因为她太高兴了,才吐出这样一句谦逊之言。她的父亲石川先生,在前年去世了。石川生前对敏玉最钟爱,死后,敏玉来沪奔丧,恸绝灵前,听说,直到现在,她想起了死去的父亲,便会泫然有涕的。

(香港《大公报》1955年5月7日,署名:刘郎)

牡丹与木香

闻道江南大牡丹,花颜瑰丽逾人颜。累他江上痴儿女,日过花前沉醉还。

五月上旬,接近上海的莘庄镇上,牡丹盛放。据华亭县志载,莘庄这株牡丹,老干虬根,是百数十年前物,花盘特大,称江南第一大牡丹。但今年的花,开得更加巨丽,开时又在龙华寺的牡丹和市区各公园的牡丹已谢之后,因此消息传来,上海就不知有多少人,每天结队往观的。看花的人都从上午动身,及暮归来。据看过北京牡丹的人说,论品种之多,莘庄的牡丹自然无法跟北京比拟,但论花朵的绚丽而巨,则莘庄这一株,实无让于崇效寺、中山公园乃至万寿山那些名卉也。

杜鹃犹自勒春风,四月蔷薇不敢红。肯与三三儿梦共,悄寻郊外木香丛。

在立夏前后,上海复兴公园的杜鹃花,犹挺立于归春风雨中。有一天天气晴和,我们在虹桥古巴路一带的村舍间,忽然找到了一架木香,花开正盛。木香是我家旧物,儿时常与弟妹趺坐花棚下,一径甜香,沁人鼻观,这天使我有童年影事,涌上心头之乐。

(香港《大公报》1955年5月19日,署名:刘郎)

荔 枝

岭南未必老坡翁,美事江南说不穷。刚是樱桃红过了,流丹橘与荔枝逢。

立夏以后,上海的水果店里,还在大量出售招柑。这是一种汕头橘子,从前给那些忘本商人,唤作暹罗蜜橘的,就是这一种;现在则正其名曰招柑。到五月中旬,广州的荔枝,已经运来几批了,而招柑尚未落市,它真的与增城挂绿,争妍夸艳于鲜果场中。

  手摘青梅一往痴,流酸多恐损牙磁。含甘同住江南岸,又为刘郎擘荔枝。

第二批鲜荔枝到上海是五月十一日。晚上我在南京路华丰买了两斤。在店里遇老友文琳,依旧是一个健爽的女人。她知道我从前欢喜吃青梅子,把她买的青梅给我几个,我皱着眉不肯吃,她大笑起来,说:"年纪不饶人,现在应该要老来甜了……"说完,就剥了一个荔枝,往我嘴里一塞。就在这样一件小事上,也使我觉得,我们有些朋友之间的感情,在从前即使是飘浮的,而现在也都会变得深厚了。

(香港《大公报》1955年5月26日,署名:刘郎)

雨　余

  雨余万树绿摇凉,一座喁喁话夕阳。今日独来思往日,老夫往日亦鸳鸯。

  江南四月泌余春,雨后园林绿欲匀。却被彩霞勤送客,当时怅绝戴篸人。

假日,晨降豪雨,及暮始霁。四时后我冒雨到了复兴公园,但冒雨而来的,不止我一个人,人很多,而且大多是爱侣,他们撑着伞,坐树荫下,度他们甜蜜的假期。后来天晴了,夕阳从树罅中来,不久又流照为彩霞。我替这许多情侣可惜,因为"好似晚来香雨里,戴篸亲送绮罗人"的诗中境界,这一天是得不到了。

(香港《大公报》1955年6月16日,署名:刘郎)

"迷途的羔羊"

  姨姨伴汝弄娃娃,还有皮球扑克牌。且待妈妈片刻到,定夸宝宝十分乖。终看笑靥徐徐展,还把啼痕慢慢揩。爷自糊涂娘冒失,任教稚子独行街。

上海每一处公安机关里,都有一间专门招待迷路儿童的屋子。到这里来的小客人都很幼小,连说话还不大完整。他们到了这里,就由女的人民警察,接待他们,把准备好的糖果、点心给他们吃,还有各种玩具如洋娃娃、小汽车、小木马、皮球以及扑克牌等,给他们玩耍。孩子刚到这里,自然都哭哭闹闹,女警察就哄他们说,不要哭,阿姨已经派人去叫你妈妈来了。

　　不多一会,孩子妈妈果然来了,就把孩子领走。

　　因为公安人员对于孩子的爱护,而造成了许多家长的更加大意。他们知道孩子丢不了,丢了只要到附近的公安机关去寻,一定可以领了回来。但近来公安机关,正在向家长们宣传,劝他们还是当心孩子,不要让孩子单独走出户外,因为孩子固然丢不了,但迷了路的一个孩子,他给公安人员招来的麻烦,实在太大,终究不应该的。

（香港《大公报》1955年6月19日,署名:刘郎）

题　影　诗

　　　　真觉春光去复还,为追清梦到江湾。白杨依旧丰肌貌,丹凤何尝减鬓鬟。妻自群居怜婿独,娘因就学念儿闲。悬知周末归来夜,团聚灯前尽笑颜。

　　今年五月间,白杨、王丹凤和其他几个电影演员,都到江湾的复旦大学去。她们跟着复旦的学生一起上课、休息、游乐,晚上也住在学校的宿舍里,这是为了她们将要开拍一部以大学生为题材的影片,特地到复旦去体验生活的。

　　丹凤和白杨都很高兴,因为她们都没有念过大学,青年时代的一段空白点,想不到在这一回得到了弥补。

　　她们每星期六下午回到市区去,和丈夫、孩子团聚,到星期一清晨,又要负笈于江湾道上了。

　　这一张照片,是她们两个人在复旦校门外拍的,摄影人是同去的陈述。

（香港《大公报》1955年6月26日,署名:刘郎）

双 果 尝 新

　　浮紫摇红满袖巾,洞庭双果此尝新。胭脂染就山泉石,更为吴儿灿齿唇。

　　红透杨梅接草莓,洞庭双果并时来。可怜僧舍新醅酒,九月红云压鬓腮。

这两天洞庭山的枇杷和杨梅,都是上海最好的水果。

洞庭山杨梅,初熟时红色,熟透时发紫,味乃大甜。听说山农摘取杨梅时,昧爽入山,自晨至暮,手不停撷。这时杨梅已大熟,往往自坠于地,其汁流入山溪,而一溪皆赤,为观甚美。

某年九月,吉祥寺僧人以洞庭山杨梅浸酒,款予夫妇,味甚永,妇为薄饮,则酒晕如霞,升其腮颊,且醉,扶之归去,忽忽已十年事矣。

（香港《大公报》1955年6月29日,署名:刘郎）

望 江 边

　　滔滔江水接天蓝,更看群鸥绕远帆。此后日升楼外路,向东"屋屿"一齐剗。

　　让与堂堂一路宽,饼香脯熟绝敦盘。谁知花影灯光里,坐近岩墙便不安。

在上海市政建设的计划中,要把南京路上所有的"屋屿"都给拆除,使它从日升楼（永安公司一带旧称日升楼）笔直地通往江边。

"屋屿"是指房屋的突出地段。去年已经把"沈大成"和对面"同羽春"的铺面缩进了很多,今年,"沙利文"的旧址,和东邻那座大楼,正在进行拆卸工作。原来这座大楼因年代古远,里面的木桩都叫白蚂蚁蛀蚀空了,在势是不能不加翻造,因此把这一排在南京路上最"突出"的房屋拆去,将来使它跟西边的哈同大楼、东边的电力公司栏齐。

沙利文面包店的菜是可口的,茶也是香的,但谁又想到前些时在这里频劝加餐的情侣们,竟是坐在似"岩墙之下"一样危险的处所呢?

(香港《大公报》1955年7月4日,署名:刘郎)

漳 缎 赞

入目华曼入手柔,神工极艺出苏州。绒花艳发堆如绣,缎底纹匀滑似秋。从此珍奇传四海,不矜声价伏香楼。鲰生昔献夫人寿,短氅还陪七尺裘。

行将运往印度参加新德里国际博览会的我国纺织品、刺绣品中,有一种是漳缎。这种手工艺品,我一直以为是东北的特产,最近才知道江南的苏州,也有专制漳缎的名手。这还是画家胡考告诉我的,他在今年五月初旬,曾小住吴门,特地跑去参观了漳缎工场。

漳缎,在当年是富家的服饰,物稀价贵,前三年有人出售他藏着的一箱子成料的漳缎,买的人很多,我像抢一样的成交了一段,送给太太做生日礼物,后来把它制了一件镶皮的短大衣。

在出国的展品中,有各种颜色、各种花式的漳缎制成品,这张附图,也是出国展品之一,用白底黑花漳缎制成的靠垫。

(香港《大公报》1955年7月5日,署名:刘郎)

悼 渊 雷 先 生

十载比邻居,艰辛守海堧。文章惊世俗,神韵绝清疏。良药将人活,贤才为国储。忽闻公不寿,雪涕展遗书。

六月四日,陆渊雷先生因患肺气肿导致心脏衰竭,在上海逝世,年仅六十一岁。

渊雷先生是我国中医的杰出人才,一生写了很多有关中医的书籍,如《伤寒论今释》、《金匮要略今释》、《陆氏论医集》、《中医生理术语解》、《中医病理术语解》、《常见诸病中医治法》、《经验中医方》等。其实陆先生的学问还不止这一些,他又邃于中国的诗古文辞,旁及数学和天文学,无不精研。说起他的渊博,是着实惊人的。

十年前我的家在牯岭路时,与渊雷先生是比邻居,后来就做了朋友,他又是书家,我最喜欢他写的行楷,神韵清疏,正像他的形貌一样,而他的为人又是那样的谦和可接。当时他给我写的字是很多的,这里刊印了一幅,悬想"新野"的读者,也会像我一样赏爱的吧。

近几年来,渊雷先生在上海的工作是繁重的,他是上海市中医学会主任委员、卫生局中医顾问、中医门诊所所长。去年还被选为全国人民代表大会代表。国家正在起用这个人才,而渊雷先生竟沉疴莫挽,我们的损失是不可补偿的。

(香港《大公报》1955年7月6日,署名:刘郎)

闻人美、浅予南来度蜜月

闻道王人美,婚攀叶浅予。快车湾上海,蜜月赴西湖。我辈皆朋友,他们作妇夫。桐庐可想去?堂上拜翁姑。

六月下旬人美、浅予从北京赴杭州蜜月,途经沪上,勾留半日,参观了正在举行的"敦煌画展",因展出中,浅予的摹件最多也。

他们预计在杭湖上留七日,再来沪小住。人美与浅予,都是我二十年以上的老友,如其来时,少不得要奉进一觞,祝百年好合。

浅予的故乡是离杭州不远的桐庐,父母俱健在,这一回,想来定要偕新娘妇去望望白头二老的。

(香港《大公报》1955年7月8日,署名:刘郎)

看杨宝森二剧

近岁南来往往红,其声清与昔时同。已难地下追鑫培,倘惜天涯冷小冬。鱼剑二黄欠转快,洪羊三眼听临终。多情"刀"请夫人"跨",泰水莲舆可亦从?

杨宝森到现在,对于一些醉心于"谭派老生"的听众说来,还是过足戏瘾的。

六月下旬,宝森又在上海出演,我听了他两个戏:《鱼藏剑》和《洪羊洞》。《鱼藏剑》那一段"一事无成两鬓斑"的二黄原板转快板,宝森是不唱的,我一直认为憾事;但《洪羊洞》临终的一段"自那日……"的快三眼,则激越苍凉,依然似昨。

这首打油诗里有些句子,应该个别注解,如:第三句是说我们一向在想念孟小冬,想念她的翩然归来;第七句是说为宝森"跨刀"的花旦谢红雯,是宝森的续娶妇;而第八句则说谢红雯之母,即三十年前跌宕歌场之碧云霞女士也。

(香港《大公报》1955年7月13日,署名:刘郎)

六朝瓶里插菖兰

为惜春秾买牡丹,今因多彩爱菖兰。停车聩妇归供案,挈筐刘郎带上班。天野传家陶是宝,六朝出土颈微宽。冬来不负梅消息,裹就清芬十指寒。

我是和画家董天野兄同一个写字间的。近年来,天野嗜古成癖,所藏陶器最富,有一个花瓶是六朝遗物,他把这个瓶放在写字台上,每天换上清水,插上鲜花,负责买鲜花来供养的是我。

从梅花买起,一直置到蜡梅、天竺,现在我是买各种颜色的菖兰,你知道,上海园艺家培植的菖兰,颜色已经多至一百五十种了。

一早出门,必然经过一个花摊,买花的人都簇聚在那里,这些人最多的是上菜场的家庭主妇,她们买花回去,作为闺楼之饰;独有我,买了花是上班去的。不到近午时分,满写字间的花影阳光,已令人神为之旺。

(香港《大公报》1955年7月14日,署名:刘郎)

重晤俞振飞于十三层楼

荷花每傍石榴开,快接江南俞五来。一别光阴四五载,重论交谊二三杯。悬知少吏依然活(谓振飞唱《贩马记》有活赵宠之称),若许官人只此才(振飞在京与梅兰芳合演《断桥》,已摄成纪录片)。况有育贤大任在,及门桃李要遍栽。

振飞从香港回北京,在北京住了四个月,始来上海。于六月三十日上午抵沪,下午他打电话给我。我在后一日趋晤于十三层楼锦江饭店。这里是政府款待归国人士膳宿的地方,我们叙不完的别后衷肠。

他告诉我,以后他可能在上海工作。这天我们一同下楼,他说要到学校里去一趟,学校,大概是戏曲学校。

(香港《大公报》1955年7月20日,署名:刘郎)

迎"南娇"

辚辚万毂接西郊,几队人流趁绿潮。曾见北京迎"阿壮",终于上海看"南娇"。痴儿从此谙狮象,艳妇当初饰豹貂。喜极唐都眠不稳,阿爷假日是明朝。

于七月九日起,上海的西郊公园,陈列了一只巨象。象的名字叫"南娇",体重三千公斤,今年五十岁,是云南西双版纳傣族人民送的。

上海人常常羡慕住在北京的人福气,有"阿邦""阿壮"好几只象可看,而上海没有,但上海从此也有了。

今天是七月六日,明天是我的假期,西郊公园送我一张动物预展的参观券,招待我一家门的。这张券惹得孩子们乐翻了。今夜他们睡也没有睡好,眼巴巴地等着天亮,因为我约他们要一早起身,趁晓风残月,去看万里而来的这个"妙客"也。

(香港《大公报》1955年7月21日,署名:刘郎)

访振飞,饮捷克可可酒

一握樽前见故人,忽添三饮颊边春。江南事事都堪醉,世味真同酒味醇。

今归俞五给琼浆,数客南来赠美饧。时念深情兄弟国,高楼曾是"明珠"藏。

俞振飞到上海后,住在政府的招待所里,这里是上海最精致的招待所之一。一九五二年,苏联文化艺术代表团到上海来演出时,那位苏联的功勋演员,苏联人民的掌上明珠,全世界最杰出的芭蕾专家乌兰诺娃女士,就是住过这个招待所的。

我第二次去访振飞,振飞倒了一小杯捷克斯洛伐克的可可酒给我。这是他在北京时向"捷克展览会"买的。在此以前,我吃过很多北京朋友带来的捷克糖果,它同酒一样,不仅是色彩美丽,味道都是甘芳得异乎寻常。我本来没有什么酒量,因为可可酒好吃,连呷了三口,不觉统体皆朱,陶然欲醉。

(香港《大公报》1955年8月2日,署名:刘郎)

花 裙 一 首

卷帘到处送斜曛,结队明妆出海云。腰转多虞花坠落,领翻长托发披分。高胸堆就莹莹白,细裥飞扬叶叶匀。犹有透凉罗绢在,江南重见藕丝裙。

天热,上海妇女穿花裙者日众。

南京路新雅酒家开放冷气的第一天,我在那里看见上楼来的女人,十之七八都是穿裙子的,用不同花色的绸布制成不同式样的裙子,从娴雅中见其华丽,从花俏中见其大方,令人目不暇接。

归来后,把方才所见,概括成五十六字,遂得《花裙一首》之作。

(香港《大公报》1955年8月4日,署名:刘郎)

盛暑游复兴公园

淡浓嘉树万千株,不使炎阳窃一铢。若把老夫添画里,自然要比众人迂。

一任高阳压乱蝉,阴深百亩足流连。"南人"到此何尝"鄙",况是花前复镜前。

上海法国公园,现在叫复兴公园。这里以栽植洋种梧桐之多,为一大特色。夏天,即使骄阳匝地,而这里却是百亩浓阴。

有一天,我们在烈日当空下去游园,我是戴了阔边的笠帽,也摇着扇子去的,但在园里,这些却用不着,反而成了累赘。

一位朋友曾经拍过一张照片,是"夏天的复兴公园",丛树下的浓阴,草地上的烈日,光线对比鲜明而调和,真似油画一样。现在也把它印在这里。如果说上海市区没有渲暑胜地,那末这里总还不失为是清凉境界也。

(香港《大公报》1955年8月6日,署名:刘郎)

吃 番 茄

小似樱桃水蜜桃,最怜"胖特"大于瓢。馈娘朝市贪多买,红染双眉一担挑。

半磅乳酪足充饥,更剥番茄薄薄衣。说和蔗糖同捣烂,一盂浆果胜琼糜。

上海栽培番茄的品种,愈来愈多,今年有一种叫樱桃番茄,其小巧可知;有一种叫桃子番茄,其形状完全像奉化水蜜桃;有一种叫"胖特"番茄,每只往往在一斤以上,其硕大可知。

现在这个季节,正是番茄盛产,菜场上每斤只售三四分。每天早起,我的晨餐是一杯牛奶,两只新鲜番茄,吃法将生番茄入沸水略泡些时,随剥去外皮,捣烂,和以白糖,甘芳不可名状。我这样吃,全家人都这样吃。

昨天我家买了一担番茄,当早点吃、当小菜吃以外,还要把它熬番茄酱,来涂"土司"和馒头吃。

(香港《大公报》1955年8月10日,署名:刘郎)

咬 珠 珠

　　楼腰常受绿叶敷,楼角蒸腾沸一锅。时待家乡来芡实,且留夫妇咬珍珠。猖狂过客强呼主,腼腆佳人或姓瞿？好笑"鸡蓉"徒入馔,人间韵事每粗疏。

　　今年西瓜是熟年,但其他的果蔬,也无不盛产。我最喜爱的玉蜀黍（俗称珍珠米）,比往年更加入口而糯。

　　从前上海有一家西菜馆,到了夏天他家的午餐,常常在洋葱煎猪排旁边加一条珍珠米,真是一味佳肴。

　　前两天到茂名路的朋友家里去,他家刚刚蒸好了一大锅的珍珠米,款待来宾。这些珍珠米都是早晨从近郊的田园里摘下来的,自然比市上买的更加香甜。他家的宾客中有一对恩爱夫妻,丈夫不时把吃到最好的分与太太同享,他的太太忍着笑,接受丈夫的好意,但到底抑不住中心之乐,要咬的时候,忽然笑了一笑,她那编贝之齿,与珍珠米粒,竞其光彩,这情景我也觉得很美的,因为吃起粤菜里的"鸡蓉粟米"来,就不会有这样一番情景。

（香港《大公报》1955年8月12日,署名:刘郎）

送儿子赴吴淞

　　唐密去吴淞,暑期乐事浓。奔腾波浪阔,飘拂领巾红。攀岸防沙滑,扬薪得饭松。歌呼营里住,应不念家中。

　　在中学读书的儿子,是少年先锋队队员,明天要到吴淞去过夏令营生活了。

　　十四年来,孩子没有离开过家,这一回到郊区去,他的母亲很慎重地给他预备了一些衣物。

　　他们将要在夏令营里处理自己的起居琐事,也要自己作饭,他母亲又教他烧饭的方法。

孩子并没有因为要暂时离家而觉得怅惘,他反而高兴得连夕失眠。孩子现在的这样快乐,都是在我少年时代所没有的,也是想象不到的。

(香港《大公报》1955年8月15日,署名:刘郎)

蔓耘夫人为予述歌者某在外近况,怃然有作

风尘流转几经年,骀佥何曾解爱怜。却使英雄甘局外,谁挥涕泪话尊前! 莫教哀怨镌心骨,都待归来壮管弦。胜事万千饶一事:君家记室尚翩翩。

某张姓歌者是京剧的全材,文戏好,武戏也好。《头本虹霓关》的枪架子,《大英节烈》的起霸,以及腰腿工夫,到现在还是无与抗衡者。十年前,我就珍视这样一个人才,有诗为证:"愿待磨砻圭角后,多情来作秘书郎。"也可想见我当初的痴愿了。

后来她是嫁作商人妇了,又后来她到了香港。近年,丈夫是不爱她了,使她伤心独处,真是不幸。但这种不幸,若在上海是不会有的,只要看跟她并时的姊妹,像王熙春、童芷苓、金素雯,哪一个不是好姻缘都已成就,又哪一个不在国家剧团里快快乐乐的唱戏? 嫁了人是应该的,嫁了人把一身杰艺都收藏起来,这却是计之左矣。

(香港《大公报》1955年8月17日,署名:刘郎)

莲　　塘

江城何事最清嘉,长夏东郊竞驻军。争看莲塘三十亩,晓风吹醒一池花。

香花如侣自成双,清愿言来意味长。要待秋深花事过,一航同载效鸳鸯。

以前,上海是没有地方看荷花的。从今年起,却有了一片三十亩大的莲花池,这池塘设在虹口公园。是去年冬天,用了三百个工人把它开辟起来,植藕种荷。现在每天清晨,就有无数人都赶去看荷花,叶大如

盘,花大如碗,散放着十里清香,难怪风魔煞上海人了。

总有一些人,他们更所神往的是将来荷花开过以后,留着这样大的一个空塘,正可以在上面划船。您知道,上海的近郊,可以划船的河道还是不多,这地方自然是最够理想的了。

(香港《大公报》1955年8月19日,署名:刘郎)

养 鱼

养鸟经时复养鱼,年来颇不习慵疏。常同小女炫华服,还伴老夫读夜书。照眼沙明鲜藻绿,当心粮足活虫储。严冬莫虑寒流下,自有洪炉暖我庐。

春天,我家养了一只阿苏儿,后来又养了一只芙蓉。到上月,丈母娘送来一缸神仙鱼,她家原来养四缸,因为繁殖得快,又要分出一缸来,于是把这一缸,派给她的东床快婿了。

各种各色的神仙鱼,浮沉在水净沙明的玻璃缸里,真是够人赏心悦目。我把鱼缸安放在书桌的旁边,有时夜静,伏案既久,把眼睛盯着这些透明的、美丽的鱼,往往神清气爽,消尽疲劳。

(香港《大公报》1955年8月23日,署名:刘郎)

纳 凉 词

非关风露立难胜,罢醉人都倚绿屏。赖有娉婷传秀句,时将笑语付流萤。既梳轻鬓休添麝,原是清宵莫点灯。不用忘形当面说,可怜心上自温馨。

闻铃主人设纳凉会于其庭园中,园不甚广,而有花树扶疏之美。主人款多客,男女皆至,女客人中又多健谈善笑者,既轰饮,谑浪乃腾一座,此诗写当时气氛之实,不觉谱为回荡之声,时为一九五五年八月立秋后一日。

(香港《大公报》1955年8月25日,署名:刘郎)

言慧珠《惊变》

知渠顾影惜肌丰,何况勤修曲事工。是夜声腔随短笛,当时光艳拟长虹。偶因小病违《惊变》,差喜横陈听采风。太太归来添笑语,者回真见满堂红。

言慧珠自己说,她近年来醉心于昆曲,其实她不仅醉心,而且也在勤修。

八月中旬,她在上海就演了一场《小宴》、《惊变》。这一夜戏码甚硬,有郑传鉴、朱传茗的《跪池》和王传淞的《狗洞》。

慧珠给我一张戏券,叫我去看看她第一次演的昆剧。但真不巧,这天下午我忽然有些寒热,不能去,只好让给老婆去看,自己躺在床上,收听越剧的钢丝录音——金采风的《三盖衣》。

太太回来后,她虽不懂昆曲的好坏,但也不断地夸赞了言小姐的扮相与行头。她还说:今天晚上不仅台上人光艳四照,就是座上的人,也以妇女为多,而那些妇女都修饰得非常华美,一场子都是彩色缤纷的旗袍或是衬衫,叫人把眼睛都看得花了。

(香港《大公报》1955年8月27日,署名:刘郎)

"连 杯"

我来二次见连杯,心头郁结不可推,想到台民受苦炎,千门万户尽哀哀!暂时忍倒霉,将见福门开:解放台湾无折回,大军行动似风雷,面面红旗插过来,插遍山巅与水隈,或相拥抱或亲腮,同把连杯饮百杯。

高山族文物展览会,在上海举行了将近两个月,到八月中旬方始闭幕。

这个展览会我一共参观了两次,两次去都对着那个"连杯"徘徊嗟赏,当时所起引的感情是复杂的。

所谓"连杯",是褐色或者淡黄色的,浮雕着各种图案的、成双的木杯。高山族用"连杯"是一种广泛而庄严的生活礼节。它不但被用于婚礼上,遇到联盟、出征、狩猎等重大事件,也都要动用这种酒具。

等到我们解放台湾的时候,当五星红旗插上玉山山巅时,不难想象爱祖国、爱团结的高山族的男女,一定会高举起他们的"连杯",来同我们欢呼畅饮的。

(香港《大公报》1955年8月29日,署名:刘郎)

长春桥题画

游湖才舍木兰桡,时有荷香隔水飘。闻道鼋头渚外路,风华尽萃长春桥。

岸上槐杨映画桥,我来记得是春朝。桃花万树如霞锦,涌过长堤涌绿潮。

友人海歌先生,在八月中旬到无锡笃箕山看荷花,也游了鼋头渚,带给我一张长春桥的照片,是他亲手拍来的。

太湖边上的长春桥,一年到头风光如画,如果在春天,那末这幅画上,必然是万朵桃花,如锦帷一样的覆盖着这座桥面;如果在深秋,也会有稀疏的红叶,粘染着这座桥的两面,真使人玩赏不尽。

(香港《大公报》1955年8月31日,署名:刘郎)

看"蛙王"

泳赛年年有,今年直大观。一人初拍浪,四座已腾欢。为国心同赤,居王号自安。英雄齐越海,将把贼窝剜。

八月二十日,看了在上海江湾举行的一九五五年全国游泳竞赛大会。

这一天最出风头的是广东队的戚烈云。一百公尺以一分十四秒四的成绩,突破了全国纪录。

当时场中人纷纷议论,说:"这一位蛙泳健将还是去年从香港回返人民祖国来的。"在香港的时候,他也常常以蛙泳冠军(在香港时一百公尺的最高纪录是一分十七秒七),被人封了"蛙王"的称号。盘踞在台湾的蒋贼,也居然派了人厚币敦聘,"蛙王"本来痛恨蒋帮的,自然不愿意去。终于在一九五四年,回到了自己的国家里,把自己的运动才能献与祖国。

台湾的蒋贼等着吧,我们的"蛙王",终有一天会到台湾来的,那就是跟了解放大军一道来,直捣匪巢,生擒贼首!

(香港《大公报》1955年9月2日,署名:刘郎)

为芷苓慰劳

一"有"连连"有",闻君又量身。为公真勇敢,忘我负劳辛。
戏贴《秋江》夜,牌升"客满"晨。纷纷门外汉,岂止自家人?

童芷苓在人民游乐场上演了,人民游乐场前身是大世界,门票两角,童芷苓是第一流的坤旦,会去唱戏,难道不是"上海新事"吗?其实这事一点不新鲜,人民游乐场是公营的游乐场,童芷苓是国家剧团的演员,所以她去唱戏,是理所当然的。

难能的是这一回她是拖了重身去唱的(第一句的有字指怀孕,上海人称怀孕为"有喜"),剧团的负责人不叫她唱,她却抢着要唱。但这一唱不打紧,却忙坏了听戏的人,人民游乐场的京剧场,每天上午就告客满,原来看戏的人都带了午晚二餐,坐等到晚上八、九时,看童芷苓出场。我有一次看见她贴《秋江》,在晚饭后赶得去,哪里有立足之地。过一天,只好打电话告诉她:不是我不来看你的戏,是你叫成千上万的热心人,把老朋友也摒之门外了。

(香港《大公报》1955年9月6日,署名:刘郎)

抚 州 瓜

　　满怀端定上楼爬,惹得群儿笑阿爷。才到江南第一日,德州瓜罢抚州瓜。

　　雪色瓜皮雪色瓤,江南三白逊多浆。高年渐识长生乐,时有尝新慰阿娘。

立秋以前,上海都吃到了著名的德州西瓜。立秋以后,又有一种皮色淡白,每只至少重三四十斤的大西瓜,它叫抚州瓜。

抚州属江西省,抚州专区的临川县,是宋朝王安石的故乡,也是抚州瓜的产地。

这种瓜到上海的第一天,我买了一个回去,重四十一斤。三轮车一直停到自家的门口,又把它端到楼上,叫全家老的小的,开开眼界——又是祖国的一样名产。

瓜不仅大,且甜而多汁。我的孩子们都把肚皮吃得一个个隆起如鼓;我的母亲常说,现在多活一年,一定会多吃着好几样新鲜东西的。

(香港《大公报》1955年9月8日,署名:刘郎)

访旧友于柯罗门公寓,见蓼花盛放

　　绕廊倚槛问乡邻,槛外高花似故人。老我慵为堂上客,知君善耀掌中珍。粘红浮碧连三岁,植凤栽鸾又几春。原是情深濡沫惯,不因盐米话家贫。

上海种蓼花的地方不多,以我所见,只有柯罗门公寓里种的多而且艳。好几年前,常在这里恣情嗟赏,也曾经为蓼花写过很多的诗,如:"高花开甚自忘疲,望里妖红眼欲迷。"又如:"汲引新凉帘卷处,蓼花辛艳似人无?"

在这所公寓里,住着我一位朋友,在十年前,此人擅"倾城之艳",

但后来在配偶问题上,她走过很大的弯路。我们时常闲谈,她会说出许多意气消沉的话,甚至把指望寄托在她的女儿身上。

四年前我到她家去的时候,看见她的女儿长成了,跟母亲年轻时一样,出落得风神绝世,那时在中学读书。到最近她又来邀我,那是为了要向我散发她的积悦,她告诉我女儿已经高中毕业,考取了高等学校,她明白这是国家培养出来的人才,她自己没有费什么力。我对她说:"你也培养了她的,至少你没有阻碍了女儿的进步。现在孩子的成就当然不是你所指望的那分成就了。"

她想不到我会记得她的老话,她笑了,面孔上微微地红了一红,这一红,与槛外蓼花,同其妍爽。

(香港《大公报》1955年9月10日,署名:刘郎)

花 前 三 老

便住林泉未必安,能赊寸晷易成欢。花前徐步休携杖,亭外当阳不系冠。罢曲胜流谈更健,敌棋国手局方残。殷勤最是银髯叟,笑约秋深看建兰。

时常有象棋名家在襄阳公园的茶亭里对奕。一个假日,我到那边去,却遇见了一群老头子。这群老头子里有三个熟人,那是王晓籁、徐朗西和徐凌云。凌云先生是昆曲名家,三人中数他最老,但他比谁都腰脚轻健,跳跳纵纵的像孩子一样。

晓籁先生对我说,他们这群老年人,每天都到公园来碰碰头,在料理工作之余,园游也成了他们的日课。

记得去年深秋,我到过徐家,他的客厅里,盛放着一盆素心兰,后来那种幽香,经久地萦绕在我的鼻观里,我真是对它喜爱极了。朗西说,这是建兰,且是名种,在上海寻不出几株来的。这一天,他对我说:"过两个月,你又可上我家来看兰花了。"

(香港《大公报》1955年9月13日,署名:刘郎)

天鹅绒草地

　　谁从江岸赶清秋,细数当时历历游。难得来看天阔大,而今长履地温柔。腮红曾夺繁华艳,情挚真同碧草稠。造化小儿宁有尽,任他颠扑更何忧。

　　去年,在上海郊野以及公园里享尽了清如水、明如镜的江南秋色。有一次同太太到中山公园,她忽然说,我们住在市区里的夫妻,一年到头,难得一同看到这样大的天;后来又到了西郊公园,她又说,今天的天看得更加大了。

　　但是今年,虽然还没到凉秋时节,看起来这个秋天又是错不了的。何况今年的秋天,上海有些公园已铺上了天鹅绒草地。这种草地,长得茂密、厚实、整齐、细巧、美丽、柔软,富有弹性;既不用修剪,也不会杂生野草,是我们的园艺家,用了朝鲜的草种,细心研究培养出来的。

　　头顶上是阔大的天空,脚底下是温柔的草地,这两者之间的人,应该是更加快活的了。

　　(香港《大公报》1955 年 9 月 14 日,署名:刘郎)

接全香从莫斯科寄来照片

　　未梳辫发挽为螺,起伏香丝有浪波。无数游程丰玉靥,太多喜悦入深涡。况闻妙曲清同泻,亦似妍蛾淡欲拖。今日苏京甚盛事,满城听唱梁哥哥。

　　中国越剧团从柏林又回到了莫斯科,正在苏联各地作巡回演出。他们以两个剧目作为主体:一是《西厢记》,由袁雪芬、徐玉兰分演莺莺与张生;二是《梁祝》,由傅全香、范瑞娟分演英台与山伯。

　　全香从莫斯科寄来的照片,白衬衫,外衣,裙子,烫头发。照片上的傅全香,在笑,笑得她的两个酒涡陷得更深,风貌也更美,不难想象,万里游程,使她的心花,时时在怒放了。

（香港《大公报》1955年9月16日,署名:刘郎）

纳凉竹枝词

侬来草上对银波,郎自来听月下歌。掠面流萤休扑死,要它照亮一双蛾。

上海各公园到了夏夜,都放映露天电影,不另收费,到周末的晚上,还有露天音乐会,这两种设备都招来了更多的纳凉人。

江头昨夜得微风,果酒三人供自丰。笑语千舟频起伏,归来扶尽醉颜红。

上海有一种"浦江夜游"的轮渡,可以载三百多人,但也有容三四人坐的小舢舨,摇去兜风的。雇船的人,大多备了酒肉瓜果之类,一面饮啖,一面歌呼,来消磨他们快乐的周末之夜。

（香港《大公报》1955年9月17日,署名:刘郎）

秋夜乘车过衡山路作

时虞失睡却酽茶,试沸春桑绝嫩芽。秋后凉生先去葛,夜清露重复除麻。林深恍听千家织,楼起都埋一部蛙。翠袖不嫌银烛冷,紫薇花影动窗纱。

在上海的人,欢喜衡山路(旧贝当路);离开了上海的人,也会向往着这条路上的幽旷之美。

是一个月白风清之夜,在余庆路的朋友家里喝了一盏桑芽茶回来,乘车走完了一条衡山路。一路上都是络纬的繁响,这种秋声,代替了黄梅时节的处处蛙鸣。衡山路的蛙鸣,我曾经听过好几年的,但今年却听不到了,因为原有的洼地,已都盖起了楼房。而这些新楼上面,大都灯明如昼,有一座窗台里,还透出了一瓶紫薇花的影子,灯光花影,迸溅到马路上来,使路上行人,也分享了楼居

125

人的清安之福。

（香港《大公报》1955年9月19日，署名：刘郎）

盆景四百本

争看传世黄杨古，我爱松杉各有神。但使离披能悦眼，何须荫覆往来人。

更待辛勤二十年，老夫也得辨林泉。要从一径松风里，策杖骑驴或弄弦。

九月上旬，在上海举行的盆景展览会，将延续一二月之久。盆景一共有四百种，最名贵的是一本二百余年的黄杨老桩，一百余年的一棵松树，松树的种类最多，离披作态，令人赏玩不尽。

除了这些，也有中国画里山水一样的盆景，更加盎然有古趣。

《三毛》作者张乐平兄画室外面的阳台上，他自己已制造十多种盆景，去年我去看时，已觉得作者匠心之巧，但比之今天看的展览会，更惊奇这一艺术的深邃无极了。

（香港《大公报》1955年9月22日，署名：刘郎）

坟山变花园

问君一事可新鲜，大块坟山有变迁。会使高杨深镇闭，谁令白骨托喧阗！花容定为游人艳，风景长添海市妍。门外依然存古迹，静安名刹与名泉。

上海市的绿化计划中，将请南京西路的那个"外国坟山"搬场，而把这里改建为公园。

这个地方有个特点：就是里面有很多挺拔高耸的白杨树，荫覆着下面累累的坟台。我想，我们改建公园的计划实现时，这些茂密的白杨，会留下来的，也许明年的夏天，这些树，将为全市游人，供"百亩阴"了。

这个地方还有个特点：它邻近着两个古迹，那就是对门的静安古寺和门外路中心的那一口"天下第六泉"的古井了。

（香港《大公报》1955年9月24日，署名：刘郎）

十五楼屋顶所见

衣香时杂酒香浮，忽有清光涌满楼。雪拟丰肌云拟发，冰修风骨水修眸。鳖杯玉项酥于酪，举首青天灿若绸。刻意难求容止美，维持芳洁傲长秋。

十三层楼的屋顶是在十五层楼。热天，上海锦江饭店的川菜，就在这里营业。

晚秋以后的半个多月，暑意未消，有一天，上十五楼偕友人小饮。

隔座，有一位着"连裙"的女士，风神甚丽。

"连裙"是今年来上海盛行的裙子中的一种式样，它是跟衬衫做在一起的裙子。但"连裙"的式样又有好多种，以领圈来讲，我最欣赏的是把领口开得又大又方的一种。也就是隔座这位女士穿的那样儿的一种。

她的"连裙"是一色白的，白得那么照眼生明。因为领口大，可以望到肩头，而自领项以下，又一直到及胸。因为身体是壮硕的，使她出落得格外停匀，看起来，她同头顶上青得像缎子般的天空，一样为眼前至美。

（香港《大公报》1955年9月27日，署名：刘郎）

贺振飞既卜新居复将上演

新秋忽报卜新居，既返江南二月余。行看铺排都入画，还留暇暑快《传书》。五原路接黄河路，听曲车催度曲车。待过月圆歌事歇，奉烦贤嫂觊佳厨。

俞振飞先生返沪后二月，由招待所迁入新宅。这是在五原路上的一家公寓，凡四大间，俞夫人费了很多时日的工夫，才把它布置完成的。

最近,振飞将在上海登台,演十天或半个月的昆剧,场子是黄河路上的长江剧院。这里不先给他估计上演时的盛况,将来自另有报道,我的诗,只为老友的两桩喜事,聊申祝贺之忱罢了。

(香港《大公报》1955年9月28日,署名:刘郎)

薄 醉 一 首

谁令薄醉一身欹,废尽寻常宾主仪。解酒先应含豆蔻,多情再与擘恩梨。扬汤三滚鸡头软,里叶初呈藕节肥。岁岁分甘江上住,未忘咻问到寒饥。

住在上海的一家亲戚,同我家一向来往甚密。

最近我的一个假日,他家请我们去午餐。虽然是家常便饭却都拣我小时候就欢喜吃的一些小菜。我还喝一点酒,醉了,睡醒的时候,主人以豆蔻和恩梨给我解酒。下午他们还煮了鸡头肉,削了嫩藕来供奉我这个老兄。从这些款客的果物中,使人感到这个亲戚家的生活,又是恬静又是安适。

恩梨是山东土产,不但甘脆胜过莱阳梨,肉质也比莱阳梨为细洁,上海果市,称之为梨中之王。

(香港《大公报》1955年9月29日,署名:刘郎)

水 上 飞 莲

一人不让众人先,一掌初鸣万掌连。群道国中添至宝,我从水上看飞莲。昂扬意气临时立,婘恋情怀渡海旋。海外诸君应省识,别来无恙报嫣然。

一九五五年全国游泳比赛大会在上海开锣的第一天女子一百公尺预赛中,黄莲华以一分十二秒三的成绩,打破了我国最高的纪录;第二天女子一百公尺的蝶泳预赛,又是她以海豚式游完得了第一名,打破了去年游泳大会的纪录。

附刊的这张照片,就是在第二天我的一位朋友给她拍的。由我把它传刊到海外的报纸上来,因为这位游泳健将,海外人士尤其是印度尼西亚人士,对她是十分熟悉的。她原是印度尼西亚华侨,一九五三年才回到祖国来的。

(香港《大公报》1955年9月30日,署名:刘郎)

看民主德国女运动员表演

肃立成行若塑雕,谁知游动胜龙蛟。才从低杠攀高杠,却把轻腰换软腰。发似翻云肤滚雪,手能涌浪足推潮。最怜一队青衫艳,看煞风荷出水沼。

民主德国体育代表团来上海。我看到的是最后一场的表演。

这首诗歌颂的是他们六位女运动员表演的平衡木、高低杠、自由体操,以及最耐人寻味的藤圈表演。

藤圈是白的,运动员的衣裳是湖绿色的,把场面掩映得非常美丽。这是体操,但也是舞蹈,从形色轻柔中看出她们动作的凝重。她们的成就也在这里。

(香港《大公报》1955年10月1日,署名:刘郎)

七夕与桑弧石挥为小饮归后所作

夜爽风高满市灯,相扶薄醉一车乘。记从"黑饮"名兄弟,各以深情惜友朋。惟子精修成极诣,似予投老竟何能?归家贪看双星笑,倦就楼台久久凭。

夜与桑弧、石挥同饭,后又同乘一车回去。在车上,忽然记起今夜乃是七夕,就同桑弧谈到了十多年前的一个七夕,那时我们"孤鹰"剧团的同人,在梯维家里不明一火的庭院里轰饮,很多人醉倒在露天。后来梯维写了一篇《黑饮记》的小文,来记述我们这些人在当时是如何地"不为无益之事,何以遣有涯之生"的状况。

现在《黑饮记》的人物,大半各走一方,勤修自己的事业,留在上海的,不过是梯维、桑弧和我二三人而已。虽然这样,因为彼此相知之深,纵使大家不是同客一隅,我们还在关怀着每个人的起居近况的。

(香港《大公报》1955年10月4日,署名:刘郎)

买 唱 片

偏爱难禁作事乖,电波随梦落灯纱。十娘沉怒挑书舫,赵女装疯选伯华。盗马不忘贤寨主,盘夫听煞小冤家。一时兴到三轮坐,丁府来寻老太爷。

近年来,每天留心上海报纸上的广播节目,晚上如果放陈书舫的《杜十娘》、陈伯华的《宇宙锋》、裘盛戎的《盗马》、金采风的《盘夫》的钢丝录音,我是必然收听的,否则床边的那架收音机,经常让它关着。

前一个月到第三百货公司,索性把上面这些戏曲的唱片全部买回家来。长篇便宜得很,每张只一块多钱。可是我家没有留声机,只好在我想着听的时候,就去找丁慕琴先生(悚),这位老太爷,晚景不恶,自己还在作些年画,空的时间多,我一到,他会一张一张在他那一只买四十多年的留声机上放给我听。

为了自己的偏爱,作出这样的怪事来,常常遭到老婆子女的讥笑。

(香港《大公报》1955年10月5日,署名:刘郎)

散 木 北 游

远道书南鄙,要予访粪翁(散木旧号)。石烦重拓片,门竟出因公。九月游京国,经年返沪淞。我来余惘惘,他竟去匆匆。

有三个月没有遇见金石家散木先生了,前两天,港中的《壮游诗记》作者写信来,要我请他置拓一个石片,我便登门拜访。

张先生说(散木夫人,朋友都叫她张先生),散木于九月十七日入京,参加汉字改革工作,要十个月或者一年回来。他离沪还不到十天。

解放以后,散木这是第一次离开上海,从这里可见每一个人才,我们的政府,是会网罗无遗的。

(香港《大公报》1955年10月6日,署名:刘郎)

[编按:《壮游诗记》作者,即香港《大公报》副刊总编辑陈凡。]

"简家厨"

为工饮啖每周呼,闻有名肴出海隅。是夜醉成连夜醉,一家厨作万家厨。眼中流艳归灯火,腮下腾香接饼脯。待降市楼携手笑,互怜骨肉尽丰腴。

还是前年秋天,上海出现了一个"简家厨"。这是从前一家烟草公司主人的私家厨房,做的牛排和葡国鸡,称一时极味。

第一次,我借朋友家里请过一回客,那时"简家厨"还未正式营业。后来听说在淮海中路上开了一家"华盛顿"餐室,当灶的就是简家的大司务。

上月,我一家人又约了答云夫人的一家人去吃了一次夜饭,又喝了一点酒,大家都很高兴,孩子们更乐得笑口常开。

(香港《大公报》1955年10月8日,署名:刘郎)

上官携鹦鹉同归

江南偶向海南栖,万里相携妙客归。要与灵禽调粲舌,更随丰羽理华衣。楼高或似林中住,食足休惊架上羁。好笑鹦哥儿未识,闻名欲叙弟兄仪。

上官云珠在海南岛拍了半年以上的影片,当江南秋好之日,始翩然归来。在她下火车的时候,把随身行李,托别人代带,自己手上,却擎着一架鹦鹉,碧羽朱喙,光彩甚艳。

上官住在衡山路一家五层楼的公寓里。鹦鹉来归之后,把它安放在南向的窗前,她自己和她的孩子,都以最好的感情,欢迎她们的远客。

上官是以能歌和擅于朗诵著称的。朋友们说,积之时日,她的鹦哥,也会像主人一样,不但能歌,复能朗诵。

(香港《大公报》1955年10月10日,署名:刘郎)

高 秋 绝 句

初闻早桂流香烈,买蓼人争十穗花。都是茜妍好秋色,何须鞠首觅黄华。

中秋前一日,过晨市,闻早桂流香甚烈。又见花檐中有红蓼出售,因购桂花两枝,蓼花十穗,归供案前,其色娟娟,令人意醉。

簿领埋头意自佳,窗前一串苤红芽。可怜暖瓦风檐下,扁豆犹开浅紫花。

在我办公室的窗下,是人民银行的一个花圃,妍紫鲜红,花时不断。这几天一串红已在徐徐纾艳,而瓦角墙头,开遍了紫色的扁豆花,花小色浓,亦大悦人目。

(香港《大公报》1955年10月11日,署名:刘郎)

丝 绒

不自机边织,都成手上工。童年知竹刻,老眼看丝绒。应叹神乎技,还惊灿若虹。更无疑问吧?双腕最玲珑。

曾经在《人民日报》看到过一篇通信,说我故乡嘉定有一家金星绸布印花厂(设在南翔),专门手工印制丝绒。这些产品,甚得苏联、匈牙利等国家妇女们的喜爱。

昨天有位同事从南翔来,他去参观了金星厂,拿来许多种丝绒样品,什么"烂花丝绒","烂浆印乔其丝绒",匀净细致,花式繁多,而色彩更是鲜艳得不可名状。

我是孤陋寡闻的,直到今年,才知道丝绒是可以用双手印制,真叹人工之巧,无可限量。

(香港《大公报》1955年10月14日,署名:刘郎)

题桑弧蠡园摄影

　　门前高柳自成墙,"墙"外波光涌暖廊。已是荷花香过了,桂花初散一湖香。

这是蠡园渔庄的摄影。

蠡园的长廊,渔庄的老柳和假山,都是太湖特色。现在渔庄部分,已经开拓得很大了。照片的右上角延伸出去那些景色,都是以往没有的。

(香港《大公报》1955年10月17日,署名:刘郎)

中秋夜,饮长白山野葡萄酒

　　生不同根壤自连,野山参果各成田。开樽未饮颜先染,望月无言愿已全。夜甚渐知衣有露,老来快倒酒如泉。遥怜锦瑟银灯下,或有佳人暂醉眠。

东北的长白山,满山遍野的长着一种野葡萄,是酿酒的原料。

现在这种酒已归国家经营酿制,称为"通化葡萄酒"。

真是色香味三擅的好酒,它与长白山的人参,为同一种土壤上的植物,所以人们更加珍视。我在中秋前买了两瓶,中秋夜就把它作为赏月时的饮料,孩子们都喝了一些,一个个的小脸上,都晕上了一阵"葡萄红",为观尤美。

(香港《大公报》1955年10月18日,署名:刘郎)

海　宁　潮

　　团圞先看中秋月,继看礼花(国庆节晚上的焰火)入九霄。再赶游程三百里，明朝好看海宁潮。

无数沪人聚海宁，人潮涌塞望潮亭。午潮终误胡郎约，更待夜潮月下听。

今年上海人去看海宁潮的格外多了。祥生汽车公司在农历八月十八日以前的十天，就开始预约直放海宁的车辆，自然，到了这一天，所有的祥生车子，都为看潮人服务了。

摄影记者胡中法兄，他也到海宁去看潮，自己驾了一辆机器脚踏车，不巧得很，车子在中途路上出了一些小毛病，等他赶到，已经下午一时四十分，看不见午潮了，他听说这一天的午潮，在十二时十分已到达海宁。不得已，他索性在海宁住下来，准备看一看夜潮，据他说，在月光下听潮比看潮还有劲，但究竟是月下看潮，他无法给海宁的夜潮收入镜箱，不然，我一定会寄刊一张给"新野"读者，同为嗟赏。

（香港《大公报》1955年10月20日，署名：刘郎）

题静安公园之树

两行高木绝葱笼，一隙微明障雨风。海市颇难寻此景，算来只在此门中。

长寿香樟二百年，梧桐肥硕腹蟠然。白杨不复冲冠怒，龙眼秋深粒粒圆。

上月《唱江南》说的静安公园已于十月三日正式开放了。

静安公园虽然是新开辟的公园，但有一般新开辟公园所没有的好处，那就是树好。

游静安公园，一进门就会被矗立在道傍的两行大树所吸引。这两行大树以银杏为起首，从第二棵起就全都是法国梧桐，大概有三十棵左右，大都是要两人才能合抱的大树。这些法国梧桐和一般看到的有些不同，树身挺直而显得特别高大。据公园里的服务员说，这些树因为不像马路边的梧桐一样经常修剪枝叶，所以它们就向上发展，长得特别高。看来这些梧桐像是在有意尽力将桠枝伸向天空，好俯视园外的繁华的天地。

除了这些梧桐之外,还有很多上了年纪的枫树、白杨、香樟、广玉兰等等。在公园东半部的中央近水泥方亭处,有一棵生长已达二百年的香樟,这棵香樟树并不很高,但是显得十分茁壮。它在粗大的主干上分出十一株粗枝,这些分枝,每一株就有海碗口径那样粗大,它们横的直的长得遒劲有力。细小的树枝被修剪了,在那黑黑的树干上生出了嫩绿的叶子,好像铁枝缀上了翡翠,又像刚健的老人新剃了头,格外显得鹤发童颜的姿态。

(香港《大公报》1955年10月21日,署名:刘郎)

买捷制羊毛巾与唇膏赠夫人礼

一握轻柔十色巾,胭脂更助满腮春。障风陌上笼雪发,罢饮灯前点绛唇。礼到能知夫婿爱,归来却惹女儿嗔。明朝爷再排长队,可可糖同小四轮。

捷克斯洛伐克十年建设成就展览会,在上海正式开幕是十月五日。头一天我就去参观。都参观到了,然后再往卖品部买东西,买品都是要排队入内的,队伍分好几路,每一路总有几百人或千余人。我等了一两个钟头,才买到一条彩色的头巾和一枝唇膏。这两样东西都送与太太作为纪念十月八日结婚日的礼物。她特别喜爱那条头巾,纯羊毛的,边是黑的,流苏也是黑的,里面图纹的印色则又非常复杂了,像鲜艳的花瓷,也似多彩的壁画。

这块方巾,她将会在郊游时作兜头之用,来代替春夏间出门时使用的那块印花的尼龙头巾。

(香港《大公报》1955年10月22日,署名:刘郎)

题桑弧鼋头渚摄影

扬舲何往不销魂,昔日游踪着意温。重到桑弧今有子,原知龙竹早生孙。寒衣沉醉黏霜叶,隔座安排有蟹樽。要看金波千百顷,归来沪上过黄昏。

十月二日,桑弧偕夫人挈儿子往游无锡。在太湖上他摄了很多照片。他说:这些照片里取的风景,都是我们前几年一再留连过的地方。但前几年我们一同去的时候,桑弧还没有结婚,现在他的一个儿子,到明年好进幼儿园了。

这是在鼋头渚上拍的几张中的一张。他说,离开鼋头渚时,将近黄昏,所以归途又拍了一张《太湖夕照》。在太湖上遇落日,湖波作金黄色,是奇景,亦是奇观。

(香港《大公报》1955年10月26日,署名:刘郎)

沪中山公园桂花盛放

一泓溪水小桥东,我自寻芳入桂丛。犹有晚秋争艳色,道旁开遍白芙蓉。

沐尽香风过水隈,筛金如雨出林来。远人莫笑闲花树,都是诸君去后栽。

上海的中山公园,去年还没有桂花,而今年有了。种得多,开得盛,深秋晚桂,这几天这个园林里,不知又吸引了几千几万的游人。

附刊的这张照片,是园中桂林的一部分。在密茂的幼树上,可以看出簇簇生姿地开满了的花。不要说您是久违上海的人,想不起中山公园里有这样一个镜头;像我常在上海的人,隔了一两个月去游一次园,常常会发现园中有许多陌生的地方,好像前几次都没有走到似的,这是因为园场管理处把每一个公园,都在经常不断地改变他们的面貌。

(香港《大公报》1955年10月27日,署名:刘郎)

登虞山剑阁

向此追攀亦壮图,逢难莫笑要人扶。黏香古寺看唐桂,照镜悬崖对尚湖。紫柏青松皆妩媚,长天秋水足歌呼。将诗寄与缪家妹(指影人韦伟,韦姓缪字孟媖),倘忆同登有"老奴"。

常熟虞山风景,以剑门为尤胜。剑门又有剑阁,为全山最高处,游人至此,颇苦不易攀登。十月中旬,韩非与李浣清夫妇参加了一个新闻工作者的旅行团,游虞山,先到兴福寺,那株唐朝的桂花树,正当盛放,衣鬓黏香,久久不散。再从联珠洞登剑门,韩和李又都上了剑阁,这张照片,是浣青倩山民掖之登临时拍的,摄影人为漫画家乐小英兄。

距今七八年前,也是深秋时节,我们有几十个人同游虞山,登剑阁,韦伟勇,欲夺众人先,我不服,偏偏跑在她的前面,在悬崖乱石间,一路上唱《南天门》戏词:"老奴与你把路带,一步一步往前挨……"今当说与故人:七八年来"老奴"无恙,而腰脚健旺亦一仍往昔也。

(香港《大公报》1955年10月28日,署名:刘郎)

剑 门 风 景

往年曾此数流连,每欠明湖唤渡船。风景江南夸极秀,剑门常是水云连。

登剑门,看尚父湖,实为江南第一美景。二十年来,登剑门不下六七次,却从没有在湖上荡过一次船,因为一日行程,游了山便不能再玩水,否则来不及回上海。有一年想在三峰寺借宿,第二天一早下湖,终亦未成事实。

湖波九月白如银,老树清疏最媚人。风景千秋传不已,绛云楼事总成尘。

虞山本多高松,但在日寇盘踞时期,为群盗砍伐殆尽,遂成空山!惟剑门此树(见图),幸免斧斤,到此恒嗟赏不尽。相传钱牧斋的红豆山庄遗址,即在山麓,我诗后七字,即指此。

(香港《大公报》1955年10月29日,署名:刘郎)

遇老王与小王

　　老王携小王,偶尔遇刘郎。小王如鲜花,老王似嫩姜。娘唱瑶卿调,儿继阿娘腔。娘儿同台唱,日夜客满场。台下人缘固然好,却怪爷叔不赏光。刘郎听得难为情,连声回说我太忙。忙归忙,卅年交谊岂能忘?乖乖去排队,买来票两张。明朝听侄女:起解反二黄。后天听阿嫂:孙夫人祭江。

　　王玉蓉和小王玉蓉,今年几次在上海母女同台演唱了。在最近一次的演出期中,我遇到了她们,着实叫她们责备了一场。

　　老王说,多少年了,你既不来看看我们母女两个人,也不来看看我们母女两个人的戏,你枉为是三十年的老朋友了。

　　小王说,你枉为是我在上海惟一的爷叔(沪语爷叔指叔叔——编者)。你知道,我的一些爷叔各走四方,在上海的只剩下你一个了……

　　我被她们说得很惭愧,也很感动,于是过了二天,连看了她们两次好戏。看过戏后,又作长短句如上。

　　(香港《大公报》1955年10月31日,署名:刘郎)

秋 郊 绝 句

　　郊游时遇摸鱼郎,似水高秋似镜塘。数片雁来红叶下,挖金曳碧覆鸳鸯。

　　上海西郊公园在虹桥路程家桥西,虹桥公园则在程家桥东,园拓地不广,然浅塘丛树,风景甚丽。那天下午,我们踞池边久坐,座旁老少年(亦称雁来红)盛长,叶下垂及水,临岸有鸳鸯,栖叶底,为观尤艳。

　　轻松一盎添郎寿,霜干风枝老更神。我买山茶红四朵,助她归去脸边春。

　　过苗圃,夫人买曳松一盆,为我上寿,因上一天是我的生辰。我则买了一盆山茶,含蕾欲放凡四,置于归车,红艳时撷人双眼也。

(香港《大公报》1955年11月5日,署名:刘郎)

重九游人民公园作

成阴至此方千日,一水盈盈万树连。知否刘郎家住近,老来安用办林泉?

梅花何瘦杏何妍,红绽桃花眼欲燃。更有晚秋奇景在,傲霜花发数难全。

今年的重九日中午,我们到上海人民公园去登高,因为那里有一座小山,在小山上拍了一张照片,这张照片把闹市同园林连结了起来,很别致,因寄"新野",让读者诸君,看了画,作一番神游可也。

一九五二年冬天的人民公园,像刚刚堕地的婴孩,除了把"跑马厅"的面貌改变以外,没有什么可看的,我当时还这样想:有一天它真的像个花园了,我纵然年老,亦将策杖来寻。但是它的成长是飞速的,只要看看这张图,它已经不是雏年,而是娉婷的少女了。

春天我在园里看过梅花、杏花和桃花,以后更是花时不断。最大观的该是十一月七日开幕的"菊展"了,展出的有六万株菊花,这个"菊海",比去年又多了一万株。

(香港《大公报》1955年11月18日,署名:刘郎)

江南秋晚图

漫从薄暮访花光,云树都曾系客肠。正是江南闲浦溆,绵绵一白拟清霜。

上月,有一群朋友,结队作了一次秋游,这些人都擅摄影术的,回来后把各人的作品,张贴在一起,叫大家评选。在几十张风景照中,我最喜欢的是这一张(见图)。我替它题了四个字:"江南秋晚"。

正是江南晚秋的景色:高云灵树,伴随着初秀的芦花,着墨不多,而淡远如绝代丽人。在画上,我们看不见蓼花,但想起来蓼花,是一定有的,你知道"清霜浦溆绵绵白,薄暮花光往往红",这就是江南秋晚的特色。

(香港《大公报》1955年11月26日,署名:刘郎)

[编按:清霜浦溆绵绵白,原报将"白"印作"句",不通。因施叔范有"清霜南浦绵绵白,薄暮花光往往红"句,故迳改。]

题天平看枫图

枫林染就一山烧,或有栖霞拟此高。若使逶迤三十里,太湖十月涌红潮。

漫山匝地涨红云,似火如荼托一身。当日来游人媚树,今朝老树媚夫人。

十一月中旬,余爱渌医生偕夫人赴苏州,乘小汽车抵天平山麓,特地欣赏了一个上午的天平红叶。

爱渌告诉我说,他对天平枫叶最赏爱的是因为那叶子不是单纯的红色,而在红、紫之外,还有黄、橙、青诸色,这就显得那里的风景,像一幅色彩浓郁的大油画,使人有玩味不尽之感。

这一张摄影,是天平山下的八角亭,亭外那些参天老树,都是红叶,图中那个仰山而立的皜衣人,是曹秀菊女士,雅擅文墨,余医生的夫人也。

(香港《大公报》1955年11月30日,署名:刘郎)

[编按:余爱渌本名徐慧棠,此前曾任《亦报》编辑。]

赏 菊 持 螯

登楼何幸及芳时,但觉花光乱鬓丝。赏菊人同浮菊海,我来海上一螯持。

红满冰盘绿满樽,今朝此饮最销魂。花山花屿依稀认,蟹自轮困酒自温。

偕友人在上海国际饭店楼上食蟹。楼外的人民公园正在举行"菊展",这里面一共陈列了七万株菊花,一时花光胜涌,尽上杯盘。持螯赏菊,称为赏心乐事,但自古以来,哪有人一面持螯,而一面欣赏着七万株菊花者乎?有之,惟今朝的我和我几个朋友耳。诚盛事也,咏之以诗。("赤蟹轮困可十斤"陆放翁句)

(香港《大公报》1955年12月2日,署名:刘郎)

太湖饭店

蠡园枕簟久生凉,曾误婵娟共晚廊。是处来春迎远客,绿坡一带起红墙。昔为黉舍今传舍,时有岚光接水光。料得万梅花发日,此山浮动那山香。

无锡风景之美,美在太湖。但太湖岸上没有旅舍,所以游湖的人要在无锡过夜,必须投宿市区。

解放前一年,我们在蠡园发现有几个房间,可供下榻,虽然房间很少,而锦衾罗帐,宛若洞房。但近几年来,这里也把仅有的几间房舍都收歇了。

直到今年秋天,太湖上忽然有了一家大旅馆,名太湖饭店。那地方在梅园、筲箕山的附近。饭店位于山腰,外面是一带红墙,远远望去,它的建筑非常壮丽。

你知道这里从前是什么地方?那是荣德生生前办的江南大学。现在把它一分为二,一半为招待所,一半则做了营业性的旅馆了。

(香港《大公报》1955年12月16日,署名:刘郎)

万花怒放拥"飞来"

当年满眼长蒿莱,曾使游人掉首回。此后幽香流一谷,万花怒放拥"飞来"。

杜鹃着意傍幽兰,岩自雄奇石自闲。妆罢春来迎远客,香风一径任追攀。

　　国画家唐云先生从杭州来,谈起西湖上的建设,真是日新月异。最近在灵隐飞来峰一带,开辟了一个岩石公园。因此把飞来峰也大力地整修了一下。

　　原来的飞来峰,乱石纵横,蒿莱没径,虽然那里有很多胜迹,如青林、玉乳、龙泓、螺狮、香林诸洞,但是因为过于荒芜,游湖的人谁也没有到过;现在除了山上新砌青石梯级外,还在山阴石隙,栽种了将近五万抹的兰花和一二万株的杜鹃。不仅把飞来峰修饰了门面,还给它披上了盛装。等到明年春天,兰花绽、杜鹃开的时候,游湖的人,到过灵隐,可以不至再望飞来峰而却步了。

(香港《大公报》1955年12月17日,署名:刘郎)

江 南 大 菜

　　江南十月得轻霜,入馔争夸大菜香。方是"瓢儿"来白下,一帆又送"太湖藏"。

　　塌棵浓绿面皮皱,粗壮"苏州"茎叶"青"。况有脆鲜冬笋在,老夫无复索荤腥。

　　您如果是江南人,那么到了这个时候,阴历的十月、十一月间,您一定会想到江南的大菜。

　　江南的大菜,品种甚多,而各种极味,最著名的有南京瓢儿菜,苏州的"苏州青",人们都叫它"太湖藏"的太湖藏菜,还有普遍种植的塌棵菜。这些菜,目下都早已上市了。

　　一个冷汛里,连下了几天的霜,这些菜,不但更香,而且变得更甜。我是比较喜爱蔬食的,近来每食就非大菜不快。

　　昨天家里买了一百斤大菜,放在一只大缸里盐渍,预计可以供给一家人吃到明年春天。虽然腌大菜不堪下饭,但它是一种最好的下粥小菜。

(香港《大公报》1955年12月20日,署名:刘郎)

祖光南来同为小饮

　　暂抛辛苦别梅边,相对吴郎更少年。樽畔温清来表妹,江南晴暖似春天。游踪明日湖山好,投箸当时鱼肺鲜。携手向阳大道去,菊花直欲透冬妍。

　　吴祖光费了一年又三个月的时间,把梅兰芳舞台艺术纪录的影片导演完成了。于十二月中旬,同了那部影片摄影和录音的两位苏联专家(这两位专家是苏联巨片《彼得大帝》的工作者),从北京到杭州去游览。

　　祖光过上海的那天,找了我也找了桑弧和祖光的表妹孙景路。我们在老正兴馆吃了一餐中饭,这几天正是江南淡水鱼最丰产的时期,在老正兴吃了大盆的"炒秃肺",祖光认为好多年没尝过的极味。

　　吃完了饭,四个人相扶着在晴暖的阳光下,去走一遍人民广场大道,这条路祖光还是第一次看见。大道两旁花光四袭,这是菊花,它们还在鲜妍地开放着,已快入腊的季节了,而菊花都没枯萎,使这一条修洁的大道,平添许多丰采。

　　(香港《大公报》1955年12月23日,署名:刘郎)

唱江南（1956.1—1956.12）

为吴青霞催妆

碧玻琉耀眼波清，彩笔曾教四座惊。惯作孤鸾临晓枕，重攀乔木寄新莺。飘来白发郎腰健，画就长眉汝腕灵。此后温清同笑乐，但期愈老愈多情。

上海的女国画家，以二霞夙著高名。二霞者，周鍊霞与吴青霞也。这两人现在都已望五之年，但她们都工保养，所以看起来，都还像四十来人。

吴青霞女士在十年前和她做律师的丈夫脱离关系。直到去年，她才重作新人。现在的丈夫吴蕴瑞先生，是体育界的老将，参加上海体育运动方面的领导工作，听说年纪正好是七十岁。

这首诗，我还是去年十月里写的，现在二吴老早已结了婚，所以我的催妆诗已是马后炮了。正确一点，应该叫它"催生诗"才当。

（香港《大公报》1956年1月14日，署名：刘郎）

儿子集邮

妍红绚绿费搜寻，想见工夫逐日深。为餍贪婪稚子欲，常操求索阿爷心。最新《泸定河桥》印，时把敦煌壁画临。记取壮图看祖国，不同市道耗多金。

记不得打哪时候起，在初中读书的一个儿子，爱上了集邮。

事实上，在我们国家里，集邮已经形成了风气。不说别的，北京开了集邮公司，上海也开了分公司。到了星期日，这个集邮公司的门口，买邮票的人,也会排成一字长蛇阵的。

孩子集邮,除了向我要了钱去一套一套的买进以外,他自己也向同学们交换;还要求我随时替他留心,搜寻他所没有的邮票。到目前为止,花花绿绿的已经贴满一本册子了。在这里都是祖国的邮票,也就是祖国六年多来辉煌成就的纪录。

昨天孩子告诉我,他真喜欢几张莫斯科建筑的邮票和匈牙利的体育邮票,看样子,他的集邮范围要扩充了。但不要紧,集邮公司的任何一种邮票,都不作为"奇货"的商品来出售的,它不会叫集邮的人们,为了这点爱好,而倾家荡产。(第五句是说孩子在今年新年里买到了两张最新发行的纪念"长征"的邮票,有一张是泸定河大桥。第六句是说孩子常常在临摹邮票上的敦煌壁画。)

(香港《大公报》1956年1月17日,署名:刘郎)

冬晨游西郊公园作

瞻远幽深各自寻,参差古木欲成林。谁知一夜浓霜后,犹有花香袭衣襟。

画里游人似渡坡,原来地势未平铺。当年门外停车客,倘忆虹桥"考而夫"?

上海的西郊公园,是十多年前的虹桥考而夫球场。在这张图片上,看得出高低不平的地势,就是考而夫场的遗迹。我们的政府,在前年将它改建为公园时,没有把它铺平,大概也好叫到此一游的人,想记当年,而增加今日的自豪感也。

(香港《大公报》1956年1月19日,署名:刘郎)

为郭琳爽先生登台献句

长袖何曾碍郭郎,鲜花簇涌满头霜。却看大业终长继,未有高歌似此狂。《金马鞍》中才独步,南京路上喜腾扬。已蒙福泽还添寿,快为先生晋一觞。

上海永安公司董事长兼经理郭琳爽先生是义演粤剧的高手,但十多年来他没有登过台。直到最近为了庆祝公司正式公私合营的那天晚上,才又一献身手。

这一天,郭先生是激动的,他对人说:"今天,我庆幸自己坐上了社会主义的火车,这火车一直要乘到子孙万代幸福的站头。"这样兴奋的话,是从心底发出来的。所以使他这天演的那一出《金马鞍》,更加精采纷呈了。这里我不再多加解释,有照为证,可以说明郭先生心里的高兴,也可以说明在这一次上海惊天动地的全市工商界行业公私合营中的一些动人的故事。

(香港《大公报》1956年1月25日,署名:刘郎)

绿媚红酣溅四郊

几许垂杨几许桃,新栽三十万株苗。悬知春到江南后,绿媚红酣溅四郊。

晴郊到处看桃花,杨柳依依掩客车。岂止江南风物美:小桥流水复人家。

就在这一个冬天里,上海四郊一下子种了三十万株的桃花杨柳的树苗。今后的春天,将会看到上海的郊区,桃花开得一年比一年盛,杨柳绿得一年比一年深。

在海外的朋友们,请记住我这一个报道吧!将来回到上海时,不要以为上海的郊外,最多看看小桥、流水,人家那一番江南的特色;它也会像西湖岸上一样:"一株杨柳间株桃"了。

(香港《大公报》1956年1月28日,署名:刘郎)

凝 妆 图

本来舞步足生莲,今夜凝妆特地妍。自把深情投祖国,更将巧艺学朝鲜。千梳渐觉鬓成雾,一笑真怜云欲颠。若是台前夫婿在,料知魂堕楚腰边。

一月中旬,上海全市实行公私合营的高潮中,工商业家的家属对这件大事,表现的热情是十分动人的。

这里的一张照片,是工商业家的几个太太,于十九日晚上在少年宫表演朝鲜舞,现在她们还没有登场,正在后台化装。

(香港《大公报》1956年1月31日,署名:刘郎)

乌龟从此砍招牌

药梨大王文魁斋,三马路头一并排。七十年来天晓得,乌龟今始砍招牌。

在上海全市合营声中,最令人眼目一清的一件事是汉口路(三马路)上两家称为"药梨大王"的糖果店文魁斋,把挂了几十年的两块乌龟招牌,用榔头敲下来了。这是一月十九日上午的事。当时轰动了整整一条三马路。

说起乌龟招牌,有一段老话可讲:

远在七十年前,汉口路大舞台对面开了一爿文魁斋,因为生意好,有人看了眼红,便在它的贴邻也开了一爿文魁斋。开间大小,装璜设备,与先开的那家一模一样。于是引起老文魁斋老板的一团怒火,他去做了一块乌龟招牌,挂在自己店门口,上面写道:"乌龟眼睛太小,见人牌号,就要假冒:天晓得。"不料才过几天,隔壁的新文魁斋门口,也挂起了一块一模一样的"天晓得"乌龟招牌。就这样僵持了几十年,谁也难不了谁。

所以后来上海人有句俗语,说起"天晓得"来,往往用"大舞台对过"作为代替,出典就在这里。

现在,私营工商业正走向社会主义改造运动高潮的时候,两位文魁斋的老板,都知道他们的乌龟招牌,是旧商人恶劣行为的标志,于是,赶快把它们砍下来了。

(香港《大公报》1956年2月2日,署名:刘郎)

听荣毅仁唱《草桥关》

想见临场意气豪,黑头快唱入云高。江南方送喧天喜,海内争艳此子骄。最是辉煌成巨业,自应灿烂度今宵。图中再看操弦客,或与诸君别未遥。

上海解放以后,荣毅仁先生一直是工商界的代表人物。荣先生之值得令人敬爱,还不在于他是在我国八个主要城市里拥有二十四个纺织、印染、面粉和机械工厂的荣氏家族代表;而是在于他开明,在于他勇于接受真理和全心全意地接受我们的政府对他的企业和他自己实行社会主义改造。在这一次上海全市私营工商业公私合营高潮中,荣先生的先进榜样,是起了非常巨大的影响的。

在那些日子里,荣毅仁先生是劳累极了,直到二十一日全市已经进入了社会主义社会的狂欢之夜,他还兴致勃勃地在中苏友好大厦的盛大联欢会上清唱了一出京剧《草桥关》。他的戏由著名的琴师王瑞芝给他操琴。王瑞芝是余叔岩生前的琴师,上海解放后他到过香港,给孟小冬吊嗓子。去年才由这里的吴中一先生把他邀回上海来的。

(香港《大公报》1956年2月3日,署名:刘郎)

爆竹喧天一市同

入云真拟万条龙,爆竹喧天一市同。几处作场求过瘾,无多铺肆售俱空。远搜常、锡弯吴下,近觅高、川渡浦东。索遍江南犹不足,泥他奶奶倒箱笼。

一月中旬,是上海全市进入社会主义的高潮时期。从十五日开始,全城爆竹喧天,日夜不息。在出售爆竹的店门外,到处都排着长队。但不到两天,全上海的"高升"(大型的爆竹)和鞭炮都销售一空了。可是工商业的职员们正当热情如沸,没有爆竹来迎接敲锣打鼓来的报喜队是不肯罢休的。于是纷纷到上海附近的南翔以及浦东的川沙、高桥去搜购,还是不够,又趁了火车上苏州、无锡、常州一直到南京去搜购,但搜到后来,这些地方也不肯卖出来了,因为他们当地的城市也都在实行公私合营,农村也都在实行合作化运动了,他们自己要用。

于是这些人只好徒劳往返。到后来几天,我们听见的爆竹声,很多是从人家家里的祖老太太嫁橱里垫箱底用的"高升",翻出来派用场了。(按:从前没有樟脑,人家都用爆竹放在箱底里防蛀。)

(香港《大公报》1956年2月4日,署名:刘郎)

看"少奶奶"演戏有作

钱家少奶匹周"郎",胡氏孙门"劳姐"装。买办妻同老板妇,绍兴调杂浦东腔。一台好戏千人看,三句真言四座狂。谁信红闺深养惯,者回也为国家忙。

一月中旬,在上海全市私营工商业的合营工作,进入高潮的日子里,那些资本家的家属,表现的积极性是十分动人的。十八日那天,有一万几千个老板娘,穿了最华丽的衣服,在市区游行,向政府报喜。还有三个著名工商业家的夫人,为了庆祝这件天大的喜事,她们创作了一个话剧,在联欢晚会上演出了。这三位太太是:私营国际贸易业(进出口)知名人物席文光夫人周植永女士;公私合营上海水泥公司的私股代表刘公诚夫人徐景淑女士;上海最大的棉布店协大祥老板孙照明夫人胡琴贞女士。

这三位演员,都没有准备讲国语,因此在台上,有的说浦东话,有的带点绍兴口气,但都是伶齿俐牙,丝毫没有影响到戏剧的效果。

至于她们的表情如何,我无法形容,只好请读者看一张三个"少奶奶"在台上的照片。

照片说明如下:(左)扮丈夫的是席文光夫人;(中)扮妻子的是刘公诚夫人;(右)扮劳动大姐(女佣)的是孙照明夫人。

(香港《大公报》1956年2月8日,署名:刘郎)

江 南 初 雪

寒深老树千枝秃,向午晴铺一地银。赖有冬青谙往事,不将冷眼恼游人。

雪后游上海黄浦公园,为留此影。图中的那个亭子,我平日在午饭后一个半小时的休息时间内,常在此憩坐。

望里园林雪未消,今朝谁与渡长桥?如何一白银空下,不许江楼接楚腰!

在外白渡桥上,看黄浦公园雪景作。

上面的两首诗,都有一些故事,但故事不足道,惟江南瑞雪,预兆丰年,为可喜耳!

(香港《大公报》1956年2月10日,署名:刘郎)

迎春二首寄海外故交

此日人间又换春,四瞻海内尽奇珍。凭君游倦回头看,莫更蹉跎奉一身!

我们的国家,时时刻刻在翻天覆地的转变着。身寄在国门以内的人,无不惊心动魄地在打算自己怎样集中精力,给国家多做些事。在海外的朋友们,看了祖国的突飞猛进,那种欢愉和向往的心情,也是想象得出的。那末我就要求我的朋友们,多做一些有利于自己国家的好事吧!我们的国家,对任何一个热爱祖国的人,从来不肯辜负他们的。

清霜催得数花开,春讯江南缓缓来。休笑刘郎诗句俗,奉君聊作一枝梅。

春节前十余日,上海梅花开放,在公园中,已闻得到缕缕清香了。

(香港《大公报》1956年2月15日,署名:刘郎)

岁 暮 纪 事

　　岁晡复得一盃同,静室常生暖暖风。灶下香腾茶欲沸,袖中手暖酪初溶。饴甘不觉膏唇舌,情炽真如灌肺胸。倚向西楼霞未落,当时流照满腮红。

　　岁除前二日是我的假期,午饭后到"克来夫"买了一些糖果,又在老大昌买了几件奶油"泼夫"。在回家的路上,遇见了孙景路,我把"克来夫"的糖果抓了一把给她。她问我买这些东西是不是送礼?我说,从前没有送过人家年礼,现在更用不着送礼,只是带回家去,想吃一次外国茶点。她不禁大笑起来。她说,她也要去买糖果,预备新年里同乔奇甜甜嘴巴。

　　到了家里,太太烧红茶,热牛奶,就此吃起"外国茶点"来。因为平日的忙,这时候手捧一盃,真感觉宁静之乐。但等到孩子们放学回来,把可可糖直往嘴里送,又把奶油"泼夫"满口大嚼,弄得腮帮上都是赭白两色,很像戏台上包公的脸谱,这时屋子里又喧闹起来,打破了方才的空气。

(香港《大公报》1956年2月17日,署名:刘郎)

梅 园 花 发

　　炉边镇坐笑刘郎,不解驱寒到水乡。知否江南初腊尽,梅花先散一湖香。

　　霜干风枝欲入云,冲寒游侣自成群。花开满簇浑同绣,浮就清芬画里闻。

　　无锡的梅园,跟光福的邓尉一样,有"香雪海"之称,康有为曾经到此一游,看见园中有一只匾写着"香雪"二字,下面署他的名字。他就提起笔来,在旁边题上一首诗,诗云:"名园不愧为香雪,劣字何堪冒老夫?为谢主人濡大笔,且留佳话辨真吾。"因为有这样一番"佳话",无锡的梅园,更加成为名园了。

今年这里的梅花开得特别早,腊尚未完,花先争发,一位朋友在梅园里看了一天的梅花,把它摄取了一张照片回来,枝头簇簇,如同锦绣一般。无怪朋友要笑我,只会对着火炉清坐,不知江南的冰天雪地中,有这个幽香境界,去领略领略,真是可惜。

(香港《大公报》1956年2月18日,署名:刘郎)

步步生莲

名山阻塞自年年,过客何曾踵趾连？只待春回轮轨渡,人来一步一生莲。

天童和育王,谁都知道是东南最美的两座名山。但是一向为了交通阻隔,到此一游的人,始终没有肩摩踵接之盛。

说起来真是笑话,我们不是一向有着一条沪杭甬铁路的吗？可是在国民党反动政府手里,杭甬一段,从来没有全线通过车。所以游了杭州的人,明明都想到天童、育王近在咫尺,就为了杭甬之间,有轨无车,怕跋涉的人,只有废然兴叹了。

现在杭甬铁路已修到余姚江附近,还要延展到镇海、象山。这真是天大的喜讯。从此爱好旅行的人,可以乘这里的火车直扑天童、育王去了。

天童、育王的胜迹,原是数说不全的。在天童寺前,有一带连绵十余里的松林,绿与云齐；林下荫覆着一条平阔的石板路,石质都非常光泽,每隔二十块,就有一块的石面上,镌着一朵巨大而精致的莲花,因此称为步步生莲。

(香港《大公报》1956年2月19日,署名:刘郎)

里巷竹枝词

星星火息要留心,多谢邻翁尔许勤！清梦未来人欲静,当时一巷"柝声"深。

严冬腊月,上海的里弄中,在晚上九、十时之间,有专司叫喊"火烛小心"的人。在我们的弄内,是一个五十余岁的老人家,每晚到各家门口,用编成的"白口",叫居民们在临睡前检查炉灶,也不要将烟蒂乱丢。他一面叫喊,一面手摇铃铛,这铃铛就是代替古时候的击柝,从这里可以看出全市消防工作的做得严谨。因为这样,近年以来,在上海"不慎于火"的情况,可以说是绝无仅有了。

平地从来不起风,风来先自电波通。朱家婶婶梅家嫂,一上西楼一向东。

有寒潮要到上海,或者大风要过境,我们的里弄工作人员就要大大忙起来了。我住的里弄里,做工作的大都是妇女,她们得到了所辖公安机关传达的气象报告,哪怕在深夜,也要挨家排户的去关照居民,注意防寒或注意防风。因为这些工作的做得周到,使全市居民,常年在天灾人祸上,避免了不可胜数的威胁。

(香港《大公报》1956年2月21日,署名:刘郎)

乙未除夕二首

今朝端为酒脯忙,明日芭蕾看一场。春节连宵何处去?泥金请简得三张。

春节三天,自己只预备在初一白天,复看一场《罗米欧与朱丽叶》的芭蕾影剧。其他的娱乐节目,都是别人替我安排的。到除夕为止,我身上怀有三张红底金字的联欢晚会请帖;初一在上海文化俱乐部,是上海市科学技术普及协会举办的;初二在中苏友好大厦,是解放日报举办的;初三又在文化俱乐部,是中国科学院举办的。这三个都是当天规模最宏大的联欢会,自然可以让我玩一个痛快了。

绣花被面挑花枕,锦缎鲜妍蜜蜡黄。不爱梅花添喜鹊,老来心上爱鸳鸯。

除夕深夜,老婆收拾房间,换上了簇新的衾枕。把一条绣花被面也拿出来使用了。我们结婚时用过一条绣花被面,这一条是今年新置的。当我们一同挑选时,她喜欢白色软缎上绣着一株梅花,上面停着一个喜鹊的一幅,但我反对,我喜欢在蜜色软缎上绣的一双鸳鸯。后来她拗不过我,到底买了这幅鸳鸯被面。

(香港《大公报》1956年2月22日,署名:刘郎)

送孙景路上屏风山休养

屏风暂得护妖娆,为息年来尔许劳。朝听同行争妙唱,夜闻邻水涌清潮。春前馔是供新笋,雪后欢多舞腻腰。待汝归来谋一醉,要向丰厣度元宵。

一月下旬,孙景路上杭州屏风山休养。

上海电影工作者到杭州去休养的,孙景路和赵丹、白杨都还是第一批呢。

屏风山在钱塘江边上,这个休养所是专门接待上海文艺工作者的。所以这一次还有沪剧演员、越剧演员等,都上屏风山了。想见小孙此行,颇不寂寞,早晨,即使山上没有鸟语花香,听听这些江南地方戏演员们吊吊嗓子,遥望着冬日的西湖风景,也足尽视听之娱了吧。

(香港《大公报》1956年2月25日,署名:刘郎)

闻王洁操琴

十指纤纤弄七弦,双瞳如水发如烟。可怜豪迈清奇女,长葆风流奉暮年。

尤物从知信有真,英才终不叹沉沦。今朝踞案调弦女,犹是当年绝艳人。

年初四,上海文艺界在文化俱乐部举行的联合会上,有一个"古琴独奏"的节目。操琴人为王洁女士。

王洁别号雪浪山人,于艺事无所不精,二十年前已驰名海上。大家都知道她戏唱得好,又是丹青名手。与严氏子结缡将近十年,严为油画名家,夫妇间情好甚笃。我不见王洁十多年了,这一天,想不到在联合会上,听到她的古琴,真是喜出望外。从座上看到台上,只见王洁的腻鬓清姿犹如往昔,但据座旁的姚夫人说,王洁虽青春不老,若问其年,至少也得四十四五人了。

(香港《大公报》1956年2月27日,署名:刘郎)

一月十八日与周錬霞同饮

　　画家兼作"老裁缝",两大同行数郁风。余事犹矜词笔健,多时不见体肌丰。将遗在下迎春册,便与诸君守岁供。若问豪情添几许,进门连进酒三盅。

一月中旬,在新雅酒家举行的一次十人酒会上,遇见了一年没见面的周錬霞。她来得最迟,一到便提起杯来,先喝三盅。她说:"总要罚的,省得你们喊了。"从这里也可想见此人的豪情胜概,依旧当初了。

最近二年来,錬霞的工作是专门替上海市花纱布公司设计花式,和设计服装的式样。这和郁风在北京的任务,也是一样。她们两人,都是以画家的余绪,来担当这个工作的。这个工作,张光宇曾经戏称为"裁缝司务",我告诉了錬霞,她说:"那末我应该是老裁缝了。"

我因为很久没看见錬霞的作画,这天,她答应我一星期内,送我一幅迎春册页,如果她真不爽约,我一定把她的画寄刊《大公园》,和读者诸君来一回嗟赏这位诗词画三绝的江南才女的新作吧。

(香港《大公报》1956年2月29日,署名:刘郎)

酣　舞　有　作

　　廿年舞步了无成,惹得夫人发叹声。脚下肩头负担重,算来郎是"老童生"。

　　管他金玉盘夫美,哪顾俞家好断桥!知否刘郎耽快舞,巡场到处索纤腰。

正月初二晚上,偕太太参加了上海解放日报在中苏友好大厦举办的联合会。

这是一个非常盛大的联合会,单是舞场布置了两个:一个在工业厅,一个在中央大厅。其它节目不胜列举。在友谊电影院里,上演着昆曲、京戏和越剧。俞振飞夫妇在那里唱《断桥》,徐玉兰和金采风在那里演《盘夫》,但我都来不及看,我只在中央大厅跳舞。

因为我从没有跳好过舞,所以老婆很怕同我跳,她说我在跳舞方面是个"老童生",永远是"落第"的坯子。因此我也不同老婆跳,满场去找别人同跳,人家倒比老婆好,都肯小心地跟着我走。有一个女士发现我舞艺不佳,对我说:"您大概刚学会吧?"我说:"是的,我今年才开始学的。"其实我说了谎,真要数起我学舞年代来,恐怕这位女士还没上幼儿园呢。

(香港《大公报》1956年3月1日,署名:刘郎)

龙 井 茶 虾

沸水初烹绝嫩叶,奇方调味入鲜虾。长教名品湮湖上,重见登盘到酒家。昔以"苹香"夸绝菜,春来龙井访新茶。偷闲安得膏馋吻,何况老夫健齿牙。

杭州有人来说,从今年开始,要把湮没已久的所有杭州近百种名菜,重新发扬光大,而"龙井茶虾",即是其中之一。

什么叫"龙井茶虾"呢?原来在每年春季茶树抽芽,把最细小鲜嫩的茶芽摘下来保存,到烹调时先把沸水冲成茶汁,再和大虾仁同炒,熟了以后,它的色、香、味为任何"炒虾仁"所不及。现在,杭州酒家已经向顾客预告,一俟茶树初芽,"龙井茶虾"立刻应市。

我生平吃过最好的炒虾仁,是在无锡"苹香"画舫的船菜。现在听杭州朋友说起"龙井茶虾"制法之奇,又不禁流涎三尺了。

(香港《大公报》1956年3月3日,署名:刘郎)

忆富春早茶

　　二分明月何尝有,城郭依稀绕绿杨。绝爱富春茶市早,腾腾蒸出一笼香。

　　干丝常伴三丝煮,肴肉提鲜杂醋姜。馋嘴刘郎题不属,偶歌江北倘无妨?

看见江苏省的一张省报上,登着扬州"富春包子"又恢复了十多年前皮薄、馅多、汁鲜的消息,不禁流涎三尺。

我在十年前三次游扬,都去吃过"富春"的早茶,也看到了茶市的盛况。那里的小笼包子、煮干丝、肴肉,都是难忘的美食。我也永远记得一踏进"富春"的门口,先要经过一带花墙,看了墙阴好花怒放,已先诱人食欲,因而吃起来更加胃口大开。以前我常说扬州二美,一是指的瘦西湖风景,一则指的是"富春"早茶。但不久却听说他家的制品质量减退,在抗战胜利后的市场波动下,做生意的人都在闹着无意营经,出品自然地马虎起来了。

现在各行各业,受了政府的扶植,百废俱兴,"富春包子"也恢复了当初的规格,江苏省的省报上尚且要写他一笔,我看了高兴,于是不唱江南就唱起江北来了。

(香港《大公报》1956年3月4日,署名:刘郎)

筱玲红重披歌衫

　　江南重见筱玲红,犹似虹霓闪灿空。不待故人怜翠袖,愿闻清导傍苍松(谓周信芳)。沉珠埋玉朝朝望,出岫离云路路通。域内歌尘掀百丈,汝分十丈住吴中。

筱玲红是十多年前在上海一唱而红的京剧女演员,但一红她就退藏起来。退藏的原因,总是逃不出旧社会里的几个"公例"。那时她不过二十来岁而已。

我以为这一辈子再也不会看到她的戏了。却想不到去年她又重返歌坛。二月前,我同俞振飞夫妇谈起她来。俞夫人说,她还是那样好看的扮相,唱几声也比从前结实得多了。现在她经常在苏州上演。这里的一张照片,是她到上海来开会时拍的。

(香港《大公报》1956年3月9日,署名:刘郎)

夜过妇女用品商店作

春城夜色欲蒸腾,是处通明万盏灯。猛忆高楼曾此倚,试凝老眼竟难胜。一车满载夫人乐,双手空归稚子憎。恍在水晶宫外过,不知凉月正飞升。

昨夜,乘车过上海淮海中路(旧霞飞路)的妇女用品商店。这商店开张了还不到一个月,这座高楼,是我从前常到的地方,然而今天把它打扮得不认识了。商店的门面用日光管、霓虹灯管燃点着商店的巨字招牌,每个橱窗里也都电火通明,整个的店面就像水晶一样,使人看上去目为之炫。原来这个商店占着"培恩公寓"的全部底层。它的东边的门面在旧吕班路上,西边的门面在旧华龙路上。它正面是怎样的阔度,到过上海的人,大概想象得出的。

这商店只占底层,高楼上的居户,都没有动,著名的银星王丹凤,就是安安稳稳地住在这座水晶宫最高一层的。

(香港《大公报》1956年3月10日,署名:刘郎)

彩　衣

彩衣时复缀晴郊,况看桃花泛绿潮。春后诸姑齐鬈发,江南四月出轻腰。穿来靓袄加轻氅,脱却蓝衫换紫袍。不炫奇装同薄世,要持凝丽向人豪。

今年以来,我们全国的人,都在相互召唤,每个人都要打扮起来。最先推行的是北京,立刻响应的是上海。现在上海人就在忙着这件事。

上海已经开过几百种式样的新装展览会了。美术家和裁制设计家正在日夜不停地制造衣服的新样,从机关的女干部发动,烫头发,把蓝布的工作服换下来,穿上自己喜爱的新衣。

祖国的城市,在日益美丽起来,自然也应该修饰得漂亮一点,使其与环境协调。但我们的要求漂亮,是既美观又要大方,而不是要那种不切实用的徒事奢华。

(香港《大公报》1956年3月14日,署名:刘郎)

歌呼并押,寄香港,祝《大公报》复刊八周年纪念

高呼响彻云山海,岂止声华一岛敷?要使人知正义在,遂教日聚友朋多。文章说理宜亲切,小品抒情更足娱。我自江南遥作客,常陪末座唱山歌。

(香港《大公报》1956年3月16日,署名:刘郎)

[编按:本篇非《唱江南》专栏。]

下 乡 二 首

当年此土罢兵烽,一邑空连百里空。今日归来纾耳目,醉呼妙舞万家同。

下乡的地点,在上海郊区大场到罗店间的一个农业社。这里离我故乡很近。在解放前的二十五年间,这地方一直陷于兵连祸结中,光是日寇先后光顾过三次,因此地瘠民穷,凄凉满眼。今日重来,自然有换世之感了。

一泓练水出城东,未种桑麻负老农。便乞今宵留我看,上元灯火满村红。

下乡的那天是元宵。农民都在腾欢中度着佳节。

这两首诗,没有写农业合作化后的蓬勃气象,因为这样的报道,别人已经写得多了,我的观察力又不深,写起来不会比别人好的。因而还

是用"身边"的方法,写一些算是"杂感"样的东西罢。

诗的第一、二两句是说,我家的祖茔在这一带地方,当时还有薄田数亩。

(香港《大公报》1956年3月17日,署名:刘郎)

《蜻蜓》的新装

亚麻素帛制裙衫,十字花挑烂漫开。头是"蜻蜓"身是蝶,传家刀尺信奇才。

上海的妇女,目下都在竞试新装。上海电影制片厂的演员傅惠珍也参加了新装设计剪裁的工作。有一天她抱一套亲手制作的夏装,送到上海人民艺术剧场的后台去,给正在上演《蜻蜓》的女主角陈奇试装。这是由裙子、背心、短外套和一件两用衫式的外套合成的一组服装。

现在穿在陈奇身上的就是这一整套的夏夜轻装(见图)。你们看,陈奇的头,还是化好装的"蜻蜓姑娘"的头,但身上的那套美丽得像蝴蝶一样的衣服,却不是戏装,而是即将流行在上海妇女身上的便服。

说起来你会不相信的,这套新装如果归自己裁制,那末一共也用不了十块钱。衣料是三角九分一尺,共十五尺的白色亚麻布,此外的用场,只有挑绣图案花纹的彩色线了。在衣襟上和裙裾上的那些花纹是精致的。它用白、蓝、黄、绿、灰、火红、黑、咖啡八种颜色来构成的多彩的图样。这张图案的绣法,也是巧妙的。它是在服装上的绣花部分,另外缝上一块粗麻布,就在粗麻布的十字经纬上绣上图案,绣成后把这块粗麻布的麻线一条条地抽出来,绣着的图案就完整地留在服装上了。

(香港《大公报》1956年3月18日,署名:刘郎)

看《蜻 蜓》

婉娈豪迈更聪明,况有回肠荡气声。真使刘郎神欲醉,冲寒连夜看《蜻蜓》。

《蜻蜓》是一个话剧。这个戏,是根据苏联电影改编的,目下正在轰动上海。观众很喜爱饰演《蜻蜓》的那个演员,她的名字叫陈奇,年纪不过二十来岁,有着出色的演技,前两年,在《曙光照耀着莫斯科》剧中,她饰演女厂长(丹尼饰)的女儿时,已经使人神往,现在的《蜻蜓》,更加表现了她的才气纵横,简直使人神醉了。

漫矜逸乐莫痴憨,收拾浮华学养蚕。蚕事愈忙人愈壮,辛勤所得定奇甘。

戏里的那个蜻蜓,原是一个性格活泼、外貌美丽的姑娘,但人们都厌恶她,因为她耽于逸乐,而不好勤劳;直到她醒悟以后,立刻发奋锻炼,终于成了一个优秀的养蚕工作者,从此使她的精神变得美丽的时候,才逗引了人们对她的喜爱。这就是《蜻蜓》剧本的主题所在。但我要说的是陈奇因为要饰演蜻蜓姑娘,她在去年蚕汛中,自己就体验了养蚕的生活,领会了养蚕人的心情,再到舞台上来表演,所以她的表演是真实而深刻的。我们的演员,就是这样不惜工夫地对待着自己的工作。

(香港《大公报》1956年3月25日,署名:刘郎)

题周錬霞《春郊跃马图》

常时濡笔弄丹铅,揽辔风姿竟不凡。自以年来筋骨健,不须下马要人搀。

定知此往马如飞,人自丰华马自肥。要得丹青亲手画,画成再遣刘郎题。

国画家周錬霞女士给我寄来了一张照片。

她说,这是三月初在上海西郊骑马时照的,希望我给她题两首诗。

我因为这不是她的画,所以不肯题,要她替自己画一张《春郊跃马图》,再替她题句。

等了她半个月,画还没有来,只得就照片来写了,写好,一看是《唱江南》的材料,因此,索性连照片都往香港寄了。

(香港《大公报》1956年3月29日,署名:刘郎)

长袄——裙(咏新装之一)

　　姚夫人玄采薇女士,近十年来跟陈从周先生学国画,成就甚美。她不仅能画,也巧于打扮。最近,上海的妇女都在创制新装,姚夫人也参加了设计工作,在她设计的式样中,有几种可取的特点:无论衣裙都着重于民族色彩;裙子的下部都是窄的,像旗袍一样,而开的都是高衩,便于行走,也便于回旋作舞。

　　有几种样子,我认为可以介绍给在海外的小姐们作为今后裁制新装的参考。每一种,我都给它题一首诗,这是第一种。

　　　停樽有客待归车,脸上还兜薄薄霞。暂倚栏杆谙酒性,却看襟袖滚挑花。御风袄避轻银色,放步裙开一尺衩。苗族图纹都拙艳,神工挑绣莫嫌奢。

　　淡色的裙子加上一件淡色的长袄,代替外套,袄用苗族挑花图案滚边,既美丽,亦大方,在宴会上或晚会上穿着都可以。

(香港《大公报》1956年4月1日,署名:刘郎)

咏新装之二

　　　杏花春雨江南路,二月江南勒浅寒。护臂袖生三寸短,齐腰边滚八分宽。镶成如意高胸挂,挽就灵蛇宝髻盘。休问凝眸缘甚事,但看容止足清安。

(香港《大公报》1956年4月2日,署名:刘郎)

接色旗袍(咏新装之三)

　　　梳洗随宜便起眠,双鬟初卷未垂肩。含风合用花为障,起舞真凝雪欲颠。静静自生香作雾,亭亭一放洁于莲。高裙更托腰支款,镜里粗看最少年。

(香港《大公报》1956年4月3日,署名:刘郎)

三 大 角

谭马双南下,锦花添小裘。班拼成一副,牌本是三头。苦肉东吴计,孤儿赵氏搜。《进宫》罗女艳,国太亦珠喉。

三月里,在上海天蟾舞台演出的是北京京剧团,这个剧团有马连良、谭富英、裘盛戎三大名角,同时登台。

最难得的自然是谭、马同台,于是近来的上海人,又忙于为顾曲周郎了。

这三个人有几台合作的好戏:如全本《杨家将》,谭唱《碰碑》,裘、马唱后面的《夜审潘洪》。又如全本《群英会》,谭的孔明、马的鲁肃、裘的黄盖。苦肉计一场,定然精彩纷呈。又如《搜孤救孤》,更能集中地各展其才了。

我还喜欢一出《二进宫》,虽然没有马连良,但后来的那个花旦罗蕙兰,不仅珠喉,还兼玉貌,足够跟着谭、裘二人,高唱入云的也。

(香港《大公报》1956年4月16日,署名:刘郎)

贺盖老新居

西湖住了住"东湖",四十年间换一庐。到老精修仍不已,似公极诸算来无。花阴藤架留茶友,眉豁颜开绕膝雏。忽报贺宾三世到,王门水浒说江都。

大家知道盖叫天先生在杭州金沙港有一所住宅,可是他在上海的寓所,却很狭隘。但就在这个狭隘的寓所里,已住下四十多年了。

一个月前,他才搬进了一幢花园洋房里。这是我们的政府替这位怀着超然绝艺的老演员安排的居处。

盖老先生的新居,在上海的东湖路上(旧杜美路)。搬家以后,贺客络绎不绝。我去拜访他的时候,是一个春寒料峭的早晨,正值盖老先生在自己的庭院里练功。他的爱子小盖叫天和几个孙女儿都在旁边,看老爷爷摆着架势(见图的左边)。忽然,著名的扬州说书人(专说水浒)王少堂带了儿子和孙女儿也来给盖先生道喜,碰上盖先生修课修得聚精会神的当口,王氏祖孙便不去惊动他,于是也伫立一旁(见图中),等候老先生做完了他的日课,一位"拍友",认为这是个难得的机会,便把盖家三代同王门三世,都留在一张照片上了。

(香港《大公报》1956年4月19日,署名:刘郎)

蠡园春昼

时有桃花泛绿湖,春添湖貌二分腴。年来受惯升平乐,谁忆烟蓑范大夫。

微暄天气唤扬舲,曾把清樽助笑謦。安得倚舷人艳绝,老来同看太湖春。

这是太湖蠡园前的风景。三日前,我们的朋友到无锡去拍来的。他回来说,绿湖桃花怒放,长春桥又在桃花罨覆中。把我们逗得都心痒痒的,因此又在组织无锡去的旅行小队了。

乘游艇游湖,自上午启碇,及午止蠡园。往昔来时,几次都在园外系船,就在船上用膳。

这里的后一首诗,是怀往之作,所谓"当时艳绝倚舷人"者,若干年来,湖山益增瑰丽,不知人犹长葆青春否?

(香港《大公报》1956年4月22日,署名:刘郎)

体 育 狂

图中少女太轻盈,不是专家是学生。翻侧能知肌壮实,风霜不禁木平衡。但闻号角传晨市,齐逞身腰满海城。谁识刘郎临五十,冠军犹自夺乒乓。

二月前,一个严寒的早晨,我们到中央戏剧学院华东分院去,看见学生们都在进行体育锻炼。一个年轻的女同学玩的平衡木(见图),那些动作的优美,我们觉得,跟去年见过的民主德国的女体育家没有什么分别。

这两年来,全国各地无论学校、机关、工厂都在全面地发展体育活动。在上海,亦复是如火如荼。从照片上,看这位女同学锻炼时的姿势,不仅说明了体育运动的普及,也说明了体育活动的质量,提到十分高了。

不怕老面皮,再举一个例子:我们的机关里,老早就开展了体育活动,什么球类都有,我也参加了乒乓队,不久前,我们举行的乒乓赛,鄙人还争得了乙组冠军,真的,一点也不骗人。

(香港《大公报》1956年4月23日,署名:刘郎)

看《群英会》作

先生说笑大夫骇,公覆铮铮重若山。解渴还看苦肉计,"长龙"争夺草桥关。但惊当世双须并,应叹频年一净难。送尔行歌湖上去,明湖窈妙作漪澜。

马连良、谭富英、裘盛戎一局在上海演到"临别",我才看了一次《群英会》。因为我是偏爱裘盛戎的,这个戏对我就不太解馋了。我原想看《姚期》(全本《草桥关》),但每次贴《姚期》,总有几千人列队买票,自然轮不到我了。

看了《群英会》,我有这样一些感想,如果鲁肃让周信芳演,这个戏就全美了。谭富英究竟不大对工;马连良的《借东风》,无逊当年;苦肉计一场,裘盛戎的黄公覆(盖)那一分凝重之美,看了会使人神目俱爽,"周都督休得要大礼恭敬,俺黄盖受东吴三世厚恩……"的几句摇板,我是贪婪地把每一个字都纳入耳膜的,怕漏了一些,会捞不回本钱也。一笑。

在上海,他们演毕了,现在在杭州上演,特此附告行踪。(四月十日寄)

(香港《大公报》1956年4月25日,署名:刘郎)

垂钓所见

是处汤汤水一池,留香犹借好风吹。多教稚子谙生物,且与佳人理钓丝。偶坐何妨矜薄醉,忘年今始用真痴。腮红却顾斜阳里,媚绝春痕欲沸时。

去年,北京的北海公园、颐和园等处,分别开拓了一处池塘,供游人垂钓;今年春天,上海的虹口公园,也开放了一个钓鱼池,池面广数十丈,可供上千人并时投竿。

上海人对钓鱼有着十分爱好的。在虹口公园没有开放钓鱼池前,人们到处去寻找钓鱼的地方。到了假日,有无数人擎着渔具,到西郊、漕河泾、西站一带的河流傍,作整天的垂钓。更有远赴浦东、真如、南翔、大场等地去寻访可以供人垂钓的河流。

有一日,是轻暖的春天,我们到了沪西的虹桥公园,那里也有一个池塘,看见孩子们在水边网罗蝌蚪,也有一双情侣在池上投竿。其实那里没有什么鱼种可钓,看情形,他们只是借行钓来煊染其甜蜜生活耳。

(香港《大公报》1956年5月6日,署名:刘郎)

游东郊,过阮玲玉墓作

不见牛羊上墓田,天人鸾鹤化云烟。泉台至竟伤孤寂,驵侩何会解爱怜?作态松杉还挡路,多情杨柳与飞绵。我来更有伤心话:汝不迟生二十年!

上海的东郊,自从叶家花园改为肺结核疗养院后,很少可以供人流连游览的场地了。但是有一个墓园,不但地方大,而万树常青,风景很是幽邃,二十年前著名的电影演员阮玲玉,埋香于此。

阮玲玉仰药而死,到现在大概整整二十年了。她的死事,非常曲折,但一点是肯定的:她是死于当时的那个社会。

我们许多人在春日的郊游中,来到这所墓园,无意中凭吊了阮玲玉的坟墓。我们中只有我一个,同她生前是朋友,我一直记得,跟她的最后一面是在摄影棚里,蔡楚生在给她导演《新女性》。

郊游归来后,作了这一首诗,又从朋友中觅得她的遗影,附刊于此。
(香港《大公报》1956 年 5 月 13 日,署名:刘郎)

灯 火 一 首

灯火当年照一心,南村绕过北村寻。自从人远神随远,争奈恩深寇更深。此地清歌旋起叠,下儒旧梦忍摹临?但期检点衣和鬓,载得春痕返故林。

有一个京剧女演员,不但青衣花旦都很有成就,武底子打得更好。头本《虹霓关》的东方氏是一绝,《大铁弓缘》更是并世无俦。可惜在上海解放前就出嫁了,丈夫是个生意人,在一九五〇年她也到了海外。那时国内正掀起了惊天动地的抗美援朝运动。

她到了海外,在"驵侩何曾解断肠"的情形下,生活得很不美妙。上月俞振飞夫人有一个姓何的朋友回上海来,谈起这位女演员。俞夫人把这个消息告诉我,因为她知道我一向关心这位远道故人的。
(香港《大公报》1956 年 5 月 15 日,署名:刘郎)

游 园 杂 诗

满园爽白复妍红,安用攀登过数峰。忽觉胭脂腾小靥,不关人在夕阳中。

上海静安公园有杜鹃数百本,并时怒放。昨天下班后,同一家人趁夕阳在照,赶去欣赏。

这里的杜鹃花,有红的有白的,红的又是浓浓淡淡的有着好几种颜色。小女儿追逐花间,双颊流朱,似老夫一临花下,须眉皆赤。

千株垂柳掩柴门,不是山村或水村。说与诸君谙旧路,当时曾断几人魂。

这一张照片上的风景,您看了一定以为这里是江南的山村或者是水村。都不是的,它是上海中山公园西北部一角。从这条路一直往北便是动物园。当这个园林名为"兆丰花园"时,这里只是一些乱生的杂树。夏天,这杂树林中,常有双双情侣,倚干攀枝地诉述幽肠。您也许也曾来过。但现在,为我们的园艺家重新布置过了,布置成这样幽美的境界,您是不会再认识它的了。

(香港《大公报》1956年5月19日,署名:刘郎)

"聊斋"座上

时复招邀为酒脯,近来争说"聊斋"厨。羹成异国调红豆,量自兼人食烤猪。且喜归宁来敏玉,太忙《祝福》欠桑弧。座中肤发莹莹妇,犹是当初粲粲姝。

上海本来有家食品店叫"聊斋",开在陕西南路市体育馆的对门,但早已不看见了;现在我说的"聊斋",是开在怡和医院附近的那一家,它不卖点心,而卖捷克大菜。

有一道赤豆汤很别致,它把赤豆泥与鸡丝火腿同煮,色香味俱擅。烤猪亦称绝味,我总是双份一吃,也可见近年来我真成了食肉的鄙人了。

每逢假日,朋友常常相约餐聚,以前总有桑弧一个,今年他忙于导演影片《祝福》(白杨主演),很少有他参加了。今天,恰巧张敏玉随着北京女子排球队来上海,我们给她在"聊斋"洗尘,还请了孙景路、荣广明夫人和我的老婆等陪客,这几位太太小姐,都是三十以上的人,我认识她们都超过十五年了。但现在看看,她们都还是光彩照人的,就以"拙荆"而言,在这四五人中,她的春秋最高,却也看不出有什么鹤发鸡皮的预朕啊!

(香港《大公报》1956年5月21日,署名:刘郎)

暮 春 夜 雨

非将水墨泼纵横,自有烟霞入铺行。谁写江南三月暮?看来不是米襄阳。

春暮时,上海多雨。这一幅南京路的夜雨图(见版)是我们在新雅饭店吃完饭后,在街上摄取的。它像中国的水墨画,也像西洋油画。"公私合营永安公司"及其他的日光灯管招牌字,都浮动在烟水苍茫里,是奇景,亦佳作也。"如何乞取襄阳笔,画出江南四月天",这是前人向往"米家山水"尤其向往米氏画雨景而作的诗,我没有能力欣赏米南宫,但这幅南京路的夜雨图却是十分喜爱的。

车前香雨散香云,车内香云拂醉人。一隙灯痕惊湿媚,分明初染女儿唇。

一夜甚雨,由市楼与飞琼同车归去。南京西路上的五彩霓虹灯,时时擦人醉眼。因念亡友徐国桢曾经用"湿媚"二字,来形容这种景色,又说,湿媚之美,犹如一个漂亮女人的唇上,刚刚抹上口红也。

(香港《大公报》1956年5月27日,署名:刘郎)

夜 礼 服

窄袖丰肌缓缓行,未妨霜露氅倾城。履尖触处皆诗画,裙角销魂半姓名。缎薄欲惊双蕊活,秋高快试一腰轻(旧句)。玉樽空却歌呼夜,倚醉明灯百媚生。

玄采薇女士新近又为上海妇女设计了一套夜礼服。她说明这种服装于春寒未尽,或是秋露未霜的晚上穿着,最为适宜。

这种裙子的料作,宜用略有弹性的丝绸,而上袄必须要有靠身,腰部宜细,可使曳地的长裙,格外显得跌宕生姿。上袄的下摆和袖口,都滚湘绣或苏绣的五彩牡丹或百蝶,自有雍容华贵之美。

如果用淡色衣料作上袄,便当改制长袖,而袖口宜窄,从肩到袖口部分也可绣一色或五彩牡丹,则惊红骇绿,既极大方,也极美观。

(香港《大公报》1956年5月29日,署名:刘郎)

娃 娃 出 国

自将巧手制娃娃,好把精工四海夸。曾以游园探象舍,惯于下灶做人家。翩迁民族联欢舞,来往农村邪许车。稚子何修今世福,囡囡"洋"字不须加。

从前,孩子玩的"娃娃",都是由外国输入的,所以北方叫它"洋娃娃",上海人叫它"洋囡囡"。后来,我们自己制造了,但制的还是那些舶来品的面型,红头发绿眼睛的,因此,那个"洋"字依然没有去掉。现在,我们制造自己的娃娃了,因为制造得非常精致,已经选了最好的四件,运往外国去展览了。

出国展览的四种娃娃,不是单独一个,都是成套成件,而是像在舞台面上的。它们的名称是:一、"娃娃之家"(见图),一个娃娃作母亲,在厨下煮饭,房间里有两个娃娃是子女,在玩积木,搭天安门。二、"动物园",娃娃在看大象,另外还有熊猫和仙鹤等动物。三、"新农村",农村的田畴里,拖拉机在耕地,运粮食的大卡车,在公路上奔驰,而娃娃们则在场地上玩狮子舞。四、"各族娃娃大联欢",十多个装束不同的娃娃,面上都扬溢着欢乐的神气。

这些玩具,都是分工制作的,例如作大象的那位工人,就特地到上海西郊公园去观察那只大象的动作,整整费了一年工夫,然后回来塑造的。(自上海寄)

(香港《大公报》1956年5月30日,署名:刘郎)

怀 全 香 平 壤

苏京归后去朝鲜,万里奔驰托管弦。球赛扬威看李淼,"枕流"空赁傍周璇。雪深三尺埋衣角,花发千山映鬓边。知否有人相念亟,唱机整日放连连。

去年,越剧著名女演员傅全香从游民主德国和苏联回来后,在上海搬了一次家,又匆匆地越鸭绿江而往朝鲜去了。

她在上海的新居是华山路上的枕流公寓。周璇现在还住在这个公寓里,周璇当初顶这个公寓曾经花了万元美金,而傅全香则不花一钱的搬了进去。因为现在是没有顶费了。

四月上旬,全国排球赛在上海举行。女排球的名将张敏玉和李森,都在上海见面,全香和她们两人都是好友。我同张、李二人几次在宴叙的时候,因为没有全香在座,不禁以远人为念。据敏玉说,北京还有一个渴念全香的人,每逢假日,煮了一壶咖啡,关起房门来,放送所有傅全香的唱片,从早晨听到夜里,以解想念之亟。

此人姓甚名谁,敏玉坚不肯吐。只说是全香的蜜侣,不久,二人有可能附为婚媾者云。

(香港《大公报》1956年5月31日,署名:刘郎)

小孙目疾既愈,约其夫妇同饮

水乡曾往拍春天,一住"屏风"直过年。及奉闲身归海上,暂难流盼到樽前。谁移巧术称工绝,不使明波损粲然。近日喜闻清恙起,与君快倒酒如泉。

去年,孙景路拍完了《水乡的春天》,到将近年终的时候,上杭州屏风山休养。从屏风山回来后,我想找她吃一次饭,不料她进了医院。

她是为了医治目疾而住院的。经过一个多月,医生用了移植角膜的手术,把病完全医好。四月中旬,我在上海"华盛顿"餐室为她祝贺,那天乔奇也到了。

她的眼睛恢复了向来的媚波流溅。她很开心,所以谈笑风生地一点看不出是刚刚离开医院的人。她给我一张《水乡的春天》的彩照(见图),她很喜爱这个镜头,她说,这是一个有感情的镜头。其实以我猜测,她还有一层意思:镜头上的小孙,还是那么样的年轻美貌。不过她没有肯说出来罢了。

（香港《大公报》1956年6月2日，署名：刘郎）

啖　荔　枝

　　荔枝试擘倚晴檐，佳果南来近更廉。昔奉伊人争共食，终怜妙女辨幽潜！数升丸玉双颐满，一抹朱痕片舌钤。犹有我家新制法：草莓常用块冰腌。

荔枝和草莓是同时上市的。

今年荔枝丰收，运到上海来的，又多又好，我于是学着苏东坡"日啖荔枝"。吃吃荔枝，往往会想起一件故事。

有一年我同一个朋友买了五斤荔枝，在静安寺路一家咖啡店里一下都吃光了。吃完荔枝又吃了两客草莓，这一天大家都没有吃夜饭。因此想到坡公的每天能吃三百颗，是夸张的说法。

在那时，我们叫草莓为"外国杨梅"，也是作为一种奢侈品享受的。现在产量多，就不稀奇。今年我还想出了一个好办法，把草莓（每斤两角）买回来，消毒后，用糖渍十分钟，再买一块大冰砖（七角二分），放在草莓上面，代替糖和奶油，分装七八器，一家人都吃得酣畅淋漓了。

（香港《大公报》1956年6月4日，署名：刘郎）

游虹桥，小饮于郭家花园

　　移樽来坐绿云端，天把轻晴换嫩寒。呼作主人原是客（放翁句），随同绛树易为餐。置欢艇窄才交桨，俯水松低欲碍冠。一棹灵涡深几许，今朝放得寸心宽。

上海虹桥路淮阴路间，有一所郭家花园，是永安纱厂郭棣活先生的别墅。五月下旬，我等到此一游。

这是一个结构得十分幽邃的花园。里面的花树扶疏，不去说它；惟有一个相当广远的池塘,却是上海私家花园的特色。我们去的时候,带了许多酒食,安放在一座茅亭内,后来又搬向丛林间,大家趺坐在草坪上,恣意饮啖,笑语歌呼,与树上莺啼,互为对答。

池边,系着几条朱漆的小艇,我们分二人一组,为竞渡之戏,双桨飞时,真像在画图中行。有人说,十数年来虹桥之游,当以此游为最乐。
(自上海寄)

(香港《大公报》1956年6月25日,署名:刘郎)

闻陈镜开举重破世界纪录,喜极歌呼,得十二韵

世界纪录"第一胎",轰传天下似惊雷。陈君此举信雄哉,六万万双眉豁开。数十年间忍倒霉,今朝一齐往外推。辛勤锻炼无折回,中华到处产英才。者番犹是初占魁,更多奇葩受育培。我坐市楼捷报来,当时座上尽空杯。

六月七日的晚上,我们在酒楼聚餐,有一个朋友赶来,报告说,今天的举重比赛,我国的运动员陈镜开,第一次破了世界纪录。

这消息使席上的人兴奋之极。大家举起杯来,表示庆贺。连我不大会吃酒的人,也把满盏花雕,一吸而尽。

第二天,上海有一张报纸的论文,出了一个标题叫《我国世界纪录'第一胎'》。这个标题出得好。它包含着很多的思想内容。我喜欢这个标题,我懂得我们得了这个宝贝的"第一胎",不仅是我们的骄傲,我们还应该珍视它的诞生,因为在它的后面,还有好几胎要跟着来呢!
(自上海寄)

(香港《大公报》1956年6月28日,署名:刘郎)

三 人 影

江南俞五坐当中,二位何来姓未通。新弟及门矜得意,故人香岛此重逢。右边那个生城北,左首"倻偧"(苏州人称他或她为"倻

俆",振飞苏州人)线女红。胜会只从图上看,如何不与刘郎同?

昨天,俞振飞给我寄来一张照片,另手书一封。我先看照片,在他旁边的两个年轻人都不认得,于是再看信。

信上,振飞表示,这张照片很得意。那位穿工装、北京鞋的女士是红线女;那个打扮得整整齐齐的是他在一月前新收的徒弟叫徐冠春。他又说,红线女到上海后,每日下午几乎天天在他家里,请他指点昆剧的身段,因为要丰富她的舞台艺术,故而不惮烦地吸取其他剧种的长处。又说,冠春是一个大堪造就的材料,叫我以后注意这个人才。

我看完了信,自然也很高兴,但有一点是不满意的,当夜就在电话里责问振飞:既然红线女天天在你家里,为什么不让我到你家来看看她呢?你这个啬刻的主人。他笑起来了,说,只要下午跑得开,欢迎你光临舍下。

(香港《大公报》1956年7月1日,署名:刘郎)

六月二十二夜,游黄浦滩口占二首

隆隆主舰自横江,两翼分张从舰双。兄弟交情深过海,望风盗寇气先降。

岂止肩摩复踵连,垂髫黄发尽狂颠。都来探望亲兄弟,争说艨艟异昔年。

六月下旬,苏联舰队来上海访问。外滩一带,用了几十万盏电灯,装饰在许多高大的建筑物上。上海的每一个市民,都抑止不住,要去看一看兄弟国家的兵舰和披上了盛装后的外滩的心情,这些情况,香港的读者,一定先在报纸上看到了。

我是在二十二日的晚上,去看外滩夜景的。

在人堆里,听到一位广东籍的老先生,对他的同行人说:"我在上海耽了四十三年,到今天,第一次在黄浦里看到兄弟国家友好访问的军舰;在此以前,所有停泊在黄浦江上的外国兵船,不是来经济侵略我们,就是来军事侵略的!"这是多么真实的感情,又是多么真实的纪录。因口占二首。

(香港《大公报》1956年7月4日,署名:刘郎)

倚 舷 人

晨曦淡淡照惊鸿,江上遥生缓缓风。远客赠君诸色礼,可将小扇赠英雄?

六月二十二日清晨,在上海的文艺工作者,都到苏联巡洋舰上作客,其中有粤剧演员红线女。红线女随身只带了一把小小的纸扇。不知在同苏联海军士兵们交换纪念物的时候,她的这把纸扇,会否赠与苏联的英雄朋友?据我所知这一天,越剧演员戚雅仙,收受了人家很多礼物,她也把皮包里藏着的照片、别针都送给人家了,后来实在没有可送的了,只好在他们的笔记本上,签下了自己的名字。

满江春托满船春,远道佳宾接近宾。笑语翻腾潮水沸,当时艳绝倚舷人(旧句)。

苏联巡洋舰原是到中国来做客的,但上海人到他们的船上去访问时,上海人又变了他们的客人了。苏联的海军,用无限的热忱来款待我们。这一张照片,是甲板上的一角,最左靠近船舷的一人是红线女,最右的一人是京剧花旦李玉茹。红线女旁边的一个老先生是文史馆的馆员,当是有名的耆宿。他们都在看苏联海军表演的文娱节目。(自上海寄)

(香港《大公报》1956年7月8日,署名:刘郎)

绿 云 衢

南桥将见绿云衢,直自江头接海隅。浅紫轻红悬琥珀,飞青沉碧散珍珠。蓬开车逐香风转,体阔衣教蜜露敷。安得延伸三百里,苍苍一望到西湖。

一个朋友,家住松江县所属的南桥镇。从上海到南桥,必须由沪杭公路到闵行渡江。

上月间,这个朋友告诉我,沪杭公路正在拟定一项绿化计划,要从闵行江边起,到海宁海滩的一段路上,架起一座绵亘达一百华里的大葡萄棚。如果这个计划今天就实行的话,那末到明年的春末,这里就要出现一道"绿云衢"了。是奇景,亦仙境也。

据说,这个绿化计划,是由一些农业合作社经营的。将来葡萄的收获,作为这些社的副业生产,这样,人多好办事,计划实现的可能性就大了。因此,更有可能的,如果目下这个计划实现得好,将来从上海到杭州,还会修成全部"葡萄棚公路"的。

(香港《大公报》1956年7月11日,署名:刘郎)

买"齐眉"兼买"丝苗"

萤莹颗粒珍珠似,映色澄澄翡翠同。一半今为消暑用,要留一半遣隆冬。

这几天上海,有来自广东的白粳出售。是两种米,一种叫"齐眉",一种叫"丝苗",都是好米。我家买得三十斤,昨天用来蒸"荷叶饭",蒸的方法是一个广东朋友教我们的。果然一家人都吃得津津有味。我更加喜欢它在鲜味中夹着荷叶的清香,真像在池塘边用膳一般。

"齐眉"称雅况"丝苗",既采新鲜荷叶包。入市来求新瓦罐,咬它腊味一层焦。

我们买了一次广东米,怕一时再买不到,因此要留一半下来,到冬天煲腊味饭吃。广东朋友说,这种米做腊味饭是更好吃的。我的太太同孩子们对腊味饭有特嗜,惟鄙人则胃口稍差,但也酷爱瓦罐底下的一层焦饭。所以我们到粤菜馆里,吃起腊味饭来,我总是兜底铲的。

(香港《大公报》1956年7月13日,署名:刘郎)

短　　发

郭外车尘十里连,就中一抹去如仙。障同绛叶腮腮接,发泌淫香可可怜。清虑何曾销腻骨,高阳依旧注琼泉。却除鲜紫灵绡结,浪滚波腾便少年。

一年以来,上海妇女,在头发上的修饰,变动得也很多的。

今年,在上海全市著名的理发技师设计下,给妇女做出了一百多种专门在夏天打扮的发样。

有一天,走进沪江理发店,在门口,遇见了飞琼。她刚刚烫完头发出来,头发烫得很短,式样也很别致。我问她,这大概是一百多种里的一种了?她笑着说,真的叫不出名堂。

于是想起了去年,飞琼像上海很多妇女一样,头发留得长长的,披在脑后苦于闷热,便用一条浅紫色的乔其纱,把头发拢起来打一个结。美,还是很美,但看起来高髻蟠然地有点"孤雌少艾"的味道;现在头发烫短了,却又显得青春跳荡了。

这首诗是"述往"之作,记两年前事,正是飞琼同现在的爱人,缱绻万般之日。

(香港《大公报》1956年7月14日,署名:刘郎)

送上官出国

征尘浣尽酒痕消,更替行囊百袭袍。漫道年来声价重,还教明镜照纤腰。

散迹天涯亦是恩,远游何处不销魂(放翁句)?自从南岛归来后,载得《风云》出国门。

在捷克斯洛伐克举行的第九届卡罗维·发利国际电影节,我国的电影工作者前往出席的七人,其中有上官云珠。她主演的《南岛风云》,也参加上映。

上官于六月中旬离开上海。她动身之前,请了好几批裁缝,替她赶制旗袍,单是一家裁缝店,做了三十件,这些旗袍,都是精工精料。

等我得到消息,给她打电话去时,她家娘姨说:"小姐已经走了,先到捷克,再到苏联。"

(香港《大公报》1956年7月27日,署名:刘郎)

海上竹枝词

　　黄包车隐马车藏,人力三轮敞不装。邪许一声双载去,晨风宜爽晚宜凉。

上海的黄包车和马车,先后进了博物馆,不再在市街上出现了。剩下的是三轮车也已停止发展,并且要用机动三轮车来代替它。

机动三轮车已于六月中旬,在街上出现。下面的照片,是六月十三日那天第一号车子,在南京路上行驶时拍的。

　　海堧到处辗轻尘,软座乌篷浅碧身。价取四毫钟一刻,愚园路发到江滨。

机动三轮车的构造,用弹簧坐垫,漆着苹果绿的车身。住在愚园路上的人,坐车到外滩办公,需时十五分,取费仅四角,极为便宜。

(香港《大公报》1956年7月29日,署名:刘郎)

"老妪解诗"赞

　　白老殷勤服礼时,妪妪相貌亦清奇。分明不是精雕刻,工笔何人写"解诗"?

　　乐清泥塑果然高,更喜南翁意境遥。惜取香山成就美,直遗志业到今朝。

上海举行过一次浙江省民间美术工艺品展览会。

在所有的作品中,以"青田石雕"、"东阳木雕"、"乐清泥塑"最为人们赏爱。我尤其喜爱的是"乐清泥塑"。

"乐清泥塑"的作者名南式仁,除了一套描写武松的作品之外,另一件泥塑叫"老妪解诗"(见图)。一个白香山,一个老太婆,两个人的神情之妙,在塑制艺术上,已经到了化境。

"白香山诗老妪都解",大概提倡文字的通俗化和大众化,白居易该是最早的一个;而他的虚心请益,到现在还是为人的良好品质。所以,南式仁的泥塑,取这样一个题材,自有其现实意义,却不是"信手拈来"而已。(自上海寄)

(香港《大公报》1956年8月5日,署名:刘郎)

听《四郎探母》喜甚得诗

宛比良朋别又逢,忽闻"金井锁梧桐"。贪多安用连"回令",过瘾无非听"坐宫"。既是要催千蕊艳,谁教长掩一枝红?老来重上《连环套》,快练"黄门后代"功。

《四郎探母》,本来是一出大家所熟悉又是大家所喜爱的戏。但是近几年来,我们没见它在舞台上出现了。直到现在,才重新看到了它,听到了它。

上月中旬,在上海第一个贴《四郎探母》的是王玉蓉和迟世恭。说老实话,这两个人贴这一出戏,在从前不一定会吸引人的;这一次却连贴连满。看的人都说,好比一个老朋友,一向在跟前时,也并不觉得怎样可亲,但阔别了几年,一旦重逢,自有一种说不出的喜欢。

像《四郎探母》一样多年不演的老戏,现在都在上演了,例如全本《连环套》("盗马"是演的,你们不是看过裘盛戎的绝活了吗?)。所以有人来向我报喜,说我生平演得最多的黄天霸,又有机会露一下了。

(香港《大公报》1956年8月11日,署名:刘郎)

闻傅全香归来,拟往访问

会太稀疏别太多,我忙簿领汝行歌。晴檐酒暖同观菊,隔院风清欲送荷。每次收听"龙友啊",此时最念阿香哥。相逢一事宜相劝,快作人家家主婆。

（诗注）第三句，我们还是前年秋天在她家里吃饭一别后，未再见过。其时她住在上海上方花园，园中菊花盛放。第四句，现在她住在枕流公寓，东邻为上海有名的周家花园。这几天池塘里的荷花是盛开着吧。第五句，常在收音机里听她唱《马婉容劝夫》，婉容，明末杨龙友（文聪）妻。第六句，我一直叫她阿香哥的。末二句，听说她既然已有恋人，应该早些结婚。沪语"家主婆"是太太的意思。

（香港《大公报》1956年8月12日，署名：刘郎）

重晤荀慧生于上海，而荀年逾六十矣

廿三年矣未相存，叙旧江楼共一樽。画笔琴弦齐出手，眼风台步尽销魂。已传绝业成家数，犹茁新枝结子孙。谁信牡丹花不老（荀旧名"白牡丹"），却因其老老于根。

上月，荀慧生在上海演出，上海人歆动于"四大名旦"之名，上座成绩甚佳。

有一天中午，我们在"新雅"替一个到北京去的朋友饯行，恰巧邻室是沈松丽摆了几桌盛宴，赴宴者都是京剧界人。

沈松丽是唱花旦的京剧女演员。这一天是她拜在荀慧生门下，摆的是敬师酒。

我被黄桂秋拉了过去，同慧生对了一次杯，对杯后，我对慧生说，我们有二十三年没见面了。他问我他有什么两样，我说，他的头发脱了很多，但人却胖了很多。他听了大笑说："老头子啦！"

（香港《大公报》1956年8月13日，署名：刘郎）

"霓虹灯"

城居难得见流萤，闲向空庭数远星。赖有水清鲜藻绿，夜来游动"霓虹灯"。

难养岂关容绝世？为怜微命破劳神。南方可有长生术，说与刘郎护彩鳞。

我家的热带鱼缸里,来了四位新宾,它们叫"霓虹灯鱼"。

"霓虹灯鱼"的正确名字叫"双线电灯眼"。这是不久前从广州运来的三种新热带鱼的一种,其他两种叫"咖啡琴鱼"和"钻石扯旗"。

"霓虹灯"的名字,是上海人给它题的。这种鱼产于南美洲,体侧中部由头到尾有红黄黑三条平行条纹,在光的照耀下,好比红黄两枝日光灯一样,真是美丽极了。

"霓虹灯"的价值很贵,我只买了两对。但听说它很难养,往往短命而死,所以我服侍得它有点诚惶诚恐。我想香港、广州,一定有很多人养这种鱼的,你们有没有好的饲养经验,好让它们多活些日子,告诉我,我谢谢你们。

(香港《大公报》1956年8月15日,署名:刘郎)

海滨之夜

　　风柔未必胜情柔,麝发兰肤散尽幽。人自青春原要爱,当时夜色黑于绸。

　　眼前人物此殊妍,何况流波媚欲燃。过尽双摧无片月,碧栏杆外海连天。

上海的夏夜,前两年有轮渡供人们作"浦江夜游",今年还是有的;但今年又添了一项新项目:每天下午六时四十分,有一辆列车,驶往吴淞海滨,专载上海市区里的人们,往海滩乘凉。这辆列车,到深夜才回上海。

今年,上海奇热,因此海滨去的人特别多,那车行驶后的第三个晚上,我也去了,那是个无月之夜,惟繁星灿灿,点满玄空。

游人是真多,而情侣尤多,她们大都是大学生。在紫藤架下面有一条长廊,长廊的两边是翠竹的栏杆,栏杆上倚着一双密侣。我的朋友要求替他们拍一张照,他们很大方的答应了。他们是交通大学的同学,那位女同学对我朋友说,你们印出以后,寄一张到我家里来。

照片上的那位女郎,并不矜持,却有些腼腆,而情态都妍。

(香港《大公报》1956年8月18日,署名:刘郎)

盛夏看象牙红盛放

  并时兰菊已寻常,谁令冰肌试夏妆?催得妖红迷远眼,果然烈日摄严霜。

  雾鬓风鬟一望斜,西园尽聚游人车。老来多恐芳时误,挥汗争看腊里花。

  七月,上海中山公园举办一个"夏花观赏"会。前日大热,我特地赶去"观赏"了"夏花"。

  其实哪里尽是夏花,而都是些名称别致的琪花瑶草。

  只有一种是一向知名的,它是在每年圣诞节前开放的象牙红,也出现在夏花会上,这就不是琪花,而是奇花了。

  这些象牙红,都是上海的"龙华苗圃"用科学方法把它培育在盛夏开花的。记得去年菊花在春天盛放,今年荷花开时,又闻黄菊着花,不料随着清霜催放的象牙红,竟在炎阳蒸炙下,也招展其一抹嫣红,怎使我不对它多看几回呢!

(香港《大公报》1956年8月20日,署名:刘郎)

纳 凉 词

  曾因中酒刽咽喉,犹使深杯覆不收。傍醉无端花外去,当时风露似凉秋。

  七月后旬,上海酷暑。一夜,明楼主人招饮,设酒食于庭园间,在此,乃晤旧友丽文,其人虽老去风华,然英才豪气,不减当年。无意中有此胜遇,不可无诗。

  几回揉损砑缭绫,弯尽双眉一火青。原有柔魂将十斛,年来销剩两三升。

丽文记得七八年前,我最后赠她的一首诗,有这样两句:"帷幕低垂明一火,刘郎无恙尚千诗。"于是问我现在作不作诗了?而且要我立刻写一首给她看看。

我就即席吟哦,得上面的二十八字,录于纸上,她就灯下把它读完了,她笑,刘郎亦笑。

(香港《大公报》1956年8月23日,署名:刘郎)

七夕两首

人间天上不通潮,笑语多违一岁遥;定是银河横里断,争教灵鹊驾长桥?(怀人)

暂空杯酒出中庭,一倚栏干便不胜。旧俗何曾谙乞巧,但披风露看双星。(纪事)

七夕两首。《纪事》作于七夕前一夜,此中人为二十四五之青春儿女,豪于饮,薄醉风情,时多妙致,然其人,犹云英未嫁身也。

(香港《大公报》1956年8月26日,署名:刘郎)

裁缝忙(五言、七言各一绝)

千家刀尺闹,万肆不停机。未能自动化,便请定冬衣。

上海妇女服装生意的热闹,是无法形容的。这里只举一件事例,可以说明这种情况。一家服装店的店堂里,贴着一张给顾客看的告白,上写"本店自即日起,停止接定夏天衣着,如蒙惠顾,请预定冬装,三个月后准期交货"云云。当这个告白张贴的时期,上海还只是初夏。

往年"造寸"先迁北,复去"蓝天"一响牌。此地精工论裁剪,倾城士女涌"朋街"。

"造寸"和"蓝天",都是著名的妇女服装公司,已经先后搬往北京了。现在妇女们想做考究衣裳的,大家都上"朋街"。"朋街",前两年开设在外滩沙逊大厦下面,上月起,搬在南京路上,门面比原来的扩充了好几倍。

(香港《大公报》1956年9月1日,署名:刘郎)

帽　　饰

　　碎花裙子雪衫儿,暂压云鬟不掩眉。日下摇红风里绿,一双绶带帽檐垂。

　　细巧工夫闲草编,引凉自覆翠云前。悬知此去临池坐,定有花香欲泻肩。

夏天,上海年轻的姑娘们,上游泳池,逛公园,或是在路上走,都戴上一个大边的草帽。

这些帽子并不贵,都是粗草编成的。但美术家们替她们设计了许多花样的帽饰,于是在太阳下看起来,也觉得摇绿飘红地有风致翩翩之美。

你看,附图上四顶草帽的帽饰,各有不同的风格。左上的那顶帽子,四周围着的一圈彩色花朵,是用不同颜色的绢或布做成的。

右上的那一顶,用乔其纱做帽边,每隔二寸距离,钉上一、二朵小花。左下的一项用一条长六尺左右、阔四寸的素色或有花纹的乔其纱做帽边,两端各剪去一角,使成斜形;先围帽一匝,再打一个长尾的蝴蝶结。右下那一顶用二寸阔的塔夫绸、钉帽边,用同色半寸阔的绸带束成花朵,分贴左右,这种帽饰,适于圆脸的人戴用。

(香港《大公报》1956年9月2日,署名:刘郎)

"何人不识况青天"

　　晚来风动海云边,里巷家家笑语连。一自轰传《十五贯》,何人不识况青天。

　　丛祠代远欲荒寒,遗址来寻谒好官。从此金阊门外路,不教冷落故衣冠。

自从昆剧《十五贯》受全国人民重视以后,那个剧中人况钟,也重新活到人们的心上来了。

因为况钟是实有其人的,所以报纸上不但谈《十五贯》这个戏,也考证了况钟这个人。一致认为况钟在做十二年的苏州知府时,是受过万民爱戴的好官。

这两天晚上,上海的里弄里所有乘风凉的人,都在讲述《十五贯》的情节,也都在谈况青天其人。

有一张报纸上,登了苏州西美巷的况公祠和阊门外况钟衣冠冢的记载后,上海就有人专诚去访谒这位明朝贤吏的遗址。预料苏州这两个地方,不久会成为新的名胜,而春秋佳日,将为游人们所必到之地的。

(香港《大公报》1956年9月4日,署名:刘郎)

迎 梅 二 首

东渡曲声酣,归来未息骖。江南人有福,公复到江南。

莫替拂征尘,欣看玉立身。期公歌一曲,一市满生春。

梅兰芳先生于九月三日自北京来沪,将在沪上演。按自日本归来,是为第一次在国内登台。

这几天,上海人忙着两事,一为准备过中秋,一则到处打听梅兰芳的戏票,怎样买法?常常听见有人说,梅年已六十三岁,如果不能在他休演之前,看一回戏,将是抱终身之恨!其情急可以想见。但是中国六万万人,上海六百万人,抱此终身之恨者,终究会不乏其人的。

但愿梅先生长寿,再唱二十年,也等于泽被苍生也。

(香港《大公报》1956年9月16日,署名:刘郎)

题傅全香新婚图

高楼秋到气清华,楼下都停贺喜车。半盏劝郎应是酒,十年来汝始成家。悬知此际颜边乐,倘念今宵梦里花。"也算向平心愿了",祝她一索得娃娃。

傅全香在上海结婚的消息,已经在本报刊载过了,还登了她结婚时的照片。

这里这张照片,是在结婚后回到家中新郎新娘换了便服后的摄影,你看,她头发上的红结,还未解除。

当今年夏天,她从朝鲜回来时,我曾经写过一首诗,记得有"相逢一事宜相劝,快作人家家主婆"之句。想不到这一回她真听话,果然就结了婚。这在我,真是"也算向平心愿了"了。

(香港《大公报》1956年9月17日,署名:刘郎)

题马师曾江上弄"桥"图

红氍毹上尊谢宝,黄浦江头见马老。马老恒时意兴高,手执桥牌轮先叫。此公不去翩翻跳,望着AK哈哈笑。你看他,嘴巴张成啥腔调,定然是,今宵手气非常好。

八月下旬,上海有过一个兴趣浓郁的联欢晚会。这是粤剧纪录片《搜书院》的全体人员和昆剧纪录片《十五贯》的全体人员联合举行的。会场在黄浦江的夜轮渡上。

马师曾一到船上,就把许多的时间,都放在打桥牌上,左面是他在打牌时的一个镜头。

(香港《大公报》1956年9月22日,署名:刘郎)

红线女江上弄弦图

曾于海市放珠喉,漫弄鲲弦气更遒。明月在前潮欲上,伊人朗澈似高秋。

潮鸣弦响两琤琮,汝自临舷有笑容。弹到苍茫怜夜短,不知头上翠云松。

红线女在上海一张报纸上写过一篇题为《我喜欢广东音乐》的文章。这是事实。有一天,她坐了轮渡,去"浦江夜游",她一上船,立刻把各种广东乐器,轮流地试着弹弄起来。

有时,她杂在人群中合奏,有时,她找个地方,一个人悄悄地轻捻漫弄。

这里,我们给她照了一张相,你看,旁边的那一位,听得知此出神,想见她弹得多好啊!

(香港《大公报》1956年9月23日,署名:刘郎)

咖啡座上与"黄线女"作

阿丹山水去寻幽,汝倚英才濡笔头。碗底咖啡浓似酒,座中客貌朗于秋。太多笑语连颐解,时有花光隔槛浮。向晚忽来红线女,烦她"黄线"作曹丘。

上个星期天下午二时,我去找黄宗英,她正在家里同宗江合写一个电影剧本,暂时的名字是《黄浦江上的女儿》。

赵丹不在上海,到西天目山和富春江一带拍《李时珍》的外景去了。

我们一同跑出来到文化娱乐部(以前的"法国总会")去吃咖啡。这天的天气,秋容已盛,而花光林影,尤娱人心目。

一坐便坐到了傍晚。忽然,《搜书院》的全体工作人员也到此茗坐。宗英给我介绍了红线女和导演徐韬、摄影师吴蔚云等。

宗英说,电影界的人都叫她"黄线女",因为她姓黄,而身材细长,像根线。不知哪一个聪明人,想出这个好名儿来的。

(香港《大公报》1956年10月10日,署名:刘郎)

过 思 南 路

练歌父子总双双,争听梅家绝世腔。日午思南路上过,绿云深护一楼窗。

梅兰芳先生在上海登台,还是每日在家练歌。练歌者,内行所谓吊嗓子也。

梅练歌往往过中午以后,在室内,在庭院中,或在楼廊下。先是梅葆玖唱,然后老梅引吭,他们这样的练歌,成了日常课程。

人言,梅先生的唱,如甘蔗,愈老则愈甜,这就因为他的勤歌不辍,对自己艺术的珍惜,无日无时不在当心着的。

梅在上海仍住思南路,过复兴中路而南,一带林荫中,有婉转声腔,曲曲传出,正是梅家父子的日课时间了。

(香港《大公报》1956 年 10 月 13 日,署名:刘郎)

好抵梅公掌上珠

梅花诗屋里,相对坐师徒。定省无亏缺,观摩不怠疏。多年亲炙矣,唯汝替传乎?膝下依依老,长明掌上珠。

梅兰芳之与言慧珠,名为师徒,情同父女。往往梅先生到哪里,言慧珠总是相随在侧。梅先生在台上,言慧珠必然在座上观摩。事实上,梅氏也很怜爱言慧珠,给她亲授了不少身段,和不少声腔。

九月中旬,梅先生抵沪的第二天,新闻记者访梅氏于梅花诗屋,而慧珠在焉。因请贤师徒合摄一影,如右图。

(香港《大公报》1956 年 10 月 14 日,署名:刘郎)

寄桑弧莫斯科

秧老江南盼尔回,忽传冬至始归来。不知文债何时了,客枕绍兴写腊梅?

酬对深谙礼不疏,苏京人亦看桑弧。豪情原有干杯量,一握多虞手欠粗。

桑弧在北京拍完了《祝福》,就到苏联去了。

半年前,当他从上海北上的那天,告诉我说,回来时将是"秋尽江南"了。他没有想到还要往苏京一走。

昨天他的太太说,李先生(桑弧姓李)怕要冬天回到上海。

第一首的"文债"云云,因为桑弧答应给我们报纸写一篇"三味书屋"那株腊梅树的文章,作为纪念鲁迅逝世二十周年。现在他匆匆走了,连文章也写不成了。第二首,因为桑弧瘦小,他常说与外国朋友交接,在握手的时候,常常使他不好意思:为什么人家的手,都是那样粗壮,而自己的手,却是那样小巧。

(香港《大公报》1956年10月17日,署名:刘郎)

伊人不比琵琶肥

新莺喧闹旧莺归,又见秋风拂素衣。十载遥违各无恙,伊人不比琵琶肥。

捻弄还怜十指柔,吴侬到处竞珠喉。当时掩袖回鬟女,歌唱班头第一流(旧句)。

九月间,在上海工商界的一个联欢晚会上,听范雪君说书。范退隐多年,从今年起,有时以"客串"的姿态,在晚会上弹一阕琵琶,唱一支开篇,而不是以文艺工作者的身分演出者也。

十年前,此人在上海红极一时。我跟她十年不见,她没有胖,也不见老,当琵琶在手,眼波流盼间,像往日一样,光彩倾四座焉。

(香港《大公报》1956年10月21日,署名:刘郎)

"待决",看周信芳演《十五贯》

阶下哀哀待决囚,堂前一念为民忧。青天原是常人做,似火心肠似水眸。

周信芳先生有苏联之行,将在莫斯科上演两剧,为《四进士》与《十五贯》。

《十五贯》在上海彩排时,我二度往观。身段极其繁重,看"麒派"戏,可以过足瘾矣。

　　"待决"为信芳出场后的第一场戏。况钟奉命监斩,临刑,苏成娟和熊友兰忽亟口呼冤。况钟正要在斩条上的"决"字上,点以朱笔,闻冤声辄止,欲提笔,冤声又起,又止,如是者再,而信芳之做工多矣。他的戏,都在眼神上,在帽翅上,精致美妙,叹为观止!

　　图中中立者为况钟,周信芳饰;跪于左边者为苏成娟,赵晓岚饰;跪于右边者为熊友兰,黄正勤饰。正勤,桂秋之子,小生之隽材也。

（香港《大公报》1956 年 10 月 28 日,署名:刘郎）

"见都",看周信芳演《十五贯》之二

　　　　寂寂间街小巷斜,忽于星夜马蹄哗。清官不忌上官怒,击鼓撑灯闯大衙。

　　况钟既知此案必有冤情,决定查究真凶,但他的责任是监斩,如今不斩了,必须取得都堂的许可,于是趁天色未晓,往叩都堂之门。都堂怒其多事,拟不见,使况钟着了慌,拉起鼓锤,将堂鼓连击三下,才得见了都堂。

　　他在都堂面前,将犯人力保下来,又请限期擒到真凶,如失诺,愿以前程为质。

　　这一场戏,信芳把为了救人性命,不怕累夜疲劳、不辟冒犯显贵的这些表情,都发挥得淋漓尽致。

　　图中饰都堂者为沈金波。

（香港《大公报》1956 年 10 月 30 日,署名:刘郎）

"踏勘",看周信芳演《十五贯》之三

　　　　过公迁执况公清,公事还须了了明。亲到尤家门下走,善良始不受煎烹。

况钟既以缉凶自任,遂往无锡,会同原案定谳人(无锡知县)过于执,到尤葫芦家踏勘。自尤被杀,此屋即封闭,过于执从未到过"现场",这位太爷的糊涂可知也。

况公到,查得凶犯遗留的骰子等物,线索于此得焉。

在戏里,过于执对况钟备极揶揄,但况钟却不与抬杠,志在实事求是地查明真相。故信芳的表情,是一派谦和平易,其沉着也,使台下人一望而知况公自是能吏。

图左边一人为过于执,王金璐饰。王本武生,但演过于执老练得像本工戏一样。

(香港《大公报》1956年10月31日,署名:刘郎)

"访鼠",看周信芳演《十五贯》之四

除奸先是为奸友,捕鼠还须诱鼠逃。演到一场东岳庙,先生拆字果然高。

杀尤葫芦的真凶娄阿鼠,听说况钟到了无锡,便溜到乡下去躲藏起来。但况已查得其去处,便微服追踪,在东岳庙里与娄相遇,时况乔装一拆字先生,为娄拆字,卒至将娄诱入一叶扁舟中,载之同往苏州,娄落网焉。

这一场戏,周信芳的况钟,以谈笑风生出之,轻松有趣。论风格略似他演《火牛阵》里的"盘关"那一场。

图为"访鼠"中的拆字场面。左为信芳,右为孙正熙,饰娄阿鼠,神情之妙,或不输于苏昆剧团之王传淞也。

(香港《大公报》1956年11月1日,署名:刘郎)

看慧珠的"杰作"

蓝裙半臂倚明妆,细领名园稚桂香。多喜"梅衫"今有子,可堪鸾枕久无郎。惊鸿依旧禁千顾,"杰作"平生第一桩。若使言公

犹健在,含饴不复弄皮黄。

有一天,正是江南的高秋天气,我到上海中山公园去看桂花。在桂花林里,遇见了言慧珠。她高兴地对我说:"我要你欣赏欣赏我的杰作。"说罢,便引我走出桂林,到大草坪上,那里有大片的一串红,正开放得如火如荼。

在一串红的旁边,停着一辆婴儿车,车旁立着一个保姆。慧珠指着车上的婴孩说:"这就是我的杰作!"

其实我并不惊奇,言慧珠获麟之喜,我是早已知道的。不过真看不出,孩子才七个月,长成得又白又胖。估计起来,有两岁的样子。这大概就是慧珠所以把自己的孩子誉为杰作也。

(香港《大公报》1956 年 11 月 5 日,署名:刘郎)

风鬟雾鬓入银灯

银灯到处照云鬟,修尽江城绝世颜。技士胸中有丘壑,女儿头上起波澜。已传冷烫新奇术,加意风吹大小环。画里真真君识否?罢歌王洁绝舒闲。

九月下旬,上海拍摄了一部新鲜纪录电影。在这影片里,纪录了全市几十位著名理发师替妇女们所创造的一百多种新鲜发式。

这里有一张正在摄取影片时的照片。图中那位理发师是"南京理发厅"的"二十七号"刘瑞卿,他是上海市的政协委员和人民代表。那位正在接受刘瑞卿修理的头发的女人,是王洁。她以前是上海的名歌手,现在是商业机构的工作人员。海外的读者诸君中,或者有不少是王女士的旧交吧?

这一次全部的新发样,我都已见了"玉照",替《大公园》也要到了四种,将一一咏之以诗,陆续在本栏发表。

(香港《大公报》1956 年 11 月 6 日,署名:刘郎)

"迷云式"：上海新发样之一

梳成真觉发肤融，似重还轻乱更松。悯悯自怜云断路，盈盈谁见玉颠胸？垂丝盘耳犹环饰，忍笑凝眉替颊红。知否秋高腰亦健，快持媚爽向西风。

在一百数十种新的发式中，有很多种样子，都称之为"青年式"，后面这种，便是"青年式"之一。因为理发师们题不出其他名称来，我就给它代题为"迷云式"。

因为这一头鬈曲的青丝，不分头路，但看起来却有轻松舒适的感觉。它从左额角向后斜梳；两旁短发，一半遮住耳部，如果您是圆脸儿，又是白皮肤，那末梳成此式，不仅风姿嫣然，看上去更有丰润停匀之美。

（香港《大公报》1956年11月8日，署名：刘郎）

马 红 南 归

萍踪偶聚况流连，送客俞张定惘然。厚谊何曾关辈分，高名各擅入丝弦。难为俊赏留香玉，忽抱伤怀痛觉先。互道一声珍重去，天南望眼几多穿。

马红于十一月一日下午三时离沪返穗。

先是马红本定是日成行，而常香玉豫剧团忽抵上海，遂将既定之车票退去，拟观摩常剧后再作归计也；乃薛觉先噩耗猝至，二人遂不欲复留，冀速归去，得临棺一恸也！

是日，往车站送行者綦众，摄影记者且群集月台上，为马红取临别镜头。此一帧，为马红与送行者俞振飞、张君秋合摄。俞与张，皆为红线女在留沪期间之问道师焉。

（香港《大公报》1956年11月9日，署名：刘郎）

"悬环式":上海新发样之二

试从灵爽认云英,发路深挑辨不明。欲掩千梳前额窄,远分双鬓玉肩轻。故宜枕上横斜看,不碍风前历乱行。几曲低悬"刘海"短,当时塑就美人清!

此在上海亦称"青年式"。

前额梳圈形"刘海",自然匀称,头路从左边挑,但不甚显著,两边短发,使其分披耳际,便有蓬松轻快之致。

凡广额而颐不甚丰者,梳此式添妩媚。

(香港《大公报》1956年11月10日,署名:刘郎)

"流云式":上海新发样之三

不是樽边是水边,芙蓉含笑柳含烟。垂眉细浪腾腾起,着枕香云漠漠传。弄玉应怜温入骨,回腰初信荡于绵。清宵安得埋头住,绿到灯前复帐前。

"流云式",上海的名称为长发波浪式。不分头路,波浪则层见叠出,虽长发垂肩,但线条分明,层次井然。

面庞瘦减的妇女,梳此式,益有雾鬓风鬟之美。

(香港《大公报》1956年11月12日,署名:刘郎)

"卷云式":上海新发样之四

莹莹眉眼有流波,争奈鬓波媚更多。秋后秀齐春到剪,额前鬈映颊边涡。谁将恩爱留唇齿,还把风光掷绮罗?梳洗随宜工亦巧,何须仔细画长蛾!

"卷云式"要头路斜分,额前卷成几个螺旋形,斜覆左角,使其鬈曲自然。

额以后的发浪作平斜形,修剪宜短,则线条柔美,具有英爽之概。此式宜于春夏秋三季,故上海又称之为"三季波浪式"。

(香港《大公报》1956年11月16日,署名:刘郎)

《家》

太湖九月看梅花,一队银灯正作《家》。不待清霜催始放,居然疏影自横斜。

上海电影制片厂的《家》,上月在太湖边上拍外景。有很多镜头,都在梅园拍的。

这张照片上,王丹凤(左)的鸣凤和张辉(中)的觉慧,由导演陈西禾率领下,正在梅园排戏(还没有化装)。

张辉说:"鸣凤,我一定要去告诉太太,我要娶你。"

王丹凤说:"三少爷答应我好吧,不要去说,我没有那个命啊!"她又说:"只要像现在这样,我不离开你,你不忘了我,那……那随便怎么,我都甘心情愿的……"

他们二人,一会儿痴笑,一会儿落泪。都演得情感逼真。

虽然现在是菊花开放的时候,但梅园的梅花,却也开得一白如雪了。那是"上影"的剧务,用绢制的梅花,在一株一株树上,扎上去的。拍在影片里,跟真的一样。

(香港《大公报》1956年11月27日,署名:刘郎)

[编按:本篇无标题,今据文意添拟。]

凌 云 一 老

台上传神身、手、眼,竟忘霜雪欲盈颠。何人不道凌云老,粉墨居然返少年。

廿年小宴记温侯,想见司徒老更道。公自长才复长寿,周郎此日满苏州。

苏州举行"南北昆剧大会串"中,以徐凌云与俞振飞合演的《小宴》,尤为顾曲人士所歆动。

关于徐凌云,曾有人在本刊中介绍过了。其实《小宴》的吕布,也是徐先生杰作之一。我在二十年前看过一次。这一回,有人在苏州看了他的王允回来,对我说,徐老的身、手、眼神,可以说是到家极了,也老练极了。加上振飞的吕布,这个戏便成了会串中的一时之选。

(香港《大公报》1956年12月2日,署名:刘郎)

红线女和铁镜公主

依依何事学牵裳,画里疑为母女行。只道情深萧太后,笑看公主试新妆。

红线女在上海临行前一夕,到天蟾舞台后台,向正在上演中的张君秋辞行。临夜张贴《探母》,红线女遂在幕后与君秋合摄一影。有人看了这张照片说,相形之下,张君秋显得春秋已高,倒像个萧太后,而红线女才是个没有上装的铁镜公主啊。

已烦《告状》传俞五,又向君秋学《坐宫》。归去休矜橐囊重,者回载得腹笥充。

红线女在上海期间,曾请俞振飞为她说《贩马记》(粤剧《桂枝告状》)的身段,又请张君秋替她教《坐宫》。此人孜孜不倦于艺事钻研,又焉得不成功哉?

(香港《大公报》1956年12月9日,署名:刘郎)

蝶　恋　花

地是江南俞五寓,佳客南来,韩白双双过。横笛主人吹不住,泥他绝世声腔和。　无尽交流供借助,昼静楼高,只管回旋舞。时刻勤修惟恐误,问年莫笑垂垂暮。

北方昆剧家韩世昌、白云生来沪演出。白日,时过江南俞五之居,凡调嗓、排练身段之役,每每于振飞楼上为之。

图中右首撷笛者为振飞,中为震生,左为世昌。韩与白,正在排"惊变"一场。南北昆剧家融然相处之乐,在此图片中可以见之。因为小会,志感事焉。

（香港《大公报》1956年12月16日,署名:刘郎）

宿将登坛范雪君

十年来渐罢弹筝,宿将登坛后辈惊。一领艳披围颈白,数声徐度牙根清。风华欲老樊家树,体会应深鲁侍萍。莫以遥违情转怯,悬知座上眼俱青。

三月前,我曾经在工商界的联欢晚会上,听过范雪君的弹词。但不久,此人又在电台上广播,预料再是个不久,此人就要出现书场了。

在电台上,范不说《啼笑因缘》,说的是《雷雨》。毕竟是前朝名将,收听她节目的人,着实不少。听的人都承认她虽然息了这么多年,说书的工夫没有走样。但是年岁不饶人,范雪君比之从前,则已略减青春了。不信,有照片为证。这是上月底,她在电台上播唱时的留影。（自上海寄）

（香港《大公报》1956年12月19日,署名:刘郎）

题凌云翁演《借茶》

昆丑正当唱《借茶》,凌云豪气洵堪夸。亮靴工力台前见,色眼登徒扇底斜。原为多才能乱串,不关高兴学贪花。诗成培德仁兄鉴:请认君家老太爷。

在上海的昆剧大会串中,徐凌云先生又唱了一次《借茶》。戏好,而老人之兴复不浅。

我同凌云翁不相识,但和他的子侄辈都是朋友,如春霖、韶九、孜权诸儿,俱在上海,惟培德远客香岛,于凌云翁之定省久疏矣。因觅得

《借茶》照片一张,请刊《大公园》,所以使读我报者,共赏此七十老翁,在台上的神采飞扬;亦所以使培德先生见之,稍慰远人依恋之思也。(自上海寄)

(香港《大公报》1956年12月24日,署名:刘郎)

香 雪 集

把手各开颜,江南始浅寒。豫香流域内,越雪耀尘寰。初下祥林嫂,旋升花木兰,匡庐识真相,快寄与君看。

常香玉是全国闻名的爱国艺人。她所领导的豫剧团,正在各地作巡回演出。上月初,来到了上海,以花木兰一剧,为观众所歆动。

照片上常香玉(左)与袁雪芬(右)握手言欢。这时,袁雪芬在上海刚刚演完了《祝福》里的祥林嫂,所以有空来款待这位远道而来的同行。

几年来,我们在报纸上只看见常香玉的剧照,而没见过她的便装相片。这一帧是《解放日报》一位女记者陈滢给她们拍的。特地要得来寄给《大公园》,使读我报者,共鉴此祖国地方戏剧演员中之一双杰出人才也。

(香港《大公报》1956年12月31日,署名:刘郎)

唱江南(1957.1—1960.1)

红　娘　咏

　　终身大事视寻常,对象何曾真正荒？急煞看来是太监,相帮争愿作红娘。两张对子并排坐,几度联欢起舞忙。但使赤绳千万缕,年年系尽好鸳鸯。

　　前在本园见丽谛先生记她的亲戚某少年,为了只顾学习、工作,而忘记了自己的婚姻大事,于是急得别人替他张罗云云。

　　其实,上海这种情形是比较普遍的。但最近有些机关、工厂的领导上,注意了这个问题,因此有的地方,在发动大家,替男女光棍(女人是否可称光棍,待考)做媒人,于是热心人纷纷而起,以红娘自居。据闻这种做法,颇有成效,然则,真好市也。(自上海寄)

(香港《大公报》1957年1月3日,署名:刘郎)

绿　牡　丹

　　映白施朱便耐看,含词忍笑腻于檀(成句)。戏排"分贪"鸿鸾禧,人是当年绿牡丹。不信眼波冶似旧,竟闻莺啭力无殚。君家艳妇今何似,倘有余妍聚秀斑。

　　十二月上旬,上海举行了一次京剧老艺人会演,剧目中有《鸿鸾禧》,饰金玉奴者为黄玉麟。是即三十年前之绿牡丹矣。

　　黄结束登场,不但容光无损,而媚波流照,嗓音亦奇脆,宛然当年。

　　黄居沪上已多年,平时以授戏为业,彼此皆忙,迄未一晤。黄夫人艳秋老四,不知到老相依否! 夫人余旧识之,殊色也。秀靥之上,微有雀斑,然益增其丽。余当时有绝句赠之云:"微醺玉靥乱云鬟,分付明波伺秀斑。好似斜阳烘满纸,轻筛淡墨画湖山。"然此亦廿四年前事矣。

(香港《大公报》1957年1月7日,署名:刘郎)

题言慧珠"双重杰作"图

坐车亲驾适何方? 胖耳肥头半岁郎。莫道滑稽把戏小,"双重杰作"出令堂。(编者按:上海语称小孩为"小把戏")

强遣卿儿呼伯伯,令堂手段看来凶。若从言氏分行辈,朋友曾交尔外公。

言慧珠称她新养的儿子为杰作。昨天她送给我一张卿儿的照片,她说,这是她的"双重杰作"。原来也是她自己拍的。

在照片的背后,还写着"送给伯伯,清卿半岁时摄影"等语。其宜严格分起辈分来,卿儿应该称我公公或爷爷,而慧珠应该称我叔叔,因为二十年前,我已同菊朋先生论交海上了。(自上海寄)

(香港《大公报》1957年1月11日,署名:刘郎)

元旦"梁山伯"出嫁

蜡梅时杂水仙香,争与娟娟点嫁妆。自昔舞台常搭档,而今夫婿又同行。于归忽忽惊山伯,寻凤迟迟惜桂芳。料想桦桦花烛下,更无方步蹑新房。

元旦日,越剧影片《梁山伯与祝英台》的男主角范瑞娟在上海结婚。

新郎和袁雪芬的丈夫同为新闻记者,亦巧事也。

越剧名小生之先后下嫁者有徐玉兰、毕春芳,今范亦作新娘矣,其尚不闻红鸾至者,为陆锦花与尹桂芳,此二人皆已年华老大,尤其是尹

桂芳,她的姊妹和徒弟们,因为她忙得找不到一个朋友,而代为苦闷不止云。(自上海寄)

(香港《大公报》1957年1月13日,署名:刘郎)

除夕前一日,金采风结婚

便叨喜酒敦金钟,昨夜江南嫁采风。还比香哥情切切,便随团长腹隆隆。垂肩长辫双分艳,入手云鬟一剪工。犹似三年前见日,象牙高发与争红。

演越剧《盘夫》而驰名国内外的金采风,与越剧导演黄沙,于一九五六年除夕前一日在沪结婚。

越剧女演员之称得上明艳无伦者,金采风实为第一人。至若台上风情,尤为刘郎所倾倒,《盘夫》一剧,听五六次,曾未厌也。

本诗第三句是说傅全香结婚后,情好弥笃;第四句的团长是说袁雪芬,盖袁于今年春节结婚后,已得娠,冬季大衣,腰身已做宽三寸矣。(除夕自上海寄)

(香港《大公报》1957年1月14日,署名:刘郎)

除夕觐白杨于少年宫

除夜明灯到处燃,红巾灿灿少儿肩。白杨依旧如花貌,不信相违二十年。

一九五六年除夕,上海少年宫中举行化装舞会。集少年儿童二千余人,来宾则皆为文艺工作者。是夜,白杨亦为来宾之一。

白杨今年当已逾四十,她到上海来从事电影事业,亦已二十年。二十年来,白杨乃不减其光彩。不信,请看图片中人,犹葆其倾城之艳也。

(香港《大公报》1957年1月18日,署名:刘郎)

送花楼会

　　《断桥》曾喜青儿辣,受拷红娘惯撒痴。又见送花装妙婢,重来侧帽惜清姿。随年渐减矜才气,流彩真多入鬓丝。知否台前故人在?阿香曲艳是风诗。

　　在戏曲界百花齐放中,越剧排演了《双珠凤》。傅全香在《送花楼会》中演名叫秋华的丫头。这是傅全香在结婚后上演的第一个新戏。

　　以我看,傅全香做戏里的丫头,都是好的。事实也是如此:《白蛇传》的小青,《西厢记》的红娘,都是表现了她的绝活,而这个秋华更是浑身是戏,很多观众看了有不作第二人想之叹。

（香港《大公报》1957年1月20日,署名:刘郎）

怪"龙"吟

　　候车排队本寻常,看戏长龙列每场。进补连朝争药店,联欢犯晓抢厅堂。可无可有且如此,必要必需自紧张。信不信都由你吧,听听好像满荒唐。

　　你一定听见过,上海买东西常常要排队。譬如买鸡买肉。

　　这几天我又听见有两种排队情形,那就不是平常的情形了:一种是药材店里配补药的排队,另一种则是因为要开联欢会登记预订礼堂的排队了。

　　前一种也许可以理解:冬天进补的人多,药店因药材的来源有限,对膏滋药配方有所限制。惟后一种我也有点奇怪,打听之下,才知上海的一些工厂、机关,本身原有开舞会的礼堂,但因为不够宏敞,稍欠富丽,于是争着要租赁几家著名的礼堂了。如中苏友好大厦、文化俱乐部乃至威海卫路的纸业公会等。

　　抢租的人往往天没亮就去排队。目下登记预订的日期,早已排到二、三月的一些星期六、星期日了。你道怪不怪呢?因作怪"龙"吟。

(自上海寄)

(香港《大公报》1957年1月24日,署名:刘郎)

看王美玉演西太后

其人成媪我成翁,犹是台前座上逢。极震洋场三字响,旋怜陋巷一雌穷。当时斤斧休忘痛,此夜胭脂特地红。快把平生身手显,而今汝已沐春风。

三十年前,上海最红的女人是王美玉。别的不说,单说香烟出过"王美玉香烟";上海第一盏霓虹灯的牌子是"王美玉";她为了要上银幕,自己掏腰包,开了玉成影片公司,她拍了《梨花夫人》……。

这样一个名雌,但后来也难免潦倒,潦倒至令人不能置信的地步。幸亏她的命根子长,没有潦倒而死。到近年来,居然枯木逢春,这是她自己做梦也想不到的。

近年来,她是戏剧家协会的委员,政府替她安排了生活。一月上旬,上海举行了一次通俗话剧(即旧时的文明戏)会演,排了一出《清宫秘史》,饰西太后的是王美玉。到底是老行家,在台上,她还给了观众很好的印象。

(香港《大公报》1957年1月27日,署名:刘郎)

阿舒弄鸟

阿舒尖着嘴,仿佛吹口哨。立在笼子边,想诱芙蓉叫。芙蓉不听话,阿舒着了恼。今朝星期天,原想"眍晏觉"(注一)。你却不知趣,一早便报晓。只好起身来,听你歌声绕。你又回转头,眼睛向上瞟。分明当我"呒介事"(注二),分明欺我脾气好。真的使我光了火,明天送还城隍庙。

舒适养了一只德国芙蓉,是前两年在上海老城隍庙买来的。阿舒每天服侍它,芙蓉的鸣声甚美,德国芙蓉尤婉转嘹亮,无怪阿舒不计心力地看护这一头小鸟了。
　　(注一:迟迟起身,叹世界也。
　　注二:当我冇嘢。)
　　(香港《大公报》1957年2月4日,署名:刘郎)

舒绣文养鱼

　　　　一病年来颇减肥,自将花草伴清居。楼高不患无常客,室暖多宜养彩鱼。每想读书依绣幕,休劳投饵向明湖。上官贪闹渠贪静,时听鹦哥隔院呼。
　　舒绣文和上官云珠同住在上海衡山路上的一家大公寓里。舒住五楼,上官则住在二楼。
　　上官家里养鹦鹉,她自己已在本报提到过了;舒绣文则欢喜养热带鱼,一养还养了好几缸。
　　上海的电影演员,爱养热带鱼的不止舒绣文一人。每一次,上海运到了新品种的热带鱼,"上影"厂的同事,都是大主顾。冬天,像舒绣文家里养这一种鱼,更多方便,因为那公寓的暖气是日夜不断的。
　　(香港《大公报》1957年2月6日,署名:刘郎)

挽 杨 清 磬

　　　　盛事同庚几骏存?霜毫枯墨遂无痕。重泉此去休相访,断骨残肢游子魂!
　　画家杨清磬,年六十三矣。于去年参加上海中国画院,不意今年一月上旬,因心脏病剧发,竟溘然长逝。
　　先是,清磬有子名小磬,为前夫人毛稚言所出。毕业于清华大学后,于一九四九年三月赴美国,旋且在美任职。月与乃父通音问,甘旨之奉,未尝或缺。如是三年,小磬之音讯忽绝,有人自彼邦来,挈噩耗告杨家人,谓小磬实于某日触汽车死于纽约矣!杨家人不敢直告其父,恐清馨知之,必肠断死也。然清馨则日念其子,恒策杖赴江头,惘惘然盼爱子之归。自是,病益彰,历四年而终不治,易箦之际,犹闻其呼小馨归来焉!呜呼。

清馨甲午年生。二十年前,上海艺术界中集甲午同庚者八人,时行集会,时人称之为八骏。此中成员,有梅兰芳、周信芳、吴湖帆、汪亚尘诸先生,而清馨亦与焉。(自上海寄)

(香港《大公报》1957年2月11日,署名:刘郎)

深雪城南路

红自轻肥绿自匀,花开同醉太平春。为寻南郭迷云路,来访当时绝艳人。一片余温分两手,并持寸蜜度朱唇。莫惊归去胶轮重,知有离魂布玉尘。

立春后二日,上海大雾。

是夜,瞿珊夫人邀饮于城南寓所。夫人家有红绿梅数本,都于雪中盛放。二梅俱有殊色,因初放,益婉艳迷人双目。因念夫人盛年,清姿秀目,犹此花也。因记其事。

(香港《大公报》1957年2月20日,署名:刘郎)

雪　影

正是江前涨午潮,排空乱舞白蛇腰。十年海市无深雪,一路银装过大桥。林下独来何寂寞,镜中所得绝丰饶。飞琼散玉红楼外,输与牛公妙手招。

今年,上海有两次大雪,一次为一月十五日,一次为二月六日。积雪程度,两次殆相似,而为多年来上海所罕有之雪。

在大雪中,我们一班爱好摄影的朋友,临时成立了一个"雪影竞赛会"。大家分头到外滩和各公园去摄取雪景。后来评判结果,以牛之初先生一幅,登上头之选(见图)。

这一幅地点在南京路外滩,电车后面的大楼,则是当年的汇中饭店。

（香港《大公报》1957年2月21日,署名：刘郎）

"红房子"座上

言旦梅生既聚齐,苏翁谢女我相携。围炉来坐红房子,争试银叉贪蛤蜊。

人生此会愿无休,一共敦盘笑话稠。明日红儿湖上去,桃花三月扰杭州。

春节前三日,谢黛林(著名京剧坤旦筱玲红本名)将返杭州演出,我为她在"红房子"西餐馆饯行,还约了言慧珠、梅葆玥及苏堂老人作陪。

葆玥本住京华,偶与其婿回来沪上,乃得共樽酒。葆玥唱须生,但近忽有弃生为旦之意,俟部署既定,便实行矣。

席上,慧珠倡言,待春渐暖时,即以在座五人为旅行小组,偕游湖上,凡所食宿,都将叨扰黛林,众和议,黛林笑曰："我无吝；特恐你们说得到,来不了耳。"

是日,雪初霁,寒甚,而诸人皆健啖,慧珠尽蛤蜊一器,芥末牛肉一碟,凡此,皆"红房子"特餐,风味俱无逊当年。

（香港《大公报》1957年2月24日,署名：刘郎）

栖霞山下旅人家

隆隆传舍傍栖霞,此去游人好作家。昨日湖滨喧异事,弥天雪压木犀花。

十年前,西湖旅舍,以大华、西泠为最著。今则又以杭州饭店之壮丽豪华,压倒前者。

杭州饭店于春节新张。新张之日,杭州大雪,而庭前桂树,忽报着花,不仅斗风雪之严威,直欲争梅花之冷艳,谓非异事,不可得也。由此亦可见这里所植花树之繁矣。

这张照片,是杭州饭店在去年秋天新屋落成时所摄。图中公共汽车经行处为西泠桥,车左有亭,为苏小小墓。(自上海寄)

(香港《大公报》1957年2月25日,署名:刘郎)

新　　妇

红筵铺就酒尊空,新妇堂前拜阿翁。海外故人应笑我,阿翁意气尚如童。

"庭训"无多二语存,愿他儿妇一同遵。阿翁常日含饴惯,心切何曾在抱孙?

春节前二日,我的大儿子与陈女士在苏州结婚。新妇为上海外国语学院(以前的俄文专科学院)学生,今年毕业。

从此刘郎做公公矣。这个消息,如果给久客香岛的天厂先生知之,又将资为笑乐。因去年岁暮,天厂自港来沪,语予曰:"不见刘郎六七年,不意其狂纵犹昔也。"

其实,我真怕孩子结婚,因为孩子一结婚,我有孙子的可能很大。一个人没有孙子,总好像没有老,有了孙子,便逃不了老矣。因此,前几天儿子偕新妇来沪,我家备了三桌喜酒,请一下在沪的众亲百眷。在酒席上,我就对孩子说,并不希望你们就养儿子。中国人口六亿多,也不在乎我们再添几个小公民,来替国家充实人口了。

(香港《大公报》1957年3月4日,署名:刘郎)

顷　刻　花

黄花岂止傲秋霜,冰伴杜鹃雪海棠。蜂蝶者回应避我,早春不解去寻芳。

踏过春冰看牡丹,玉兰更勒数枝寒。人工定胜天工巧,顷刻花开也不难。

前两年到了春节前后,往往看到香港《大公报》上,介绍南国的春花,不禁心向往之。因为在这时候的江南,春寒犹厉,除了梅花外,什么花也没有。可是,到了今年,郊区的花农用烘植法在春节前催开了四时的花朵。

今天我去参观了上海的农业展览会。在花卉馆里,陈列了这些"顷刻花"出来。这里有数不清的四季花名。如牡丹、桃花、木桃、蜡梅、象牙红、玉兰、杜鹃、菖兰、紫藤、月季、菊花等约数十种,真是洋洋大观。

但要告诉读者诸君的:那天是元宵后二日,花卉馆门外的气温是零下四度。雪未消溶,冰犹载道。

(香港《大公报》1957年3月8日,署名:刘郎)

看俞振飞《太白醉写》

江上轰传到阖闾,争看《醉写》耀氍毹。传神除却工夫外,俞五胸中万卷书。

旋腰侧面皆成画,辨影闻声尽是诗。若使台前疏领略,况哀沉醉两无知。

南北昆曲会演中,俞振飞的《太白醉写》,为观众争夸的剧目。现会演虽过去已久,然其奕奕神采,固犹在目前也。

《醉写》的全剧,以做胜。振飞尝言,此剧最适宜于招待外宾,也因为它唱工少,而身段繁复,尽得舞蹈之美。

(香港《大公报》1957年3月10日,署名:刘郎)

[编按:诗的第一句中的"阖闾",当指代阖闾古城,即今苏州。]

迎石嫂南迁

童家小妹石家郎,郎住南方妹北方。每欲团圆空想望,遂教辛苦作鸳鸯。今朝迁调来江浦,此后温柔有定乡。电话几番催阿嫂,快将饺子飨刘郎。

石挥在上海工作,他的夫人童葆苓则在北京工作。东鹣西鹣,每苦相思。一年里,难得有几天团聚的日子。

去年,葆苓到埃及去演出了回来,石挥赶到北京去接她,但没两三天,葆苓又接到任务,重整行装,作出国之行了。

可是这样的情形,毕竟使上级起了恻隐之心,于是决定将葆苓调到上海,加入上海京剧院。

年初五那天,是葆苓抵沪后第三日,桑弧、陈鲤庭、张乐平和我替她接风,兼为石挥从此团圆而欢贺。

石挥夫妇,都是包饺子的能手。我在北方的面食中,最嗜蒸饺,所以时常打电话给葆苓,要她请我大嚼一顿。

(香港《大公报》1957年3月13日,署名:刘郎)

婉儿译作忙——眼儿媚

尽夜高楼弄笔枝,正值涌文思。乍完创作,又勤翻译,灯笑人痴。　却缘稿债重重积,忘了婉儿疲。儿郎睡稳,儿夫犹侍,替煮咖啡。

慕容婉儿近日忙于翻译,她翻的都是法文。她的中文固好,而又精通法文,这在电影演员中是少有的人才。

她白天在"上影"厂里工作,译稿之役,往往于夜间为之,那种忘我的勤劳,颇惹阿舒(舒适)怜惜。(自上海寄)

(香港《大公报》1957年3月15日,署名:刘郎)

贺袁雪芬得子

自裁宽氅掩腰肢,从此慵慵懒昼眉。往岁初春才作妇,今年二月便生儿。已闻江岸传都遍,岂止郑郎(袁夫姓郑)乐不支?料得红娘应羡煞,者回又向崔、张追。

二月中旬,越剧界第一名牌袁雪芬在上海分娩,得一雄,大喜事也。诗以为贺。

近年来,有一出搭配整齐的《西厢记》,曾轰动国内外,那就是:袁雪芬的莺莺,徐玉兰的张生,而以傅全香饰红娘焉。今者,徐于前年结婚,去年得子;而袁则于去年作嫁,今岁喜获麟儿,惟"阿香哥"的分红蛋,至今尚消息杳沉耳。

(香港《大公报》1957年3月17日,署名:刘郎)

减字木兰花

修兰剪蕙,数扇长窗绿遍;饲羽养禽,生涯恬适慕陶金。

少年英气,看来渐被中年替;过早完婚,汝亦翩翩抱外孙!

去年,本刊的上海通信里说陶金已抱了外孙。是的,陶金是做了外公了。他一做外公,就要装出外公的气派。于是在家庭生活中,栽植花草,养养笼鸟,一派老人家恬淡安居之概。

但是请您看看陶金的近影,何曾像个外公?他还是一副"小生架子"。

中年人老早抱孙子,总是一种遗憾。国内正在劝导青年人不要早婚,很早做了外公的陶金,对此殆为有一番体会。(自上海寄)

(香港《大公报》1957年3月18日,署名:刘郎)

见瑞芳近影,因怀旧游——玉楼春

灵岩山下清秋雨,返屐吴门天欲暮。小桥流水有人家,酒满欢腾声撼树。

十年遥别无寻处,同住一隅如隔雾。楼居近日怯春寒,对客挑针还笑语。

摄影家胡中法兄,近来到处为电影演员拍生活照片。有一天,他到了张瑞芳家里。一进门,看见瑞芳正坐着打自己的毛衫,立刻给她拍了一张(见图)。

说来真是好笑,瑞芳这个老朋友,我有十年没看见她了,而这几年来,又明明都住在上海。

记得十年前的一个秋天,我们冒着雨一起去逛灵岩山,在木渎吃饭,黄昏回到苏州,在金山家里吃蟹。同游有吴祖光与吕恩。现金山与瑞芳,祖光与吕恩,都已各自分手了。

(香港《大公报》1957年3月24日,署名:刘郎)

看慧珠、振飞演《贩马记》——浣溪纱

七品乌纱好宰官,廿年犹惹万人看,不辞犯夜与冲寒。 一领绣帔装尤物,阶前老犯挟余欢,柔乡乍别又团圞。

近来,言慧珠与俞振飞、陈大濩在上海演出,观者空巷,成绩之美,远胜于童芷苓一期和盖叫天一期。

在此以前,我于天蟾舞台看过一次戏,那是在上海新闻工作者新春联合会上。言、俞二人也合演了一出《贩马记》。这一天,饰李奇的是薛浩慧。薛与慧珠,结缡已逾一载,二人合作之卿儿,亦且庆周晬矣。这对夫妻是同行,而爱好甚笃,华山路上的华园,有红楼一座,百花争艳,高树扶疏,是即言薛双栖之所。

(香港《大公报》1957年3月31日,署名:刘郎)

[编按:言慧珠的首任丈夫名薛浩伟。]

驾 车 人

晴郊十里起事尘,一种风情万斛春。束发不教香雾散,鸳肤疑是粉痕匀。衣单带缓轻腰脚,绿媚红酣灿齿唇。归去莫愁艰驾驭,断魂到处护双轮。

那是上海春后最晴暖的一天。于是,龙华道上,游女如云。也第一

次看到了上海妇女最新的春装。

有一个女郎,骑着自行车,把外套搁在车子后面,身上是一条浅灰呢的长裤,绯色方格子尼龙呢的衬衣。就用这样的衣料,裁了一根带子,束在头发上。掩映风前,真有姿容绝代之美。

(香港《大公报》1957年4月2日,署名:刘郎)

溪 口 风 光

问渠犹否念亲恩?此去青青近墓门。容有九京怜远子,世间无复一人尊!

故园山水足清娱,奈汝悗悗负海隅。至竟乡亲心地厚,墓门长绿柏千株。

友人赵雨先生于三月上旬,游于四明山区。这张照片,是他拍的溪口风光。

奉化溪口的山水,为浙东风景之极。离照片上的地方不远,就是蒋介石母亲的坟墓。赵雨先生也去参观了。他说,墓侧松柏常青,光景如旧。蒋介石当初对不起他的乡亲,但我们的人民,却没有怀念旧恶。因此,他祖先坟墓既未坏削,他的兄弟族人,亦决未有丝毫诛论也。(自上海寄)

(香港《大公报》1957年4月13日,署名:刘郎)

和平饭店筵上

凌云楼上盛敦盘,与聚灯痕寄畅欢。万里行程清玉貌,中春风雪郁深寒。渐看媚晕升炉畔,时有狂言发酒端。身近故人痴不已,还如当日劝加餐。

上海的和平饭店即往年之华懋饭店,位于南京路外滩。当和平饭店开幕之日,此隆隆巨厦,落成垂三十年矣。其八楼仍设餐座,有川餐、粤菜与本地菜。

宝风楼主人自西南来,居和平饭店,余为之洗尘,既罢,又聚其旅舍为夜谈。所居为德国式房间,有壁炉,以玻璃为煤块,引电流,"煤"若熊熊自燃者,实则室中自别有水汀,壁炉特为装饰耳。

(香港《大公报》1957年4月20日,署名:刘郎)

徐玉兰弄儿图

"小弟弟,叫声王阿姨,阿姨与汝制新衣。"

"好宝宝,不要叫,给你一个娃娃抱。叫她一声好妈妈,叫我一声好爸爸。"

一个小生一个旦,台上夫妻作十载。小生今作人家妇,有时自把雌雄误。可惜怀中小观众,阿娘风趣听不懂。

上海的越剧演员徐玉兰与王文娟,是极负盛名的一双搭档。王至今犹待字闺中,而徐则于前年在沪结婚,去年且抱子矣。图为王文娟在徐家庭院中,与玉兰母子,逗为笑乐焉。

(香港《大公报》1957年4月27日,署名:刘郎)

富 春 道 上

春涨新添绿一篙,桐庐君过不知遥。挖青只爱前山秀,每把眉痕着意描。

山柔水软橹声微,春满江波酒满衣。岸上鸠啼三月暮,桃花谢后鲥鱼肥。

今年上海人游浙东富春江者甚众,则因西湖已不过瘾,于是乎远涉七里滩头了。

余不到富春已十余年,上面的两首诗是回忆旧游之乐;后面所系照片,则友人方从浙江桐庐摄取得来者,时桃花未谢,鲥鱼犹登盘也。

(香港《大公报》1957年5月5日,署名:刘郎)

靓王映霞于上海

不知余态为谁妍,汝亦匆匆入暮年。为问弦歌声歇后,《毁家》曾否怅诗笺。

盈盈犹是美风仪,责备休偏一事私!伍伶不曾兼作贼,夜台至竟谅蛾眉。

有一天,在观剧场中,我的朋友艾文指着一个烫波浪发而又抹自施朱的中年妇人,对我说:她就是郁达夫《毁家诗记》中的王映霞也。

我是不认识王映霞的,这一天把她仔细看了看:虽然是四十多岁、将近五十的人,风采仍极爽丽。艾文又说,她现在业余中学教书,教学的态度,是很认真的,若果如此,殆亦可告慰达夫于地下了。(自上海寄)

(香港《大公报》1957年5月6日,署名:刘郎)

拙政园春永图二首戏寄天笑翁香港

画上何因缀白云,眼前桃柳尽披纷。可怜暖榭风廊下,总为吴儿郁好春。

江南近日爱春涵,春到苏州便更酣。何事天涯自办老,馨儿(注)竟不返江南?

中国之园林艺术,集中表现于苏州。其结构之胜,得此图可以证之,图为拙政园之一角,虽一角,亦足以贮万斛秾春焉。

(注:馨儿,包天笑先生小名。四十年前,我在教科书上读他的《馨儿上学记》,盖包先生自传文章也。)

(香港《大公报》1957年5月7日,署名:刘郎)

相见欢:汉剧名旦陈伯华赴沪

多因久别重来,互颜开,依旧珠香玉暖好丰裁。　　天似绣,花如雨。和春偎,再与江南姊妹送春回。

四月,武汉市汉剧团来上海,领衔人为名旦陈伯华。

一九五三年,陈伯华到上海来演过几天,一出《宇宙锋》,给人以不可磨灭的印象。我因为看了她的戏,第二天特地访问了她一次。她跟我谈起来,说的是一口上海白,这才知道十年以前,她不唱戏,在上海耽过一段很长的时期。这一回,她一到上海,各剧种纷纷集会欢迎,越剧团的姊妹们,对她更表示亲爱。第一夜她演完戏,徐玉兰上台去给她献花,在台上两个人互抱互吻,久久不释。当徐玉兰走下台来时,脸上猩红点点,都是陈伯华的唇膏。

(香港《大公报》1957年5月11日,署名:刘郎)

三听《宇宙锋》

信知惟肉欺丝竹,何幸三听《宇宙锋》。今世有人修国宝,莫忘楚女好喉咙!

又听了一次陈伯华的汉剧《宇宙锋》。真是舞台上的精贵之作。人们对于陈伯华的唱,已给了她最高的评价,认为她的这条嗓子,是古往今来的奇迹。

为了爱护陈伯华的嗓子,政府派了专人当心她的起居饮食;为了爱护陈伯华的嗓子,梅兰芳在今年初春旅行汉口时,他向汉剧团的所有人员,发了一个号召,他说:"我请你们作为一个任务看待,大家来当心陈伯华的嗓子。"

这些我以为都不是过火的行动。我真想这样向政府建议,如果我们要数起国宝来的话,那末陈伯华的一条喉咙,应该列为国宝之一。(自上海寄)

(香港《大公报》1957年5月13日,署名:刘郎)

与熙春同食锦江

廿年前汝试初啼,今见还怜稍稍肥。我道熙春犹"小鸟",熙春却道已"飞机"。

识王熙春已二十年矣,近年来不常谋面。前日,天厂居士从香岛来沪,寓锦江饭店。因又见熙春于天厂之室。我问熙春年,已三十又九。我说,熙春婉娈,犹似"小鸟"(二十年前,她的绰号叫"小鸟")。熙春笑着说,老了,现在已变成"飞机"了。

前年养个女娃娃,乐煞亲娘到处夸。有客问儿娘干啥,儿能回答事哇哇。

熙春膝下有一男一女,女于前年甫育也。有人问熙春的女儿,你妈妈叫什么?孩子说,叫王熙春。又问她,王熙春做什么的?孩子便张大着嘴"哇哇"不已。她是说,她妈是唱戏的也。(自上海寄)

(香港《大公报》1957年5月17日,署名:刘郎)

媒人排队谣

鳏居谁不念飞翁,至竟空房独守中。近半年来奇迹现,骞修门外接长龙。

俞振飞先生丧偶已逾半年。在振飞骤居的时期中,上海人纷纷传说着一个奇迹:替俞振飞作伐的人,每天接踵而至,其势似排长龙。

"长龙"之说,是否夸张,不去管他,但媒人之多,踏穿了俞家的户限,却是事实。这是因为朋友们知道振飞孑然一身,不能没有一个主持中馈的人,于是热心地代他找对象;另有一部分是女方知道振飞丧妻,自动求凰,托人去向振飞表示,愿联婚媾。目下振飞对这些人的盛情,如何考虑,还不得而知。因为我已经有好几个月,没跟老友碰头,而且很对不起老友的是,我从来也没有关心过振飞的续配问题。

我为什么要说这件事是个奇迹呢?因为振飞虽然唱的是小生,但若问其本人高寿,今年却已经五十六岁了。

(香港《大公报》1957年5月20日,署名:刘郎)

过肇嘉浜林荫大道作

徐步轩眉过,堂堂路一条。未须三五载,已活万千苗。莫问名和种,定多李与桃。春深全面绿,自断一林遥。尘起车连毂,地当市接郊。更栽修竹倚,最息行人劳。稚子欢原畅,白头意愈翘。不知伤往日,何以快今朝?

上海的肇嘉浜,是从徐家汇到打浦桥的一段,原来是一条臭水浜,行人过此,往往掩鼻。

经过两年工程,不但浜填平了,还出现了一条林荫大道。春秋之日,杂花生树,我好几次都与三儿在这里经过。因成长律,盖纪实也。

(香港《大公报》1957年5月24日,署名:刘郎)

故 乡 吟

故乡何事不销魂,负郭依然三五村。此去刘郎家十里,一泓练水出东门。

故乡村舍皆傍水,老屋门楼不对山。料得当年诸姊妹,一时尽白旧云鬟。

刘郎的故乡是离上海七十华里的嘉定,即使这短短的路程,我也有二十多年没有回去了。

前两天为了不负大好春光,到故乡去了一次。但也只到了南翔,没有到嘉定,我们一面游春,一面还替春光留影。原来,我在上海的一家报社里工作,去年社里发了一个号召:凡是做编辑工作的人,必须学习摄影。当时我就置了一只"老来考"镜箱,可是买好以后,一直没有勇气试过。直到这一次才拍了一卷软片,成绩自然很糟。从短中选出长来,就把这一帧寄给《大公园》,明知将污读者之目,但为了这是八十岁

学吹打的处女镜头,我自己看看,还觉得蛮像样呢!(自上海寄)

(香港《大公报》1957年5月25日,署名:刘郎)

"蒸 柿 子"

为求"食补"每心操,红透番茄见大挑。一匙加糖成蜜酱(注),千刀塞肉作荤肴。要从菜谱添新课,长使围裙系细腰。夫自饕餮妻自巧,更多造化到儿曹。

老婆因为我身体不好,经常动足脑筋,使我增加营养,她是绝对相信"药补不如食补"这个道理的。所以每只小菜,都希望能配我胃口。昨天她做了一只叫"蒸柿子",非常别致,也很好吃。因特介绍于后:

三只大番茄,约一斤多重;买半斤猪肉(牛肉亦可),剁烂后,加一匙酱油,洒些许陈酒,撒些盐花,放大半匙糖,和肉拌匀。

然后把番茄放在开水中泡一泡,剥去皮,用力在蒂端横削开一片,用汤匙柄轻轻地在每个横剖面的洞里,用筷子夹了肉塞进去,塞满后,就在上面盖上一只香菌,好像柿子上的一个盖。

三只番茄都照样加工完毕,放在茶碗里,再在旁边放上几只虾米,剥几粒碧绿的嫩毛豆,剪些葱花,隔水蒸一刻至二十分钟即成。

(注:自制番茄酱为日常饮料。)

(香港《大公报》1957年7月19日,署名:刘郎)

黄 金 果

佳果东山号白沙,端阳过后竞吴槎。花清茶冽浑闲事,一树黄金采满怀。

东山曾看枇杷黄,夕照湖波一样光。不是瞿公成佛早,定持清果待刘郎。

上月,柯灵、桑弧二兄到洞庭东山去白相,正好山上枇杷成熟之时,他们就在那里吃了个痛快。回来后告诉我说,从苏州到东山,目下有汽车直达,不必在山上过夜,因此近来游洞庭山的人,像游灵岩、天平一样多了。但也有人贪看太湖景色,还是坐了船去的,则费时较多,不可能当天来回。

他们对东山的印象特别好,认为是江南第一风景区,因此劝我必须去一次。其实我的岳家旧籍东山,山上原有老家,可惜外舅死已多年,不然,我是会比柯灵他们更早上山的。

(题注:曾见故画家徐悲鸿先生给我朋友画过一幅枇杷,徐先生称之为黄金果。)

(香港《大公报》1957年7月20日,署名:刘郎)

为汪笑侬修墓

数尔之生一百年,生时谁识笑侬贤?要将忠爱倾家国,遂把烦忧托管弦。别派曾经亲手创,凄腔终欠后人传。即今朗朗青天下,义士坟头拂纸钱。

今年,是故名伶汪笑侬诞生一百年纪念。汪之所以受后人景仰,还不在于剧艺上的成就,而在于他是一个忠肝义胆的爱国志士也。

上海近郊真如,后人为汪笑侬营圹于此。今年又把他的坟修葺一新,还立了一块纪念他的石碑。完工之日,梨园行中人都往凭吊。

汪派戏是别成一派的,所唱大多是凄厉之腔。我没有听过汪笑侬,只在三十年前,听过唱汪派戏的恩晓峰(女角),《马前泼水》、《献地图》等戏,都是很好的腔调。但此后就没有人再唱这一派戏的了。到如今大概已经失传,实在是很可惜的事。

(香港《大公报》1957年8月1日,署名:刘郎)

送桑弧赴捷

昔有异域行,近闻复出国。去岁往苏联,今年赴捷克。昔携祥林嫂,今带梁山伯。昔者同行黄,今乃偕去白。才图半载聚,忽又遥相隔。君自得遨游,怅怅我和石(在上海,石挥、桑弧和我,晤面甚频)。一待汝归来,我欲搜行箧。不要皮鞋、酒,但求糖一盒(近年喜吃捷产糖果)。

去年八月,桑弧和黄佐临他们到莫斯科,那是因为《梁山伯与祝英台》在彼邦上映;今年七月初,他又和白杨到捷克斯洛伐克去参加国际电影节。则是因为他的新作《祝福》,又在彼邦上映。不到一年,此君两度出国,真叫我眼红极矣。

(香港《大公报》1957年8月5日,署名:刘郎)

小 红 念 旧

又闻佳唱满城传,绝此清声近十年。末世无情凌彩凤,故人都念病周璇。绕梁犹自惊三匝,把笔居然递一笺。多喜小红怀旧切,丁家重倒酒如泉。

周璇病起的消息,已传遍国内外了。她的病是在从前那个世界里扎的根,而是我们这个社会里把她救活的。

现在,周璇的歌声,从早到夜,在上海的空间荡漾着,这些且不在话下。

昨天,老画家丁悚先生打电话给我,说小红(周璇的乳名)写给他一封信,信上说她有了空,要到他家拜望丁先生和丁师母,她还要丁师母留她吃饭。

老丁高兴得不得了,对我说,她来的那天,你一定要来,我们要像二十年前一样,闹他一个通宵。

二十四年前,我认得周璇,地点便在丁府上。那时候小红还留着童式的头发,唱着"砰砰嘭嘭,砰砰嘭嘭,啊,谁在敲门?"和"吹泡泡泡泡向天升……"的黎派歌曲哩。丁府上,她是常客,现在她特地写信到丁家,一定想起了丁家老夫妻俩当年待她的恩义。

(香港《大公报》1957年8月12日,署名:刘郎)

夏兴（阳、庚浑押）

薄暮携儿去,乘凉白相(仄)相(平)。三儿掀巨浪,老父戳长枪。盘上三丸走,池中一蝶横。眼红夸弟妹,乐煞更他娘。

夏天的傍晚,我们一家人时常到"文化俱乐部"纳凉。纳凉的节目,小儿女和他们的父亲,无非是吃吃西瓜,喝喝凉饮。只有一个比较大的孩子,一去,就跳到池中游泳。

"文化俱乐部"的游泳池,是上海设备最完善的一个。蓝色的水,清澈如海。

孩子游的是"蝶泳",他在水里游；弟妹们随着父亲作壁上观。父亲看见孩子会跳水,会潜水,常常有"太夫人老怀弥慰"之感。

我则找朋友一道打弹子。那里有七八只"落袋"弹盘,三十年前是此道能手,如今,有些打不动了。但打弹子毕竟是开心的事,因念李济深先生虽高年犹乐此不疲者,良有以也。（自上海寄）

（香港《大公报》1957年9月5日,署名：刘郎）

木兰花慢：七夕记事

乘秋风一径,双骑稳,过城西。闻鬓畔云香,腮边檀腻,心醉魂移。芳菲不殊往日,却未曾见一串红肥,细雨莫辞道远,戴篷到处相携。　　园林已布十分秋,游动亦情痴,看藻绿波清,鳞光如绣,岂似冰肌？鸳鸯也伤折翼,是生灵总是惜分飞。何必先忧天上,人间常有佳期。

七夕,乘雨观中山公园"热带鱼展览会"。鱼有神仙鱼,亦有鸳鸯种。少年男女,双携过此,多脉脉而俯,此状可观,因谱《木兰花慢》以美之,隶事属辞,不自知其伤于纤丽也。（自上海寄）

（香港《大公报》1957年9月16日,署名：刘郎）

送周璇入殓

悠悠从此失香魂,各把深怜付泪痕。但使泉台衔旧恨,再难张眼沐新恩。

每一个朋友在送周璇入殓的时候,几乎都是这样互相叹息说:她过尽了坏日子,现在遇到好日子了,病又不让她过了!

周璇的饰终典礼,都是由生前好友筹划的。身上的衣服,也是经过大家设计。给她穿了深绿色的丝绒旗袍,戴上白手套,加上项珠,手里捧着一束玫瑰花。

她在几个月前,神经失常症医复以后,已经养得很胖,但得了脑炎症以后,又瘦了。

(香港《大公报》1957 年 10 月 5 日,未署名)

[编按:本篇未见于《唱江南》专栏。]

悼 周 璇

忆我识小红,问年才十六。明姿复跳荡,亲在亦殊独。幸赖长者抚,从此成名速。旋归严氏子,夫也欺之酷。后此十余年,备受诸荼毒。不但伐精神,侵凌及皮肉。待从海外归,病已长期伏。百孔千疮身,政府遇之笃。殷勤觅良医,不使伤寂寞。病深医亦深,今岁居然复。闻者喜若狂,欢声腾市屋。岂图秋乍至,病又成翻覆。新发脑炎症,终将其命夺!我自怜小红,汝生何福薄。才走光明路,命已不能赎。汝今含恨去,剩有万家哭!

我常常说周璇是红了一生,苦了一世。她从小就苦,被假父假母,看作钱树子;后来在婚姻问题上,更受到百般污辱。于是精神失常的病,在她身上,牵缠了这么许多年。

新中国关心她,爱护她,七八年来给她治病,治好了,又病了,终至不可挽救。本来明明可以苦出头的,但是她死了。不能以健康之身,再过几年幸福生涯,此所以说她竟是苦了一世也!

(香港《大公报》1957年10月9日,署名:刘郎)

赋得"水发输出"

　　青青一朵似孤云,度麝飞兰欲满身。着枕倘嫌敷未绿,把杯每助泌余春。茸茸走向风前软,细细分从指上匀。闻道妆成瀛海巧,不知所效谁家颦?

　　二三年来,每从春暖到秋深的一段时间里,上海有些妇女,往往把头发扎成一把,让发梢翘在脑后。初发现时,觉得这样梳头的方法很简便,后来又觉得这种式样也很好看,到了今年,于是流行得更为广泛了。

　　据说这个发样是香港传到上海的。但前两月桑弧、白杨自捷克斯洛伐克归来,他们谈起那里妇女的最新发样,几乎全都是这个花式,她们甚至不是比较短的一把,而是长长的一束。还听说民主德国的妇女尤其爱好这个发式。

　　因此,桑弧很怀疑这种发样可能倡自这些民主国家,但这些国家所以会发明这种式样,也可能因为近年来看见了我国京剧里的"水发"而仿行起来的,殊未可知。

(香港《大公报》1957年10月15日,署名:刘郎)

妙 点 二 咏

　　新焙松糕入蛋黄,金边红里散花香。晚年郎自贪甜食,莫向朱家乞"白汤"。

　　苏州的糕团,驰名全国。据我吃过的品种,有:糖切糕、猪油糕、黄白松糕以及定胜糕等。最近,老婆游苏归沪,告诉我今年苏州新制一种蛋黄松糕,制法仿照一般鸡蛋糕,惟鸡蛋糕的原料为面粉,蛋黄松糕则用糯米。制成后,四边是金黄的,夹心是红的,红颜色是捣烂的玫瑰花。这样色香味三美并矣。予于苏州点心,最爱朱鸿兴的白汤面,末句故云。

粗豪满口嚼鸡头,便遣江南朗朗秋。近日沧浪亭下坐,"葱开"无复解涎流。

上海淮海中路有一家沧浪亭,专卖苏州点心。秋深时节,这里有新鲜鸡头肉供应。鸡头肉加糖桂花同食,益香糯可口。予为此地常客,爱吃葱开面一碗。葱开面者,葱油开洋(虾米)面也。(自上海寄)

(香港《大公报》1957年10月17日,署名:刘郎)

石 湖 行

老桂秋来发万株,清波卅里受香铺。幽人毕竟范成大,终世倾心为石湖。

向嫌灵境惟平淡,今爱楞伽翠欲流。一片山柔兼水软,老来谁不想苏州?

石湖距苏州城西南十五里,湖上有山,曰楞伽山(俗称上方山);山上有塔,曰上方塔。每年以阴历八月十七日到此看"石湖串月",通宵达旦,尽情欢乐。今年此会尤盛,自行春桥至楞伽山顶,人流拥塞,计其数,达十五万人之众。

石湖之所以有名,缘宋田园诗人范成大曾结庐其上,范的《石湖诗集》即著于湖上。以往,外地人游苏州访山水,只到天平与灵岩,自去年十一月起,苏州市政府已修理了石湖公路,并绿化周围环境,将使石湖成为苏州最好的风景区矣。

(香港《大公报》1957年10月22日,署名:刘郎)

缅甸赵宣扬兄万里归来晤于海上

翻腾舒卷比云忙,袖得雄文第几章。一爱堂堂悬祖国,重来细细看家乡。清秋如绣江南路,赤蟹偏违酒后肠。今日交游羞对客,痴顽依旧属刘郎。

(香港《大公报》1957年11月2日,署名:刘郎)

"依旧烟笼十里堤"

鸡鸣寺老净无尘,更探胭脂井上春。十里堤边杨柳色,明年欲伴桥花新。

迢迢远路海陵春,长日台城接远宾。却笑当年诸霸业,何曾一载太平民!

近年,凡是到过南京的人,无不盛道玄武湖的风光如画。

玄武湖上的长堤,原是自古知名的。"无情最是台城路,依旧烟笼十里堤"。如今这十里堤边,固然还是垂杨万树,但明年要变了,因为如今已在长堤的柳树间,种了不可计数的桃树。一等江南三月,桃树开花,那末就会和西湖苏堤一样的桃柳争妍了。

(香港《大公报》1957年11月5日,署名:刘郎)

湖上桂花开

高秋丛桂拥轻凉,时有幽芳压酒肠。从此孤山山下路,人来不止惜寒香。

近年来,秋天游西湖的人,不论走到哪里,都闻得到桂花的浓香。从前孤山是看梅花的地方,现在这里也种着千百株桂树,在楼外楼吃饭的人,都闻到了孤山上的桂花,流芳甚烈。

布金流碧更飞青,望里坡阶是远庭。满觉陇头茶自沸,几人来坐桂花厅。

满觉陇是杭州以看桂花著名的地方。有一处山陇里,桂树与栗树成林,就在这两种树的绿柯交错的林荫下,陇上人称这里为"桂花厅"。"厅"下设座售茶,兼售桂花栗子羹。游人们一想到吃的桂花与栗子,就是这所"厅顶"上的花果时,更觉得这个环境的幽美绝伦了。(自上海寄)

(香港《大公报》1957年11月11日,署名:刘郎)

《不 夜 城》

　　要将印证述当年,顷刻扶摇顷刻颠。何似今朝争改造,剩来永世福如泉。

　　画里翩翩识姓名,廿年前此我年轻。纵横多喜柯灵笔,写出"江南"不夜城。

近来在人民文学出版社出版的《收获》双月刊上,读到柯灵写的一个电影剧本《不夜城》。

这是叙述民族资产阶级在旧社会里不同的遭遇。故事从一九三五年开始。现在上影"江南"制片厂已将它摄制为彩色故事片,目下已经开拍。

开拍的第一个镜头是资本家张耀堂的长子伯韩(孙道临饰)由英国留学返沪,他的家属到轮埠去欢迎他。正巧拍摄这个镜头的那一天,有一艘英国商轮"红烟囱"号,停靠在上海码头上,导演抓住了这个机会,去拍下了这个镜头。《不夜城》的导演是汤晓丹。

(香港《大公报》1957 年 11 月 12 日,署名:刘郎)

雪 影 词

　　若非生就铮铮骨,色相何堪朗朗清?范铸休教忘一事:柔情要似崔莺莺。

白俄罗斯苏维埃社会主义共和国的功勋艺术家谢·伊·谢略汉诺夫,是世界有名的雕塑家。前一时曾经逗留上海,替越剧名演员袁雪芬作了一个塑像,在塑像进行工作时,有人给他们拍了下面这张照片。

　　月圆月缺两茫茫,待看西厢欲断肠。雪影兰香双璧合,还添一绝俏红娘。

上月袁雪芬在上海演出了一个多月的《西厢记》。论轰动的程度,那末《西厢》且胜于《梁祝》。因为在这个戏里,不单是崔莺莺好,徐玉兰的张生、吕瑞英的红娘都是一时之选。

　　曾经有个姓张的朋友,从南京到上海,特地来看《西厢记》的。他住在亲戚家里,一来就托我买《西厢》的票子,我想了几次办法,都没有成功,过了一个月,戏演毕了,朋友也只好回去。回到南京,寄给我一首打油诗,妙得很,他写道:"待月西厢下(等了一个月《西厢》下来了),应该打耳光。妻问莺莺好? 我只怨红娘。"大概末了一句是讽刺我的,我也只好忍受了。

　　(香港《大公报》1957 年 11 月 21 日,署名:刘郎)

玄武湖夕照

　　　　台城尚负一湖平,棹尽深深儿女情。已被晚霞添薄媚,更邀明月助余清。未衰柳叶摇凉绿,欲白芦花拥暖晴。夕照在山兼在水,拖金曳紫各无声。

　　深秋的玄武湖上,柳叶还是绿的,而芦花却绽白了,一丛一丛的都有丈许来高。从钟山上吹下来的风,摇拂着芦花,隔着芦花看天上流过的白云如絮,这境界真是叫人留连忘返的。

　　到了黄昏时候,那末玄武湖却又换了一番景色。夕阳在西边下去,带着余晖,返照在玄武湖上,也返照在钟山上,这时山上和水上,都闪烁着一片紫金的颜色。我常常想,这大概是紫金山得名的由来了。(自上海寄)

　　(香港《大公报》1957 年 11 月 26 日,署名:刘郎)

朝 阳 丹 凤

　　　　绚红灿日耀秋晨,恍看东篱菊本新。可惜东篱千本菊,生香活色总输人。

　　　　不从流辈竞腰身,差喜年来笑得真。一夜水银灯泻处,望亭灿绝皓衣人。

　　秋末的一个上午,我到中山公园去看菊花展览会。中途,遇着很多时没见面的王丹凤。她里面穿一件水红色(外国红)的毛衣,外面还套着一件乳白色的短氅,也是绒线编的。在早晨的阳光下,看她,绚烂得真像凤凰一样。

我一向说王丹凤善于修饰,尤其她在衣着的调色上,最是懂得。打扮得不但美丽,而且端庄。

这几年来,她主演了好几部戏。最近正在拍《护士日记》。上月间,到沪宁路上新建的望亭发电厂工地上拍外景。她一面工作,一面还在工人队里,锻炼自己,她更加的结实起来了。(自上海寄)

(香港《大公报》1957年11月30日,署名:刘郎)

燕 雁 吟

是年北国初霜冻,忽传轻燕掠晴空。一七七公分过也,嗟叹惊呼四海同。此间南雁闻消息,向天额手复动容。南雁年来升展迟,料渠未刬凌云志。尚忆江干聚首日,并肩齐把身手试。今让姊儿高一筹,妹儿须理飞腾翅。中华儿女尽英雄,从来珍惜光辉史。

自从十一月十七日那天,我国运动员郑凤荣,打破了世界女子跳高纪录后,真是举国欢腾。很多人描写郑凤荣跳高姿势的优美如燕掠晴空,如有人作《过龙门》一词云:"竿影掠翩迁,燕蹴筝弦,轻盈真个似飞仙……"如果以郑凤荣称为北燕,那末傅雪雁可以称为南雁。

二年前上海的傅雪雁,还是我国的女子跳高冠军,但现在让郑凤荣比下去了。傅在这两年中,从未跳过一·七〇公尺的成绩,可是她没有因为郑凤荣的超前得很多而稍灰心志,她还在勤修苦练,只希望得一分成绩是一分成绩。这就是新中国运动员的品质,也是人类可爱的品质。

(香港《大公报》1957年12月2日,署名:刘郎)

栖 霞 红 树

霜风十月江南路,吹白芦花菊欲残。掠过车窗回首媚,一山老树尽流丹(在沪宁路上,车过栖霞山,可望见簇簇丹枫)。

卅年秋暮梦栖霞,但向天平觅兴怀。吴下二公疏似我,老来携杖看霜花。

上月初,上海某报上刊载一篇周瘦鹃写的游栖霞山的文章。他说,他从来没看过栖霞山的红叶。这一次到南京开会,当会议闭幕的那天,决定同程小青作栖霞之游。可惜周先生去得早了一些,满山枫树,还没有让清霜染透,有些红了,但还红得不艳。使周、程二公,认为非常抱憾。

又过了半个多月,我们一位摄影记者,特地赶到栖霞去看红叶。他回来告诉我去的正是时候,栖霞山上,竟然似火如荼了。又说,栖霞毕竟栖霞,树多而密,比之苏州的天平红叶,受看多了。

(香港《大公报》1957年12月3日,署名:刘郎)

佛 手 吟

移根原不向幽场,珍养多宜入瓦铛。已是相携经远道,定知初摘带新霜。香驯掌上难为握,辛沸炉边易暖肠。昨日裹余门外去,飘兰流麝满衣裳。

从金华回来的朋友,送给我好几只佛手,我只晓得金华是出产火腿的地方,却不知道佛手也是全国最著名的产地。

朋友还给我谈了许多关于佛手的知识。例如佛手是娇生惯养的植物,它既经不起风霜雨雪的侵凌,也经不起一点点的虫害,所以它不能生长在土地上,而必须移植在盆盎内。又如佛手以结成拳状者为上品,手指张开者为次货;皮质细洁者为上品,金华人称之为田鸡佛手,皮质粗糙而有疙瘩者为次货,称之为蛤蟆佛手。金华所产者,都是田鸡佛手。此外如佛手可以入药(对高血压有治效),也可以制酒,这些知道的人就比较多了。

金华佛手的香,也是有其特点的。我家里有人把它放在手绢里,过一天,手绢经过洗涤,及其干,而佛手留香犹在,岂非奇事。(自上

海寄)

(香港《大公报》1957年12月6日,署名:刘郎)

初冬黄浦公园作

饭余来坐得春风,十月江南不计冬。极目远帆皆悄悄,负暄游女尽融融。自怜身近梧桐壮,谁擘怀中橘柚红。衰竭疑非今世有,刘郎此日未成翁。

中午以后的外滩公园(现称黄浦公园),游人如织。所有的游人,几乎都是外滩一带机关里的工作人员,趁午休时分,到此来苏息身心者,而女人似更多于男人。

初冬,公园里的花树未凋,满畦的菊花,更向阳艳发,从一个小丘上望下去,这个公园打扮得真是五色缤纷。

一天,有一位不相识的美术家,在公园里作了一张水彩画。我们都觉得他画的好极了。把它借了来拍成照片,你一看下面这张图,立刻会认得这是上海黄浦江边上的第一座公园。虽然现在的黄浦江边上,已经有了三座公园了。(自上海寄)

(香港《大公报》1957年12月18日,署名:刘郎)

北 过 南 刘

北过与南刘,互看欲白头。声华俱早著,工力本相侔。皖上多才士,枰坛列胜流。年年逢此会,谁夺最先筹?

我国的围棋界,以北京的过惕生与上海的刘棣怀推为二杰,人称北过南刘者是也。其实这两个人都是安徽籍。安徽还有一个围棋的杰出人才,那就是这一次在全国棋赛中,曾经取胜过刘棣怀的那位黄永吉了。黄是歙县人。

本届的围棋冠军是过惕生。但此中人语,过惕生是不一定永葆头筹的,看明年,也许刘棣怀会坐坐这把交椅,此二雄之所以很难遽判高

低耳。(自上海寄)

(香港《大公报》1957年12月21日,署名:刘郎)

过花市,见晚香玉与蜡梅并放,时冬至前半月

□散尽尚流香,走过销魂十曲廊。不是幽兰羞媲比,且同丛菊斗梳□。眼中灯火帷中梦,雨下春泥月下霜(成句,好像是王次回的)。□□多情花匠巧,为渠催放蜡梅黄。

十二月初,□□的花店里,已陈列着早蜡梅了。这不希奇,希奇的是□海的花市场上□立冬后一个月,尚有晚香玉出售。

晚香玉是夏天的□,照例在中秋过后,这种花已很少出现。但今年□海的花树工人,却□它培育得一直开放到冬天,真是奇迹。

□日,购晚香玉与□□各一束,归供案头。并记以诗。

□港《大公报》19□□年12月25日,署名:刘郎)

漳　绒

□片□□□蓝天,一卷绒堆复锦缠。选得图纹镌古字,妆成娴雅接新年。□腰约略知丰貌,掩袖轻盈暖玉肩。珍惜青春亘祝告:寿绵绵更福绵绵。

入冬以后,上海南京路、淮海路上的一些绸缎商店和女子服装商店的橱窗里,都陈列着一幅幅的"漳绒"。

这种衣料的底子像毛葛,上面堆着绒织的花纹。它不是机制品,而是我国的手工艺品。这就不能不敬服我们古时工匠创造力的丰富和手法的高强了。

上海的妇女,都喜爱这种衣料。她们有的裁为短氅,镶以珠皮;有的制成旗袍,或是长袄。有一天,白杨女士在出席一个接待外宾的招待会上,也穿了一件紫红色漳绒的旗袍,花纹是许多圆圆的"福"字。也有人喜欢"寿"字漳绒的,她们不一定是老妇人,而是少艾甚至是盈盈

231

十六七的娇痴妙女。(自上海寄)

(香港《大公报》1957年12月26日,署名:刘郎)

看振飞、慧珠合作《牡丹亭》

俞五先生言二娘,登场来祭玉茗堂。要凭抚县(旧临川)空前笔,以助南昆绝世腔。君恃暮年调粉墨,予撑迷眼看衣裳。谁知长笛轻锣里,侧帽刘郎是外行。

十二月初起,上海戏曲学校的两位校长先生俞振飞和言慧珠在大众剧场合演昆剧全部《牡丹亭》。

今年,是我国的戏剧大师汤显祖逝世三百四十周年纪念。《牡丹亭》是汤氏不朽之作。戏曲学校所以特地排演这个戏,是为了纪念原作者,却不是寻常的演出。

我直到十二日晚场才看到的。对于昆曲,我是外行,顾曲无能,只好看戏。戏是做得好的。台上的言二姐,真是艳光四溅,我几乎认为,她的昆剧比皮黄戏更好。

还有值得一提的是两位校长的行头,都显得华美绝伦,乍一看是缬人双目,多看看眼睛又非常舒服。我想一定是慧珠费过心血设计出来的。大家知道,言慧珠无论在台上台下,对身上的打扮,一向以精贵出名的。(自上海寄)

(香港《大公报》1958年1月3日,署名:刘郎)

打　　猎

朝来荷铳踏轻霜,拨棘披榛过北乡。偶以晚厨供阿父,新烹兔肉满盘香。

在中学读书的儿子,常常有一些我在小时候不做的课余活动。例如现在到了冬季,他还经常锻炼游泳,这是因为上海有温水游泳池的设备。又如逢到假日,便结伴到四郊去打猎。上海的近郊,没有山林湖泊，不过在田野中猎获些野兔雉鸡而已。

行猎冬来入太湖，教儿一事莫粗疏。童年未识双栖乐，便打鸳鸯作野凫。

前两天孩子告诉我他们要旅行到太湖去打猎。太湖里有的是野鸭，这东西上海的野味店都有出售，实在并不好吃。孩子志不在口腹，特欲在碧波万顷中，试打几下飞靶为乐事耳。（自上海寄）

（香港《大公报》1958年1月6日，署名：刘郎）

绿 色 长 廊

南桥将起绿云衢，直目江头接海隅。摇紫曳红明琥珀，飞青沉碧拟珍珠。篷开时逐香风转，衣润多教蜜露敷。安得延伸三百里，苍苍一望到西湖。

一年多以前，有个住在南桥的朋友到上海来谈起，那里的几个农业社，要计划从闵行到海盐的一段公路上，架起一座长长的葡萄棚来，让汽车就在棚下通行。这样不但绿化了公路，也使农业社添了一种副业生产。

这个计划，后来如何实行，没有再打听下去。可这是个多么美好的设计！不但希望它早些实现，还希望这个公路上的葡萄棚，能够从上海一直架到杭州，修成一条二百多公里的绿色长廊，成为祖国锦绣山河中一个突出的景致。

（香港《大公报》1958年4月23日，署名：刘郎）

不 误 少 年 头

穿云只翼一时收，从此行人喜豁眸。"丹凤"腾空终着地，"单包"塌饼慢加油。今看风气徐移转，难得技工贡好谋。惜取青春为正用，不教误尽少年头。

上海经过全市整风以后，社会上涌现的新气象真是举不胜举。

以服务性行业的理发一行来说,通过整改,绝大多数的理发师在认识上都有了提高,他们一致倡议,从此拒绝为某些青年梳理那种恶形恶状的"阿飞头"。

"阿飞头"的存在,原是一种社会风气上的不健康现象,正派一点的人,看了就觉得厌恶。事实上这些梳"阿飞头"的人,确都是比较落后的青年。上海的理发师不愿媚俗,这个倡议,赢得了一市人的彩声。

这首诗里的"丹凤"头和"单包"头都是"阿飞头"的异名,"单包"又有人丑其名为"葱油饼头",也可见大家对这种发型的憎恶之极了。
(自上海寄)

(香港《大公报》1958年5月15日,署名:刘郎)

香 花 布

不须白映复朱施,玫瑰、龙涎淡淡吹。一袭连衫裙十尺,满身香雾近人时。

好似宵来历历闻,衾边兰麝自成云。若教花布前朝有,安用芸香着意熏。

上海国营第二印染厂,创制了一种香花布,这布有八种花的香味,但人家最爱闻的是一种龙涎香和玫瑰香的花布。

香花布经水而香气不减,自有事实为证。在五一节那天,该厂把香花布也列入游行队伍中。这天上海大雨,到了中午,香花布已经给雨水淋透,但它经过的地方,依然香气袭人,无意中让香花布向上海人作了个有力的考验。

(香港《大公报》1958年5月22日,署名:刘郎)

孙梅英产子

人皆节育汝偏生,此本恒常少妇情。生女如娘工猛扑,养儿似父擅承迎。有劳远友联翩至,错过长征挽袖行。连日床头听捷报,雄心一片渡苏京。

二月以前,我国的乒乓名手孙梅英在上海生了一个女儿,这是她同姜永宁结婚后生的第一个孩子。现在她还在产假中。

当她生产后没几天,正好匈牙利的国家乒乓队访问上海。匈队的女队员莫沙奇和克雷克斯二人都是孙梅英的老朋友(在斯德哥尔摩打过世界乒乓锦标赛),所以她们到了上海,听说梅英在医院里生产,去作了友谊的访候。

也因为孙梅英在产期中,五月间在莫斯科举行的世界乒乓赛,她没有能跟王传耀、丘钟惠同去参加。

(香港《大公报》1958年6月13日,署名:刘郎)

人民公园渡水示儿子二绝

游园竞放木兰舟,海市群儿逐上流。"国际"直追"博物馆",更无人说"石牌楼"。

水曲林深桨亦柔,落花时溅渡人头。风波只是前朝事,早与鞭丝帽影收。

上海的人民公园开浚了一条环园河,是老早的事了;如今又把这条河放宽了很多,于是在河里可以划船。

划船的人,都喜欢竞赛,他们把园外的建筑物,作为竞渡的目标,如国际饭店、上海博物馆、工人文化宫等。而再也听不到从前"跑马厅"时代的"石牌头"三个字了。因为昔日上海赛马,过了"石牌头",便离终点不远,领先的马,就在这里拼命直前了。

前两天,我陪孩子们去划船,在船上,跟他们谈了当年跑马厅的故事,他们都不相信,几乎笑我在说谎。(自上海寄)

(香港《大公报》1958年6月20日,署名:刘郎)

张君秋上银幕

渐创声腔特地清,银灯初照望江亭。仁慈一念锄衙内(注),文笔千秋传汉卿。雄旦视君惊绝代,连宵累我顾倾城。便留长卷从今日,既福苍生又后生。

我有这样一个感觉:这几年来的张君秋越看越好了。原因是他的唱,自己创造了很多新腔,那些新腔似险实稳,初听时有点吃惊,听完了还是非常舒服。他的扮相比从前更加华美。从前他比较瘦,现在则丰满了。我曾经想过,一个唱花旦的男人,最好的时代,应该像君秋这样的年纪,无论身体嗓音,都是最充实的时候。梅兰芳、程砚秋、荀慧生他们的极盛时期,也都在四十岁左右。

四月间,张君秋在上海,同裘盛戎、马连良、谭富英唱了一期。接着他就在上海拍《望江亭》电影,这是关汉卿的著作,拍这部戏当然是为了纪念作者,但我以为趁君秋盛年,给他在胶片上纪录一部分的艺术,也是很好的机会。

(注:杨衙内是《望江亭》剧中一个歹徒的名字,为谭记儿(张君秋饰)所戏。)

(香港《大公报》1958年6月29日,署名:刘郎)

打麦场上望宗英

五月南风满陇黄,凤凰山外麦收忙。自为农妇春连夏,渐结朋情豕与羊。生活必然丰演技,勤劳都是好文章。有人仓卒银灯畔,卸却花翎便下乡。

有个朋友凭吊文天祥,去温州瞻仰江心寺。到了那边,听说黄宗英在凤凰山下从事农业劳动,便去探望与她。

正是小麦丰收的时节,他看见宗英正在打麦场上,收拾那满地的金粟。宗英的个性就是喜欢硬干的,她在农村里,并不拣轻便的工作做,农妇可以胜任的,她无一不来。从这里也可以知道,我们这位可爱的演员,现在不但体力增强,也已经真正感到劳动的可贵和乐趣了。

我又听说,赵丹目下正在拍历史片《林则徐》中的林则徐,他拍完戏,要去看望宗英,也希望跟宗英一起,在农村劳动锻炼。

(香港《大公报》1958年7月1日,署名:刘郎)

"踏 街 唱"

六月八日是上海宣传总路线最高潮的一天,从天亮到天黑,遍地歌声,全市都在沸腾中。上街宣传的总计有五十万人,无论电影演员、各个剧种的演员几乎全部出动。每一部公共车辆上都有说唱的人,热闹的情形,无法形容,如果我要把一天的情况,统统写出来,那末二万首"唱江南"也唱不完的。现在只唱两首,只是高潮里的一朵浪花而已。

门外铜狮亦豁眸,弦歌欲沸浦江头。英台对着梁兄唱:"我趁飞机赶老牛。"

以世界知名的梁山伯与祝英台(袁雪芬、范瑞娟)为首的一支宣传队,在黄浦江边演唱,她们的据点正好是从前汇丰银行大楼外面的一片绿化地带上。她们唱到我国工业用不着十五年时间就可以赶上英国的时候,听的人一面看看汇丰大楼外面的两只铜狮子,便感到特别有意会,也格外兴奋。

秦怡金焰踏街行,快板相声杨柳青。不唱相思郎呀曲,教人"力向上游争"。

老金同秦怡是以"夫妻档"上街的。秦怡唱时,老金替她拉胡琴。下面这张照片,是早一天他们在玫瑰别墅寓所里练歌的时候,记者给他们照下来的。

诗里的"力向上游争",是我国社会主义建设总路线的主要口号"鼓足干劲,力争上游,多快好省地建设社会主义"里的一句。

(香港《大公报》1958年7月3日,署名:刘郎)

杨菊苹演《白毛女》

忽自江干见喜儿,大桥瞻礼欠追随。白毛赖有红颜托,青眼还如旧日垂。属望应嗟爷死早,所称莫笑我何私。今来重把唐家酒,亲为杨家倒满卮。

杨菊苹是故名旦小杨月楼的女儿,我和她两世相交,可是已十多年未见了。

去年我在汉口,她在石家庄,这一回武汉京剧团到上海,才又看了她几次戏。

她的嗓子又甜又润,极之动人,问她的年纪,四十左右,孩子都生了十来个了。

武汉京剧团在上海排了两个现代剧——《白毛女》与《万里长征》。在《白毛女》里,菊苹演的是喜儿(即白毛女),我看了,好!从这里,可以见得我们的旧艺人大胆尝试、大胆创新的精神是值得钦佩的。

(香港《大公报》1958年7月7日,署名:刘郎)

在上海听粤剧清唱

昨日行歌到海陬,歌成《出塞》也消愁。自渠一别春江后,至竟春江赶上游。

粤讴百曲听清酣,重译无烦韵自谙。归去岭南歌祖国,莫忘刻意唱江南。

广州市粤剧团旅行全国,九月初,到了上海。上海人听说,马师曾、红线女都来了,坚决要求他们在上海演出。他们却不过这番情谊,全体团员答应在虹口的群众剧场清唱,一连唱了四个夜场,夜夜满堂。

我的第一首诗是为红线女写的。我去的那一夜,红线女唱的是《昭君出塞》。她离开上海已经二年了。

第二首写的是一位丑角演员王中王,他唱的一只曲子很妙,是现成编起来的。因为他到上海的第二天,在虹口一家广东食品店里进餐,那店家把他招待得似亲人一般,他感动了,便编了这只曲子,来歌颂那家商店的优良的服务态度。

(香港《大公报》1958年9月15日,署名:刘郎)

歌声是吼声

是夜歌声替吼声,声声地动复天惊。年来深受和平福,敢为和平抵死争。

横眉一怒喝西方,四座闻歌怒更狂。长使豺狼心胆堕,炮灰飞满白宫墙。

八月里的一天,上海有很多电影演员向群众作反侵略宣传。他们有的下农村,有的下工厂,有的下部队。有化装表演,也有便装说唱。

有一个歌唱小队,它的成员是:(见图自右至左)王丹凤、张瑞芳、上官云珠和汪漪。这个小队到工厂去演唱,工人们不但欢迎她们,而且听了唱,都深受感动。工人们表示,要跟这群侵略成性的野兽斗争到底,拼一个它死我活。

这张照片,是她们在出发前练歌时候拍的。

(香港《大公报》1958年9月24日,署名:刘郎)

一城子弟尽成兵

闻儿射击练初成,肩上枪枝日就轻。欲以一丸子弹发,赢将数具寇尸横。扫清吾土无残敌,擒住元凶付极刑。知否满城佳子弟,明朝受命尽精兵。

在高中读书的孩子,每天,天还没亮就出去打靶了。到现在已经超过了"普通射击手"的成绩。

不单是我的孩子,是全市的青年,都在这样做。他们的豪言壮语是一致的:"祖国一声召唤,拿起枪来就走!"

痛击侵略我们的强盗,解放台湾,这就是他要拿起枪来就走的准备。

(香港《大公报》1958年9月29日,署名:刘郎)

尊姥姥

里中有姥姥,幼子从军早,今在最前方,英勇当炮手。书来语老娘,敌向国门扰,愿娘毋念儿,愿娘常温饱。寇势任凶顽,誓把妖氛扫。姥姥读完书,只是扬眉笑,且笑且濡毫,俯首为行草。快意报儿郎,莫道娘年耄,昨行十里程,示威向贼告:贼若敢来侵,我必砸其脑。儿在前边收,娘在后边绕,同捏一条绳,合力将贼绞。

在我住的一条弄堂里,有一位老太太,是烈军属。她的大儿子已经在解放战争中牺牲了,上海解放不久,她的小儿子也从了军,现在在福建前方。

美帝国主义嗾使蒋介石匪帮造成的战争威胁,激起了他们母子俩的国恨家仇。老太太在写给儿子的信上说得好:我同你捏的是绞杀帝国主义的一根绳子,你只管英勇杀敌,如果强盗到我面前,我也会跟他拼命的。

有这样豪迈的母亲,自然有英雄的儿子。(九月二十日自上海寄)

(香港《大公报》1958年10月8日,署名:刘郎)

周信芳先生自蜀归沪

远游经岁漫言劳,万里归来气更豪。入蜀何曾惊道险,吟诗犹自记魂销(注)。卅年绝唱刑书宋,直口僭称相国萧。尚有过人腰脚健,时因田事话丰饶。

信芳先生出门将近一年,经历了七个省,在各地都登台公演。还在有些地方,视察了农村,与农民一道作过田间劳动。

最后他到了重庆和成都。四川人对麒派最欣赏的两出戏是《四进士》与《萧何月下追韩信》。听说信芳在那边的时候,蜀中人都学宋士杰的唱腔:"三杯酒下咽喉,大事误了",与萧相国的:"好一个,聪明小韩信……"真是街头巷尾,随处都闻。

(注:陆放翁作《剑门》诗云:"衣上征尘杂酒痕,远游无处不销魂……"信芳平时,对放翁诗最为喜爱。)

(香港《大公报》1958年10月23日,署名:刘郎)

儿童游泳场所见

短短长长十岁才,一班刚去一班来。欲游唶唶惊心叫,得傍嘻嘻笑口开。此日踏波轻浪作,明年跳板倒葱栽。辛勤培育非无意,成就飞潜尽将才。

今年夏天,上海有好几个游泳池,都添设了儿童场。据统计,两个月来,各游泳池一共招待了十多万个儿童,在碧波中度过炎夏。

此外,还有专门为了儿童开设的游泳训练班。凡六七岁以上十四岁以下的孩子,都可由他们的学校保送进去,不收学费。进了训练班,就由辅导员负责训练,一般学习八次到十次,孩子们就能游十多公尺了。

下面这张照片上,都是第一次下水受训练的孩子,也是我第一次到虹口游泳池去看到的情景。

(香港《大公报》1958年10月24日,署名:刘郎)

九月吴门闲客少

灿灿钢花开不已,红红铁水看长流。高炉处处多于塔,谁谓吴侬似水柔?

上海正在发动全民炼钢。但苏州却早于二三月前已经实行。郊区、市区的大街小巷乃至人家的庭院里,筑起了无数小高炉,为了今年国家要产一○七○万吨钢而营营不息。苏州人一向以软绵绵出名,所谓"吴侬还比水般柔"。但是谁会相信现在的每个苏州人,都会在和钢铁打交道呢?目前的形势,就是要我们一切反常,某些社会里的人所不可理解的,也正在此。

倾城士女懒梳头,朝暮群为"元帅"谋。九月吴门闲客少,弄孙愧煞一妪妪。

目下,苏州每一个妇女,都在忙。忙着让钢铁元帅升坐宝帐。我的老婆于九月三十日赴苏,因为十月二日是孙女儿周岁之期,她赶去祝贺。不料一到苏州,看见亲家母和儿媳都在高炉边工作,忙得不亦乐乎,她才感到自己的好整以暇,一个难为情,搭着二日的夜车回上海来了。

(香港《大公报》1958年10月31日,署名:刘郎)

看 电 视

今宵散作数家春,楼阁明年许独陈。林下兼娱玩月客,茗边还送候车人。难言归去群儿乐,先睹平生一物新。猛忆西方路上苦,万民觳觫看瘟神!

我国自建的电视台,今年以北京首先广播,接下来是上海。上海是从十月一日开始有的。

目前,上海的公园、工人文化宫、各区工人俱乐部都有电视设备。前天,在上海车站的候车室里,也装置了一架,以娱旅客。

我工作的地方,因为是文教机关,所以也有电视。晚上,同事们都带着家属同来观赏,这两天,我也带孩子们去看了,他们在电视里看到了周小燕唱歌,孙道临朗诵,尹桂芳越剧,还有杂技、舞蹈,他们高兴极了。在回家的路上,忽然想到帝国主义国家的人民,连看电视也要被迫着瞻仰他们的总统先生叫嚣战争的嘴脸。他们是多么倒运,我们是多么幸福。

(香港《大公报》1958年11月2日,署名:刘郎)

游秋郊,息于桂林公园

棉花一望连云白,稻穗千畦积地黄。郊外秋光瞒不住,时烦丛桂送幽芳。

丛桂重违廿五年,当时草木亦腥膻。自从照耀阳光后,魅窟于今变洞天。

上海郊区,一片丰收景象。

桂林公园在漕河泾。这里有桂树八十余株,秋已晚,流香尤烈。这个公园不同于其他公园者,它的结构,富于民族形式,宛如苏州的园林格局。二十五年前,此园尚是新筑,我到过一次,那时也盛开着桂花,但那时候的园主人,是一个上海闻名的恶霸,所以经常盘踞在园中的也都是些牛鬼蛇神。到去年,我们的政府才把它整顿一新,辟为郊区农民的一个公园。因为它位于桂林路上,故称之为桂林公园。

(香港《大公报》1958年11月3日,署名:刘郎)

思佳客:游南园后又至龙华寺

浦上时张远近帆,江南九月竞春衫。秋容或似腮光腻,天色还同缎面蓝。　艰步履,唤扶搀,欲凭何处有墙岩。佛边借个蒲团坐,却笑儿家礼数严。

上海靠近黄浦江的公园,除了旧有的外滩公园(现称黄浦公园)外,近年又修建了两所,一为浦东的陆家嘴公园,一为龙华路上的南园。

南园已有花树扶疏之胜,而晚桂流香尤烈。游罢南园,更赴龙华公园,这两个公园,都有可供弄桨的池沼。近年来上海划船的地方多了,不比以前要我一个放棹乎中流的去处,几乎绝无仅有。龙华公园的隔壁是龙华寺,想不到游庙的人比游园的人更多,故亦在大殿上稍坐片刻。就所见,制小调记此行之乐。

(香港《大公报》1958年11月5日,署名:刘郎)

秋夜重过克莱门公寓时蓼花盛放

高花开甚欲忘疲,望里妖红眼自迷。常是我来微雨后,定知人在晚廊西。似凝若曳千枝露,亦滑还香一院泥。咻问无方惟踟蹰,帷光时接火光低。

(香港《大公报》1959年6月14日,署名:唐云旌)

[编按:本篇非《唱江南》专栏,原载1950年10月22日《亦报》。个别字眼有改,如"自"原作"复","惟"原作"唯"。]

重题凤端红叶图

一九四七年,与凤端看天平山红叶后,凤端遂有远行,写一树红枫惠贻,自题句云:"分叶画成离绪涌,忽教此树断人肠。"按天平山乡民称枫叶亦为分叶,是前此所未知也。

朝来万树得新霜,一座喁喁话夕阳。欲摘还添腮上晕,试簪定遗鬓边香。谁将枫叶呼分叶?直把柔肠拟断肠。但愿故人犹是艳,休因临老敛红光。

(香港《大公报》1959年9月20日,署名:定依)

[编按:本篇非《唱江南》专栏。]

吴温如挽诗

犹记前年一盏同,夫人言笑自豪雄。曾因好戏夸其女,是甚沉疴损汝躬。才遇时清担负减,猝传岁暮信音凶!无情只谴天和地,忍使斯人匆匆终。

一九五九年十二月初,京剧名坤旦吴素秋在北京报纸上为其母吴温如发讣。

吴温如这位老太太既雄爽,也很风趣。自己也能唱戏,但不登台。

当初她常跟素秋闯荡江湖,事务上的折冲都由她担任,她刚里有柔,柔里有刚,人家都说她很能干。

一九五六年我在北京时,曾经找过她,她很高兴,对我说,现在什么事都可以不管,安闲得很。那时候,素秋在上演一出现代戏,温如对现代戏抱着拥护的态度,她认为好,要我们去看看她女儿的戏。

她五十多岁的人,但一点看不出衰老的景象。噩耗传来,真是突然的事,我非常可惜这位老友的早谢。

(香港《大公报》1960年1月16日,署名:高唐)

[编按:本篇非《唱江南》专栏。]

唱江南（1960.2—1963.12）

冻　柿

　　冰梨雪藕早调将,腊月登场柿带霜。漫眼红腾新妇颊,沾牙凉到可儿肠。原从冷布窗外挂,今向明瓷盏底尝。报道炉边茶正沸,拥杯互笑舌犹僵。

　　春日虽临,冬寒未逝,上海人家都在围炉食柿。这是一种冻柿,也是往年从未有过的水果。其实它就是杭州的铜盆柿子,当秋天成熟后,把它放在冰窖里。现在拿来上市,成为一样新鲜的品种。

　　冻柿买来的时候,上面还裹着一重浓霜,用温开水洗却,揭去盖,以汤匙舀取柿瓤,冷得很,也好吃得很。

　　在上海吃到冻柿,不由会联想起在北京吃的冰柿子。北方天冷,把柿子放在窗外,经过冰冻,坚如铁块。食时,冰柿放冷水中,过一会,便有冰层解脱下来,将冰层剥去,再放水中,又有冰层浮起,如是者数次,直到冰冻尽去,就是一只酡红甜糯的大柿子,味美如初摘时无异。

（香港《大公报》1960年2月4日,署名:刘郎）

新春觏言慧珠于上海

　　帘外亭亭似玉柯,廿年声貌耀氍毹。梅翁绝艺都传汝,欧老精言复沃渠。胜蹈何愁春欲暮,南归方值岁将晡。知君来自银灯下,婢子风情世上无。

　　一九五八年言慧珠到欧洲去访问了七个国家;一九五九年她又出

了一次远门,在内蒙古演出了一个多月,回到北京又耽得很久。

梅兰芳与俞振飞合作的彩色影片《游园惊梦》,她也参加工作,在戏里她饰演春香一角。

在农历除夕前三日,北京有一件盛事,那就是言慧珠拜在欧阳予倩先生门下。在举行仪式的时候,马少波先生还即席赠诗,诗里提到当年"南欧北梅"的话。据我看,将来慧珠在艺术理论上以及政治思想上,都会从欧阳老师那里得到很多收获的。

她在拜师后一日,便乘车南返。

(香港《大公报》1960年2月22日,署名:刘郎)

过 徐 光 启 墓

直垂遗爱到行人,绝学年来得继伸。红瓦如鳞旋古塔,绿云似幔葬名臣。冬初三麦离离秀,书上嘉言往往真。日就康强看故国,公居地下亦知春。

上海有个地方叫徐家汇,是明朝徐光启的诞生地。徐在当时既是一代名臣,也是一位成就极高的科学家。无论农业、水利、天文、历法和数学几无不精通。他的著述宏富,《农政全书》尤为世人所熟知。他死了已经三百二十余年,葬在徐家汇附近。那里现在还有一条光启路,不过墓园的大门则在南丹路上。

徐墓在光绪年间曾经整修过一次,以后一直任其败毁,在国民党反动派统治时期,这里只是野草荒烟,萧条万状,所谓坟,不过剩一堆土丘而已。直到上海解放后,人民政府数度整修,一九五六年一次工程最大,此后更年年植树,年年种花,美化墓园的环境。

去年初冬的一日,因游龙华,顺道瞻仰了这位先贤的坟墓,闳丽壮观,非复当年面目。墓园中不但树木葱茏,还环着一泓溪水,清澈见底。看了那些牌坊、石人、石马,知道这里是墓园,但看了数不清的苍松翠柏,和高大的葡萄架、四时盛放的花朵,则这里又是一个公园。

(香港《大公报》1960年2月23日,署名:刘郎)

题银心弄子图

　　已见英台弄子图,银心此日却将雏。听来初试啼声里,亦有清腔似母无?

　　襁褓绵绵入抱来,娘儿一样美丰裁。当今娘是英雄将,异日儿郎定异才。

一、二月前,《大公园》登过一篇《越女弄儿图》的上海来稿,还附有了一张照片。照片上:祝英台(袁雪芬)在逗弄她的儿子,坐在她旁边的还有很多越剧演员,里面也有饰演银心的吕瑞英。

不久前,这位银心,自己也赋添丁之喜。从此,又多了一个弄儿的越女了。

吕瑞英在艺术上,是青年演员中成就最高的一个,在政治上,是建设社会主义的积极分子,去年出席过在北京召开的群英会。近年来,她在上海上演的戏,几乎无不轰动。《二堂放子》、《穆桂英挂帅》、《打金枝》都是她的杰作;鄙人最欣赏她的是《箍桶记》。吕瑞英饰演一个乡土气非常浓郁的九斤姑娘,在台上那种活色生香的神韵,令人百看不厌。

(香港《大公报》1960年4月6日,署名:刘郎)

送刘十一就业

　　情怯心雄虑转痴,材原可用莫嫌迟。卅年微惜家风歇,赖汝今朝又继持(我的祖父、叔祖母和一个叔叔都是教师)。

　　年来都未唱家私,唱到家私乐不支。谁信江南刘十一,却辞厨下为人师。

我妇在解放后曾进初中补习过二年(一九五四—五五),自后又家居。至今年,响应政府号召,进上海第一师范附设的师资训练班学习。到目前,已入实习阶段,每天跟班上课,直至暑假前结束,从此,将接受分配,为人民教师,担起为祖国培养下一代的重任来矣。

上海的家庭妇女纷纷走上工作岗位,刘十一已是较晚的一个了。当听见训练班派她去实习,这就是肯定她有教书能力的了,她这一天的兴奋和激动是不可言喻的。她体味到这是自己生命史的一大转折点。生在不平凡的时代,每个人都有不平凡的变迁,做过二十年家庭妇女的人,也不例外。

(注:我妇秀水人,为刘家第十一女。)

(香港《大公报》1960年4月8日,署名:刘郎)

古猗园杂诗

故乡何事入吟边,闻道名园旧貌全。犹是及门争指点,香光额笔大于椽。

我的家乡没有什么供人留连的名胜古迹,有之,南翔的几个园林而已。南翔的园林中以古猗园存年最久。但近三十年来,因为无人修葺,不但荒芜,几至湮没。解放后政府才大力为之修复。报纸上也一再介绍了这个园林有必须保存的价值。

一进园门,是一座有名的楠木厅,厅上"古猗园"三个大字的匾额,出书家董其昌(香光)手笔。

依垣惆怅觅灵筼,直节无奇外相方。切齿更多伤故物,贼边争作炊薪戕!

小时候游古猗园,看见过一种名种的竹枝——方竹。但现在没有了。这是当年日寇盘踞我家乡的时候,被他们砍伐的。我们的政府打听得昆明还有这种竹种,已经派人去移根插种期复旧观,一片苦心,使人感动。

(香港《大公报》1960年4月30日,署名:刘郎)

浴佛节竹枝词

　　古寺门前看古泉,参天龙眼自森然。春城依旧存风俗,庙会于今八十年。

　　农历四月初八日,相传为浴佛节。上海静安古寺,例有庙会,各类商品都到这里来设摊出售。这一种古代赶集之风,在上海繁华的城市里,已经流传了八十年了。

　　时装棚下看鸿翔,缯帛选寻协大祥。何处永安摊在摆?女鞋争试到蓝棠。

　　今年的情况,更加热闹,从初七到十一的五天里,静安寺一带人山人海。连几家著名的商店像永安公司、协大祥棉布庄、鸿翔时装公司以及精制女式皮鞋的蓝棠,也到这里架起席棚,设起摊头来了。

　　花光历乱映腮红,"买啥"殷勤有笑容。去岁侬来犹是客,而今转作"店家东"。

　　许多摊头上的女售货员,都是近几个月来走上工作岗位的里弄妇女。她们工作时笑口常开。这种笑,对顾客是和气,对她自己来说,竟是骄傲;她们已为社会服务,不再是家庭的奴隶了。

（香港《大公报》1960年5月25日,署名:刘郎）

淮海路杂诗

　　轻车驰去绝尘沙,绿树森森映红花。不是初经春雨洗,定时箕帚动千家。

　　淮海路(旧霞飞路)是上海卫生工作的做得最好的一条马路。不论什么时候,你走在这条路上,非但看不见一丝痰迹,一张纸片,一个烟蒂,就连阶石缝里的泥土,也不会找得到一粒。

　　"长春"花气袭衣巾,广玉兰香若可闻。颇惜俞娘疏把笔,不然写煞倚楼人。

从国泰大戏院到上海电影局一段,更似一尘不染的琉璃世界。这里的长春花店,因为橱窗玻璃擦得分外明澈,店里的诸色花光,直射街心。曾经给《大公园》写过许多"主妇手记"的俞丽谛女士,住在"长春"隔壁,她,早已做了厂校教师,忙着给工人教几何代数。不然,定会写尽楼前景色,告诉香岛读者的。

(香港《大公报》1960年5月28日,署名:刘郎)

看李玉茹演《红梅阁》后

直睨佞臣剑一支,座中有客泪如丝。蛾眉诅咒成千古,只在牙根欲碎时。

今年春节后,李玉茹在上海唱红了一出《红梅阁》。这出剧的剧本改编好了,而李玉茹扮演的那个李慧娘,刻画得既那么合乎情理,形象又那么美丽动人。当贾似道暴力的剑,穿透她的胸膛时,她挣扎着,以最后的气力,咬牙切齿喊着:"贾似道……"这时,台下的观众自然地跟着她咬牙切齿起来,心里也在跟她喊着:"贾似道……"

归来魂魄也生香,犹是红梅照晚妆。信有人天王义在,可怜此爱自堂堂。

自然,更好的一场戏,还在裴生被骗入府后,性命危在旦夕,慧娘的鬼魂来救他。当裴生"清冷冷,凄凉凉,独对孤灯悄难言"的时候,慧娘来到了人间;窗前的红梅"依然似我生前样",而自己则是"清风相送会裴郎"了。这情景是多么的悲切,多么的激动人心。

在这个戏里,李慧娘的鬼魂有变脸、喷火等特技,左面的照片,是在李玉茹表演喷火时拍摄的。(《红梅阁》剧照略)

(香港《大公报》1960年6月7日,署名:刘郎)

[编按:《李玉茹演出剧本选集》里的戏词为:"清幽幽凄凉凉,独对孤灯暗情伤。""依然还我生前样,清风相送救裴郎。"出自《红梅阁》第四场"夜访"。]

张美娟赴穗演出,载誉归来,诗以赠之

惊才能惹万人看,瀛海年年自往还。怒甚排风炫火棍,水漫白氏上金山。已将出手夸身手,惟是朱颜绝世颜。行遍天涯谁可拟,云南向遇鹳鹳关(注)。

张美娟是十年来上海京剧舞台上崛起的刀马旦人才。我看过她两出戏,一出《杨排风》,一出《金山寺》。好,好到比老一辈的方连元,中一辈的阎世善,并无逊色,或且过之。

上海的京剧演员,到国外演出次数最多的张美娟是一个。一九五八年,俞振飞的欧洲之行,张也去了,她的武旦戏,替这个剧团,争得了很多光彩。

(注:云南京剧团有个关鹳鹳,也以"打出手"闻名海内。)

(香港《大公报》1960 年 7 月 29 日,署名:刘郎)

好"外 婆"

雨欲来时晾已收,还防西晒下帘钩。人家事事关怀到,只管安心在外头。

补补缝缝不厌多,汤汤水水替张罗。离家主妇齐声赞:体贴真同好"外婆"。

上海的家庭妇女,纷纷走上了工作岗位,放下来的家务事,就由里弄的服务组承担起来。服务组对人家的关心,真是无微不至。比如说,她们看见天上起了乌云,立刻想到晾在外面的衣被,不要叫大雨淋湿,就赶到各家的晒台上去抢收下来;下午,烈日蒸人,她们又怕西晒晒坏了家具,便挨家挨户去放下西窗的帘子。至于衣服袜子上有了洞,她们会替你补好,下班回家,热水都替你泡好。总之,她们必须做到,使在外头工作的妇女,一点都没有后顾之忧。事实也是如此,工作的妇女们,衷心地感激里弄服务组,她们称赞组员,都像自己

家里的好外婆。

(香港《大公报》1960年8月5日,署名:刘郎)

江南农村杂诗

豇豆棚连豇豆棚,棚深行密得阴凉。昨从豇豆棚前过,一地都栽苋菜秧。

今年夏天,上海郊区的人民公社在插种蔬菜上,都变换了一些方式。因为苋菜最怕高温,它的幼苗,一碰着烈日的蒸炙,就会枯死。于是农民们将它移植在豇豆棚下,豇豆是不畏骄阳的,又生得枝繁叶茂,既使苋菜抗御了高温,又让它在一片本来是闲弃了的土地上生长起来,使上海市民不断地吃到这种佳蔬。

青青矮矮辣椒丛,自泌辛香辟害虫。多喜农家高主意,借他余烈护新菘。

在夏天,种鸡毛菜(菘菜)也是一件难事。它既怕干热,又怕虫害,往往不等它长大,叶子上已被虫子蛀蚀了很多洞眼。因此农民们想的方法更妙,把它插种在辣椒林下。辣椒虽然并不高大,但鸡毛菜种在它的下面,多少也能受到荫覆;而最大的好处,那些贪叶的害虫,非但不敢碰辣椒,连种在辣椒旁边的植物,害虫也不敢染指。于是,鸡毛菜更安然成活了。我这个长久住在上海城市的人,看见这情形,不能不感激人民公社的社员们,为支援我们的副食品而所用的一番苦心劳意。

(香港《大公报》1960年8月8日,署名:刘郎)

禾　田

碧浪时从眼底腾,嘉禾数遍过前町。绚同秋晚葡萄粒,灿若金描孔雀翎。三穗能容千粟聚,风吹不倒老来青。危牙一向甘清糯,岂止佳名耐我听。

近来常到农村去访问,有一回,看到了一部稻子的品种试验田,在不到二十亩的田里,种的稻有五十三个品种。真使我想不到,每天都要吃到肚子里去的米,还有那么多的名堂;自然,这里并不包括我们人民公社所有的品种。

品种的名称,有很典雅的,叫什么"葡萄粒"又叫"孔雀翎";最使人感到兴趣的,有一种叫"三穗千",三个穗子要长出一千颗谷子来,你听见过吗?还有一种叫"吹不倒",一种叫"老来青",社员告诉我,这些都是近年培育出来的珍品。

(香港《大公报》1960年8月10日,署名:刘郎)

沪上购得吴缶庐二屏,皆极作也,留红梅自赏,以雁来红分赠瞿云,并寄近句

清霜江浦伴秋风,俊赏当时与子同。自有微凉升叶底,待传好语到家中。丹砂不碍成芳洁,尺纸偏能覆陋穷。渐与瞿云心事近,老来我亦爱深红。

(香港《大公报》1960年8月14日,署名:定依)

〔编按:本篇非《唱江南》专栏。〕

瓜 田 记 事

平湖瓜好结南门,近在金山落善根。渡浦我来寻大嚼,卖花桥去望西村。

在上海的西瓜汛里,我到了一次金山。从松江米市渡摆过了黄浦,汽车再走十多公里,就到了金山的新农人民公社。这个公社是以盛产西瓜著称的,他们取得了平湖南门外的瓜种,在这里培植,结的瓜又大又甜,风味胜过平湖。

凉生枕上镂冰纹,百亩瓜田被绿云。爱听村人随意点,廿来斤复卅来斤。

我们在将近一百亩的瓜田里巡礼。上面所说的平湖种西瓜,每只

至少在十五斤以上,大的有重至三十斤的,真大观也。

　　车棚相对坐风凉,时有瓜香杂稻香。相约明年临谷雨,压藤来助老农忙。

休息的时候,与六七个农民坐在车棚里。他们都是富有种瓜经验的老农,给我详细地说了西瓜的培植过程和管理过程。听起来培植的好坏,关键在于压藤,瓜农最多的心力,也是耗费在压藤上面。

(香港《大公报》1960年8月19日,署名:刘郎)

"老虎黄"

　　破瓜一室尽流香,此是金山"老虎黄"。从自五龙庙外过,方知世上有琼浆。

　　白皮脆薄浑如纸,汁盛瓤丰入口无。惹得村人深惋惜,娇躯不耐历长途。

金山西瓜中的平湖种,质地已超过平湖;而金山原有一种叫"五龙庙老虎黄"的,更是瓜中极品。

这种瓜,白皮,皮薄而脆,汁多子少,瓤作黄色,瓜又奇大,二十斤以外的,比比皆是。因为它生长在五龙庙附近,故称"五龙庙老虎黄"。

这回,我也到了五龙庙,看见了老虎黄瓜田。又在一个生产队里吃到了这种瓜,风味甘爽,叹为生平口福之极。我吃的那只瓜,重二十余斤,四个人一同吃,还吃不完。我问社员,上海离金山不过一百多里,为什么上海人都不知有这种好瓜?社员说,因为这种瓜的皮太脆薄,不利于运输,故种植量也不多,多数是当地人自己吃,一部分则留飨远来佳客。

在他们的一间贮瓜室里放着一百多只大西瓜,有平湖种,也有老虎黄。

(香港《大公报》1960年8月24日,署名:刘郎)

盛夏过古猗园登补缺亭眺望忽感旧游

出郊爱看古园新,方竹高荷是旧邻。早稻欲回千顷绿,短篱还缀数花匀。池塘日上初浮暖,城郭阴深不蔽春。倚遍朱栏无所失,只怜跌宕欠斯人。

(香港《大公报》1960年9月18日,署名:定依)
[编按:本篇非《唱江南》专栏。]

小 人 鱼

少小能从水里潜,夺标教练一身兼。定知来岁饶余勇,使渡长江亦未嫌。风漾波纹成折折,水深人影看纤纤。最怜刘伯衰顽甚,独倚池旁发自拈。

游泳,这一项体育事业,近年来在我国发展得既快且广。今年发现的奇迹中,有一个九岁的孩子,竟然横渡长江。

在上海,今年八月初统计,到游泳池和天然河流中去泅水的已达二百七十万人次,其中以少儿尤占多数。

朋友的女儿刚满六岁,在学会了游泳后第十五天,已经参加比赛;还教练她一个四岁的妹妹学习游泳。有一天,她们的父亲邀我去看他的女儿为弄潮之戏。我就给她们拍下了这张照片。

(香港《大公报》1960年9月18日,署名:刘郎)

送 衬 衫

门庭依旧闹盈盈,惟是登门顾客新。顾客新从何处到? 年来走出灶台人。

御郎服履岁经年,今亦为郎履服添。物自戋戋情自厚,我将劳力得来钱。

老婆从"兴泰",买来两件府绸衬衫,说是替我添置的衣服,而是用她自己挣来的钱买的。

"兴泰"是上海南京路上一家专售男式衣着用品的商店。历年以来,上门的顾客,几乎都是男人。但据我老婆说,目下到那里去选购货品的,又几乎都是女人。这是因为所有的家庭妇女,近年来都走上了工作岗位,按月都领到了薪金,自己手上有了钱,就会想到:穿了好多年丈夫给她们置的衣服,现在也好让他们穿穿妻子置的衣服了。敝夫人的替我办的两件衬衫,也是本着这种心愿。这正是,老婆的钱用得欢喜,丈夫的衣裳,穿得开心。

(香港《大公报》1960年9月19日,署名:刘郎)

体育一条街

千家同复一街同,列阵真疑着地龙。已助青春腰脚健,常临晓日发肤融。能招凉爽因多树,自绝尘沙不碍风。少刻开门迎客过,脸边犹泛逗人红。

淮海路是上海一条以清理卫生出名的马路,我已经唱过一次了。这条路也有人称它为体育一条街,则是因为淮海路上所有的商店店员,每天早晨在开门前,同时举行晨操,半年以来,从未间断。

上月的一个清早,我有事到电影厂去,看到了淮海路上的晨操大会,真是一望无际的行列,随着广播器里的号令声,做出一崭齐的动作。我是行人,但到了这个体操林里,也不由得住了步,跟他们一同操起来。是好事,也是乐事,归来后,因记以诗。

(香港《大公报》1960年9月25日,署名:刘郎)

送金采风南下行歌

到南方演出的上海越剧演员中,论成名之早,以徐玉兰、周宝奎为最,王文娟较后;至于金采风,则在解放以后突起,此异军也。金与吕瑞英并时,名亦相垺,上海人视为越剧界之二宝。采风以演《盘夫索夫》一剧,风魔海上,其他如《碧玉簪》、《认雪辨迹》俱为杰构。她初登台时,学傅全香一派,今则别辟蹊径,自成金腔。平时我们走在路上常可听到人们在哼着"官人你好似天上月,为妻我可比月边星……"便是学的金派《盘夫》也。顷闻南下,诗以送之:

清谈巧笑两从容,我以新诗送采风。犹是当年初识妆,"象牙""一串"后先红。

余识采风五六年矣,相识之初,则曾"唱"过"江南",犹忆起句云:"象牙一串后先红,忽自樽边见采风。"

人间此是最高情,爱恶心头了了明。原道南行休唱好,《盘夫》一鸣易倾城。

(香港《大公报》1960年11月12日,署名:刘郎)

[编按:《认雪辨迹》,应作《评雪辨踪》,为《彩楼记》中之一折。]

王文娟赞诗

歌声无论论其人,一样醺醺似酒醇。格调自高情自热,清修尤进学尤劲。风华帘秀弦边曲,凄艳春香狱底身。从自银灯收拾去,放之湖海看佳鳞。

王文娟之唱,净且美,若一尘不滓者;闻其歌,使人褊急之意都销,真杰造也。我尝观其演《春香传》、《关汉卿》诸剧,回肠荡气,不能自已。

近二年来,则以《追鱼》一剧,歆动域中。《追鱼》已摄成纪录片,在上海放映时,观者空巷,各地皆然。

(香港《大公报》1960年11月13日,署名:刘郎)

闻徐玉兰赴深圳演出

似君应入谱无双,廿载清音泻一江。多少红闺工度曲,微开檀口即徐腔。

道情唱绝珍珠塔,"是我错"曾替凤冠。客在天南应解渴,飞扬宝玉耐人看。

可以这样说,徐玉兰在越剧的小生队中是最红的一个。记得解放以前,上海的妇女迷恋徐腔,真是到了似醉如痴的地步。那时方卿唱道情,送凤冠的一段"是我错",几乎是万家竞唱,因为这都是标准的徐腔。即如在下,不会唱越剧,但哼到"千对万对是你对,千错万错是我错"这两句唱词来时,也俨然是玉兰声韵。

自然,近两年来,这些戏她都束之高阁了。今番带到南方上演的虽然只有三四个戏,却也都是唱做兼重之作,大足以慰南国徐迷相思之渴。

(香港《大公报》1960年11月14日,署名:刘郎)

《关汉卿》第一个镜头

江南秋色亦芳菲,红自恒酣马自肥。昨夜银灯长照处,翩翩彩蝶看双飞。

女儿能曲士能文,伐暴同张一旅军。替雪沉冤凭正义,商量出处到红裙(成句)。

马师曾与红线女合作的影片《关汉卿》,已于十月下旬在上海开拍。

这张照片是马红在影片中合演的第一个镜头。他们在商量写《窦娥冤》的剧本。

据说,将来银幕上的《关汉卿》比舞台上的《彩蝶双飞》,在处理内容上更加丰富了。它集中地反映了写《窦娥冤》、演《窦娥冤》和禁《窦娥冤》,使关汉卿和朱廉秀的人物性格,更加突出。

(香港《大公报》1960年11月15日,署名:刘郎)

春城争看小麒麟

　　回头二十六年前,台上人犹襁褓眠。忽与尔翁交已老,还看令子继能贤。"惊堂"口欠三分辣,"拆信"神传一字纤。闻道阳平工靠把,银髯飘拂气潇然。

　　秋天,周信芳先生的儿子周少麟在上海天蟾舞台正式登台,并且正式加入了上海京剧院。

　　少麟今年二十六岁,这一次我看了他两出戏:第一天的宋士杰(《四进士》),第三天的《坐楼杀惜》。事情真是凑巧,记得少麟出生那年,我正好二十六岁,而这一年也正是我和信芳订交的那一年。我第一次看信芳的戏也是《四进士》。

　　少麟的扮相,像他的母亲裘丽琳夫人。而身段则完全麟派,小动作尤其神似,比如《刘唐下书》宋江拆信的一场,那些动作,完全得到了父亲的真髓。

　　很可惜,这一回,我没看他的靠把戏。靠把戏是由产保福先生教的。俞振飞先生看了他一出《定军山》带《阳平关》后对我说:"少麟真不简单。"

　　(香港《大公报》1960年11月16日,署名:刘郎)

盘 夫 诗

　　《盘夫》是越剧的一出折子老戏。金采风演这个戏,是从一九五四年在上海开始的。一演就叫她演绝了。我前后看过六次,都是她演的《盘夫》。尽管我的说话总是褊急一些,但我还是要说,生平看过的越剧当中,《盘夫》是最好的剧本之一,金采风是最好的演员之一。前几年,我曾经想替《大公园》写三十首"盘夫本事诗",照片拍了一整套,题目字也是请采风写的(见本题)。但后来一想,这个戏香港人看不到,登了就没有意思。因而没有寄出。现在乘采风在深圳演这个戏的机会,写绝诗八首,称为"盘夫"诗。

弥天一爱自堂堂,回尽人间百折肠。从自采风传绝艺,连年沉醉累高唐。

但期衾枕托平安,焉用儿夫作宰官。谁信夫人谁不信,晓窗依旧照孤鸾?

曾荣与严世藩女严兰贞联婚,婚后二十天,从未敦闺房之好。兰贞不知曾严二家之有血海深仇也,则命婢子邀荣上楼,荣至,欲吐心中事,终不获,又掩袖自去。故兰贞唱词中有:"既喊冤家不肯说,我还是,收拾衾枕自保养……"

自怜身似夜行船,赖有明灯照一边。知否闺中人绝世?直将心眼判愚贤。

闻道冤家口吐刀,一时素手托纤腰。谁知手亦多情甚,不向门头着力敲。

荣自楼上返书房,闭门自悲身世,归后痛詈群奸,欲杀严氏一家。时兰贞方潜听于门外,悉发其蕴,怒甚,欲执荣诉于其祖(严嵩),然念荣自孤苦,而父祖奸邪,予人酷毒,故转悯其夫,及其叩门时,亦不敢用力击环矣。其唱词云:"待我举手将门敲……又恐吓坏了我官人。"

心气平和替背书,救夫不用再盘夫。豪门狼犬都该杀,剩有佳人欲杀无?

粉痕渐褪替霜痕,何事装聋塞耳根?匍匐快些深受谴,难忘此谴也销魂。

兰贞入门后,以门外所闻,告与荣,并责荣无义。荣乃大恐,遂长跽哀其妻。

最是回身一笑时,东风吹暖满园枝。岂徒扶得冤家起,救得冤家命若丝。

卅首诗成百盏空,凝妆长系此人红。高山亦有星和月,久倚坡前听采风。

兰贞终恕其夫,扶荣起,从此二人长葆恩爱。不久,曾荣误入赵文华密室,兰贞驰往,大闹赵府,此即《索夫》故事。盖大义铮铮,誓欲以女儿身,与权臣斗,全忠良后矣。

《盘夫》一剧,六七年来,且驰盛名于国外,全国各地无论矣。予于一九五七年夏,小住庐山,一日游仙人洞,忽闻有歌声回荡于群谷间,听之,则:"官人好比天上月,为妻我可比月边星……"盖某疗养院在扩音机内,播金采风之《盘夫》也。

(香港《大公报》1960年11月19日,署名:高唐)

［编按:本篇非《唱江南》专栏。］

青 浦 蟹

霜风添得水乡腴,岂止新粳白似珠?青浦蟹肥夸"七汇","阳城"名不让姑苏。桂花鳜接蔷薇鳖,六月黄连泖蛣蟵。闻道菜根香欲透,重来好食四腮鲈。

在上海,吃到一种河蟹,入口鲜腴,比之全国著名的苏州阳城河蟹有过之无不及。这种蟹叫作"七汇蟹",生长在青浦水乡中。

青浦的蟹,在江南,早已艳传人口。夏天有一种"六月黄",深秋又有一种"泖蛣蟵",都不是大蟹,但黄肥膏厚,鲜美绝伦。

目下,青浦已划入上海市,青浦的水产,上海市民随时可以吃到。本篇所列桂花鳜、蔷薇鳖、四腮鲈等,俱为青浦河荡中的佳产。

(香港《大公报》1960年12月3日,署名:刘郎)

［编按:青浦特产"泖蜘蛛",是一种小青蟹。］

丹 凤 南 翔

倾尊快与暖行装,丹凤南飞到仰光。廿载看君殊不老,其名流世每生香。岁除暂撇夫和子,旅伴犹多李(桑弧)共张(瑞芳)。若遇赵宣扬问起,忽工饮啖说刘郎。

我国友好访问缅甸的九个代表团中,有一个是中国电影代表团。上海电影工作者参加的,据我所知,有桑弧、王丹凤、张瑞芳、秦怡等四位。当丹凤准备出国离开上海的前夕,柳和清兄留为小宴。

我认得丹凤,将二十年了。那时她还是小姑娘,二十年后的今天,看她还是粉嫩的一个,真是青春不老,而她在舞台上、银幕上的熠熠光芒,也始终勿减;近年以来,她演的话剧或电影,均为观众所热爱。

我诗的末二句是说:丹凤到了仰光,如果遇见那里的华侨赵宣扬先生,向她问起刘郎,丹凤一定会告诉说,刘郎饮啖,饭量大增;刘郎健饮,但不是饮酒,而是饮冰。盖近半年来,我忽无冰不解缘,非日食冰砖半斤,不能杀渴,目下虽在严冬腊月,仍然狂嚼胡桃冰砖不已。

(香港《大公报》1961年1月8日,署名:刘郎)

剪 鞋 样

抱昺清宵喜不支,粉花墨蝶各多姿。替裁每合千家样,学绣争拈十色丝。几处围灯皆巧女,他年出手尽良师。却看蹈遍红尘软,无复惊鸿一蹴时。

上海的石门一路(从前叫同孚路)上,有一家大美华女鞋店。过去这里是专门招徕时髦妇女的高贵鞋店。做的样子好,花色多,尤其是平底的绣花便鞋,更见宠于旧时的香楼中人。

可是现在,各行各业都在面向大众,大美华也不例外。近半年来,他家的制鞋工人亲下里弄,把制鞋技术传授与里弄里的妇女们。有一天,他们到静安区的一条弄堂里,从早到夜,替那里的妇女一共剪了二百多种不同的鞋样。还叫妇女们试制成功后把式样和技术广为流传。

(香港《大公报》1961年1月14日,署名:刘郎)

吴 中 盛 事

高风吹落百花笺,此日鹃翁喜欲翻。为道吴中传盛事,名园法驾接班禅。

两个月以前,本报第一版上登过一个电报说,班禅副委员长到江南一带游览,到过无锡和苏州,在苏州游过留园、拙政园、沧浪亭等处。但电报中却没有记副委员长还到过周园。

周园是苏州王长河头周瘦鹃先生的家园。那一天周先生以既光荣又兴奋的心情,接待法驾,事后,他写信来告诉我,还在上海的报纸上写了一篇《上客来看小菊展》的文章。原来班禅副委员长驾临周园时,这个园里,正在举行一个小小的菊花展览会呢。

班禅副委员长,对周先生手栽的许多盆景,非常赏爱;如火鸟不宿和枸杞结的粒粒猩红的子,也把玩不忍释手,说这些植物的子,真像红玛瑙一样的可爱。

(香港《大公报》1961年2月13日,署名:刘郎)

[编按:周瘦鹃《上客来看小菊展》,原载1960年12月15日《新民晚报》。鸟不宿,楤木的别名。]

丽都花园记事诗(一)

上海的北京西路上有一个丽都花园,最初造这房子的人是程贻泽。程贻泽在当年是有名的"少爷班子",为什么有名呢?原来他不仅有钱,还有一个号称"地皮大王"的叔叔,那就是外号"程麻皮"的程霖生了。

有一年,程麻皮的事业失败了,程贻泽也跟着破产,连这所房子都没能保得住,被一个叫高鑫宝的大流氓霸占了去。从此,这里既是舞场,又是酒楼,也是高鑫宝的住宅。

上海解放后,舞场停止营业了,丽都花园成了戏曲场子,演过越剧、粤剧,也演过豫剧,进门的那座边厅里,还做过评弹场子。前两年静安区的文化馆和图书室都在丽都花园里设立过。打去年秋天起,又把整个园子,改为文化俱乐部。

二十多年来,我的家一直是丽都花园的近邻。不但如此,当他为舞厅、为酒楼的时期,我曾是此中常客;而到了现在,我又是文化俱乐部的成员。我是多么熟悉这个地方,它的变迁,无不历历在目。因就闻见所及,写下了不少小诗,称为"丽都花园记事诗"。把选出的二十首寄给《大公园》,读者可以从这里看见一些上海的小掌故,也可以隅反地看见上海的变,十一年来,它是变得多么的莹然朗澈。

　　院墙如戟复如钩,厚实弯门胜堞楼。诣盗从来终揖盗,多教深宵也应休。

丽都花园的围墙造得特别高,它的大门也厚固如女城。

　　歌呼永夜酒如潮,楼上名姬饶细腰。十丈歌尘吹不到,看来门第果然高。

程贻泽娶唐八妹为妻,八妹来自欢场,殊色也。嫁程后,旧时姊妹常出入园中。

　　恶犬汪汪吠四邻,一家豪纵百家贫。啼痕处处张家宅,不似今朝满巷春。

丽都花园的东首是张家宅。这个张家宅目前是中外闻名的、上海的一条红旗里弄。去年,上海电影厂摄制过一张叫《万紫千红总是春》的片子(张瑞芳、孙道临、沙莉等主演),就是以张家宅的新生为故事题材。因为在解放前,张家宅是贫民窟,蝇鼠成群,婴尸满地,说不尽的居民凄苦之状!而丽都花园却靠在它的旁边,对比就更加鲜明。也由此可知,丽都花园的围墙为什么要造得特别高了。

　　一主行街十犬哄,桓桓重客也相追。两般都自私家养,羞煞当时"货脚儿"。

程贻泽欢喜养狗,也欢喜踢足球,曾经办过一个优游足球队,把全体球员养在家里,由他发工资,球员的衣着甚至皮鞋领带都由他供给。他平时出门,带了狗也带了全体球员,分载好几辆汽车,招摇过市。那时候上海的小报上称舞女为"货腰人",称这一类的职业球员为"货脚儿"。

(香港《大公报》1961年2月21日,署名:高唐)
[编按:《丽都花园记事诗》不属于《唱江南》专栏。]

丽都花园记事诗(二)

　　长门深院拥如花,邪许声中挽鹿车。后日危楼同窜迹,人将风义说唐家。

　　程贻泽出游,常常是唐八妹驾驶汽车。女人开汽车如今是司空见惯的了,但在三十年前,毕竟是件新鲜事,所以叫上海人看起来,程贻泽的艳福更是几生修到了。事实上,这一对也确是恩爱夫妻,后来程家产业一败如灰,八妹非但没有嫌弃他,且曾拔钗典衣,以解丈夫之困。

　　"中堂"火炉遂无温,不见人敲陋巷门。赖有余年心力健,一堆簿领系"王孙"。

　　程贻泽患红鼻头的毛病,当初上海人犯忌这种毛病,说什么"火烧中堂,家破人亡"。所以到他破产以后,一向趋附他的人都避而远之,使这位末路王孙,更加呼援无门,境况弄得十分潦倒。直到解放后才得到安排,如今他在一家制药厂里做会计主任,而唐八妹也在前两年走上了工作岗位,他们都是普通的劳动者了。

　　道路群惊"三五牌",深车广座载狼豺！谁知恶兽还相扑,命染鸩杯血染街。

　　高鑫宝自从入主丽都花园后,驷马高车,俨然巨室。这个大流氓的身坯粗笨如牛,所以他坐的汽车也特别宽敞。他的汽车照会正好是三个五,人们在背地里就叫他"三五牌"。最初曾经替他开车的更是一个极端残暴的凶徒,那就是在上海被日寇侵入后,此后一变为汪精卫特务机关"七十六号"里的头目,令人谈虎色变的杀人魔王吴世保。但是后来这两个家伙的收场都是怎么样呢？ 也就在敌伪时期,高鑫宝被重庆所派的特务枪杀在西藏路一品香旅社门前,而吴世保则叫日本强盗用药酒毒死在苏州。

　　(香港《大公报》1961年2月22日,署名:高唐)

丽都花园记事诗(三)

几年狼窟掷哀呻,魔掌长披粉颊春。今日幸无迟暮感,转教送去上班人。

这两年来,我在早晨乘电车上班的时候,常常会遇见一个四十多岁的女人,我认得她,从前我们都喊她"丽都阿六",因为她住在丽都花园,是高家的妾侍。高鑫宝也是个淫虐之徒,据说很"宠爱"这个女人,宠爱的方式是天天要打她的耳光,打得她哭,哭了他才会加倍的"怜惜"她。幸而高鑫宝死得快些,她才脱离了魔掌。现在我没有打听她在哪里工作,也许在厂里,看她总是急匆匆的怕误了上工的时间。

艳绝汤汤水一池,有人曾此洗凝脂。儿童不省前朝事,偶见清波皱便吹。

丽都花园有个游泳池,是跟这个花园同时建造起来的。本来只是私家享用,在程家搬出后,才公开营业,到现在更年年开放,夏天的清晨,我家的孩子们,都赶去泅水。

劲干苍枝势欲蟠,老来双树颇相安。依然广玉兰花发,俊赏能招万姓看。

园中多广玉兰,但栽在住宅前的两株,长得一样高大,似迎门二士。夏日花开,浓香四溢,这时候游园的人特别多,把看花作为赏心的节目。

(香港《大公报》1961年2月23日,署名:高唐)

丽都花园记事诗(四)

红毡敷地替胶皮,受辱群雌醉若泥。门内腥风门外雨,是人都在比谁低!

偎红倚绿抵宵深,鼓管愈喧醉愈沉。记得欢场多烈士,与人挥手斗黄金。

这两首都是回忆当年的丽都花园。丽都花园的舞厅是以宽广闻名的。它另外还有两个特点:一个是穿堂的地毯,都用厚厚的彩色橡胶制成的,据说,这样好使喝醉了酒的人,不会在这个地方摔得鼻青眼肿,于是到丽都去轰饮的人便更加多了。另一个是乐队奏的都是兴奋的曲子,乐曲一兴奋,跳舞的人多,舞女收入好,舞客倾囊者亦众矣。

环堵霓虹一室烟,靡靡长夜听淫弦。人来贪得金窠暖,蠕动休嫌小似船。

也是在日寇侵入上海时期,丽都花园的东北角上,有人别辟一椽,颜之曰"雪浪厅"。厅拓地不广,既供起舞,也供宴叙,而餐价奇昂。

富家常是爱铺排,东海南山皓首偕。红事方完连白事,明朝营奠复营斋。

丽都舞厅曾经长时期地供给有钱人家做婚丧喜庆之用,几乎可以说,绝大部分的京剧名演员,都在这里唱过堂会戏。更有一个时期,这里经常在举行集团结婚。

(香港《大公报》1961 年 2 月 24 日,署名:高唐)

丽都花园记事诗(五)

坐出分明近广厅,流萤时复绕冬青。花间亦有清歌逸,不是当年雪浪厅。

从这一首诗开始,要写眼前的事情了。

现在文化俱乐部的中餐厅,有一部分就是从前的雪浪厅。它的外面是一个露天广场,夏天,场上坐满了纳凉的人,孩子们追逐于灌木丛中,流萤飞过,照得见张张笑脸。

画壁雕楹仍旧观,酒香阵阵漾敦槃。篱豚数味自家养,倘为朱门不耐看。

现在的西餐部,是从前的丽都酒楼。中西餐部每天所用的家禽家畜,都是由郊区自办的一个饲养场里供应的,没有山珍海鲜,但是厨师都是名手,烤鸡、牛排、腊猪腿都极美味。

帘卷何人弄夕阳,登楼有客记柔乡。倚床开卷临窗弈,老货时来"戳两枪"。

餐厅的二楼,大约是旧主人的窍处了。巨舍数间,如今有的布置为阅览室,人们在沙发上翻阅中外的期刊;有的布置为文娱室,人们在此下棋或是打桥牌;而最大的两间则辟为弹子房,我同刘琼都是弹子房的常客,我是向来把打弹子称作"戳两枪"的。

(香港《大公报》1961年2月25日,署名:高唐)

丽都花园记事诗(六)

遍明灯火隐阶隆,座上何人不动容?殊迹英雄听不尽,南来此地说攀峰。

杨门盛事坐银灯,林海新词说敬亭。谁信风檐霜瓦下,我来常尽一盂冰。

清谈雄辩两无怨,真理前头念更坚。修到今生惟一福,但期临老立红专。

上面三首都是写的把旧时那个"丽都舞厅"改建后的大礼堂了。改建工作是去年完成的,把正门也移了一个方向,那新貌更加出落得富丽堂皇了,单说穿堂占的地方,就可以容三四百人在此憩坐。

礼堂里经常放映电影,演出各种戏曲,不久前我在这里一面啖冰,一面看《杨门女将》的电影,也曾听过《林海雪原》的评弹。

在这里也时常邀请各条战线上的英雄人物来做报告。最使我听得激动的一次是在一个多月前,攀登珠穆朗玛峰的英雄们,叙述登山经过。而礼堂最多的还是供给高级知识分子、工商界代表人物等学习之用。听报告、开讨论会不断的在这里进行,通过这样的安排,使人们身心愉快地轻装前进。(完)(自上海寄)

(香港《大公报》1961年2月26日,署名:高唐)

春蔬双绝——枸杞

　　虬曲若牵藤，春蔬初报登。莫教鬘返绿，且引笋为朋。拥墓株尤大，护篱植更青。入冬瓦盆里，小盏看红灯。

　　江南的春蔬是丰盛的。春笋、草头（金花菜）、韭芽、马兰头、枸杞、香椿……但我偏嗜的是枸杞和香椿的两种嫩头。

　　枸杞这东西，从苏东坡就爱起，曾经为它写过一首五古，说它一身无弃物：叶子可为食用，根和茎可为药用（地骨皮），如果作为盆栽，到了秋末，开出淡紫色的小花，入冬结子，生的时候青，熟了，变得猩红圆润，则又可为观赏用了。其实我从小看惯它是野生植物，坟边篱下，到处都是。

　　我还是欣赏它的好吃，与笋丝同炒，满口清香。人们还把它的叶晒干了，有的泡茶，有的浸酒，原因是听了李时珍的话。原来《本草纲目》把它说成生精补气、延年益寿的仙丹灵药呢。

（香港《大公报》1961年4月10日，署名：刘郎）

春蔬双绝——香椿

　　春晴方一日，紫叶簇纤纤。不爱桃开艳，时妨笋冒尖。猱升恐坏树，跳跃故攀檐。豆腐重油煮，时鲜胜暴腌。

　　小时候在故乡宅后的花园里，有一棵香椿树，每年清明前，我总是自己攀上去摘它的嫩头，一摘下来，就用重油生烧豆腐，吃它一个又香又烫，有了它，连豆腐也变成人间美味。

　　我说的香椿还是入春后的第一批叶子，也就是幼芽，紫红色的，还没有泛青。这样它的量就少了，所以在上海小菜场上，农民一向把它装在一只小小的元宝篮里，一望而知它是春蔬中的娇客。

　　到了初夏，南货店里就有"毕"腌的香椿（这个"毕"字也许写错了，江南人的土话，是刚才的意思），是过粥的好菜，而我却是认为不如鲜吃。

前两天,带孩子郊外游春,看见近郊的农家,把香椿树编为篱落,夏天绿荫成障,利用得很有意思。

(香港《大公报》1961年4月13日,署名:刘郎)

白 桃 花

卸却红妆后,依然绝世姿。几经春雨唤,不比杏花迟。鼋渚称稀种,随园但有诗。于今人力催,竞爽折枝时。

在《随园诗话》里有咏白桃花的诗,说什么"刘郎去后情怀减,不肯红妆直到今"。可见袁子才是把它看作花中极品的。事实上,白桃花在江南确是极品,我生平只在无锡鼋头渚见过一次,还记下了"岸上白桃花在笑,当时艳绝倚舷人"的诗咧。

三月下旬,我在华侨饭店八楼吃饭,看见会客厅的大花瓶里插着一大簇白色的折枝花,乍看以为是李花,细看竟是白桃。服务员告诉我,这些花都是花店送来的,花店里多得很哩。从此可见,上海园艺工人的一双巧手,正在把稀种的花,播为常种,而且播育得如此之广,如此之多。

(香港《大公报》1961年4月18日,署名:刘郎)

海 上 春 郊

流空时度一声莺,才接桃花柳又迎。照得行人须鬓赤,平畴开满紫云英。

晴春天色青于缎,敷野花光黄似绒。油菜日深人迹少,一群蝴蝶一群蜂。

一树李花色调单,豆花黑白紫相间。人来不识辛夷晚,遥指村头看玉兰。

清明后,到郊外去踏青。

上海的春郊,是特别迷人的:有的地方是望不到头的草子花,它又叫紫云英,是蜜蜂经营的对象,而它本身又是上好的绿肥;有的地方,则是望不到头的油菜花,照得人发肤如蜡。

这两种花都有浓香,在田岸上走过,只觉得天空是香的,泥土也是香的;回到市区,衣裳还是香的。

(香港《大公报》1961年5月4日,署名:刘郎)

[编按:"草子"似应作"草头"。]

"分前"茶

洞庭春色重,寄与故家霉。适有"群英"(注)到,遂教双美兼。香飘诸妹颊,绿染阿翁髯。尖取分前嫩,长留舌本甜。山泉安可汲?家火亦何嫌。果为诗清助,朝来十韵添。

苏州范烟桥先生写过一篇文章,说洞庭山有一种碧萝春,既细又尖,是最嫩的幼芽,茶农赶在春分以前摘取,故称"分前"。

"分前"这名字还是创闻。因为大家习知的名茶,只有"明前"和"雨前"。事情也真是凑巧。三月下旬,我的儿子到洞庭山,就在山上寄给我三两碧萝春,还特地关照,这是"分前"茶,是山上茶叶的极品,产量很少。

我一向对碧萝春并无好感,但这一回却觉得它比龙井更美。据孩子的妈妈说,这种茶,要到山上去吃,用那里的泉水,用松枝火煮,吃起来还要清香。

(注:上海一种高级香烟的牌名。)

(香港《大公报》1961年5月7日,署名:刘郎)

藤花、扁豆花

一院泥香许并登,从来异品未殊称。入秋白扁兼红扁,近夏银藤杂紫藤。望里墙高停串蝶,风前帘暖系罗绳。知谁口眼添多福,我亦楼头尽日凭。

上海很多人家,每年都在有计划地绿化自己的庭院。就中颇有设计得十分巧妙的。比如把紫藤和银藤(白藤)并栽在一起,到了春夏之交,只见像粉蝶和紫蝶样的繁花,开得满棚满架。

正在藤花开放的时候,又在院子的另一角上,栽下白扁豆与红扁豆等秧苗。及至夏秋之交,这两种花又像彩索一样地悬在瓦角檐梢。花谢后,它们的果实也十分诱人,紫色和湖绿色的豆荚上,有一层光,像漆过似的撷人双目。红豆可以佐膳,白豆老了,煨烂,加糖吃,比莲子羹更甘芳可口。

(香港《大公报》1961年5月17日,署名:刘郎)

佘 山 行

秀竹千竿或万竿,十年山路自然宽。重来不止胡尘减,隔水峦光更耐看。

水乡容易厌鱼鳗,毛、燕、孵鸡自小谙。大抵皇家肠口异,不知笋味本香甘。

佘山是离上海最近的一个山头。到了青浦,也就到了佘山。山上有个天主堂,原是帝国主义分子在上海进行文化侵略的先锋部队。

佘山竹子最多,萧萧一绿,使山容更为秀澜。上海近郊,原产毛笋、燕笋、孵鸡笋,都是笋类的佳种,而佘山也无所不有。毛、燕脆嫩,孵鸡甘香,后者到农历三四月,尚在冒尖,这时江南农村,都在孵养小鸡,笋故以此名也。相传清乾隆曾过佘山,吃孵鸡笋,谓有兰花香,因名之为"兰花笋",后人且把佘山称为"兰笋山"。其实皇帝无知,而且多事;孵鸡笋好,正要借兰香增其身价耳。

(香港《大公报》1961年5月23日,署名:刘郎)

周 园 杂 诗

　　初日透帘栊,花光杂紫红。有人帘下坐,尽日以花供。
　　柳叶侵池湿,苔痕绿渐匀。临池照人面,人面尽回春。
　　乔木故森森,苍枝覆彩禽。隔林时一啭,唤暖几人心。
　　到眼皆新貌,应深故国情。天南诸旧侣,何以答时清?

　　上海的华山路(旧海格路)上,有个周家花园。其中结构,具有苏州园林的格局,拓地虽不甚广,却也幽旧可喜。名为周家花园,到底也不知道周家是何等样人家? 十四五年前,我们时来这里宴聚,记得有一回也是初夏时节,吴性栽先生借这里举行过一次园游会,把那时在上海影剧界的朋友几乎全请到了,从上午就开始轰饮,一直到红日西斜,不知醉倒了多少的先生与女士。数一数,其中有好多人,现在都寄居香港。

　　过了些时,听说有人把这个花园经营为夜总会,从此,上海又添了一个销金之窟。

　　前两天的一个上午,我又到过"周家花园"。这里,现在是一个疗养所兼休养所的机构,既有医疗设备,也有健身设备。我是去探望一位在疗养中的朋友的,他坐在槛下看报,而更多的人则围在池塘边上,看鸟飞鱼跃……,风景不殊,而事物却都换了新貌。

（香港《大公报》1961 年 6 月 3 日,署名:刘郎）

催 妆 词

　　　篱根墙角冈余春,望里香楼接绿云。楼外微闻蜂蝶闹,一庭花树媚新人。

　　　偶动心弦即是歌,不关中酒也颜酡。从今但欲谙新事,海外人归薄绮罗。

　　　江南不住住何乡,作伴青春倘未忘? 至竟刘郎清健在,快扶银管替催妆。

替韦伟写的催妆词一共六首,现在选了比较惬意的三首,寄给《大公园》。

韦伟在婚前婚后,我都见到她了。婚后,还到她家去作客。她的家在上海淮海路边,那里有个花园。简日林先生对我说,这园子里的玫瑰花有一百多个品种,阴历四月初盛放,可惜我去迟了,失去了一次眼福。

结婚后的韦伟,都是家常服履,一如常时,其爽朗处亦一如昔日,我觉得她很好。当我寄这几首诗的时候,新夫妇正在蜜月旅行,洞庭山上,太湖之滨……但当这几首诗见报时,大概会回到上海了。

(香港《大公报》1961年6月27日,署名:刘郎)

茭　白

茭白登盘早,临餐袪大荤。既逢虾满子,莫叹笋无群。绿浸萍边沫,朱调爪上纹。归农如有日,十亩野塘耘。

有人喜食茭白,认为不输于春笋;我则谓茭白清隽,为春笋所不及。把它和"莳虾"(满子的鲜虾,我们称为莳虾,也叫子虾)同炒,更是过酒下饭的绝妙菜肴。

我之所以爱好茭白,还有一个原由,那是因为我做孩子时候,在家乡常到野塘里去剥鲜茭白吃。记得夏秋之交,那塘边长满了茭白,近岸处塘水不深,孩子们就光着脚,跨到水里。茭白的叶子又高又绿,塘里又满涨浮萍,下半身沉在水里,连上半身都见得绿了。我们一下了水,就挖茭白的根,那肥壮的根茎上,颜色是紫白相间,一面剥,一面有红色的浆汁流出来,两只手都染上了一层嫣红,经久也洗涤不净。剥开茭白,我们就这样生吃了,你说它不能吃吗?嗳,好吃得很,那一种干脆的风味,真是生梨苹果都不一定能够比拟。自来城市,已有四十多年没有尝了,安得在老去的光阴里,使我再到乡间,种他一塘茭白,温一温儿时尘梦。

(香港《大公报》1961年7月15日,署名:刘郎)

荷 叶 粥

　　香浮绿沸忆儿时,荷叶三张藕半枝。此日江南初稻美,何输山药是琼糜(注一)。

　　朝来举箸动乡情,新酱瓜茄一碟盛。至竟刘郎非稚物,粥声远比雨声清(注二)。

乡人送来鲜荷叶三张,教我用新杜米熬粥,粥滚了,待用文火煨时,把洗净的荷叶放进去,煨一息,换一张,连换三次,熬出来的粥,作浅绿色,悦人心目,吃起来则扑鼻清香,尤饶胜味。也有人切嫩叶子和入粥内,我不顶喜食。

在江南,秋初正是新酱瓜登盘之日,用以佐荷叶粥,竟是最美的晨餐。小时在乡间时得啖之,自来城市,因荷叶不易常致,与此味违,既三十年矣。不图于今岁尝之,真快事也。

(注一:放翁诗:"一盂山药胜琼糜"。

注二:前人有"留得残荷听雨声"句。)

(香港《大公报》1961年9月11日,署名:刘郎)

海 上 新 装

今年夏天到秋天,游过几次公园,留心了一下妇女们的装束,凭印象所及,演为律句。

　　岭上花光若可招,雪衫绣络一时高。已教兰气敷长席,故遣鬓云托腻腰。对镜千梳通又乱,临波一顾逝犹娇。可怜窄袖严襟后,妒眼匆匆涨似潮。(长风公园作)

这是在夏天,二十多岁的女子,爱好一种烫过的、似梳还乱的长发。她们的衣着,往往是一件窄袖齐肩、前后领"圆袒"或者"方袒"的白府绸衬衫;一条紧身而淡色(米色或灰色)的中裤;赤足,镂空的尖头鞋。临风玉立,自然媚爽。

明霞欲夺水红裳,是处云深弄夕阳。不顾穿帘花似雨,恍闻委地发生香。数行袖滚宜青紫,一寸衩开伏晚凉。归去亭亭轿上过,低回微惜睡莲黄。(复兴公园作)

到了秋后,是已凉天气的傍晚,穿一种妃色而带闪光的府绸衬衫,衬衫是长袖子,方领或者圆领;外面罩一件深色的薄呢嵌肩;紧身的浅色裤子,裤管长到袜子翻口的地方。这是少女的装束。其为少妇,则多穿齐肩窄袖的一色旗袍。袍子的颜色是素净的,但在袖口和领口上却镶上深色的线条,看起来素净也变得秾艳了。

(香港《大公报》1961年9月25日,署名:刘郎)

豫　　园

池清涧秀本通潮,才过斜廊又渡桥。立处分明丛壑在,飞檐时见一楼高。

尘嚣暂撇莫回头,门内深藏万斛秋。人说传奇我觅静,一园幽胜似苏州。

上海即将开放一个园林,那就是人称"城隍庙大假山"的豫园。

豫园是明代的建筑,年深荒废。是这两年来政府用大力整修而把它恢复旧貌的。

因为我这枝笔不善于描绘风景,事实上,在一节"唱江南"里,也描绘不尽整个的豫园风貌;这里只提供一张照片给您欣赏。而必须说明的,这张照片上的图景,只是豫园的一小部分。

豫园在整修期间,我去过三次,第三次是八月来看的,工程已经完成十之八九了。这里明明与热闹的城隍庙仅一墙之隔,但它却静得出奇,市声不到,这一点幽静终蔚为奇迹。

豫园里有个点春堂,一百年前小刀会的名将曾经做过办公的地方,所以游园的人,都有一段掌故可谈。

(香港《大公报》1961年10月1日,署名:刘郎)

桂花二首

我于花中极爱桂树,但十余年前,桂树都在私家庭园中,不问主人,无由看矣;今则上海市郊各公园中,竞栽桂树矣。中秋前后,两度看花,记之以诗。

　　一车轻放过城南,爽目天容似缎蓝。笑我年随丛桂长,弄香老桂气犹酣。

漕河泾桂林公园,有桂花七八株,皆五十多年古树。

　　千株幼桂待余开,侵碧黏香一路来。此日落花浮客鬓,记曾三尺看初栽。

西郊公园初落成时,栽幼桂一千株。每岁秋高,予必到此,看桂花亦看芙蓉也。七八年来,桂花已高过我头,穿林索径,真有香风不绝之感。

(香港《大公报》1961年10月5日,署名:刘郎)

血 蕈

　　初辨山珍味,长留舌上芬。我将轻肉食,终世不当荤。
　　何日入松林,来从野老寻。鲜菇浮筐赤,无意扰山禽。

有一位无锡朋友,送给我一小瓶血蕈油,叫我吃面条时用来拌食,其味自美。欢喜素食的人,大多吃过蕈油。但血蕈或血蕈油也许无缘一尝。我也是今年第一次见识到这种江南山野的奇珍。

原来血蕈是无锡山区的土特产。它生长在松林茂密的地方,每年从初夏到秋深的一段时期内,趁着雨后,山农便入山寻访,往往在败叶堆中得之。

这东西的表面是赭色,有绿色的斑点;而背面的褶裥则像血一样鲜红,故称血蕈。因为产量不多,农民采到后大多自己食用,有的把它熬了油,以馈赠亲友。据说鲜血蕈的滋味,比鲜蘑菇更鲜,加工为蕈油,则能保持原来风味。

（香港《大公报》1961年10月7日，署名：刘郎）

看《窦娥冤》赠张继青

眼泪今为乐事倾，宵来座上却吞声。要持直道翻元曲，重以惊才惜继青。盛暑飞霜原可喻，感天动地此何情！吴中耆旧痴心甚，口角毫端挂姓名。

九月间，苏州的苏昆剧团莅沪上演。该昆剧是一班"继"字辈的青年演员。其中最优秀的一个叫张继青。《痴梦》和《窦娥冤》都是她的杰作。我只看过一场《窦娥冤》，那唱词，那演员的声腔都动人极了。

上海的报纸上，对苏昆剧团之来，真是揄扬备至。在苏州寓居的章太炎夫人汤国黎和周瘦鹃等前辈名流，也都以诗词称赞苏昆剧团，尤以对张继青表示无限倾心。

（香港《大公报》1961年10月8日，署名：刘郎）

杨派第一人

鞠部抡才君独秀，江城誉满万家口。挑帘眉宇扑人清，声调醇于旧酿酒。若问奇葩种何来？为言不自杨家授。搜身索髓惯揣摩，工力勤修深且透。秋宵我亦数闻歌，正觉其歌初到候。洪羊洞与李陵碑，一座周郎尽点首。妙舞清歌两必兼，杨家可惜无长袖。愿君竟彼未尽功，缺陷明知毋相守。

近年来，上海出了一个好老生，大家都说他是杨派传人。他，就是香港人熟悉的汪正华。

不知有多少人上过当了，在收音机里听了半天，以为是杨宝森的唱片，但到底是汪正华在唱。妙的是汪正华不是杨宝森的徒弟，他的师父却是马连良。他和杨宝森简直没有关系。但他明白：自己的音色，不宜于学马，应该走杨宝森一路，于是他潜心钻研，甚至废寝忘食地探索着杨宝森的一音一字,几年下来,就有了今天的大成。

汪正华的个子,比杨宝森高一点,而扮相的清秀,视杨亦无多逊色。杨活着的时候,那是没有什么说的了,就是不大有表情。做戏做戏,戏是要做的,我只希望汪正华要善于做戏。

(香港《大公报》1961年10月14日,署名:刘郎)

"艺林韵事"

　　山水浑茫不敢近,暮年颇想学瓜茄。分明传世任家物,若与刘郎总是奢。

　　未须钱买石头坚,分取唐家一片田。从此晨兴无个事,与君随意寄诗笺。

迩来,时晤画家唐云先生。有一次,在唐先生家里,他忽然劝我学书。我说,我连毛笔字也有二十年没有写了,到如今,家中毛笔不留一枝,砚石不剩一方,哪能学书?于是他从家藏的许多端砚中取出一块,又羊毫二枝,叫我带回去先练起字来。又说,羊毫二管是三十年前旧物,盖当时任伯年子堇叔请杨振华笔家订制的一批成货也。

我回到家里,就作了上面的两首诗寄给唐云,表示感谢。后来,吴门何芳洲先生晓得了这件事,也看到了我的两首诗,便给我送来两锭光绪年间的古墨,还附来一首小诗。我把这些东西并放在我的书架上,顿觉得我自有书案以来,从未有过像今天这样古趣盎然的。何先生诗云:

　　"佳毫名砚偶然全,仗此能耕大有年。我为艺林添韵事,殷勤付与两松烟。"

(自上海寄)

(香港《大公报》1961年10月23日,署名:刘郎)

访老吟——许奇松

　　旗飘似雪入晴空,一市欢呼此降龙。从我孩提今亦老,万生桥外访奇松。

笑乐还扪如沸心,当年雄猛迹能寻。图中巨炮床头索,作伴银髯岁月深。

一九一一年武昌起义是十月十日。上海光复则在十一月三日。此役也,以"攻打制造局"最为脍炙人口。当时参加的各路队伍中,除著名的敢死队数千人外,各区商团亦为数甚众。

事过五十年,那时候参加攻打制造局的商团团员至今还健在的尚有一百二十人。他们在每年阴历九月十三日总要聚餐一次(九月十三日,即是五十年前的十一月三日)。

今年十月,我遇见了许奇松先生。这位八十二岁的老翁,便是当年商团团员之一。他在打制造局一役中,不但亲自开过炮,更可珍贵的是他从床头找出一个粗纱的绳子给我看。他说,十一月三日下午二时决定起义时,在沪军营操场上将悬着的龙旗拔下,改悬白旗(白旗为起义的标帜)。不料旗绳因年久已毁,当白旗上升时,绳忽中断。许便把随身带的一根童子军的队绳换上,旗始得达杆顶。后来许把这根绳子要回来,作为永久纪念。

许先生还异常健硕,他现住老西门万生桥附近。这处离制造局不过数里之遥。我告诉他,我七岁那年,也住在万生桥的大吉里,这是光复后四年,因为我们才从乡下搬来,所以邻居们时常跟我家谈攻打制造局的情形,我虽在童年,而印象至今不灭。

(香港《大公报》1961年10月28日,署名:刘郎)

访老吟——钱崇威

梧桐连树缘通衢,深巷翛然一叟居。绕膝儿孙偕老妇,盈庭花木满床书。胸中犹热当年事,门外常停问字车。相隔茂名路十武,敲棋时觅洛翁俱。

在清朝点过翰林的老人,至今还健在的已数不出几个了。据我算算,似乎只有在北京的陈叔通先生,在广州的商衍鎏先生,还有一个,则是在上海的钱自严先生（崇威）。

也是今年十月,我去拜访了自严老人。我只想告诉读者这位九十二岁的老人,他的卧室在二楼,当我告别的时候,他定要送我下楼,我哪里肯依,挡着他说,钱先生,你要送我,那我只能不走了。他这才笑着说,那末恭敬不如从命。其实我也知道,老人家是常常要到马路上去走走的,一个高兴,他还要找邻近的袁希洛先生谈谈天,下下棋哩。

（香港《大公报》1961年11月12日,署名:刘郎）

看《镀金》赞蒋天流

回头往事散如云,重托含风玉立身。绝艺长怀诸故旧,若论跌宕最斯人。

撩人眼幙惹人听,清鬓轻腰照远庭。七尺吴绫加半臂,江南初入"桂花蒸"。

上海电影厂的演员剧团,上演了一出《镀金》,从夏天一直演至深秋而售座勿衰。我去看戏的那一夜,韩非坐在我旁边,他是十多年前就演过《镀金》里的马大夫的。他告诉我,现在演的改动得很多,对旧社会建筑在金钱上的人与人之间的关系,刻划得更加深邃了。

演员以饰马太太的蒋天流最为突出。在末场戏里,天流盛服登场,纤腰妍趾,秀骨丰肌,望之,犹似当初《太太万岁》中人焉。戏亦深湛精到,此人演剧,真似范铸良工,随心如意,而无不引人入胜也。

（香港《大公报》1961年11月25日,署名:刘郎）

徐 老 收 徒

绝业凭心眼,耄年察末毫。传人今有继,一叟不辞劳。此地烦辛笛,诸君托伯郊。师门同进日,成就看谁高?

徐老,是徐森玉先生。这位考古专家,八十一岁了,不但健在,还担任着上海文物保管会主任兼博物馆馆长；不但担个名义，还做着实际工作，收徒弟，把一套考古的本领，传授给下一代人。

不久前，有人把两幅明朝戴进的画送到徐先生的办公室去，徐先生一看说是假画，就连忙把他的学生喊进来，又从库房里提出几件戴进的真迹，仔细地向学生讲解，先是对画的本身加以分析，又从两者落款的谨严与疏松上分别真伪。

这样具体深入的指导徒弟，徐先生已成为日常工作。徒弟们一面听讲，一面记笔记，回家后再看参考资料，自己钻研，发现问题，第二天再向老人请教。于是对版本、碑帖、书画、铜器、陶瓷、甲骨、汉简、石经等鉴别考证的人才，在徐老的谆谆教诲下，近年来大批成长。

徐老有个女婿叫王辛笛，在上海，我真想烦他引荐，列入门墙，学学这行"生意"；徐老又有个儿子叫徐伯郊，在香港，香港不乏嗜好之士，何不商之伯郊，投向师门，首先是"艺林"的编辑先生，曷兴乎来！

（香港《大公报》1961年11月27日，署名：刘郎）

赵丹的"小型画展"

绩裴锦里贮云烟，郁水浓山一卷连。莫谓涂鸦游戏耳，曾抛心力卅多年。

或借征程些许间，富春写后写黄山。我来袖得天都去，一袖还争七里滩。

画家张正宇来上海，住十三层楼（锦江饭店）。十一月中旬，我去看他，只见一房间挂的都是赵丹写的国画。数了一下，有三四十件，好像正宇在替赵丹开个人画展。

原来正宇非常激赏赵丹的作画才能。因为我是外行，他为我夸说了赵丹画事的工力和神韵。而此中精品，即是一幅二三十尺临摹古代名家的山水长卷。

后来赵丹也来了，告诉我他的学画比从事影业还要早一些，因为爱好这一艺术，三十多年来，始终没有停止修练，即使在拍外景地时候，也要抽出工夫来,为祖国的锦绣山河,打下画幅。

这一天,赵丹送了我一张黄山从文殊院望天都峰的册页,我临走时又要了他一张富春江,这是那一年他拍《李时珍》过七里滩时写下来的。

(香港《大公报》1961年12月2日,署名:刘郎)

京 昆 佳 剧

上海的京昆剧团,是由上海戏曲学校的一班毕业生组织起来的。建国到现在不过两个月。在十月下旬,他们举行建团公演,演了还不止一次。我在这个月里,把他们上演的剧目,几乎全都看了。有两个轰动上海的大戏——《杨门女将》和《白蛇传》,果然很好,但有十几个折子戏,也莫不精采纷呈。看过后的感觉不仅是新鲜齐崭,也的确看得出这一群青年子弟既不失老辈典型,又能够新枝别发。所以每一出戏,都能使人满意,叫好,且大呼过瘾。

回廊灯火照昏晨,一府豪华万庑贫。话到寒窗真欲恼,怜她年少解传神。

京剧《寇准罢宴》中饰乳娘者是孙花满,这是个突出的老旦人才。其实这女孩子才二十岁,既以《罢宴》而名重一时,后来在《杨门》中饰佘太君,亦为观众所激赏。

披挂人来灿若霞,更多翻滚夺腰牌。卅年看遍《三岔口》,不及今看《挡马》佳。

《挡马》是昆戏。以最好的刀马旦王芝泉饰杨八姐,而以武丑张荣铭饰焦光普。店房摸黑,有些似《三岔口》,但故事性比《三岔口》为强,故戏也显得热闹。

绝活人惊弄佛珠,还看行路好工夫。《下山》几辈风流丑,谁似刘家小本无?

《双下山》以刘异龙饰小和尚本无。刘戏是昆北华传浩所亲授,加上这孩子又肯下死工夫,所以耍佛珠、走矮步、走急步,又是扎实,又是稳健,看来底子打得真好。

(香港《大公报》1961年12月9日,署名:刘郎)

高青演《柜中缘》

耳目年来乐有加,不师一派自成家。戏从汉上来良种,人出江南是异花。

高青所赖有年青,既耐人看亦耐听。粉墨焉能瞒老丑,痴憨终是女儿经。

京戏之有《柜中缘》,是从汉剧改过来的。上海青年京剧团这个戏是一绝,它受尽观众的喜爱。扮戏里那个小姑娘的是高青。也只有高青那样婉姿可喜的扮相,演小女儿撒痴撒娇的模样,都能恰如其分。我是不大喜欢看那些上了年纪大演员,来扮"憨跳多姿"的小女儿的,所以"京昆"此戏之称绝一时,"绝"的就在高青身上,因为高青就是小姑娘,所谓"此人此戏"者是。

(香港《大公报》1961年12月24日,署名:刘郎)

"上海牌心里美"

尝得炉边果自珍,移根北国到淞滨。剖开心里居然真,若有流丹染齿唇。

吆喝寒深夜亦深,儿时痴梦此重寻。可怜四十年来后,谁信江南植党参?

"心里美"是北京出产的一种萝卜。它的皮色翠绿,白肉,但剖切开来,中心作紫红色,斑斑点点,像胭脂似的非常悦目,故称"心里美"。小时候住在北京,到了冷天的夜里,巷中传来吆喝声,都是卖萝卜的,既有"心里美",也有"紫牙青"。

最近,我在上海也吃到了"心里美",水果店里的人说,这是"上海牌",并非从北方运来。我仔细打听了一下,方知嘉定、宝山两县的果园中,都从北京引种了这种萝卜,非但生得很好,质量也高,而且看相和吃口都与北京种一般无二。

上海向全国各地引种的花果乃至其他作物,大都成绩良好。山西的党参(引种药材有数十种之多,党参是其中一种),目下在上海大量生产,不仅见之于报上的记载,在电影的新闻片里,也记录了这样的奇迹。

(香港《大公报》1962年1月16日,署名:刘郎)

〔编按:"看相"疑应为"卖相"。〕

周信芳登台六十年纪念会上作

记得歌楼日日凭,当时所喜得为朋。今朝一品红中坐,铸就高名万代称。

周信芳先生舞台生活六十年的纪念会,去年年底,北京、上海两地已先后举行,上海的会场在大众剧场。主席台上放满了象牙红(又称一品红,亦称圣诞花)的盆栽,让周先生坐在中间。旁边是政府的领导人,上海文艺界的知名人士如盖叫天、黄佐临、袁雪芬、赵丹等也都簇拥着周先生坐在台上。这天,我们赶去参加盛会,在座上忽然记起我和信芳作朋友已近三十年了,那一年,他也在这个台上(当时叫黄金大戏院)演戏,我几乎每天都来观赏他的名作。日长时久,我们的交情不减,而信芳的成就,蒸蒸日上,到今天,他是一代宗师,受到了无可衡量的荣誉,你说,为老友的,叫我如何能抑制得住这一分喜悦的情怀!

引路登楼最耐看,小锣紧打客心寒。郓城托出刘唐美,只在襟边与扇端。

大会结束前,周先生为来宾作了谢词;大会结束后,周先生又为来宾演出了《坐楼杀惜》。这是他的平生杰作,人们都喜爱他的"杀惜",而我始终认为《刘唐下书》,轻灵明快,更是好戏。上面这首诗就是为"下书"写的。但这里附刊的一张照片,是这天为他拍的"杀惜"一场。

你看,近七十岁的周先生,表演功夫,挺劲何减当年?(饰阎惜娇者是赵晓岚)

(香港《大公报》1962年1月19日,署名:刘郎)

侯 老 登 台

少年初看踏青苗,还念刘阁板好摇。别去算将卅载外,重来携得一徒高。江头风物都除旧,楼上"牡丹"老尚娇。最喜先生身手健,声声呜咽唱牛皋。

去年岁末,上海的华侨饭店里,住着二位北京来的京戏老艺人,一位是侯喜瑞,一位是荀慧生。

侯老先生是著名的架子花脸。我十几岁时,在北京看过他的《战宛城》,一折"马踏青苗",人们称他为"活曹操";后来又在上海看过他同梅兰芳演的《法门寺》,人们也称他为"活刘瑾"。但就是这一次以后,他非但没有来过上海,即在北京,也很不得志,到后来,听说他竟在天桥演唱。直到解放后,政府才又把他珍视起来,请他进了中国戏校,为青年学生教艺。

这一回他就是陪他的一个得意门生袁园林一起来上海的。侯老先生已经七十二岁了,他离开上海已经三十多年了。上海文化局因为机会难得,曾经烦他作过一次观摩演出,贴的《牛皋下书》。

至于荀慧生(荀少年时艺名白牡丹)去年已是两度来沪,第二次来,是找美容医生治理眼睛的,他要求把垂下来的"眼蛋"拉平,使得化装以后,还像当年一样的"美目盼兮"。这位老艺人的一番苦心是动人的,因为大家晓得,荀先生现在演戏,决不是为了自己的生活问题,只是为了培养下一代人才,经常为他们作示范演出,好使荀派艺术流传得更加深远。

(香港《大公报》1962年1月26日,署名:刘郎)

[编按:"眼蛋"今多作"眼袋"。]

图 戏 排 题

　　万人延项待"盘夫",只为"盘妻"噪海堧。一种情深图上见,妹儿仍要姊儿扶。

　　当年姊妹竞红妆,老桂何曾略减香？谁信姊儿临五十,登场犹是少年郎。

　　去年岁暮,尹桂芳来上海演《盘夫索夫》,那轰动上海城的情况,已有人先我在本园报道了。大约过了一个月,尹桂芳因为身体不好,就歇了下来。在养病期间,她倡议要与傅全香在上海演一出《盘夫索夫》。因为这个戏,她们当初演过,曾使海上"越迷"看得如痴如醉。

　　这里有一张照片,就是她们在排戏时拍的。您看看,尹桂芳的清姿玉貌,怎么也不像一个五十来岁的人,难怪有人说她扮起贾宝玉来,硬是个年少郎君。

　　诗中所言姊妹,指从前越剧界有十大红牌,结为姊妹,尹桂芳、傅全香、袁雪芬、徐玉兰、陆锦花、戚雅仙……还有,就记不全了,十人中以尹为大姊。

　　(香港《大公报》1962年4月4日,署名:刘郎)

闻夏佩珍再生

　　宣王老有养,霜雪也回春。论岁同胡蝶,逢人问佩珍。忽传江上信,又现影中身。五十将临日,颜开拭垢尘。

　　三月末,上海的一张晚报上,突然爆出一段新闻:《夏佩珍再生记》。

　　夏佩珍是三十年前上海的电影明星。她与胡蝶、黎明晖、杨耐梅、宣景琳等为并时人物,论风头出得也与上述诸人相垺。但此人后来沦落了,甚至到了不可自拔的地步。幸亏上海解放,她同丈夫到了汉口,丈夫工作于武汉钢铁厂,夏佩珍以工人的家属,一直住在汉口。不幸的是后来她的丈夫因病身故,处境又比较困难,这件事给上海的宣景琳知道了,告诉了上海电影厂,"上影"又把夏的情况,告诉了武汉电影厂。"武影"在前两年把夏吸收到厂里工作,她现在受到"武影"的待遇,与宣景琳、王汉伦、范雪朋、王耐霜等这批老演员受到"上影"的照顾一样。

不久前,她写信给宣景琳说,二年以来,她已经有过两次演戏的机会。今年夏已四十八岁。

(按:予与胡蝶同年,第三句故云。)

(香港《大公报》1962年4月6日,署名:刘郎)

〔编按:王耐霜,应为黄耐霜。因此诗的首句当改作"宣黄老有养"。〕

七十六岁老人的一个硬抢背

三绝尤推恶虎村,走边腰脚且无论。夺刀抢背翻腾后,一亮(亮相)浑如石一尊。

老来修炼几曾停,长使青年拜典型。倘问典型何所致?盖家庭院水门汀。

今年盖叫天在上海演过几场观摩戏,其中一场是《恶虎村》。我欣赏盖老的戏,认为有三出最绝,《恶虎村》是一出,其他则是《史文恭》与《贺天保》。

这一回台下人无论如何想不到在黄天霸与郝文夺刀之后,盖老会使一个硬抢背的,等他抢背起来,在台口亮相的时候,场上的采声,直同春雷爆发一般。这个抢背掼了以后,立刻成为上海戏剧界的美谈。因为这种功夫,在盖叫天少壮之年,本是家常便饭,而现在他是七十六岁的老人了,原样来这一下子,就可想见,这老头子自己这一行的丝毫不苟,对艺术的无限忠诚了。

为什么这个抢背要受尽人们的惊赏呢?原因是这个抢背不好掼。他头上的是硬罗帽,翻低了,罗帽会触碰台板,所以必须凌空腾起,才能掼得稳,也掼得好看。

盖叫天天天练功,数十年如一日,这是大家都知道的。但你也许不知道他家有个小花园,从他搬进去那天起,就把花园的草地,改浇水门汀,作为练功之地。他的功夫到如今一如旧状,都是从这块水门汀上来的。

(香港《大公报》1962年4月10日,署名:刘郎)

溪口诗抄之一

　　当年山下弄兵烽,老寇谆谆小寇从。今日连城佳子弟,一生心事托田农。

溪口是一个镇,它属于奉化县。大家知道蒋介石是宁波奉化人,其实更具体一些,他的出生地便是溪口。如今溪口镇上,还有他的住宅,我去看了看,那房子大得很,式样不中不西,又像医院,又像菜馆。现在这里是一家农业中学的学生宿舍。当年蒋介石在此也办过一所武岭中学,他自任校长。这是蒋皇朝特务的最早培养所,每年有一千名小特务,在这个中学里"毕业"。

　　先生无病亦郎当,片枕来分午梦长。此地清安能作佛,如何竖子弄刀枪!

当初蒋介石的武岭中学,位于武岭山脚下,拓地近千亩,广宇栉比。如今已改为溪口疗养院,背山临水,风景幽绝。院长是个热情人,我到那里访问,由他殷勤招待,吃过中饭,他坚留我作片时的休养。把我安置在大礼堂旁边的一所精舍中,簇新的绣花被面,绣花枕头;屋子里的设备也极其精致,吴昌硕的一幅巨画,掩盖了半堵墙壁。院里的人告诉我,这屋子从前是蒋介石的校长办公室,他每到溪口,在校的时间比在家的时间更多,那大礼堂就是他同小特务们谈话的所在。

(香港《大公报》1962年4月16日,署名:高唐)

[编按:《溪口诗抄》不属于《唱江南》专栏。]

溪口诗抄之二

乘竹曾闻天上来,暮年我至惜微衰。春风不似春波否,客鬓幽香落晚梅。

记得二十年前,桑弧游于四明山区,回来后告诉我从雪窦山下乘竹筏,顺流直下,乃至溪口,两岸风景如画,虽惊险,实饶幽趣。予此次自宁波赴溪口,值溪滩浅涸,筏不能起,欲尝险趣而不可得也,为之怅然良久。

悬岩千丈畏攀临,大瀑声喧懒一寻。日暮入山亭外过,不知雪窦几遥深。

游溪口时,曾驰车过入山亭,已薄暮矣,故未赴雪窦。赴雪窦,须越入山亭,行十五华里,始抵山下。予惮于攀登,对此浙甬胜地,亦废然作罢。

(香港《大公报》1962年4月17日,署名:高唐)

《三盖衣》上银幕

戏亦犹人似灿虹,凤冠旧调出新工。悬知他日虹光散,归去家家说采风。

近年来,金采风的戏剧《三盖衣》,成为艺林精品,上海电影厂决定把它拍为彩色电影,目下一切准备工作,正着手进行,导演已决定由吴永刚执行,老手也,饰演小生的是陈少春。

衣裳三盖唱缠绵,水姐还如凤姐年。后辈成花君作叶,银灯初伴阿婆贤。

《三盖衣》电影里的婆婆,已约请杭州的姚水娟来担任。姚今已五十许人,此人在三十年前,实为独步越坛之名角。尹桂芳、袁雪芬都是她的后辈人物。我看过她的《送凤冠》(《三盖衣》是全本《送凤冠》的一折),那时,姚还像今天的金采风一样年轻。

(香港《大公报》1962年5月4日,署名:刘郎)

龙华道上看桃花

冲寒曾看早桃花,十日南郊又驻车。方是我来乘宿雨,颇怜僧老得新家。窗前自有倾城艳,路上今铺万树霞。依旧春风旋古塔,游人从此满龙华。

在春寒料峭的二月里,我游于龙华。去时以为桃花替雨,禁不起春寒的凌虐,谁知就在龙华寺的旁边,便有一树盛开,而蜂蝶多情,来参盛会,把风光点缀得更加旖旎。因为这样,过了几天,不得不诱我重到龙华。这一日,龙华的桃花,已经千株万树的开得如霞似锦了。

乘看桃之便,到龙华寺去访晤雪悟上人。他原是吉祥寺的当家,近年才来主持这个古庙的行政。跟在吉祥寺一样,他把卧室打扮得十分幽雅。在卧室的窗外,是一座杂莳花木的院落,院子中间,栽着一棵牡丹,相传是清咸丰年间的遗物,也是上海的古迹。雪悟相约,待牡丹开时,他会打电话给我,邀故人同赏。

(香港《大公报》1962年5月5日,署名:刘郎)

"小红楼梦"

"小红楼梦"登场矣,春申江畔传百里。宝玉飞扬台上看,岂徒形象殊珍异。少年跳荡亦深情,到眼都无雕作气。前辈谦谦敛手时,不因懊恼因欢喜。人于黛玉亦倾心,百啭幽簧难与拟。院外中宵立片时,炉边焚稿真流泪。如何方汝处青春,能解潇湘肠断意?归来我为不成眠,一树新花开奇丽!

四月底,上海越剧院青年演员的一台《红楼梦》,在大舞台公演了。上海人把徐玉兰、王文娟那一台叫"老红楼梦",而把这一台唤作"小红楼梦"。

"小红楼梦"的演员,大多到过香港。饰宝玉的金美芳,演黛玉的姜佩东,香港人不但熟悉,而且对她们的演唱曾经极口赞赏过的。

在《红楼梦》成就最高的金美芳,尹桂芳、徐玉兰、范瑞娟都是演过宝玉的前辈,她们看了金美芳的戏,都兴奋地跳起来,她们说,青年人真有出息,我们都不如她。

但愿这一台戏,今年或是明年会到香港来演,您看了,一定会说我刘郎没有瞎三话四。

(香港《大公报》1962年5月21日,署名:刘郎)

阳 羡 茶

幽伴野山茶,初尝阳羡茶。群夸庙后种,能发明前芽。入眼盈杯绿,高名万代嘉。流芳写不已,来日遍天涯。

江浙的茶叶,以碧螺春与龙井最脍炙人口。但前此二者已闻名于此的,却是阳羡茶。

阳羡,即是精制紫砂茶壶的宜兴。阳羡的野山茶,在唐宋年间已很出名,至今宜兴有唐贡村,就是因为这里产的茶,曾经在唐朝进贡过的缘故。

阳羡茶到后来之所以湮没无闻,传说有两种原因:一是因为这种茶是野生的,它遍布于危崖幽谷间,采摘比较不易;其二则苏州、杭州的茶叶,大大出名,而阳羡茶以产量不高,竟为世人所遗忘。

但阳羡茶虽然湮没无闻,却不等于绝种。这茶到现在还有,而且生长在小秦王庙后面的(人称庙后茶)依然为茶中极品。不过物稀为贵,产时只能在当地的人可以尝新,很少带到外面来罢了。

现在政府要把它繁殖起来,将野山的茶苗进行人工培植,料得再过几年,阳羡名茶,又将流芳当世了。

(香港《大公报》1962年6月4日,署名:刘郎)

[编按:明代冯可宾《岕茶笺》:环长兴境,产茶者曰罗嶰、曰白岩、曰乌瞻、曰青东、曰顾渚、曰筱浦,不可指数,独罗嶰最胜。环嶰境十里而遥,为嶰者亦不可指数。嶰而曰岕,两山之介也。罗氏居之,在小秦王庙后,所以称庙后罗岕也。]

闻孙花满与高青将演新戏

宰相豪华刘媪嗔(寇准罢宴),太君气慨自凌云(杨门女将)。赤桑镇上肠千折,终以柔怀谅良臣。

上海青年剧团的老旦孙花满,返沪后已学成两出新戏,一为《行路训子》,一为《赤桑镇》也。《赤桑镇》演包拯斩其侄儿包勉事,勉母闻讯,赶赴赤桑镇为子求情,且责拯无义。盖拯少孤,赖嫂氏抚养,则嫂犹母也。包拯为民除害,晓嫂氏以大义,终不拦阻。此戏花脸与老旦并重,唱做两繁,与孙花满合演者为苏盛义。

卢家不是女儿痴,淡淡风情透发肌。欲使高青工跌荡,便应北上访名师。

高青排演的新戏是京昆兼有的《大名府》。戏中高饰卢俊义妻贾氏,与其一向擅演的《柜中缘》与《拾玉镯》的风格完全不同。此角余昔年见华慧琳演过,最绝。她不似一般花旦之以姚冶称长,而只在眉目间,荡漾着淡淡风情,见之自然神往。华今为北京戏剧学校教师,去年轰动上海的那班京校青年花旦,皆曾问艺其门。

(香港《大公报》1962年6月6日,署名:刘郎)

闻高盛麟到沪喜赋

万家翘首望江天,绝业杨公此子传。弦管情怀时寂寞,君来始为一腾煎。

登场先许看高冲,伯约(姜维字,指《铁笼山》,为盛麟绝构)声容特地工。槛外吴郎应一喜,快将佳讯报南中。

上海报纸刊高盛麟到沪,并于二十二日在此登台。三天戏目已排出:第一日《挑华车》,第二日《史文恭》,第三日《走麦城》。

同来的有高百岁、郭玉坤、杨菊苹、关正明、李蔷华、张安平诸人,阵容可谓甚矣。

闻此消息,喜不成寐,为赋二绝,以告在港之同嗜者。

(香港《大公报》1962年6月27日,署名:刘郎)

[编按:第二首中之"槛外吴郎",指笔名"槛外人"的吴性栽。郭玉坤,也作郭玉昆。]

送上海评弹团南行

抽精滤髓向南方,弦子琵琶列队行。认母、哭更夸一蒋,别兄、闹柬听双杨。唐家说绝惟三国,薛氏真传赖女郎。琴调飞扬台上见,君闻丽调倘回肠。

上海有一班评弹团到香港表演。一行十余众都是上乘之选。除了几个年青演员外,那些或者竟是相熟的朋友。比如说男的刘天韵、蒋月泉、唐耿良、杨振雄和杨振言弟兄以及女的朱雪琴和徐丽仙,哪一个不是书坛上的头儿尖儿,又是自成一家的名手呢!

在上海,因为猝然拔掉这一支精锐队伍,"书迷"的依恋之情是可以想见的,因此当评弹团离沪的前几天,连夜在仙乐书场,演奏了他们的传统书目。刘天韵的《三笑》、《描金凤》,蒋月泉的《玉蜻蜓》、《白蛇》,杨双档的《武松》、《长生殿》和《西厢记》,唐耿良的《三国》,徐丽仙的开篇,朱雪琴的《珍珠塔》(与朱配下手的薛惠君是薛小卿的女儿)。这叫让上海"书迷"过一过瘾,再挨一挨饿。

在那几天的仙乐书场里,且不说一般"书迷",只说电影界如刘琼、蒋天流、孙景路、徐玉兰、范瑞娟、王文娟、傅全香等等那叫听得如醉如痴,欢呼雀跃。

(香港《大公报》1962年7月3日,署名:刘郎)

送刘韵若献艺香港

灿烂能翻舌底花,又弹弦子又琵琶。计程此去端阳近,争为南人唱《白蛇》。

若拟文章谁得如？既能秾丽复清疏。弦边今种珠千斛，君是刘公掌上珠。

刘韵若是弹词名家刘天韵的侄女。相传上海解放不久，天韵满心欢喜，回到嘉兴乡下，看见这个侄女伶俐聪明，对她说："你阿要跟叔叔到上海说书去吧？"孩子一口答应，跟着就走，从此拜了叔父为师，学艺甚勤。

韵若唱的是俞（秀山）调，因为变化尚少，所以到现在为止，她可以说是俞调正宗。

我听过她叔父说的《三笑》，也听过她同蒋月泉合作《白蛇》，"喷符"一折，真是激动人心的好书。

（香港《大公报》1962年7月8日，署名：刘郎）

朱雪琴赞歌

眼底清才涌若云，风华豪迈况天真。卅年我向弦边坐，几见飞扬似此人？

绝调家家话雪琴，师门仰望识情深。江南莫惜龟年老，不敢遗神且到今。

去年，上海评弹团到北京去，北京人对朱雪琴的书艺揄扬备至，报纸上夸朱雪琴的文章，也是盈篇累牍。谈到她的风格时，有的说，"在台上挥手谈笑，从容自若"；有的说，"琴调或纡曲萦回，或汹涌腾沸，或飞溅喷射，乃至浩乎其沛然，成逼人之势"。这些话都说出了朱雪琴在台上的特点，绝非逾分。

朱雪琴本是师承"沈调"，后来别出机杼，自立门户，创为"琴调"。但她对沈俭安的家数，始终仰赖弥殷。记得几年前沈俭安南来上海登台，老了，中气不足，可他是个聪明人，能够适应这副已衰欲损的嗓音，从低沉中唱来亦有宛转之致，非常好听，正像余叔岩后期唱的《沙桥饯别》一样，别有一番醇厚之味。到了今年，听过几回朱雪琴唱的开篇，在她的大段行腔中，竟保留了沈俭安青年的味道。"琴调"风行，"沈调"亦未成绝响,雪琴真有心人也!

(香港《大公报》1962年7月10日,署名:刘郎)

看孙淑英"庵堂认母"后作

孙家师父是谁耶?微觉孙家即一家。眼里自生幽寂感,脸边初涨早晨霞。轻弦细曲如亲酒,抽绿抒黄似写花。我以暮年争看汝,依依且为送征章。

"庵堂认母"是弹词《玉蜻蜓》的一折,是名弹词家蒋月泉的平生杰作。可是我从未听过。上月间的一天晚上,仙乐书场贴蒋月泉这折书了,特地赶去欣赏,谁知月泉临时有事,书目不改而人却换了。换的是刘韵若和孙淑英,两个都是女的,都是年青的一辈。

换了人,我起初有点懊恼,但等这出书说下来,我又是十分满意。尤其满意的是孙淑英,她不仅给了我耳朵的享受,而更多的给了我眼睛的享受。因为她在说表弹唱之余,还在"演",她的演又不在于身上的动作,而是在于她的脸上和一双眼里。从眼睛里流溅出来的幽凄之色,使人感觉到孙淑英不是台上的演员,而是书中的三师太了。甚至她的头上明明秀辫双垂(那时孙尚未截发),身上明明穿着紫红的丝绒旗袍,可是台下看上去,却像一身淡灰布的冠裳,就是伴着红鱼青磬的云房修女。

后来我又接着听了她的"哭塔",都有这种神化的感觉。神化新法讲起来是"进入角色"。这样的本领,师父未必能教,而是年轻人用心钻出来的。所以在上海评弹界的青年队里,孙淑英是一朵奇葩。

(香港《大公报》1962年7月11日,署名:刘郎)

塘 栖 白 沙

塘栖蔗味自然佳,今食丁山软白沙。为报洞庭诸绝艳,甘芳尚不称枇杷。

江干五月仰风裁,桃瓣肤光杏子腮。算是暮年殊福分,青云驾得阿娇来。

　　端阳前后,上海正是吃枇杷的时节。近年自己觉得对于祖国的物产,真是孤陋寡闻。比如枇杷,只知道洞庭山的金钱白沙,苏州的光福白沙,塘栖的大红袍而已。不知塘栖还有一种叫软条白沙的,其风味可以凌驾东山的金钱白沙。它的特色是果皮极薄,硕大而圆,皮轻黄色而肉作白色,核奇小,一咬,满口浆汁如蜜,然不腻齿舌,就因为它的娇贵,采摘后无法久藏,也就不能外运。

　　前天,一个朋友从杭州乘飞机回沪,带来了一筐软条白沙,我因得分饷几颗,叹为果中珍品,不得不旌之以诗也。

　　(香港《大公报》1962年7月14日,署名:刘郎)

看《桃花扇》律句寄曹聚翁

　　扇底蛾眉怒未消,一生不屈是柔腰。倘闻故土栽嘉树,又见春城着秀苗。老去吾曹何所是?长成儿女最能骄。筵边骂贼都无泪,座上有人泪似潮。

　　江南梅雨之夜,我在上海戏剧学院看了一出《桃花扇》。这是朱端钧先生替六二级毕业同学排演的一个话剧。

　　这一班同学,几乎每个人都已成长为优秀的演员,所以这一台戏也几乎可以说演得完美无疵。饰演李香君的那位青年姓曹名雷,有人告诉我,她是曹聚仁先生的女公子,好一个人才!在台上她是绮丽雄豪,一身是戏。因为扮相秀美,在秦淮河时看上去是仪度清华,在葆真寺里,则又是凄凉绝代。

　　近年来,我常常为了我们年青一代的戏剧演员的成长之多、之远,而感到衷心的欢喜。可惜曹聚翁不在上海,如果他能看到曹雷的演戏,老怀愉悦,必然比我更为深切的。

　　(香港《大公报》1962年7月30日,署名:刘郎)

　　[编按:香港《大公报》1962年8月3日刊曹聚仁《答刘郎》,其中

称："刘郎才华出众,其诗风格俊逸,唱江南之作,言之有物,可说是浪漫的与写实的结合。"]

拾镯能传一片痴

　　杨家有女长成时,竟掷江南词客诗。乍见艳如栀子枝,重来盛似紫藤垂。擎杯不吝三升醉,拾镯还传一片痴。仿佛而翁清业在,可怜难报九泉知。

　　高盛麟率武汉市京剧团来沪,携花旦杨菊苹同至。杨本是江南坤旦中的杰出人材,故小杨月楼先生之女,名武生郭玉昆之妻也。其人爽艳如高花,今四十许人,望之犹似三十四五。予观其《拾玉镯》、《贩马记》诸剧,风光肃丽,一仍从前,小杨弱息,尤物天生,真使旧日周郎,老怀无虑矣。(自注:以上一段仿民国初年评剧家笔墨,颇多神似。)

　　当盛麟临别的前三天,我们同在国际饭店赴宴,有菊苹夫妇、李蔷华关正明夫妇以及李如春等。我问如春,在杨菊苹身上,还能找出一点小杨月楼的影子否?他说几乎没有,因为杨菊苹一直有自己的风格,便忽略了父亲的遗范。

(香港《大公报》1962年8月19日,署名:刘郎)

王 孙 二 咏

　　春江眷属说神仙,见说离雏第一年。无奈痴儿耽昼寝,慈帏依旧护清眠。

　　去年,孙道临和王文娟结婚的消息,本报曾以专电报道。孙在未结婚前是和母亲住在一起的,结婚了,就另筑洞房。但在上海却传说着这样一件事:孙道临虽然离开母亲居住了,每天的中饭,还是赶到母亲那边吃的,吃完中饭,他有午睡的习惯,也就睡在母亲身边。此人纯笃,所以悯老人甚至,闻者无不动容。

　　喜讯群传入夏初,又传新事岁将晡。长街车马喧闻咽,争看王孙第一图。

去年岁暮,上海淮海中路一家照相馆里,挂出一张王文娟和孙道临的俪影,于是从早到夜,橱窗外涌塞着人群,因为他们从夏天结婚以后,无论在书报上,照相馆里,都没有见过他们合拍的照片,这是第一张,难怪来来往往的人,要争瞻风采了。

(香港《大公报》1963年1月17日,署名:刘郎)

争为周郎浚眼波

气力年来犹自多,何曾寝馈废弦歌。人间更有回春手,争为周郎浚眼波。

近几年来,周信芳先生没有停止过演出。在台上,他的嗓音未曾减弱,腰腿也未曾退化,即是眼神也依然光采射人。其实他的眼睛有病,是白内障,谁也料不到他在台上是生龙活虎;到了台下,不仅对面不能辨认来人,连步履也有点艰难。医生诊断的结果,要他割治。

大约在一二月前,我在他家里,周先生对我说,医生催得他很紧,要他去住院,好动手术,他则深恐手术以后,要戴眼镜,戴了眼镜,反而有损眼神。我劝他还是以健康为重,何况动了手术,未必便损神。

去年岁除前三天,我打电话给他,他家里人说,周先生住在医院里,经过手术,情况良好,不久即可出院。而且医生说,出院以后,不但从此重光,还能保持未病前的神采。闻此消息,令人欢欣雀跃,书此以告海外之倾心麒艺者。

(香港《大公报》1963年1月28日,署名:刘郎)

天 流 书 画

绝润毫端玉不如,定知绘事亦清疏。今年不向人求画,除是天流为我涂。

天流画与刘郎题,尽笔诗情或可齐。更待三年双管并,刘郎诗笔必然低。

上海电影界中,赵丹能画,蒋天流能书,都是人所共知的了。天流写的字,无论端楷行书,都温润一如其人。从去年起,她又去学画。

大约在去年秋天,天流约了秦怡、桑弧、吴茵、徐苏灵、齐闻韶等七八个人,请了国画院的画师张大壮,给她们教画。老师悉心教授,学生兴致甚高,秦怡更学得孜孜不倦,有一回她进了医院,一天想起教画之日,特地向医生请假,出来上课。

听同学们告诉我,几个月下来,蒋天流的收获最大,已能独自运笔,老师甚至称赞她若有"夙慧"。前天,我在电话里向她索画,她开始不肯,我一定要,她才说,你几时有空,到我家里来挑挑看吧。

(香港《大公报》1963年2月4日,署名:刘郎)

为薛君亚《庵堂认母》作

浑忘门外是霜天,来看灯前画里仙。调甲故应温入骨,回腰初信荡于绵。已修痴福生今世,况以风华润晚年。涕泪无多收亦久,劝君休弄断肠弦。

女弹词家之负盛名者,大多以唱擅胜场,若论说得好,则以我所见,薛君亚为第一。其人灵爽聪明,而口才便给,辩事属词,自有细腻温情之感。学弹词七八年,能书三四部,《玉蜻蜓》最为出色。去年冬夜,听其说《庵堂认母》,台上的三师太说出了眼泪,也引出了台下人的眼泪,真能技也。

(香港《大公报》1963年2月9日,署名:刘郎)

为曹汉昌说《岳传》放歌

湖海倘相闻,冲寒屡见君。并时昆弟业,千古岳家军。拭泪怜贞魄,挥拳挫寇氛。惟持正义在,爱恶自然分。

从前听得评话家程鸿飞的《岳传》说得好,没听过,等到想听,而此人已作古多年了。后来又听说曹汉昌的《岳传》说得好,也没听过,直到去年冬天曹率领一部分团员(曹是苏州人民评弹团团长)来上海演出,我才一连去听了他四十多天的书,从高宠挑华车起直到风波亭岳飞遇害止。

真是好!他的《岳传》不但书路清,书路广,说得也爽脆,既简练,又细致。而观点正确,听得出他是用了很大的工夫剪裁过、提炼过的。

曹汉昌有个弟弟叫曹啸君,是弹词家,路子正,口齿清,唱几声也韵味醇然。他是江苏省曲艺团的成员,不久前也在上海演出,我听过好几回,欣赏得很。

(香港《大公报》1963年2月19日,署名:刘郎)

阿翁弦子媳琵琶

花底樽边弦索频,满城争唱宼官人。算来三十年前事,徐调幽凄从此始。依旧风流唐六如,相逢又是海之壖。登场腮染妍红色,掠得千梳头未白。一串珠喉胜女郎,几忘儿妇在身旁。王鹰年少勤研习,腔糯声道谁匹敌?曲曲传情挚复深,难忘佛阁画观音。有时偏爱歌声涩,艳婢千秋真欲活。座上群夸才调贤,赢来伯父解清怜。见时言笑都无忌,别有常烦书札寄。相约连山冰雪中,梅花玄墓与君同(清王仲瞿句,玄墓山为邓尉异名)。

图中人为徐云志与王鹰。云志今年六十二,三十年来,尝以"徐调"风靡上海。王鹰为其儿妇,则自创新腔,其歌亦柔亦滞,颇醉人神意。予仿弹词家之有一腔特出者,辄标以姓字之例,因谥王鹰之歌为"鹰调"。

(香港《大公报》1963年2月25日,署名:刘郎)

苏州兰花会

此行不为看幽兰,何意能惊绝世颜?昨日迎春坊外过,黏香惹麝似萧山。

到苏州,听说拙政园举行兰花会,便去看了一个畅快。凡是举得出的兰花名品,几无所不有。过远香堂,只觉得一身徜徉在香雾间,直是人生难得的享受。

老花作态自亭亭,新剪含羞散远馨。好似宛儿出嫁日,玉人斜巷旧门庭。

苏州的兰花会,我这是第二次看到。第一次还在三十年前,那时与新妇小住吴中,记得赶到留园去看的。以后民穷地瘠,就不再举行。今年始由苏州园林管理处举办,恢复了这个苏州的传统风俗。

(香港《大公报》1963年3月29日,署名:刘郎)

金采风丁赛君旧档新拼

玉簪正豁远人眸,此地人争看彩楼。待得夫妻桥架起,八年旧爱此重修。

当金采风的彩色片《碧玉簪》在香港轰动的同时,上海的越剧迷,也在为金采风而忙于扑飞。原来她的又一杰作《彩楼记》,正在上海演出。

《彩楼记》不是金采风的新戏,不过从一九五九年演过以后,一直搁置起来,到最近方始重演。这一回是经过了全面修改的,除了增加"祭灶"一场外,对"逐婿"、"探女"等场,或加以丰富,或加以精炼,使那位身为相府千金的刘月娥"富贵不能淫,贫贱不能移"的性格更加突出。戏中的小生吕蒙正,则仍由陆锦花饰演。

等《彩楼记》下来,金采风又要编排一出新剧《夫妻桥》,这是根据川剧改编的一个清装戏。剧中的小生则将由丁赛君担任。金丁本来是老搭档,但一晃已有七八年没有同台了。听说从《夫妻桥》开始,她们要像徐玉兰之与王文娟,傅全香之与范瑞娟,毕春芳之与戚雅仙那样,永远搭在一起。因为她们两人的身材都比较颀长,配在台上,自然受看。

(香港《大公报》1963年4月12日,署名:刘郎)

虞山新貌

依旧松杉青子孙,虞山花柳自成村。春来尚父湖波大,引我销魂过剑门。

才看三峰入果林,桐茶笋栗几番寻。悬知花发灵山日,一派红云一派金。

到了苏州,又去常熟。到常熟我是总不免要登虞山的。十年前的虞山是座荒山,经过日寇的戕伐,连有限的树木也荡然无存了。现在却有了虞山林场,拓山地千余亩,种油桐、毛笋、板栗等经济作物。还有茶树园,占地三百多亩,品种有旗枪、碧螺春、炒青、桂花茶等,有的已培育成长,有的则在试植中。

另以一千二百四十亩山地,辟为果园。这里种着枇杷、苹果、水蜜桃、梨以及杨梅等果树,真是花色浩繁。记得我以前和韦伟上虞山,因为看不见花树,故有诗云:"渡坡人似花辞树,无怪灵山不见花。"此来则面目大易,惜不曾与韦伟同赏耳。

(香港《大公报》1963年5月3日,署名:刘郎)

银灯长照"活武松"

乌用问春秋,但看似炬眸。笑陪应"老噱",演活武都头。极艺银灯照,千秋典范留。不堪回首记,狮子旧时楼!

盖叫天正在上海摄制全本《武松》。我到摄影场去参观的那天,盖老正好装着架式,在同导演应云卫、俞仲英讨论"鸳鸯楼"一场的镜头问题。

看见"鸳鸯楼",我会立刻想到他演《狮子楼》的一段故事。那是近三十年的事了。有一天晚上,我在大舞台看他演《狮子楼》(是陈鹤峰扮的西门庆),因为舞台装置出了毛病,他从楼上翻下来时,当场折断了腿骨,以致当夜回戏,他在医院里治了好一阵子,才得痊愈。长时期的辍演,繁多的医药费用,从此使他久困穷乡。

当年的盖叫天,还是南方武生第一块牌子呢,然而国民党从来没有重视过他;看了如今我们政府对他的关怀,人民群众对他的爱护,文艺界人对他的尊敬,我是颇多感触的,盖老本人自然感触更多。难怪他过了七十高年,还不辞劳累地在水银灯下,献出他的一身绝艺,为后一辈留作临摹的蓝本。

(香港《大公报》1963年5月25日,署名:刘郎)

太　湖　虾

山山水水尽清嘉,仙果千年说白沙。君去莫忘湖产美,江南四月食莳虾。

"豆儿清糯笋儿甘,四月鱼虾孕子酣"。这两句前人的诗,真是写尽了四月江南一些登盘的美味。

其实严格说起来,这些东西的尝新时期还是有点参差的:竹笋最早;蚕豆在四月初,它是"立夏见三新"里的一新;而孕子的鱼虾最晏,往往要到四月底、五月初,上海才有莳虾可吃。

上海称"孕子酣"的鲜虾为莳虾,大概因为吃它的时候,要在莳秧汛里。也有称为子虾的。到这时候,上海的本帮饭店如德兴馆、老饭店以及无锡帮的老正兴馆烧出来的油爆虾,最为食客钦羡,还有一味黄瓜烧虾,也成了应时名菜。

可是真正要吃莳虾,上海不是理想的地方,而必须到苏州无锡去吃太湖虾。如果到洞庭东山去吃,那是再好没有了。那里的太湖虾,推为极品。它的特点是:壳薄,肉肥,质嫩,滋味鲜甘。虾的形体不是过大,也不过小,只只透明,名为水晶虾。平均二三百尾中,难得夹杂一二只黑壳虾。正是吃白沙枇杷的同时,若到东山,就能吃到那里的莳虾。东山的饭店或者家庭里,都有醉虾和清炒虾仁飨客,吃了,你就觉得这种口腹的享受,会永世难忘。

(香港《大公报》1963年6月10日,署名:刘郎)

金 氏 三 姝

南方路上正通红,昨日修书贺采风。照片原从妆阁寄,眼光无误刘郎凶。造桥暂撤夫妻义,上戏还分姊妹工。不贴花黄才对镜,衣裳三盖皱眉峰。

这是一张金氏三姊妹最近的照片。右金采风、中金采琴(越剧演员)、左金采凌(昆剧演员)。

这首诗的第一句是说采风演的《碧玉簪》影片在香港和南洋各地的盛况空前。第二句,我向她道贺。第三句,照片是在采风的卧室里拍的。第四句,吹我自己在十年前说的,金采风非红不可。第五、六句,采风和丁赛君合作的影戏《夫妻桥》搁下来了,因为采风先排了一个现代剧,剧名《一包工资》,这个戏她和采琴饰的同一角色,不过采风在市区上演,采琴则在郊区演出。第七、八句是说采风手里拿着一份香港上映《碧玉簪》的说明书,大概对着镜子,向两个妹妹,做《三盖衣》的表情示范。

(香港《大公报》1963年6月21日,署名:刘郎)

丽 秋 词

能才数汝况年青,弦底须来为故曾。自有女儿正义在,动人心肺耐人听。

爱憎了了转情思,正正夫妻一念私?是夜归来多激动,不眠为谱丽秋词。

看了金采风演《盘夫》里的严兰贞,曾是激动人心。我颇以为此才难得;但不久前听了程丽秋在中篇评弹《放曾》里的严兰贞,一样感人肺腑。评弹的老听客常说,青年演员中的程丽秋,是成就最高的一个,因为她的说、唱、演,都已到了第一流水平。听了《放曾》,证明老听客的话,一点也不夸张。

《放曾》最精采的是第二折。严嵩父子,要将曾荣药死,兰贞母女设计救曾。那位起母亲的周剑萍,是张艳庭的学生,两个都在说、唱、演上发挥得淋漓尽致。这样好书,我是连听了三次。

(香港《大公报》1963年6月27日,署名:刘郎)

诗 中 榴 火

寻常能见榴花黄,亦有榴花洁似霜。却讶前人贪弄火,一团红艳写端阳。

石榴花自来以红为多,红又红得特别鲜艳,所以从前人写起诗来,总是把榴花渲染得鲜红似火。比如唐朝以后有些诗句像"风翻一树火"、"火齐满枝绕夜月"、"蕊珠似火一时开"以及"日烘丽萼红萦火"、"红玉绕枝拂露华"等等,读了真感觉到火势逼人。元朝的马祖常还有一句诗"园红榴火炼",索性说成整个花园的红,是榴火把它炼成的了。而另一位元代诗人张弘范的一首咏榴花绝诗,设想更奇,说道:"猩血谁教染绛囊,绿云堆里润生香。游蜂错认枝头火,忙驾熏风过短墙。"这样的夸张,似乎过火,却也有趣。

其实榴花不止红色,黄色和白色的都有,黄的还不是稀品,在目前上海的各个公园里到处可见;白的才不能常见,我只在颐和园看到过一树盆栽,花开正盛,像白兰花,但比白兰花还要白,白似梨花。有人到过《四进士》里宋士杰的故乡信阳州,开的都是红花,花发之日,走进林子,休想睁得开眼睛,那真是"州红榴火炼"了。

(香港《大公报》1963年7月9日,署名:高唐)

农 村 消 夏 图

佩兰茶换藿香茶,井底捞来紫蜜瓜。竹院阴深藤榻软,遂分午梦到农家。

盛暑之日,我去了一天七宝的农村。农妇摘佩兰叶,冲滚水,待冷却后给我喝,阵阵幽香,沁人口鼻。饭后,又给我喝藿香茶,则又是一般风味。按佩兰和藿香,都可以入药,但沪郊各地,又都把它们制为夏时妙饮。余少日乡居,家中固常备此二物也。

七宝所种香瓜,亦属沪郊特产。皮色紫且黑,肉与瓤则绿如翠玉。农家一早把它沉入井底,午后取食,又甜又脆,又是冰凉的,把齿舌都弄得僵木了。真是隽品。

参差新蕊缀高棉,宿雨初浇晚稻田。最是眼皮扶不起,一塘绿涨水浮莲。

有两种农作物,我一向认为可以兼作观赏植物的。一种是棉株上的鲜花,有浅黄色的,有红、有紫也有白的,绚丽极了。到了棉田里,遇到新花盛放,真觉得它比蜀葵、苍兰更为娇美。一种则是水浮莲,在村舍前头,当夕阳在照,看一池浮绿,世上哪还有这样清凉的境界?

(香港《大公报》1963年7月25日,署名:刘郎)

南京路上巨龙游

人来争趁一城秋,十里长街十丈楼。陈迹自消新事长,南京路上巨龙游。物移景换若无形,轮机迢迢一夜更。从此晓窗清梦稳,不因车走递雷声。

上月十四日午后,在上海南京路上行驶了五十五年的一路有轨电车,宣告退休。过了二三小时,是十五日的凌晨,接替一路电车的二十路无轨电车,连续不断地在南京路上接待乘客。这是一批既广且敞的新车,车身又长,人们称它为"巨龙"。

这里附刊的一张照片,是二十路无轨电车经过华侨饭店门口时拍的。香港朋友来上海住过华侨饭店的,都觉得起居安适,只有一样,早晨有轨电车的声音,会使客梦难安。如今,换了无轨电车,消弭了这个缺陷。不信,你来试试。

(香港《大公报》1963年9月6日,署名:刘郎)

吴门七亩园

　　萃秀丛菁亦大观,有时造作胜天然。君来重履江南地,须记吴门七亩园。

　　红珠绽作掌中珍(注),桩老还伸一丈春。最是石榴裹骨干,忽发轻绿数枝新。

苏州有个怡园,怡园的对面有个七亩园,它的本来名字则叫蔡园。蔡园原是一座很好的花园,其中堆的假山,玲珑剔透,也足以使人留连忘返。只因年久荒芜,一向未曾开放罢了。

今年八月,苏州的园林管理部门,在这里兴工修整,我间把苏州各个园林所有的盆栽精品,集中地在这里陈列,称之为"苏州盆景园"。

一下子把五千多个盆景,放在一个地方,真是蔚为大观,令人目不暇给。这个新的、别致的园林已于上月开放。人们看了那些千姿万态的盆栽,无不啧啧称赏,以为人工巧夺天然,倒不只在好奇嗜古而已。

(注:最小的盆栽是枸杞,一只手掌上可以安放三四盆之多。)
(香港《大公报》1963年9月18日,署名:刘郎)

淀山湖杂诗

　　食到斯乡知米软,水因澄澈识鱼鲜。眼中望去黏天绿,都是今年好稻田。

淀山湖属青浦县。此次游湖,先经青浦,赴朱家角,在此用膳,再乘轮舶渡湖。

　　西来浪重近湖颜,停午扬舲过淀山。正是江南新雨后,田农放得数牛闲。

舟过淀山,湖亦在望矣。淀山低于培塿,不足数,惟湖则奇旷,极目无际,据估计,较西湖巨且六倍。

　　几忘舱外日当头,时有轻凉背上流。天阔风高波亦大,人来先受一湖秋。

游湖之日,过立秋已半月矣,而酷热犹同盛夏。

便欲寻幽从旷远,温柔未必胜粗疏。江南看惯烟和水,第一销魂是此湖。

归途口占。

(香港《大公报》1963年9月28日,署名:刘郎)

熙春剧照

灵爽风华萃一身,还从画里看熙春。谁知迎妇称姑日,犹是千娇百媚人。薄饮传呼皆有我,凉秋笑乐可无君？归来再说周翁寿,长觉樽前欠石麟。

附图是王熙春最近拍的一张剧照。您看得出吧？她这样娇嫩,这样艳丽,无减于二十多年前的"小鸟"风情；然而她已是四十出头,有了儿媳妇的阿婆太太了。因为她不见老,当她同媳妇在一起的时候,人们都会说,她们是姊妹,哪里像婆媳？

半年来,熙春一向住在上海,我们经常见面。前不久,她才回合肥去(安徽省京剧团的主要演员),我们送她,她说,年底再来,那时候,将是周信芳先生的七十寿辰,她要招集一班当年旧侣,如:陆洁、胡梯维、金素雯、桑弧、仰虬等为信芳称觞,在这样的局面下,只可惜远在香港的朱先生(石麟)不能回来参加耳。

(香港《大公报》1963年10月20日,署名:刘郎)

持螯二绝

江南八月酿轻寒,入市人争九月团。儿女何曾谙往事,赏螯持菊话辛酸。

阴历八月下旬,上海蟹市已盛。菜场上的蟹摊鳞次栉比,买蟹的人争先恐后。一天晚上,舍间买得一批大蟹,一家人围坐持螯,孩子们吃得笑口常开时,我却告诉他们一个故事。在旧社会里,穷人是吃不起蟹的,那时一蟹之值,动辄逾金。因此当时报纸上登过一张漫画:一个穷汉,手里拿着一枝菊花,出神地望着摊头上的蟹篓。那幅漫画还有一个题目叫"持菊赏螯图"!

多防坚甲损危牙,赖有夫人怜爱加;新馔一盂风味足,嫩茭白炒水晶虾。

家里人吃蟹,恰逢我的牙齿出毛病,吃不得。太太怕我嘴馋,便烧了一只秋天我最欢喜吃的小菜茭白烧虾,茭白嫩,虾肉鲜美,比起蟹来,两者实难分高下。

(香港《大公报》1963年10月24日,署名:刘郎)

菜 市 口 占

卵如山积肉成林,蟹紫鱼青岂待寻。自爱江南大菜白,新霜昨夜喜初经。

每天早晨,若到上海的菜场看看,真是大荤小鲜以及各种蔬菜,应有尽有。鸡蛋鸭蛋,堆聚得似丘陵一般,猪羊牛肉,满架满摊,不但货品多,价钱也便宜,花他三五块钱,可以放满一张餐桌。

我家的孩子,酷嗜荤腥,鱼肉不大离口;鄙人独甘素食,秋日佳蔬,最爱扁豆、茭白之属。昨日假期,我家娘子,亲上菜场,买得大白菜几棵,据菜农说,这些都是经霜新叶,其味自甘,故买它归来,以饷官人焉。

(香港《大公报》1963年10月26日,署名:刘郎)

送"出手"名将出国

刀枪把子是全能,出手新翻四座称。今日联翩渡海去,齐家姑嫂两飞腾。

上海京剧界有两个出名的武旦,也是打出手的名将,一个张美娟,一个齐淑芳。

齐淑芳是武生齐英才的妹妹,齐英才是张美娟的丈夫。所以她们又是姑娘和嫂子。

解放后张美娟不知已经游历过多少个国家,而齐淑芳似乎还没有,最远她只到过香港。

但最近她们一家子(包括齐英才在内)都出国作访问了。听说将到比利时和瑞典两个国家。这张照片,是她们在出国前拍的:便装的嫂嫂在替她上了装的姑娘,指点《白娘子》盗得灵芝草以后,她的面部与眼神,应该如何表演惊魂未定而又惊喜交迸的感情。

(香港《大公报》1963年11月5日,署名:刘郎)

菊 花 田

才得分黄白又黏,高秋景色异年前。曾看花窟三千本,争似吴泾百亩田。药碗茶铛浮绿影,一身双鬓戴长天。几回嗟赏斜阳里,地下陶公定惘然。

今年沪郊的秋收,又是一个大好丰年。十一月初,在收完了棉花,正当晚稻登场,收割脱粒高潮的时节,我到离闵行不远的北桥公社,看他们大闹三秋(秋收、秋耕、秋种)。

从北桥回到上海,没有走沪闵公路,即取道吴泾。车子忽然行走在菊花田的田岸上,一大片一大片的菊花田,好像望不到尽头。原来这是吴泾的一家公社种的药用菊花和茶用菊花。一向听说,沪郊有些公社都在栽种或试种药材,我有幸地看到了药用的菊花田,更有幸的是来得正巧,赶上花时。

我停下车来,仔细观赏,那些菊花都是小朵子的,分黄、白二色,一种特有的芬香,沁人鼻端。"万花如海一身藏",这一回真是在花海里徘徊,到夕阳西下,忘了归家。

(香港《大公报》1963年11月16日,署名:刘郎)

[编按:"万花如海一身藏",套用苏轼"惟有王城最堪隐,万人如海一身藏"之句。]

橱 窗 美 人

猝睹亭亭玉立身,失声我也唤真真。乌衣长托肌光腻,云鬟初调眉眼匀。江上秋来霜露薄,闺中人议剪裁新。红妆载尽轻尘路,才过"朋街"赶浦滨。

上海的时装商店,大都在南京路上。靠近四川路的"朋街"更是出名。今年在"朋街"之东,浦滨之西,又开了一家"上海市手工业局产品陈列所",那地方就是从前的惠罗公司原址。这陈列所也有一个时装部,附刊的这张照片便是这个时装部的橱窗,橱窗里的模特儿摹制得似真人一样。

近几年来,上海商店的橱窗布置,更加显得日新月异。那些百货公司、食品公司,都把商品堆集得重重叠叠,以眩人眼目,看了这些橱窗,总会感到我们的物产丰盈。有的则装点得疏美清华,不但使人赏心悦目,还是一种艺术的享受。这个"橱窗美人"便是属于这一类的。

(香港《大公报》1963年11月24日,署名:刘郎)

南 京 路 佳 话

青壮腾昂少小奇,春城到处好风吹。自从佳话留宾客,明日家家读杜诗。

十一月中旬,上海南京路上发生了一桩佳话:

有两个外宾到上海来参观访问。这一天,由我国的著名作家兼诗人杜宣先生,陪同他们在南京西路散步,先在花鸟商店里买了一点东西,出门后又往西走,才走得几步路,忽然迎上来一个戴着红领巾的孩子,他手里拿着一张十元钞票,问杜先生是不是外宾遗失的。其中一位外宾检点了一下口袋,说正是他遗失的,便从孩子手里接过钞票,然后搜索身上,拿出一枝金笔,送给孩子说:这是我酬谢你的。那孩子坚不肯受,返身穿到马路对过去了。这时,这位外宾感到非常的激动,他握着杜先生的手,说:"你们把孩子教育得真好!"

杜宣自然也为这孩子的高尚风格而感到非常激动。过了几天,上海的一家晚报上,发布了这段新闻。这新闻给孩子的学校里看到了,发觉这个少先队员正是他校的学生、年仅十一岁的马晓骏,于是学校通知报社,由报社通知杜宣,这样,杜先生又同这个孩子第二次见面。他对孩子的第一句话是"找到你了,你做得好!"

据孩子告诉杜宣,那天在花鸟商店门外,跟一个女共青团员同时发现这张纸币的,那团员叫孩子赶上去还给外宾……杜宣觉得这故事越讲越美,他在当夜就替《解放日报》写了一个特写,《解放日报》另外配了一篇社论,都在头版头条地位刊出。杜宣又替晚报写了一首五言古诗,也是颂扬此事。

照例说,道不拾遗,在我们的社会里,早已成为风气,不是什么了不起的事情了;但这件事情之所以突出,在于这个孩子既然道不拾遗,他又坚决不受外宾的馈赠,这都不算,最后他居然把这件好事,推作一个不相识的女共青团员做的。这样美好的风格,发生在一个十一岁的孩子身上,不能不使所有的人,为之点头嗟赏。

(香港《大公报》1963年12月6日,署名:刘郎)

冬　　笋

　　霜风一夜报冬初,眼底新呈绝世蔬。青浦甚夸毛爪蟹,松江枉说四腮鲈。味从雏笋方知至,荐尽春盘总不如。闻道动锄今岁早,朝来存满万家厨。

我于蔬菜中,喜爱食笋,嗜冬笋尤甚于春笋,我认为,冬笋者,真绝世佳蔬也。

今年在秋末冬初的时候,上海菜市,已卖冬笋,货源足,货色新鲜,像佛手那样的陈列得满店满摊,而价格不贵,不似旧时之以珍蔬论也。在旧中国,冬笋上市,就像人参一般的昂贵,穷苦人哪里吃得起它。记得有一年,冬笋歉收,上海到货极微,刚来的头两天,有一位电影公司老板,到红棉酒家吃一味干烧冬笋,价值为八十元,合当时一石半米价。你说那时的上海人,能像现在我们这样,能在每家人家都在菜篮里装点回去吗?

(香港《大公报》1963年12月9日,署名:刘郎)

余红仙涕泪话当年

  风风雨雨几经年,念到儿时泪泗涟。昔放枯喉传道侧,今多新曲递弦边。曾闻蝶恋花泣转,还看红楼女使贤。重感翻身恩德在,抽毫我亦唱红仙。

余红仙是上海评弹界的青年演员,是第一流的演员。前两年,她把毛主席的《蝶恋花》词衍为开篇,不止倾动四座,宛然全国闻名了。

一年来,我听过她这支开篇;又听过她一次《晴雯》的中篇,她演的第三节"搜贼"那一场,把晴雯反抗封建势力的那种坚强不屈的性格,刻划得非常神妙。

最近,上海有位记者访问她,对她说:"你这一条爽脆的喉咙,真像从风雨里练出来的。"不料她听到这一句时,一阵伤心,哽咽地谈起了她的童年故事。原来她在解放前,还是一个十来岁的女孩子,跟着人家在街头卖唱,唱申曲(沪剧)、唱越剧,也唱评弹,一面唱,一面兜销日用物品。一天所得,连自己都只能勉强敷衍,别说赡养爹娘了。直到上海解放,才脱离了苦日子,加入了评弹团,成了著名的演员。

(香港《大公报》1963年12月14日,署名:刘郎)

唱江南（1964.2—1966.5）

迎 春 杂 事

　　八斤一尾大河鳗，亦可红烧亦晒干。清水自磨糯米粉，教侬方法作汤团。

　　过春节（旧称阴历新年）将近一个月，上海人已在准备互相送礼。我给替我打补针的一位医生送去几斤又肥又厚的猪油，她却送还我一大篮鸡蛋。有一次在电车上听一个老太太跟她的熟人谈话，说昨天有个宁波亲眷来上海，送她一条八斤重的河鳗，还有一袋米粉、腌好的猪油和黑芝麻等，教她学做宁波汤团。我是一张馋嘴，这些又都是我最贪吃的，听了老太太的话，不禁流涎四溅。

　　窗台到处放盆栽，或是红梅或绿梅。别有清香飘一室，水仙龙海是新来。

　　听说上海花市摊上，新到一批福建的龙海水仙，计有七千棵，就赶去选得一棵。"养花最爱水仙黄"，水仙，也是我爱赏的花朵之一，到了这般时景，放一盆水仙在家里看看，总是一件赏心乐事。

　　（香港《大公报》1964年2月1日，署名：刘郎）

迎春杂事之二

　　青裳红袄赶新装，花样翻完挖滚镶。刀尺声中朝复暮，更谁能比裁缝忙。

　　每年到了春节前，上海的时装店和裁缝工人必然大起忙头，因为往年常有实在来不及完成的定件，往往跨过春节。今年业中人已发出号召，必须把收进的定货，赶在节前交件。节俭的人家，则都把缝工请到家里，日夜赶制。据说有些快手裁缝，一天工夫就能作好一件丝棉袄，因此他们都是被人家争聘的对象，答应了姓王的，便得罪了姓李的。而一天工作量的繁重，除了吃五六顿之外，只有三四小时的睡眠。

　　　　相邀胜节到苏州，一座飞车玄墓游。未必早春梅好看，早春耕
　　　自闹山畴。

　　朋友相约，年初一到邓尉看梅花。玄墓山的梅花我已看过不止一次。想到今年春早，勤俭的农民，哪肯放过岁时，或者已在叱犊声中，开展春耕矣。然则，这一派风光，亦自足娱人心目也。

（香港《大公报》1964年2月6日，署名：刘郎）

迎春杂事之三

　　　　先赶春前一日休，和风暖电鬓云修。自从发式翻新后，又是花
　　　头又浪头。

　　上海的理发店，也是在春节前一个月就忙起来的。因为工厂的女工，商店的女职员，机关的女干部，学校的女教师以及家庭妇女等等，都是在春节前电烫一次。往年挨在节边去烫，以致造成理发店门外一字长龙的现象，今年大家为了避免麻烦，情愿早些日子，趁各人的假日，把头发烫好。上海的发式是多的，菊花式、波浪式的，哪里说得出许多来啊！

　　　　长乐汇泉听会书，卅年前事未模糊。而今亦似存风俗，弦索丁
　　　冬响海隅。

　　一月下旬，上海举行评弹现代书目会演。上海一共有六个评弹团，一齐出动，分仙乐与西藏两个场子举行。会演亦称会书。"岁晚"有此盛事，令人想起旧时的会书，也总安排在阴历年前，最是欹动书迷。（按：诗第一句的"长乐"与"汇泉"，是旧上海的两家茶楼，也是当时著名的书场。）

（香港《大公报》1964年2月10日，署名：刘郎）

宛 夫 人 糖

红装绿裹好迎春,自异苏台挂味新。爱我老来甜口舌,当时念煞宛夫人。

立春前,朋友从南通来,送给我几包"董糖"。这种糖有点像苏州宁波的麻酥糖,但甜而不腻,是老年人的上好闲食。

南通的茶食店,把它一方一方的用红绿纸包封起来,看上去便是一种幽旧的土产。据说,南通之有这种糖,的确为时已久,相传董小宛善制食品,这麻酥糖便是她的杰作之一,后世人故称它为"董糖"。文人雅士,还称之为"宛夫人糖"。予好标风雅,亦眉我诗为"宛夫人糖",以谢馈糖的朋友。

(香港《大公报》1964年2月11日,署名:刘郎)

楼 车 竹 枝 词

登车人自上层楼,楼上风光特地幽。坐向窗前还极目,江南何处不丰收!

我国第一列双层列车,于今年年初从上海试车,直驶杭州。一位坐过这列车的同事回来对我说起时,真是赞美不绝口。他坐的是可躺式车的二楼里,那车厢是乳白色的顶,浅棕色的车壁,塑料皮铺的地板,浅灰色的沙发座椅。这番光景,好像不在火车上,而是进入了一所漂亮而又别致的客厅。

置身转椅软于床,偃息真堪入梦乡。待过南湖应唤起,一楼烟雨扑车窗。

这位同事又谈起车中座椅的为用之妙,既可以自动按撤机纽,把椅子转向窗前,饱览车外景色;亦可以把沙发转成面面相对,四个人便玩起牌来;更可以按动扶手边上的机关,沙发变成躺床,就此酣然入梦。

(香港《大公报》1964年2月19日,署名:刘郎)

皱 云 石

　　游屐春来聚岳坟,香风染鬓复黏裙。悬崖争看花枝俏,更看崚峋石皱云。

春节里上杭州白相的人回来说,节前数日,杭州园林局在岳庙办了一个报春花会,吸引了无数游人。

这个花会的内容,除展览盆栽、盆景和温室里培养的四时花卉外,最受人注目的是在一丈二尺的花盆里放置的一块皱云石。这块石头高八尺一寸,有一百多个大小丘壑,它既皱又瘦,古代的园艺家,称它形同云立,纹比波摇,为假山石中的稀世珍品。据说近一百多年来,它被湮没荒岗,一九四九年后才挖掘出来,视为名贵文物。

另外还有一个受尽游人欣赏的盆景,名为"报春"。它用毛主席"已是悬崖百丈冰,犹有花枝俏"的两句词作为意境而设计出来,也就是这个报春花会命名的由来了。

(香港《大公报》1964年3月14日,署名:刘郎)

墨　梅

　　漫论红心铁骨梅,墨梅竟似紫绒裁。吴门近日春如海,真见生香活色来。

一向以为"墨梅"这个名词,是国画家笔下的产品,自然界里未必真有这样的东西。但是苏州就有。

据苏州人夸赞苏州梅花的颜色和品种之多,允为全国第一。他们说,结梅子的单叶梅中,有白色的绿梅和乙女梅;黄里透白的玉蝶梅;白里透黄的洒金梅;淡红色的淡红梅。不结梅子的千叶梅,花色更加多了:红色的就有铁骨红梅(深红)、大红梅、朱砂梅、胭脂红梅、文杏梅(桃红)、送春梅(紫红);白色绿萼的绿萼梅;还有墨梅。

墨梅看上去好似黑的,其实它是深紫色的,因为花瓣厚,紫得毛茸茸地像是起的绒头,成为梅中极品。

我在苏州,看梅花的次数不算少了。曾在邓尉的司徒庙里见过一盆铁骨红梅,所谓骨,实是指的花梗,也是猩红作胭脂色,叹为仅见。可惜还没有见过墨梅,听说今年一个梅桩展览会上,就有这一盆梅品,令人神驰不已。

(香港《大公报》1964年3月18日,署名:刘郎)

春分登佘山作

新耕山下试停车,闻道山前散紫霞。兰笋暂无冲土象,辛夷初着犯寒花。水乡到处皆丰足,中稻收成定有加。谁信老来余乐事,松青鱼米最驯牙。

春分时节,我又来到佘山。这一回本不想游山的,只因有多余时间,便不免登山玩耍玩耍了。

佘山的特点是竹子多,一见竹林,不由想起兰花笋来。相传佘山产的一种竹笋,有兰花香,清朝不知哪一个皇帝,吃过这里的笋子,还把这座山改称过"兰笋山"哩。我来得过早,笋还没有冒尖。听山人说,山上有一株木笔树,花开正盛。开到山脚,果然看见紫光浮艳,似锦如花的木笔花,刺天怒放。木笔,亦称辛夷,辛夷与玉兰分不清楚,我所能分得清的只是辛夷紫色,玉兰则净白似莲花而已。

佘山离青浦六公里,离松江十公里,这座山,就处于两个鱼米之乡中间,所以山下的佘山公社,年年超产。

(香港《大公报》1964年4月10日,署名:刘郎)

春 游 绝 诗

一车风雨载浓春,初折双梅岭上新。向晚琼潭潮涨急,横蒿都是探潮人。

忙里偷闲,不忘春郊游乐。和我家娘子两个人,漫无目的地在郊野乱闯。看见山,哪管它低于培塿,亦以登涉为快;看见水,也要找一条船儿,横篙呼啸,于是襟怀大畅。有人说,上海样样都好,可惜没有山水之趣。其实,这是外行人语,君不见,老上海如刘某者,常能自得其乐于烟水苍茫里耳。

仓街斜巷苦相邀,桃李纷纷委暮朝。又是一番风雨后,江南四月出轻腰。

仓街旧主写信来说,今年早暖,阴历的二月中旬,已经桃李盛开,再下去牡丹紫藤都要次第着花了。你们快来啊,来吃刚采下来的新鲜扁豆,还有竹笋咸菜荡里鱼。信来的很迷人,有得看,又有得吃。告诉娘子,她也为之心动,一待过却清明,不待立夏到来,挑一个晴天假日,又要作伴西行。

(香港《大公报》1964年4月14日,署名:刘郎)

[编按:仓街旧主,或即薛君亚,参《闲居集·寄与仓街薛氏收》。]

虎丘山下采茶花

平生未必爱花茶,却爱山塘看采花。日暮望山桥外过,流霞飞雪逐归车。

白兰玕玕洁于霜,点尽高鬟染绮裳。谁令儿家花下去,儿家自有惹人香。

清明后一日,端端自苏州返沪,说早一天往览虎丘,过望山桥时,只见茶花树多至千千万万株,有玕玕,也有茉莉和白兰,而群花争发,树叶是绿的,花朵是白的,望之好似在碧波中镶嵌着无数明珠,为观奇丽。

等端端游罢回来时,则那里的花农又正在采花。她们的双双巧手,飞动得似穿梭一般,只见花落如雨,朵朵掉在竹蓝里,不作兴有一片花瓣,散在地上,则为景又奇佳。

(香港《大公报》1964年4月16日,署名:刘郎)

上门早点

　　青团争买过清明，粽子甜咸数鼎兴。一盏莲羹夸粤式，秋来熟藕熵初成。

　　擂沙圆食乔家栅，最爱麻球吃永安。将见锅炉车上载，沧浪葱膀带汤宽。

一年以来，上海的里弄里，渐渐出现了卖早点的车子，送上门来。

这些晨餐车，原来都是几家著名的食品店，载着他们的名点，送到离店址较远的地方，省得那一区的居民，路远迢迢地赶上门去。

比如舍间住在静安区，早晨忽然来一辆徐汇区乔家栅的早点车，一听车上有他家的擂沙圆，便不由你不引起食欲。

自然，目前所有的，都是一些制成的糕糕饼饼之类，例如鼎兴园的粽子，王家沙的青团，沈大成的猪油赤豆糕，沧浪亭的桂花条头糕等，几十种名堂。但发展下去，我想一定会有现煮起来的点心，如沧浪亭的葱油蹄膀面，四时春的汤包，大三元的莲子羹，五芳斋的大肉粽，老半斋的煮干丝等等。

（香港《大公报》1964年4月20日，署名：刘郎）

［编按：上海生产粽子的名店，应为鼎新园，非鼎兴园。］

我来正好赶花朝

　　桃花正遂梨花开，花看多时亦是灾。蜂蝶哪知人意醉，先生不枉隔江来。

　　料得乡思渴已消，知君曾食泥城桃。花开今日三千亩，一白如银接海潮。

四月中旬，来到沪郊南汇海滨的泥城果园，这里亦称万亩果园。

整整一万亩土地，种了六千亩桃树，三千亩梨树，其余一千亩，则种的是枇杷、杨梅、苹果、橘子等果树。泥城水蜜桃的质量，每年都在提高,将与奉化水蜜桃相埒。前两年采下的桃子,已经销过香港,您也许吃到过,而不知它是上海种的罢了。

我到泥城,正当梨花与桃花都是怒放的时候。我是浸在花海里了。晴暖的太阳,射在身上,何况花香扑鼻,花光照眼,纵使未饮醇醪,而自然神醉。

这里的一张照片,是一树梨花。果园的姑娘们在每株树上,做着"疏花"工作。为的花开得密了,就要疏,不疏,将结不好果子。

(香港《大公报》1964年5月5日,署名:刘郎)

虹桥之灯和树

郊灯卅里自成图,抵得星空大有无?颇念夜琼扶我走,烦君一路数明珠。

白杨万树绿初栽,日日临风喜色开。好似对人招手笑,迎他佳客远方来。

上海新开的两家机场在虹桥路上。从机场出来,过虹桥路折入延安西路,然后进至市区。

在四月二十九日(机场正式通航)以前,上海市政当局早已把虹桥路打扮了一番。既拓宽了路面,又新种两行街道树;而更使人注目的是装置了新型的路灯。

这路灯,从机场门口起,一直到延安东路外滩,都是一种式样的。圆圆的灯头,雪白的灯罩,入夜,万火齐明,把这条干道,照耀如同白昼。

(香港《大公报》1964年5月11日,署名:刘郎)

枇杷时节洞庭游(之一)

洞庭新砌上山田,涌绿腾黄欲染天。颇爱题名公社好,妍虹高挂大湖边。

嫩寒天气换轻晴,十里山程半日行。看煞洞庭临五月,金装玉塑翠镶成。

阴历四月十日,正是洞庭东山枇杷熟了的时候。从苏州乘车前往,方抵山前,只见湖里所有的船只,运载的都是枇杷,岸上人挑的箩筐里,盛放的也是枇杷;而山上山下,社员们忙忙碌碌地都在采收枇杷。

今年洞庭东山的枇杷是大熟年。一位老农告诉我:因为临花肥和长果肥都施得及时,待结实以后,又因为幼果疏的得法,所以成熟的枇杷,个子大,果肉厚,核粒小,而味极甘芳,胜于往昔。

在虹光公社,看到梯田上栽种的枇杷树,层层翠绿中,缀着黄黄白白的果子,直与挂在蓝空里的彩虹一般绚丽。

(香港《大公报》1964年6月3日,署名:刘郎)

枇杷时节洞庭游(之二)

初住洞庭看枇杷,枇杷树上已无花,红袍闻道栽果大,驯古流甘喜白沙,尝到金银皆蜜罐,况因弦索送香茶。江梅佳实东山最,亦似黄公欠作家。

东山的白沙枇杷,恐是世界闻名的水果。但是东山的山农,却不这样说,他们认为东山枇杷都是甘芳可口的好种。他们把黄的称为"金蜜罐",白的称为"银蜜罐";白沙之外,另有金沙;还有一种叫"鸡蛋白",也有叫"果大种"的,大概就是我们一向称作"大红袍"的一种了。总之,名目繁多,但不外是从果皮的颜色上给它们题名的。

黄山谷有一句诗:"江梅多佳实"。据说江梅就是枇杷的异称。

(香港《大公报》1964年6月6日,署名:刘郎)

白 水 粽

从来笠叶胜清荷,厨下腾香沸一锅。勺满紫泥装作馅,升余赤豆未经磨。老夫每喜挑三角,齿钝还甘咬秤砣。绝与儿曹殊口味,斧头瘦肉尽贪多(注)。

粽子有各样做法,也有各式品种,有荤有素,近年来,我是爱吃上海一带做的白水粽。

白水粽是素粽。它大约分三种形式,称为三角粽、小脚粽、秤砣粽。名字不同,吃口亦异。三角粽包得松,质软而甜;小脚粽裹得紧,质硬而香;秤砣粽质烂而糟,为老年人的美食。

据说广东人吃粽子,有的用荷叶包裹,我认为这是荷叶饭,不是粽子。粽子之所以诱人食欲,就在于粽笠,新的笠叶,有一股清香,每年端阳的前两天,在上海的里弄里,到处可以闻得这股清香。

(注:斧头粽是荤粽,亦即鲜肉粽。)

(香港《大公报》1964年6月16日,署名:刘郎)

徐派打金枝

蹴损金枝一搦腰,徐娘今把郭郎挑。怜渠卸却村人服,又着宫廷驸马袍。

江上颤颤万眼酸,娟娟静处本平安。春来羞说疏慵情,只为腰围日日宽。

本月中旬,徐玉兰在上海与吕瑞英合演《打金枝》。《打金枝》是吕瑞英的名剧,为她饰演郭瑷的有范瑞娟与丁赛君。徐玉兰则是第三位郭郎了。

今年以来,徐玉兰上演了一个现代戏叫《亮眼哥》,扮的是一个农民,在市郊一带演出,到处轰传。戏里的女主角也是吕瑞英担任的。照例,徐玉兰的搭档是王文娟,如今王忽息影戢鈚,是怎么回事? 很多人在猜测,而风传人语,有如本篇第二首云云,确然没有证实,大概不致离谱。果尔,则小孙道临之呱呱堕地,当在江南金风荐爽时焉。

更正:洞庭东山枇杷的品种中有一种叫"呆大种",我写得不清楚,在前些日的《唱江南》里误成"果大种",这样,诗的平仄就不调了。

(香港《大公报》1964年6月24日,署名:刘郎)

领巾欲夺彩霞红

阿姨叔叔步从容,请走人行横道中。小口齐开喧一市,领巾欲夺彩霞红。

已经有很长一段时期了,在上海的热闹地带或交通要道,都有成群的红领巾在那里巡回。

这些少年儿童,是上海各个小学的学生,他们在休暇的时间里,由学校组织起来分班分批的上街,帮助警察维持交通秩序。

若有行人不遵守交通规则,在穿过马路时,不走"人行横道线",孩子们立刻上前婉言劝阻。他们态度恭敬,行人都乐于接受意见,故而效果很好。

上海少年儿童的活动是频繁的。比如到了夏天,他们会准备了凉茶,向民警、向公共车辆的驾驶人员献茶;在路上,看见步履艰难的老人,他们就去扶送,这样的镜头,便更加动人了。

(香港《大公报》1964年7月3日,署名:刘郎)

赞曹银娣

一瞥能教月也羞,几人惆怅望红楼!江东曹女真才俊,银事何曾逊越讴?

越剧青年演员中的曹银娣,是一个杰出的小生人才,她的身材高度与丁赛君相似,而扮相奇俊,真的美如冠玉。

看过越剧《红楼梦》电影的人,曹银娣扮的琪官,虽然镜头不多,因为生来俊俏,给人的印象竟然不可磨灭。

新近,我在上海电影厂里看到一部试片,说的是一对同班姊妹的越剧演员,三十年前从绍兴乡下来到上海演出,遭受的上海恶势力迫害的故事。一个女主角是由谢芳扮演的,另一个则由曹银娣扮演。两小时以上的片子,几乎都是两个女主角的戏。曹银娣扮农村姑娘有农村姑娘的简净之美,后来作了戏馆老板的小老婆后,一身华丽入时的衣饰,却又显得她的风华绝世。至于演技的精湛细腻,很难叫人相信她还是第一次置身银幕演故事片的演员哩。

(香港《大公报》1964年7月8日,署名:刘郎)

听煞张文涓

　　　　刘郎早已去郎年,盛事甗甋过眼烟。多喜文涓神韵足,老来受尽故人怜。

自从杨宝森作古以后,在上海要听几声谭派正宗的戏,张文涓是最受顾曲人士怀念的一人了。可惜她忙于授艺,不常登台。六月下旬,忽然发瘾,在大舞台连唱了两天,赢得万人空巷。

头一夜贴《失空斩》,第二夜双出:《骂曹》与《文昭关》。我听的是第二夜。我不大懂戏,只觉得文涓晚年的嗓子宽阔,内行所谓"要使多少就多少"。因而唱的人过瘾,听的人解渴,也因而彩声不绝,直到终场。

在她登台的前两天,我们通了一次电话。她对我说:"你是从我小时候就听我戏的,如今我老了,你还是听我的戏,凭这一点,我在台上就该特别卖力。"我也正是用了这一分情感去听她唱戏,自然倍觉可亲了。

(香港《大公报》1964年7月13日,署名:刘郎)

看大翻跟斗

　　　　棉絮胎前曾学之,庭中翻滚忆儿时。不图五十年来后,犹叹平生未见奇。
　　　　才看着地又腾空,鹞子翻身约略同。一阵眼花缭乱里,青春曾掷几多功!

上月底,在上海看了一场跟斗表演,大快心目。

这次盛会上由上海市技巧团、人民杂技团、上海戏校和京昆剧团的青年演员们联合表演的。想不到这一种京剧舞台上的硬功技艺,目前发展得如此的多姿多采。

跟斗分两部分举行,第一部分是表演演员自己的绝招;第二部则为集体表演,真的精采纷呈,令人目不暇给。长跟斗,短跟斗,侧空翻的绕场跟斗,这都不算,上海戏校的朱文博的一手最是叫绝,他在一只桌子上翻二十多个跟斗。从前跟斗只有从桌上翻到地上,如今又有地上翻到桌上。而陈宏祥的跟斗,则为平生未见之奇:他能跳出直体后,空翻转体由一圈(三百六十度)到三圈(一千〇八十度)和团身后空翻两周,侧空翻两周,这个大跟斗翻下来,引得全场采声,有如雷震。

(香港《大公报》1964年7月15日,署名:刘郎)

听刘韵若唱《送瘟神》后作

歌声人意两清酣,披拂轻衫染水蓝。一到弦边如快饮,既来座上每忘贪。明珠何止量升斗,姓字长传只二三。从自风云供咬嚼,更看此女耀江南。

"上海之春"音乐会,在五、六月间举行了半个多月,我先后听了两场。五月下旬在文化广场听的是大歌舞《在毛泽东的旗帜下高歌猛进》;六月上旬又在音乐厅听"毛主席诗词演唱会"。后者分七个节目,上海名歌唱家如周小燕、葛朝祉、蔡绍序等都登台了。它的第三个节目是评弹。演唱者有刘韵若、余红仙和蒋月泉。刘唱的是《送瘟神》七律二首。她在声腔、音节和神态上都作了新的安排和新的改革,不仅如此,她在唱第一首和第二首的风格上,也有新变化,第一首出之以低回,而第二首则轻灵明快,有人评之曰:"前者是抑,后者是扬,前者如'逝波'之悠悠而去,后者如'春风'之洋洋而来。"正是这般境界。

(香港《大公报》1964年7月21日,署名:刘郎)

纳 凉 词

市中久住绝飞萤,赖有平台抵小庭。近岁都怜儿女大,能从科学解流星。

我有几个都是十多岁的儿女,在初中读书,近年来,学校给他们灌输科学知识。当夜里仰望晴空,都能指点星座,还能给妈妈讲述流星是怎么回事。不比我像他们年纪的时候,一窍不通,只知道流星是"星搬场",还牵连到一些迷信的不知所云的神话咧。

近墙围坐剖甜瓜,初放潮来满眼花。群笑阿爷殊习惯,为招汗盛贪浓茶。

今岁酷暑,乘凉时家人都浮瓜沉李,惟我不喜生冷之食,往往呷煮沸浓茶,以招来一身大汗为乐。诗中第二句,是赞一种黄昏时候开的小花,有红白二色,亦有作洒金色的,能播浓香。

(香港《大公报》1964年7月22日,署名:刘郎)

纳凉词之二

荔枝新擘犹唇薄,梅冻初溶沁齿尖。电灌四乡千水润,瓜来十县百瓤甜。珍珠入镬宁输米,明月瞒人忽过檐。睡向西窗风动劲,故烦儿女替垂帘。

这首诗是一个盛夏晚上的记实。

上海在六月底七月初下了几天梅雨后就放晴了,一晴,又那么燥热。因为久晴,这两天郊区运来的瓜类,无不鲜甜可口,最为孩子们所喜爱。上海四郊十一县,无不产瓜,品类繁,又多良种。今年少雨,更适宜于瓜的成长,故瓜味奇甜。孩子们说,人民公社,家家电灌,可以无损秋熟,但有利于夏天瓜果。话听来似乎有为他们的口腹辩护之嫌,却也是事实。

(香港《大公报》1964年7月24日,署名:刘郎)

牛 奶 车

才从天末散朱霞,巷外辚辚走一车。闻道宵来人未睡,沿门送酪到千家。

近两年来上海鲜牛奶一再降价,最近一次,调整到每瓶一角五分,相等于喝一碗绿豆汤的价钱。

上海吃牛奶的人真多,往往一份人家订上好多瓶的。舍间的孩子们都吃腻了牛奶,惹得妈妈生气,每天都要强制他们吃下去,一磅牛奶一个,不算数,还要给他们各添一只鸡蛋哟。

这里的牛奶不仅产量多(每只奶牛平均每天得奶八十余磅),而且质量高,那是因为改进了牛种,喂的又都是精饲料,出品自然是高级的了。

有一天早晨,东方才发白,我站在家门口,碰到送牛奶的车子,顺便与工作人员攀谈,据说,单是我们这条弄堂一百多户人家,订的牛奶就有四百多瓶,而他每天要送六条弄堂的牛奶,所以从午夜开始,一直工作到日上三竿。

(香港《大公报》1964年7月27日,署名:刘郎)

纳凉晚会

儿童围坐一堆堆,时恼时欢挂小腮。最是爱听新故事,妖魔鬼怪尽丢开。

家史凄哀说未休,白头人已泪长流。要将阶级深仇记,莫管老修去老羞。

今年夏天,上海各处的街道里弄里,都在举行纳凉晚会。纳凉晚会的内容是多种多样的,有的讲故事,有的唱歌,也有棋赛和乒乓赛,也有作科技活动的。

讲故事的内容,也是多种多样的,但有一样,绝对不讲鬼故事,也不讲呼风唤雨一类神怪的故事。所讲的都是新故事:红军长征的革命故事,民兵捉特务的御敌故事,以及舍己为人、助人为乐的新人新事。有些场合,特地邀请了老工人、老农民,来谈谈他们当时如何受厂主或地主压迫的故事;也有一些老年人谈谈他们的家史以及里弄史,让听的人特别是孩子们,永远记住旧时代给予人们的痛苦,从而懂得解放了的人民的自由幸福,也从而懂得革命必须进行到底的道理。

(香港《大公报》1964年8月5日,署名:刘郎)

纳凉晚会之二

女儿教唱不辞劳,革命歌声到处飘。尚有阿爷都爱学,近来喜试调门高。

在全市的纳凉晚会中,大唱革命歌曲也是个普遍流行的节目。各中学都分派学生深入里弄,教孩子们唱歌。我的小女儿便是教歌的"老师"。她吃完夜饭,便到张家宅少年宫去,和十岁左右的孩子们一起唱歌。近年来,上海人大多热爱唱歌,不仅成年人都在学着唱,还有一些从前吃素念经的老婆婆,也以能高歌自傲。最值得惊佩的是:北苏州路的一个街道里委会,有一支家庭妇女合唱队,都一二百人,其中就有十来个白头老妇,连那位音乐指挥,也是四十多岁的家庭妇女。

老太婆高兴唱歌,老头子自然不甘落后;我这个半老头子,本来就欢喜唱几声的,近来唱得更加起劲。我是从收音机里学来的,目前会唱的有十多支,都是革命歌曲。

兽性生成识得否?豺狼从不肯回头。爱他南越人民勇,眦裂眉横击寇雠。

七月下旬的一个晚上,经过国际饭店后面,那里也在举行纳凉晚会。月光下,一个青年人正在给纳凉的人大谈天下事。他把报纸上刊登的南越人民抗击美吴兽军的英勇事迹,讲得有声有色。

(香港《大公报》1964年8月7日,署名:刘郎)

听《无影灯下的战士》

却凭弦索好传真,江右年来万态新。但觉眼前皆艳绝,丹心一队白衣人。

时从静肃看飞扬,指顾能闻出袖香。多事今宵来急雨,伊人坐处有轻凉。

今年初,上海长征评弹团上演了一个中篇新评弹:《无影灯下的战士》。表的是第六人民医院断手再植的故事。把一件轰传世界的新闻衍为评弹节目,不能不钦服编制人钱雁秋的大手笔了。

"长征"倾全部精锐来做着这一档戏。半年以来,果然吸引了无数书迷。在上演的初期,书中人物,如陈中伟、钱允庆以及护士等都带着家属去听书,听完了,还到后台向演员们慰劳。

这档书,我是在七月中才听到的。程丽秋、蒋云仙、张丽君都是"长征"最有叫座力的女演员,她们都出动了。程丽秋还在书中起着陈中伟这个重要的角色。据说,陈医生本人,对这个角色表演的形象,表示满意。

(香港《大公报》1964年8月13日,署名:刘郎)

七夕在上海看京剧《芦荡火种》

当垆高髻看蟠然,眼里神光作意妍。三字大名江海盛,一台好戏燕山传。几回怅望南来雁,七夕欣开河上连。更喜"老牌"终有后,别工一格傍门沿。

《芦荡火种》这个现代剧目是从上海的沪剧演红的。那位扮茶馆老板娘的丁是娥,赢得了全上海人的齐声称赞。不久,这个戏在北京被移植为京剧了,那位扮茶馆老板娘的赵燕侠,也赢得了全北京人的齐声称赞。上月下旬,听说赵燕侠要到上海来上《芦荡火种》,但后来未成事实。

赵燕侠不来了,上海京剧院却排出了《芦荡火种》。七夕的晚上,在大舞台演首场。扮茶馆老板娘的是赵燕岚。这是上海一个无所不工的花旦,那个儿,那风度,那爽脆的台词,也把阿庆嫂(茶馆老板娘)演得活龙活现,使每个观众,都得到了欣赏的满足。值得一提的是周少麟(信芳的儿子,人称小老牌),在剧中扮刁德一,演反派角色,那副阴沉阴沉的神情,把一个恶霸地主刻划得淋漓尽致。少麟近年演了不少现代戏,没有一个不成功的,所以宁波人说"小老牌唱老戏,未必能胜过其拉阿伯(他的父亲),演现代戏,则其拉阿伯又未必能胜过儿子"也。

(香港《大公报》1964年8月21日,署名:刘郎)

听新书《芦苇青青》

芦苇生生卅里青,冲山故事耐人听。凉披四座来仙乐,唱绝群伦喜鉴庭。难得穷乡留此媪,能凭赤胆扫余腥。军多忠勇民多义,贼寇如何不遁形!

上海盛暑之夜,在"仙乐"书场听了一次《芦苇青青》。这是把"冲山之围"的故事,衍译成为中篇评弹的。

冲山,是太湖里的一座小山,山下湖边长满了"生生青"的一眼望不见尽头的芦苇。山上有个钟老太,在抗战时帮助共产党的抗日游击队,扫除了包围着冲山的日本兽军。

演出这个节目的是上海评弹团。上海人听新书也听出了瘾,上午"仙乐"的售票处,经常排着一字长龙;晚上等退票的书迷,也经常排着一字长龙。

演出的阵容是坚强的,有:张鉴庭、朱雪琴、苏似荫、江文兰、张维桢、吴静芝、张鉴国、郭彬卿等。目前,上海书迷追逐的目标是张鉴庭,只要他在哪里开书,哪里必然满座。张鉴庭的唱,称"张调",听来刚劲,其实圆润。听书迷说,这种功夫,别人是不易摹拟得到的。

(香港《大公报》1964年8月25日,署名:刘郎)

二千人横渡黄浦江

儿童过去见苍头,各与青春斗劲道。秋后爽容蓝若缎,潮平水面滑于油。欢声能比涛声壮,人影时追塔影浮。犹有岭南盛事在,珠江曾纵万众游。

近几年来,我们的国家,在大力提倡游泳。就上海说,到今年为止,增辟的游泳池,我已不能历举其名。而今年,人们对游泳池一两小时的翻翻滚滚,且感到不够过瘾,都要上江河湖海去锻炼体魄。于是在上月中旬,举行了一次两千人横渡黄浦江的盛举。

地点在龙华,那里有个划船俱乐部,人们先乘轮渡到达对岸,竞渡时则以划船俱乐部为终点。参加的有年长的也有儿童(有一个才九岁),而绝大多数是青年男女,他们是工人、农民、战士、学生,也有机关干部、商业人员和教师。

这样的盛会,不仅上海有,全国各地都有,比如武汉举行横渡长江,重庆举行横渡嘉陵江,而广州竟有一万人在珠江竞渡。则其事更为壮美。

(香港《大公报》1964年9月9日,署名:刘郎)

看李玉茹演《红嫂》

喂乳情深斗智奇,可怜红嫂惹人迷。时妆能助茹姑艳,况作新莺出谷啼。

几番身段异还同,不使垂鬟回袖工。好似《武家坡》上见,一生一旦竞喉咙。

九月初,李玉茹在上海演京剧现代戏《红嫂》。

红嫂是在解放战争时期山东老根据地的一位青年农妇。有一次,这地方被敌人占领了,留下一个受伤的解放军排长,生命垂危。她冒着死难,一面把伤员掩护起来,一面还与贼兵斗智。因为故事比较曲折,所以接连的都是精采场面。我最赏爱的是红嫂在深山里发现伤员、用自己的乳汁救治伤员的那一场戏。有唱有做,使看戏的人感觉是在看京戏,但它是现代戏,那故事,那道具和服装,都是在现实生活内常见的或者常听到的,因而是用可信的也是亲切的心情来欣赏这个戏。

《红嫂》在这次京剧现代戏会演时,曾博得了很高的评价。不过在北京是由青岛和淄博两市的京剧团上演,上海京剧院把本子借来,在上海排演,由李玉茹担当主角。

(香港《大公报》1964年9月12日,署名:刘郎)

送 学 堂

儿肩铺盖如提箱,笑语登车送学堂。数树秋花临卧室,一行垂柳护围墙。入门已觉人情暖,罢膳争称肉味香。指向轰隆声起处,为事缫纺有机房。

我的一个儿子,这一回考取了上海纺织工业学校,这是一所专业学校。八月杪,孩子上学,妈妈特地亲自送去,回来后把看到情形,向我诉述,我一面听,一面写下来,不觉写成了上面这一首诗。

学校在长宁路中山公园西首。旧时这里是圣玛利亚女中的校址。现在开拓了很大一块地皮,乃建崇楼。孩子的宿舍前面是一座花园,芳草如茵,繁花争艳。母子二人刚到达校门,就有先到的同学,把他们接到宿舍去,安排铺位,然后带他们去了解环境。到了午时,又陪他们上食堂就膳。

学校分三个系统:棉织、丝织和针织。每个系统都有自己的工厂,使学生读了书就有实习的机会。

我还从来没有听说过学校里附设工厂的事,后来请教一位教育界的朋友,他笑我真是孤陋寡闻,他说:上海不但所有的专业学校都有工厂,即使普通的高中,像有名的格致中学、上海中学等等,都有工厂。

(香港《大公报》1964年9月14日,署名:刘郎)

食家制苔条月饼口占

别样清芳出一炉,苔条初沸自家厨。瓮头能解中宵饿,不是刘郎口味殊。

近几年来,敝夫人学习自己制造各式点心。有人吃过她烘制的蛋糕,称为"衡山饭店水平"。打去年起,她又学会了自制月饼,使鄙人不能不叹服她的劲道之粗矣。

我是不大爱吃粤式月饼的,所以家制的月饼,也都是苏式和甬式的两种。就中最足欣赏的要算苔条月饼。这种月饼的馅子,把苔条和胡桃屑、白糖、猪油拌成,吃起来香酥可口,风味远胜百果、椒盐和枣泥之类,我这样以为。

今年才交上阴历八月,家制月饼已经忙着登盘了。成绩比去年更有改进。即以苔条一味而论,我给敝夫人的评价是:"三阳、邵万生水平"。上海的苔条月饼,数十年来都以三阳和邵万生两家南货店做的最好,再要好的,只在刘家厨下耳。一笑。

(香港《大公报》1964年9月17日,署名:刘郎)

苏州夜市卖菱藕

苏州到处足留连,一入清秋特意妍。犹是观前夜市上,水红菱艳藕如船。

弦歌云外堕纷纷,漫剥鸡头肉粒匀。荡口迷人长愿住,江南真有藕丝裙。

苏州这个古城毕竟是迷人的地方。它永远有它的特色。比方说,到了秋天,市上出售的水果就不像上海,尽是葡萄、生梨、苹果之类,苏州却有它自己的土产:水红菱、塘藕和鸡头肉(芡实)。这些都是黄天荡的产品,每一枝藕,看起来又肥又壮,吃起来又甜又脆。看了黄天荡的藕,它会叫你怀疑:藕丝,也许真能织得成藕丝裙的?

读过唐诗的人,也许记得杜荀鹤,有一首送朋友到苏州的五言诗,其中有一句"夜市卖菱藕"。想不到这个古风,一直流传到今天。今天的苏州夜市,依然有卖菱藕的。在霓虹灯的照射下,在收音机播送着评弹唱片的时候,观前街上,小公园(北局)里,到处都有卖菱藕的档子。至于鸡头肉有卖鲜的,也有卖煮熟当场现吃的。生涯之盛,绝不输于采芝斋、稻香村这些著名的糖食店哩。

(香港《大公报》1964年9月25日,署名:刘郎)

寄怀林风眠唐云景德镇一首

良喜诸君意兴粗,盛时新事映绘图。林家画笔唐家字,健饮何人笑老奴?

前两天有人托我代求唐云作画,当我赶到唐家,唐云却已离沪多日,往江西景德镇去了。

同去的还有林风眠、王个簃、朱屺瞻,他们都是画家。原来江西派了专人邀请他们到瓷都去盘桓一个时期,给景德镇的瓷器,作一些新国画:要反映社会主义时代新事物的图画。

这消息听得我真高兴。我在上海的画家中,是有些偏爱林、唐二家的作品的。将来景德镇的瓷器上,有了他们的书画,我一定会收购齐全。饭碗上有他们的书画(唐云的书法,极为人称许),我会饭量激增;酒坛上有他们的作品,我虽不能饮,也会浮一大白的。

(香港《大公报》1964年9月30日,署名:刘郎)

[编按:"绘图"两字,原报印刷不清,此据文意添补。]

阳澄河早蟹

戟锐髯黄戴甲青,踏波气概欲飞腾。悬知河上中秋月,照遍渔船马盏灯。高籪能穿水及云,渔人辛苦近秋分。今年多喜登盘早,赤蟹轮囷可一斤(用陆游句)。

过了中秋,正是秋分的那一日,有人从昆山来,带给我几只阳澄河的早蟹。

生长在江南的人,吃蟹总是向往阳澄河蟹。一向以为阳澄河蟹要到阴历九月才能上市,却不知那里还有一种早蟹,而且早蟹的风味,也美得出奇。

阳澄河的渔民称这种早蟹为金爪大蟹。它个子大,蟹壳青,金爪黄毛,两螯特锐,形状凶狠。所以称之为金爪黄毛,因为它的爪子表现得特别有力。有人曾经试验,把这种蟹,放在玻璃板上,它可以八足撑起肚皮,快速地横行,不比一般的蟹,都拖着肚皮慢慢爬行的。也因此它的肉特别结实,蟹黄足,蟹油浓,自不在话下了。

(香港《大公报》1964年10月5日,署名:刘郎)

［编按：阳澄河,又作洋澄湖、阳城河,今作阳澄湖。］

闻徐玉兰将演《黛诺》

老来卸却古冠裳,无复翩翩俊此郎。错过养蚕家少妇,会看景颇族姑娘。形容本不输君瑞,腰腿何曾逊鹔鹴?我欲投眸呼快事,廿年始返女儿妆。

近来,上海越剧界盛传的一件事:徐玉兰要上演一出旦角戏。她选择的一个剧本,是被云南省京剧团关鹔鹴演红了的《黛诺》。黛诺是景颇族的姑娘,徐玉兰对这个角色发生了兴趣,就要扮演这个角色。

一个演惯了书生、公子戏的小生人才,一旦来演身怀武艺的时代女儿,在别人看来,定然认为是大胆的尝试,而徐玉兰却信心十足。她是唱小生的,但她从小就打了一身武功的底子,像《狮子楼》、《闹天宫》这类的戏,她在小时候都曾上过,所以动武在她看来不是什么大事。然而她改演旦角戏,不但在越剧界,也在"越迷"眼里,才是一件轰传的大事。

其实徐玉兰要改演旦角,不自今日始,在去年她曾经想演一个以养蚕农妇为题材的现代戏,不知如何,后来终未实现。

(香港《大公报》1964年10月7日,署名:刘郎)

来了燕山徐小兰

知君声价盛幽燕,才俊从来属少年。若起微波皆入望,罔投顽寇定成歼。情深祖国边防重,眼见徐家两世贤。焉用袖飘巾角动,戎中冠带自翩然。

不久前,上海来了一个燕山越剧团。它的前身原是上海的天鹅越剧团,于一九六〇年调到北京作为冶金部文工团的一部分。到今年才改名燕山越剧团,归文化部直接领导。

徐小兰是这个团的台柱小生,徐玉兰的学生。近年在东北巡回演出时,不但演技更加成熟,就是身材体格,也长得丰满而挺拔,尤其是扮相,据我看,她足以压倒所有的越剧小生。

这一次她们带了一个现代剧《海防前哨》来上海演出。首夕在军人俱乐部演招待场,我去看了。小兰扮的一个青年海军,只说她的动作,叫人看了都觉得舒服。我旁边坐着一位海军战士,他就说,小兰的动作,都是战士的动作。所以他又断定地说,小兰一定在部队里耽过。他的意思是说徐小兰上过军舰,体验过海军的生活。

这一夜,徐玉兰也在看戏,戏完了,玉兰到后台去看小兰,小兰要求先生对她有所指点。玉兰说,你这么好,叫我还能说什么呢?你看看,徐老师为了有这样一个好徒弟而显得多么得意!

(香港《大公报》1964年10月16日,署名:刘郎)

饮玫瑰香葡萄酒

动地歌声进作雷,清樽喜自万家开。莫辞蕉叶沦肠饮,却报黄河故道来。彩火欲欺东海月,明霞初染女儿腮。频年不以迟眠惯,枕上披香纳一杯。

上海今年开始,也酿制葡萄酒了。产品的名字叫玫瑰香葡萄酒,原料是用黄河故道河南民权县的玫瑰葡萄原汁。黄河故道沙地上的葡萄,素称极品。用原汁酿成的酒,不但质地醇厚,而琥珀样的颜色,透明澄澈,望之生爱。

赶在国庆节前,市上推出了上海制的葡萄酒,让市民欢度佳节。

我不是酒徒,故不胜蕉叶,但葡萄酒是吃一点的。何况是玫瑰葡萄酒。所以在它问世之日,就购得两瓶,在餐桌上用一些,又在临睡前用一些,它对我别有一种用处,可以催眠。

(香港《大公报》1964年10月24日,署名:刘郎)

看花爱趁桂花蒸

花丛指点辨金银,花外香飘十里闻。昨日漕河泾上去,一时衣鬓瘗香云。

郊车接毂许同登,霜露东篱或未凝?颇与陶公殊趣味,看花爱趁桂花蒸。

十月初到十月中旬是上海看桂花的时节。

上海桂花最多的地方在漕河泾的桂林公园,这桂林公园原是上海一个恶霸的私人花园,解放后为人民政府接管,因为园里多种桂花,称为桂林公园,还把它门前的那条路也改为桂林路。

十月上旬,桂花首发,到中旬又二度花开。我们去的那天正是二发的桂花开满枝头。这天的气温又高,正是江南"桂花蒸"的日子,秋阳如炙,照射在桂花上,人们在树下经过,熏染得衣鬓皆黄。待游遍园林,在那曲廊里倚槛而坐,廊外也都植桂树,香风阵阵,中人欲醉。近来忙乱,这天还是第一次欣赏到今年的沪郊秋色,不觉大快人意。

(香港《大公报》1964年10月30日,署名:刘郎)

看《琼花》,送《琼花》赴广州

借伞游湖艳白蛇,弄枪杀贼赏琼花。旧章原好翻新曲,老树终能茁嫩芽。海上近来争入座,岭南此去似还家。少年眼底多才俊,周岳刘王蔡许华。

在全国大演现代戏的热潮中,上海青年京昆剧团也先后排演了两个昆剧现代戏,第一个《自有后来人》(即《红灯记》);最近又推出了一个《琼花》。

不可想象,昆曲这个古老的剧种,它本身就是一副软软弱弱的,开出口来"咿咿嗄嗄"的腔调,要它来演洋溢着革命激情的现代戏,似乎是没有可能的。但事实证明,《自有后来人》一炮就响!如今的《琼花》更是人人称道,新戏迷对它的爱赏不去说它,一班老戏迷看了,也不由得点头赞叹,连呼奇迹。

《琼花》是由电影剧本《红色娘子军》改编的。京昆剧团以绝对坚强的阵容来排演这个新戏。华文漪、岳美缇、叶靖华、蔡正仁、王君惠、王芝泉、刘异龙、周启明都在这个戏里演出。这些人的才艺,有的却是香港人士见过也曾经赏识过的。比如你看过他们的《白蛇传》,一定还在想念"游湖"、"借伞"几场戏里扮白娘娘的华文漪,就是她扮演了琼花这个主角。这里她以飒爽英姿的革命英雄风度,代替了白娘娘艳如桃李。

因为《琼花》的故事,发生在海南,南方人都希望看到上海这个新昆剧,于是京昆剧团将在此演毕后到广州去演。预计我的这篇小文,与读者诸君见面的时候,《琼花》已到了广州。

(香港《大公报》1964年11月4日,署名:刘郎)

上 海 甘 蔗

　　荔枝椰树各萦心,漫向南方产地寻。为报远人应一喜,故乡甘蔗亦成林。

　　忽于秋老过川沙,闻道蔗林不着花。多恐移根抽节后,操刀未必胜危牙。

浦东川沙有一个花木公社,原是以种花果为专业的人民公社。今年春天,他们试种了两亩甘蔗,效果甚好,目前已长到两公尺以上,而且发棵又多,平均每穴发到七八根,每根都不少于六节。预计到十一月间就可以收割。甜不甜,再过一个月便知分晓了。

甘蔗又是我爱吃的水果。近年来齿牙摇落,咬不动,则榨浆为饮。又因为生怕从未见过甘蔗园,常常觉得是桩憾事,想不到这一回只过一条黄浦江,就让我看到了甘蔗林,真是意外收获。

(香港《大公报》1964年11月9日,署名:刘郎)

赏 菊 词

无数盆栽望里齐,最怜地种每成畦。如霞似锦浑难说,不是霜欺是雾迷。

十一月,上海中山公园举行了一个菊花展览会。这是我生平仅见的一次菊展。只要一踏进园门,就像置身在花海中,不仅是盆花多得无法计数,还有着地种的也触目皆是。有人说,即使下一天工夫,也没法看完中山公园所有的菊花,我认为此话决不夸张。

游车都集彩云边,来把深情看白莲。叹绝人间工艺巧,同枝玉蕊发三千。

在园的中央,设的是"立菊部"。这里陈列的都是大立菊。其中最吸引人的一部立菊,题名"白莲",一共有三千零十九朵。这是今年发花最高的纪录。它布为鼓状,鼓面就有九百余朵。近年上海的园艺工人,都在精心地培植大立菊,听我在交通大学的儿子说,他们的校园里今年的一棵大立菊也开了一千二百多朵,但这还是一九五八年的上海水平呢。

看菊展的人,都在意见簿上写下几行。有一位老先生,写了两句诗:"白莲鹤舞棉盈野,金穗莺飞谷满仓。"这里的"白莲"、"鹤舞"、"金穗"、"谷满仓"都是展出的花名,看菊花联想到沪郊的丰收年景,作者乃有心人也。

(香港《大公报》1964年12月3日,署名:刘郎)

赏菊词之二

　　广堂曲槛见奇栽,曾拒初霜昨夜开。忽听莺啼帘檐处,红妆一队下楼来。

秋尽江南的时节,上海所有几十家公园,都在举行菊展,不过规模有大有小罢了。我在漕溪公园看到一种"倒栽菊",颇有新趣。"倒栽菊"是把菊花的茎倒栽盆中,使它从盆底伸展开来,这样便可在盆端络以栏索,悬挂在檐前廊下,在布置上既充分利用空间,也不受地面限制。这些花种,大多采用"满天星"之类的小花型,所以开起来有的簇簇如环,有的蔓为帘状,遂有"珠帘十尺"、"一队红妆"之誉。

　　腮边薄紫媚成霞,鬓上轻黄戴略斜。日暮漕溪路上过,一时花影逐归车。

漕溪公园位于漕溪北路。这条路从漕河泾通向徐家汇进入市区。以前这条路是臭水浜,如今铺成干道,广宽平坦,两旁杂植花木,花开四时不绝。秋天则菊花盛放,这一日,我信步归家,走在菊花丛里,看不尽菊花的千姿万态,直欲妒煞陶令当年。

(香港《大公报》1964年12月7日,署名:刘郎)

解放军美展会上

　　新事从来最耐看,盛时应辟古衣冠。健儿无限风雷气,既在枪端又笔端。

　　军民亲比一家同,都在丹青点染中。我为爱兵来读画,不关技法十分工。

上海南京西路上有个美术展览馆,位于仙乐剧场的西首。十一月间,中国人民解放军第三届美展在此举行。从开幕之日起,就赢得了上海市民的倾巷来观。看美展而要排着长龙,在上海还是创见。

这个美展分几个部分陈列,有国画,有版画也有剪纸。因为展品多,我是分两次去看的,第一次看国画,即使不是十分经心地欣赏,也花了三个小时。

我们部队里的美术家,画的都是新国画,它的内容有反映健儿们平时如何苦练硬功,也有反映军旅中勤学毛主席著作的,也有记录歼灭敌寇的辉煌战果,而更多的则是写军民间的鱼水之情。有山水,有花鸟,也有人物,有巨幅也有小帧,不但有高度的艺术性,也有高度的思想性。因此使我们一些老一辈的画家深致赞叹,他们从解放军美展里,汲取了大量的营养,来充实自己的作品。

(香港《大公报》1964 年 12 月 14 日,署名:刘郎)

篮边一首,自衡山路归来作

流转篮边一掷轻,真多乐事慰今生。已从谦抑争风格,况以奔腾出水平。月下自怜霜路静,掌中常念一珠明。不须心系儿孙事,眼底江山如此清。

这首诗还是在十月下旬写的。那时上海正在举行全国篮球联赛,我看了好几场,江湾、市体育馆、风雨操场(衡山路),都赶来赶去的看。

这次比赛的最大特点是,我们的运动员都表现了好风格。所谓好风格,体现在思想品德上,也体现在技术上。所以在联赛闭幕的时候,有的队、有的个人表现得特别好的,得到了风格奖或技术奖。

运动员的好风格,往往感动了场外的观众,他们每个人都是坚决服从裁判:宁失一球,不伤一人。这种精神,在世界体坛上,很少找得出的。像我从小就在上海看外国的"海诚"、"麦令司"这些球队像群狗争骨的那样打法,比起我们今天的运动员来,真有人兽关头之别。

在上海一队里发现有个运动员,是一位故人的爱女,十多年不见,已经长成为运动健将了,心上一阵高兴,写下了右面几句。

(香港《大公报》1964 年 12 月 26 日,署名:刘郎)

菜 丰 收

庭中缸罐门前车,霜瓦风檐放几排。最爱黄芽三朵大,看来冬计自然佳。

今年上海郊区的各类青菜,继棉稻之后,也齐庆丰收。

大雪前后,上海人家都在腌菜。阶石上,墙脚边,乃至檐前瓦上,都晾着青菜,上海人所谓咸白菜,是冬令餐桌上必备之物;也有的把菜叶制成泡菜,更饶风味。

我是偏爱崇明大白菜的。上海人称它为黄芽菜,棵型奇巨,洁白如玉。听崇明来的人说,今年黄芽菜的收成,比之往年超产甚多,因此外销的数量也大大增加。因为这种菜久藏不坏,所以人家买了来都把它凌空挂起,从中冬挂到初春,也不致变质。上海的本地馆子有一味名肴叫"烂糊肉丝",必须用黄芽菜伴制,而家常菜里的黄芽菜炒肉丝,也最诱人食欲。

(香港《大公报》1964年12月28日,署名:刘郎)

题 画 绝 句

苍松依旧石阶前,惟是人移事亦迁。说与群儿宁解得,当初含泪过童年。

向阳花朵争春发,何况家乡万态新。心底爱憎了了在,擎来画笔自传神。

这幅画是在上海举行的解放军三届美展中的一件。它的题名是《童年当长工的地方》。作者陈培光,是解放军中尉。

画里的解放军趁着休假的日子,回到久别了的家乡,家乡的一切都起了变化:童年时,他当过长工的那座地主庄园,现在成了人民公社的幼儿园。一群鲜灵活跳的孩子,从大墙门里走出来,看见了解放军叔叔,拍手歌唱,表示欢迎,使这位战士无法抑止内心的激动。他紧紧地抱着一个孩子,好像有无数的话要跟他们诉说……

我是很激赏这幅画的。我们常常说生活在旧中国的苦难,在新中国的幸福,从这幅画上体现了很大的说服力。

(香港《大公报》1964年12月30日,署名:刘郎)

看《芦荡火种》临别戏

几回辟暑更披寒,远近曾争万姓看。才点红灯明水上,遂事妙诣来眉端。赤心原自风涛冶,杰唱能经翻覆搬。记得初违春始到,今为小别岁将阑。

轰动在上海的沪剧《芦荡火种》,本刊已屡有记述。这个戏从去年三月演至十二月连满九个月,前后共演五百八十三场(两队同时演出),观众超过八十一万人次。造成戏剧舞台史上未曾有过的记录。这样的盛况,标志着戏剧观众,不但拥护革命的现代戏,也热爱革命现代戏。观众本来是不让《芦荡火种》停演的,但上海沪剧团为了在演出期间,吸收了各方面的意见,要把全剧作一次较大修改,于是在十二月上旬,决定暂时辍演。

在美琪戏院演出的《芦荡火种》,女主角阿庆嫂,前期由丁是娥扮演,后期由筱爱琴扮演,两个阿庆嫂我都看了。她们各有特色,很难分个高低上下。

(香港《大公报》1965年1月4日,署名:刘郎)

肉 市 吟

市灯夜半尚通明,不断刀砧处处声。腊尽鸡豚初腌好,佐他杯酒话春生。

散却寒潮涌暖潮,歌声纵处杂嗷嘈。忽来厨妇宣劳队,为慰砧边劈万刀。

离春节一个多月前,上海全市以十天期限,将猪肉价降低三成,从早晨到半夜普遍供应。这是往年没有的事。市民趁此机会,家家都是整个腿的买回去自己加工腌制,这样可以减少春节前购买咸肉的拥挤。

菜市的盛况是空前的,买的人是兴高采烈,但宰肉的师傅手不停刀,不免辛劳万状。他们几小时后就轮流休息。有些家庭妇女过意不去,特地结队去向他们慰劳。

在这十天里,无论走到哪里,只看人们手上提着的是大块的肉,车上载着的是大块的肉,据说人多的人家,索性整只猪的买回去,也有买半只回去的。

(香港《大公报》1965年1月9日,署名:刘郎)

新年看江西地方戏

常年寨上事深居,水舞山歌总自如。不为也从泥裏起,何来腰腿好功夫?

新年里,上海上演江西地方戏,因为这种戏陌生,又是题材与演技并美,所以到处轰传。

有一个叫《寨上红》的萍乡戏,用江西一位水稻专家,在一处贫瘠的山区里种好水稻的真实故事,作为剧本的背景材料。戏处理得很热闹,也很朴素,富有乡土气,看来别有一番风味。这些演员都是长年住在山区,和那里的农民共同生活,所以他们在台上的每一个动作,既有生活的真实,也有艺术的夸张,真是悦人心目。

双眉欲聚不成颦,无恼无忧一妇人。蜜裏糖浇从小惯,哪知前世有酸辛!

第二次看的是三个采茶戏。最使我激赏的一出叫《怎么谈不拢》。台上只有农村里的一对小夫妻,他们为着"先公后私""先私后公"的问题拌着嘴。是个喜剧。他们的对白流畅,唱腔婉亮,都令人喜爱。那位女演员叫马紫云,多俊俏的一张脸庞,还不过二十岁,已是江西地方戏的红角儿了。

听人说江西的采茶戏分赣东、赣西、赣南、赣中好几类。这种戏相等于湖南、江南的花鼓戏，也是被旧时代认为不登大雅之堂的小戏；而演员又都是被恶绅、恶霸侮辱或迫害的对象。当时江西人称采茶戏女演员为"采茶婆子"，就是充满着恶意的蔑视。但到如今，像这位马紫云是以中学生参加文艺工作的，她年纪轻，不知前代人受过的苦。她对人说，有人跟她谈起往事来，她都认为不可理解。其实也怪她不得，因为她是在新中国成长的，是在糖水里养大起来的。

（香港《大公报》1965 年 1 月 15 日，署名：刘郎）

桃花坞年画也翻新

桃花坞内起新风，年画能惊笔调工。万口齐歌公社好，丰容直逼洞庭红。毫端茶树无穷绿，日上香炉第一峰。欲写吴儿劳动美，苏州原与神州同。

苏州桃花坞制作的年画，从来是全国闻名的。前年我的同事到过桃花坞，访问过那里的年画作场，带回来几幅桃花坞的新年画，他还特地送给我一张。那一张是歌颂人民公社的：几个农村姑娘，在采摘东山上丰收的橘子——洞庭红。画笔的细腻和设色的绚丽，都令人爱不忍释。

到去年，桃花坞的年画，又来了一番全面革新，他们把那些歌颂帝王将相、赞美才子佳人以及宣扬封建迷信的旧作品，统统收拾起来，而代之以宣传社会主义新事物的新年画。据说这些新作品的特点是就地取材，较多地用了苏州的建设风貌和新人新事。这样做，大概保持了桃花坞年画的传统风格，因为旧的桃花坞年画，也大多取材于本地风光。

（香港《大公报》1965 年 1 月 18 日，署名：刘郎）

春 前 小 景

鸡鸣万户曙窗开，似锦新衣早剪裁。犹似童年贪乐事，愿闻百子助春雷。

我一向起床甚早。在春节前一个月里则起床更早,因为被远远近近的鸡唱声催起来的。这种声音是标志着春节快要到来。再过些时,还有一种声音,愈加能够渲染春节气氛的,那是孩子们一早起来放的"百响"。

"百响"也就是鞭炮。它是小型的爆竹。说起爆竹,宋朝有几个诗人好像很不喜欢这样东西,范成大:"春寒闲门本阒然,强邻爆竹聒阶前。"杨诚斋:"幸无爆竹惊寒梦,休羡椒花颂好春。"都是对爆竹表示厌恶的诗句。他们为什么会厌恶这个东西,我不明白,我是觉得这个东西很好玩的。小时候胆小,不敢放大型的爆竹,却喜欢买那种叫"春雷百子"的鞭炮,绑在竹竿上放,噼噼啪啪的让它乱响一阵,引为笑乐;如今老了,在过节的时候,容许孩子们放放爆竹,我在一旁看着,也还是赏心乐事。

今年一月三日晚上七时半,人民电台广播刘少奇主席等当选为国家领导人的消息时,全上海同时燃放爆竹,这时候,我一家都在南京西路上,顿时沉浸在欢乐的海洋里,也是有生以来第一次逢到的大放爆竹的场景。但事后了解,上海所有的爆竹,就在这一夜都燃放完了,所以爆竹工场正在日夜赶制,方能应付春节的需要。

(香港《大公报》1965年1月26日,署名:刘郎)

原 母 近 事

  枕流无复看云飞,两姓从今共一扉。原子爆时原母笑,文郎入世文娟肥。常来畎亩应非客,倘念潇湘耻作妃。扶得轻鬟春水足,老农髯下故相依。

原母是谁?越剧名旦王文娟也。

去年王文娟生了一个孩子,取名庆原。有人问她取名之义,她笑着说:"那是在我国第一颗原子弹爆炸的那天晚上,在收音机里听到了消息,一个高兴,忽然腹痛起来,接着就分娩了。所以把孩子的名字唤作庆原。"

王文娟生育以后还没在舞台上演出过,大概休息的日子多了,就变得肥硕起来。最近据说她要下乡去体验生活,待回来后再参加演戏。

　　在一两月前,她从枕流公寓乔迁到武康路的一座大厦里。房间多了,孙道临把他的妈妈,也接来同住,省得他在一日之间又要存问妻儿,又要定省老娘的两地奔波了。

　　(香港《大公报》1965年2月20日,署名:刘郎)

早　梅　花

　　新郊哪有野人家?暖日浮香一碗茶。坐遍广园三两处,春来争放早梅花。

　　春节后数日,在龙华公园、漕溪公园里,看梅花丛发。上面的两个公园,都在上海近郊,其实不必到郊外,便在市内的各个公园,也到处可赏梅花;闹市里的人民公园,梅花也开得很早,鄙人舍近就远,宁可跋涉一些路途,欢喜赶到郊外去看看耳。

　　说起梅花,在旧市区里上海的,不要说一树梅花,便是一朵梅花,也是渺不可寻;有之,要末花店卖的盆栽花,红梅与绿梅而已。公园也不种梅花,国民党反动派蝇营狗苟,从来不关心人民群众的业余生活,连它们定为"国花"的梅花,也不种几棵出来,让上海人观赏,岂非笑话。

　　"早梅花"的概念,我一直弄不清楚,有人说它是指春前开的梅花,也有人说是立春后见的初花。按照"早春梅"的说法,应该后者是对的。故诗人王尘无有一首名诗:"白头父老呈霜柿,素手村姑荐蜜茶。不道先生非税吏,病余来看早梅花。"这首诗大约写了三十年了,在山野人家看到霜柿,吃到蜜茶,都是春节里的食品,那末尘无说的早梅花,也是春后开的梅花了。

　　(香港《大公报》1965年2月23日,署名:刘郎)

三看《江姐》

　　针针线线鉴忠贞,赤帜光辉绣欲成。走向刀丛回首望,红崖初染日东升。此地歌深舞亦酣,我来热泪几回含。江城一月红梅发,明日花开过岭南。

　　一九六四年十二月,一连看了三次《江姐》。第一次看解放军空军政治部文工团演出的歌舞剧;第二次看解放军南京空军政治部文工团演出的歌舞剧;第三次则看的是越剧院傅全香、张桂凤的演出。

　　一个月来,上海人都在谈论江姐这个人和《江姐》这三个戏。这个人是坚贞不屈的英雄;这三部戏竟都是千锤百炼、激动人心的好戏。

　　《江姐》的故事,我在这里不介绍了,因为预计本文见报道时候,空军政治部文工团已在广州上演,本报必然早已作过报道。我只想说因为这个戏的感人肺腑,我三次看它,三次都掉了眼泪。两个歌舞剧且不谈它,那越剧傅全香扮的江姐,她也使我热泪盈眶,想不到这个演古装戏的"哀艳名旦",从来赚不得我一滴眼泪,如今演了现代的英雄人物,反而赢来我激动的泪花;当然我一个人如此,很多观众,都是含着眼泪看戏的。

（香港《大公报》1965年3月4日,署名:刘郎）

山 花 撩 眼

　　真见山花异样红,算来吴越竟相通。十分乡土夸金月,一阕弹词欠采风。戴帧能怜村妇俏,闻歌倘与阿香同。平生弦索温存遍,侧帽还应皓首穷。

　　春节,上海歌舞凌云,一派欢欣景象。据一张报纸统计,二月初（即春节期间）,一共有四十几台现代戏在上海上演。这里应该补充的是这四十几台现代戏,指的不同的剧目而言,而不包括一个剧目有几个剧种在同时演出。从知今天现代戏创作的繁荣和深受群众的欢迎了。

在四十几个现代戏里,我只看了两个越剧:《山花烂漫》与《迎新曲》。

《迎新曲》演的是农村故事,以移风易俗为主题。由两位男女青年演员主演,金采风也参加演出。这个戏之所以吸引着人,因为是个喜剧,剧中有一场评弹演唱,我以为唱弹词的一定是金采风,等看了才知是两个青年演员的事。那个女青年叫张丽琳,男青年叫史济华,唱着一样高的调门,有声有色。听说,史济华是上海越剧院男演员里的一张王牌,以后越剧势必要男女合演,这位小青年将要被大派用场。

《山花烂漫》是浙江省越剧团演出的。戏的思想性这里不谈,只说那位主要演员张金月,她的名字上海人虽然陌生,但她演不多久,张派的唱腔,却已流传人口。她有一条又甜又亮、又是唱不坏的喉咙;那音调仿佛早期的傅全香,但那分乡土气息,比之当年的傅全香更为浓郁。当年我是为傅全香的唱腔迷住过的,现在听了张金月,也自然沉醉。至于她的谈吐、动作都朴实得像个山区农民,正因为她是从那个地方的泥土里拔起来的根子,更觉得不同凡响。

(香港《大公报》1965年3月9日,署名:刘郎)

玄 妙 花 园

年年古观梦苏州,临老来时一再游。香火渐无迷客眼,辛夷初放过人头。成阴十载如灵隐,便浚三河与虎丘。重过布金绀宇望,此身疑上万花楼。

苏州玄妙观是从一千六七百年前晋朝保存下来的古迹。它位于阊门内最热闹的地区,所以一直吸引着游人。

玄妙观的大殿高达九丈,形貌的雄伟可想而知。观内有座老子的石刻像,传为唐代吴道子手笔。

人们知道,解放前的玄妙观,像上海城隍庙一样,成了小商小贩的摊档市场,乌七八糟地领略不出静穆壮严的古丛林气象。近年来苏州市政府改变了这种面貌,不但修整庙宇,还从今年起,使玄妙观绿化起来,成为风景地区。

玄妙观的初步绿化工程是广植雪松、龙柏、香樟、玉兰、海棠、桂花和紫薇等花树外,还把大殿前的广场,辟为草坪,四周范以黄杨。这样几年以后,玄妙观便成了一座花园。

(香港《大公报》1965年3月29日,署名:刘郎)

小 太 阳

归来初借一楼凭,二月春风立不胜。绕向窗罅驱夕照,忽从帘低看东升。儿疑天外添新月,妻道庭前堕远星。更喜又多光两倍,吾家可灭读书灯。

春节以后,每当上灯时分,我下班回家,到得四层楼上,可从东窗望见南京路第一百货商店顶上的一盏大放光明的管状氙灯。

这盏氙灯人们称之为"小太阳",因为照耀得如同白昼,所以一个多月来,吸引着所有的上海人,晚上,赶到百货商店下面,仰首瞭望,啧啧称奇。

这"小太阳"功率达二万瓦,亮度相当于一千二百只二十五支光的普通灯泡。它是我们的工人专家蔡祖泉试制成功的。正当人们欢呼"小太阳"问世的时候,报上又传出了蔡祖泉试制成六万瓦氙灯的消息。我家的孩子们说,如果六万瓦的氙灯也装置在百货商店顶上,那末远在三里外的我家楼上,可以借氙灯之光,读书写字了。

氙灯是近代最新光源之一,亮度大,效率高,是世界各国竞相研究的灯种。氙灯的试制成功,是说明我国电光源科学向世界水平又前进了一步,难道不值得欢欣鼓舞吗?

(香港《大公报》1965年4月1日,署名:刘郎)

听评弹《江姐》简陈灵犀兄

生死能争志业伸,琵琶故事一番新。老儿终自怜忠烈,设想千秋话此人。

空政文工团在深圳演出《江姐》的时候,香港很多人都欣赏过这个著名的歌剧了。自从去年十二月间,空政的这个戏在上海演出后,各剧种都纷纷改编排演,到二月份我数了一数报上的剧目广告,最多时有十二台《江姐》在同时演出,但其中不包括评弹的《江姐》。

评弹的《江姐》改了名字叫《红梅赞》。这个节目到我寄这篇文稿时尚未公演,而我是在前天下午的仙乐书场里听了上海评弹团的预演。

《红梅赞》的编制者是老友陈灵犀。他不仅把名字改了,连故事也更动了:江姐没有被反动派杀害;而是在她舍身救战友后被敌人逮住,敌人还没将她解往重庆,就在当地审讯。正当沈养斋威逼口供之时,华为从窗口翻进来,传来解放捷报,击毙敌人,救出江姐。

评弹是以中篇形式演出,江姐由三个名角分演:刘韵若、石文磊和张维桢。华为是由赵开生起的,双枪老太婆是由朱雪琴起的,而沈养斋则是由张鉴庭起的。这样的一个阵容,演这样一个节目,无疑又将赢得上海书迷的似醉似狂了。

(香港《大公报》1965年4月3日,署名:刘郎)

红 灯 风 格

好戏方期反覆观,也从海报再三看。凭君若问高风格,遥指红灯是一端。

北京中国京剧院的《红灯记》,在广州、深圳演毕后来到上海,于二月中旬,在大舞台上演。

这个戏在目前的革命现代戏里,各方面都给了它最高的评价。

大家知道最早排演《红灯记》的是上海爱华沪剧团。而中国京剧院的《红灯记》,是根据"爱华"的剧本改编的;后来"爱华"的演员们看了中国京剧院的演出,又根据京剧本重新改编,使自己的节目,更加丰富,更加提高。

凑巧的是中国京剧院来上海上演《红灯记》的时候,爱华沪剧团也正在演出《红灯记》,于是在报纸的戏目广告里或是剧场的说明书上,出现了:中国京剧院的,在剧目下面注着"根据上海爱华沪剧团同名剧改编"的一行字样;爱华沪剧团的,在剧目下面注着"根据中国京剧院演出本重新改编"的一行字样。

这两行字样,看来似乎平常,但它却使读广告的人,受到了极其深刻教育。只要想一想:中国京剧院是全国数一数二的大剧团,而"爱华"却是上海的一个中小型剧团,如今先是大剧团向一个地方戏的小剧团学习;而小剧团又反过来学习大剧团移植后的长处。这种又老实、又认真,又是虚心诚恳的作风态度,怎不叫人望着广告而感动呢?

我们在日常工作中和生活中,都讲究一个风格,这是一种高尚的风格,是共产主义的风格。而上面说的两行字样,正是这种风格的体现。在别的社会制度的国家里,永远也绝对不会出现这样的风格。

(香港《大公报》1965年4月12日,署名:刘郎)

奉 城 拾 句

青秧田上白云风,柳绿桃红到古城。极目高堤车马远,罱泥船在水中横。

奉城在奉贤县境内。这地方所以叫奉贤,传说奉城是孔老二门徒子游的故乡。不管可信不可信,这是个古城是可以肯定的。

四月初,我在奉城住了七天,大部分的时间都在农村里。那里的公路是一条大堤,每天都在堤上迈开大步地行走,只见堤的两边都是青秧田,覆盖着薄膜塑料(尼龙),它告诉人们,春耕的时期到了。

选种人来聚一堂,不须响木便开场。滔滔丢却乡音说,大寨书腔学耿良。

一次在一个选稻种的场合里,围坐着几十个男女社员,忽然来了一位说书人。这说书人也是公社社员,但又是业余的故事员。我们要求他表演一个节目,他就说了一段《大寨人的故事》。这是评话家唐耿良的新作。这位说书人完全用了唐耿良的声腔,表演得有声有色。后来才知道,他是一位优秀的故事员。但在今日的农村里这样优秀的男女故事员,已经多至成千上万,他们专说现代革命故事,受尽了农民的喜爱和欢迎。

(香港《大公报》1965年4月29日,署名:刘郎)

四月廿日之晨记事

相逢都是春风面,亦有歌呼舞柳腰。巷底街头成艳说,一双女将一双刀。

四月二十日的清晨,上海已听到了广播:我国男女乒乓球队双双获得世界冠军。

消息传来,一市欢腾。我是七点半上班的,只见到处都是互相祝贺的人群。许多商店、机关的门外,张贴着大红喜报。上午街上出现条条长龙,那是等买日报的人;下午街头上又出现了条条长龙,那是等买晚报的人。

学子喃喃吐好词,车床得句亦清奇。健儿更有连篇咏,谁解老夫腕不支。

我是做新闻工作的。早晨刚刚在办公室里坐定,办公室的几支电话已都铃声大震。打电话来的有学生,有工人,也有解放军战士。他们听到了夺得双冠军的喜讯,无法抑制自己的激情,当时便写成了诗篇,又怕邮寄太慢,故而电传给报纸编辑部,叫我们处理。从此,一早晨我们就做着从电话里记诗的工作。

(香港《大公报》1965年5月4日,署名:刘郎)

三月见冬瓜

回春漫说真多术,访药人争尽一心。设想海南蔬熟早,累他千里苦相寻。

跋山涉水走天涯,暖到心头疾可瘥。三月江南寒雨里,深情一往看冬瓜。

今年中春时节的一个早晨,上海三角地菜场上,陈列着几只冬瓜,引起了买菜人的诧讶。因为江南的冬瓜,目下尚在青秧时期,至少要到阴历六月才得上市。如今这几个冬瓜,夏蔬春荐,莫非是隔年的冷藏货,或是暖房里培育出来的早冬瓜?

据菜场人员的回答,两者都不是的。这是从广东南海县运来的新鲜货。一共只有九个,但不是供应居民佐膳之用,而是支援本市一位病家的药物之需。

原来前些日子,这个菜场附近的一位居民,跑来要求协助,说家里有个病人,医生的处方上,须用鲜冬瓜一味,可以挽救沉疴。菜场人员看到来人那副焦急的样子,便安慰他说:上海目前是找不出一片冬瓜来的,让我们向外地想想办法。他就通过经营部门的领导,用电报要求在南方的采购员,在广州地区访觅冬瓜。采购员费了很大功夫,从广州一直寻访到南海,终于在南海的一个人民公社买来了九个冬瓜。运到上海后,一面送给病家下药,一面陈列几个在菜场里,把寻瓜的故事,告诉买菜的人,将菜场人员和采购人员的急人之急、助人为乐的高尚风格,来教育大家。

(香港《大公报》1965年5月16日,署名:刘郎)

平 水 珠 茶

相期采摘趁明前,耳畔莺歌呖呖传。丛绿自围僧舍矮,一溪初染两眼圆。收来指上淫淫湿,晕向霞边淡淡撚。碗底新烹甜到舌,此时坐对欲忘年。

有许多特产,早已驰名国际,但一般人却是还未认识的,平水珠茶,也是一种。

这种茶简称"平珠"。它产于会稽山与四明山区。新近有人从绍兴回来,带得数两"平珠",他用雨水烹茶,叫我喝上三杯,芳香醇厚,真的不同凡品。它的特点是茶叶为墨绿色,圆而光润,故称"平珠"。

清明节前,我这位朋友在绍嵊公路和绍诸公路上旅行,看见漫山遍野,都是平珠茶树。他把农村少女采茶的景色和在那边农村饮到新茶的情形,都给我描绘得有声有色,我就把他的话写成了上面的一首诗。因为我对平水珠茶过于陌生,讲不出什么老话,能记的只有这一点。不过有一句话要交代的:平水珠茶的叶子,并不是天然粒粒圆的,圆,是经过茶叶工人的加工,它像蜷曲的碧螺春一样,也是出于茶工的指上工夫。

　　(香港《大公报》1965年5月17日,署名:刘郎)

新　发　型

　　　　烟波云曲塑亭亭,雪映回身五尺绫。托出歌台风骨美,江城诸女竞新型。

　　　　淡淡衣妆穆穆容,翠鬓低放气如虹。有时能作冲冠怒,肯为人民抵死忠。

　　自从"空政"文工团的歌剧《江姐》到上海演出后,上海的每个剧团和每个剧种,几乎都把它移植排演,作为他们的"看家剧目"之一。

　　《江姐》的故事是感人肺腑的。江姐这个英雄形象,也是为所有观众热爱的。只要听听,她唱的《红梅赞》、《绣红旗》那些歌曲,已为万家传诵。在街道上,走路人放声唱着;在车厢里,也有人低声哼着。可想而知,这些壮烈的歌词之深入民间了。

　　不但如此,还有一些年轻的妇女,既对江姐的临危不惧、坚贞不屈的革命精神表示崇敬,也对她出现在舞台上的雍雍穆穆的气度,表示仰慕。她们把自己的发式,也仿效着江姐,梳得长发低垂,微卷入项,使人一望而知那是舞台上江姐的发型。

　　(香港《大公报》1965年5月18日,署名:刘郎)

肉　食　之　争

　　　　今朝酱汁明朝咸,举箸群儿口又皱。妻自语儿儿莫怨,须怜阿父老来馋。

佳蔬几味一函陈:蚕豆家乡可荐新?春笋脆同莴笋嫩,真思豆腐煮香椿。

四月下旬开始,上海的猪肉降价百分之三十,菜场上从早到夜,购者云集。

近一二年来,我忽偏嗜肉食,肉价便宜了,家里的饭桌上,往往既有白切肉,又有干切咸肉,有时红烧,有时白煸,有时酱汁肉,有时亦做制西菜的洋葱猪排。老夫大悦,深感夫人安排伙食之善。但孩子们天天吃肉,终究厌了,他们联名要求妈妈,不再吃肉,有的甚至说,一看见肉,肚皮就饱了。

在大学里住宿的一个儿子,每星期六要回家来。上星期五他给妈妈先写了一封信,信上说:学校里每餐都吃红烧肉,实在想换换口味,明天回家,望妈妈给我吃点蔬菜。下面这开列菜单,蚕豆、香椿、莴苣等,都是新上市的春蔬。我看了信,对夫人说,看来我们一家人在吃肉问题上,我是很孤立的了。

(香港《大公报》1965年5月23日,署名:刘郎)

游泳今年早

江南昨日夏初临,健泳群儿池底沉。不问气温今几度,但寻何处水寒深。

已弃晨曦五尺枪,更谙泅渡亦戎装。冬来风雪翻飞下,千万健儿过浦江。

往年,上海的游泳池,都要到七月初才开放,而今年不同,五月初已经接待宾客了。

初夏的上海,阴晴无定。这几天,我里面穿了毛衣,外面还要套一件线绒的上装。但每个游泳池上,都已人头挤塞,在那里恍似三伏炎天。

游泳池的提早开放,也许让青少年们接受训练冬泳的开始。看来,再过一两年,上海(也可能全国各地)的游泳池,无论春夏秋冬,将会常年开放。

(香港《大公报》1965年5月26日,署名:刘郎)

龙 华 律 句

广园虽好近廛家,此路幽深望里斜。犹勒轻寒临谷雨,更添薄絮过龙华。琼英初染三惊魇,轻鬓能消一捻茶。老去芳菲耽不已,年来爱看牡丹花。

谷雨过后,上海的几十个园林里的牡丹一时盛放。中山公园牡丹最多,有三百余本。龙华寺牡丹最古,至今已有一百余年(植于清咸丰年间)。

龙华的牡丹,我看过两次,第一次谢了,只见落英委地;第二次是今年谷雨的后一天,则那株古牡丹还在含蕾中,倒是旁边几株白的、新栽的牡丹,都已经怒放枝头。

龙华寺里看牡丹的人肩摩踵接,他们都是退休的老年人。泡一杯茶,吃一碗冬菇素面,坐在花圃前细细品花,状至闲适。我是好动的人,牡丹看不过瘾,便同太太到庙右的龙华公园去。

这龙华公园和市区其他的园林,别有一番风格。这里广植松柏与桃树。这一天,桃花尚葆余红。中春以后,上海风风雨雨的却没把这些娇姿弱质,打得零落殆尽,看来,桃花也变得刚劲起来了。

(香港《大公报》1965年6月5日,署名:刘郎)

重看《斯大林格勒战役》

斯人巨像巍然存,来受千秋万世尊。从接雷声长贯耳,直追穷寇为除根。堂堂一发全民战,叶叶能飞孽子魂。若使秃颅当道早,满城焦土兽蹄屯。

从五月八日到十四日上海举行"庆祝战胜德国法西斯二十周年电

影周"。我看的第一部片子是《斯大林格勒战役》。

看罢电影,回来重新读一读五月九日《人民日报》编辑部的文章,体会是更加深刻了。那文章里有这样的一段话:"……苏联人民和苏联军队的胜利,是同斯大林的领导分不开的。正是斯大林,在战争爆发以后,在苏维埃国家的生死关头,肩负起党和国家的领导重担,把苏联各族人民团结成为一支钢铁般的不可战胜的队伍,去同法西斯强盗进行殊死的斗争。斯大林作为苏联军队的最高统帅,从战争爆发到最后胜利,领导了整个战争和各次重大战役。当希特勒匪军兵临莫斯科城下的危急时刻,苏联人民和全世界人民听到了斯大林充满信心的坚定声音:'把侵入我们祖国领土的所有德国人——占领者一个不剩地歼灭掉。'当战局转入大反攻阶段以后,苏军全体战士听到了斯大林的伟大号召:'跟踪追击这只受了伤的德国野兽,并把它打死在自己的洞穴里。'在整个战争期间,斯大林的名字,鼓舞着苏联人民和军队。斯大林虽然犯过某些错误,但是他毕竟是一个伟大的马克斯列宁主义者,是一个名副其实的伟大统帅。他对反法西斯战争胜利的伟大贡献,是永远不可磨灭的。"

德国法西斯这头野兽,是斯大林给亲手消灭掉的。这张影片也体现了这位伟大统帅在卫国战争时期的全部精神。我一面看戏,一面在想:如果当时不是斯大林,而是由现代修正主义赫鲁晓夫之流当家的话,那会造成什么后果呢?先是惊慌,再是乞怜,终至口头求降,把苏联的党、国家和民族,一古脑儿覆亡在法西斯匪徒手里。这样的估计,不会有一点点错误吧。

(香港《大公报》1965年6月8日,署名:高唐)
[编按:本篇不属于《唱江南》专栏。]

里弄乒乓

乒乓场子列西东,或向墙隅或院中。喝采群呼功练硬,因风爱看领飘红。丫鬟邻女挡搓稳,横极何郎扣杀凶。漫道此时装备略,敝车陋巷起英雄。

近年来全国各地的青少年和中老年都爱打乒乓,形成了一股热潮。无论哪一个公社、工厂、部队、学校、商店、机关都有乒乓队的组织。

上海里弄里的孩子们,也是三五人一堆的比赛乒乓,有一个星期日的上午,在我住的弄堂里有八个地方在打乒乓。自然他们不可能有正规的设备,比如有的把房门卸下来放在两只凳子上代替球台,有的只用两块砖搁上一根竹竿代替球网。但球拍都是自己购置的。而孩子们的从事这一活动,态度也是认真的。他们的发球多种多样,无论是挡是抽,都有一定的工夫。我看在眼里,不禁暗暗赞叹,想起我们的国家选手徐寅生,小时候在上海的弄堂底一部场车上开始练球,终于成为举世闻名的健将。看来现在的这群孩子们,必然会有数不清的未来的大器,怎么不叫人心花怒放呢!

(香港《大公报》1965年6月13日,署名:刘郎)

江上小英雄

万夫浪底解潜升,况看群儿逐浪腾。直似荷枪临战地,真同信步向闲庭。跳来水上雄如虎,艰往江心小过萍。忆我童年惟怯弱,扬鞭骑竹过前塍。

入夏以来,"到江河湖海去游泳"的风气,已在全国各地形成。在各地的游泳健儿中,少年儿童也都是奋勇争先。看到六月三日一张报纸上说:广州有两千名儿童横渡珠江;济南有五百个小朋友,横渡大明湖;汕头也有一个三百名儿童顶风破浪,游泳渡海。

在上海也有无数的儿童参加了泅渡黄浦江的壮举。

上海群众性泅渡黄浦江的盛会,是从五月三十日开始的。一连举行了三天,参加的人数一共有两万五千余名。第一天我就随了第一批健儿乘着登陆艇,到浦江对岸去看他们下水的。在这第一批中就有长乐路第三小学的一队学生(四十二名)表演武装泅渡。他们最小才八岁,最大的不过十二三岁。他们下了江以后,一路唱歌,一路喊着"保卫祖国,支援越南"的口号。当我再乘船回去,到终点的岸上等他们时,只见第一个孩子已经完毕了一千二百米的游程,欢跃地上岸来了。新闻记者把他搂在怀里,问他叫什么名字?他说,叫钟秀国,八岁,二年级学生。不多一会,指导员老师已经率领登岸的学生,到队报数,整整四十二个,一个也没有掉队。江岸上一时想起轰雷般掌声。

(香港《大公报》1965年6月20日,署名:刘郎)

老 人 歌

江头昨夜动歌尘,飘拂盈颠发似银。张口莫嫌牙齿假,行腔尚喜喉咙真。传忠三代声容激,斗智沙浜板眼醇。牛女年来应寂寞,人间何事不更新?

今年七夕,上海中山公园的音乐台上,举行了一个特别晚会:文史馆里的一群翁翁媪媪,大唱革命歌曲和大唱革命现代戏。

参加的馆员三四十人,他们有的八十多岁,绝大多数是七十岁以上,"小"的也已超过六十五岁了。

《红灯记》与《沙家浜》这两个著名的现代戏,是这个晚会中的主要节目。其中有些人原是京剧的"内行",如王清尘、张桂芬,当年还都是有些名气的演员哩。

(香港《大公报》1965年8月11日,署名:刘郎)

女儿入学考试

考场到处散香风,况度清凉一盏中。好使接班人笔健,互将意气说豪雄。

阿母微嫌道路长,叫儿不要考松江。而翁只是谋馋嘴,九月鲈鱼六月黄(注)。

今年大女儿初中毕业,投考高中。我原来希望她考松江第二中学,但妈妈表示异议。她认为孩子还小,住在郊区要一个月才回来一次。

还是叫她考市里的第三女中。这第三女中的校址,以前是中西女塾,离舍间只要坐七分钟的电车便到了。

　　七月十五日是考试的一天,孩子考罢归来,满怀喜悦。她说,今天全上海所有考场里,都不断吹送香风(在吹风时夹些香水,使学生清目醒脑),场外还有冷饮供应,所以在构思时,一点也不因溽暑蒸人而感到苦恼。她又说,下午的作文题目是"怎样做一个革命接班人"(大意),她在一小时内就写了一千二百字。我夸奖她说,爸爸写了几十年,现在老了,一小时已经写不得一千个字了。

　　(注:六月黄是蟹的名称,它与四腮鲈并为松江有名的水产。)

　　(香港《大公报》1965年8月15日,署名:刘郎)

纳 凉 新 词

　　今年又唱纳凉词,不唱流萤笑语诗(注)。有福几生降小子,关怀入夜累良师。风高灯远休开卷,月黑枰繁莫下棋。串过三街来一巷,汗侵罗袖独归迟。

　　近年,全国都在开展保护青少年眼睛的运动。老师、家长都要负起教育孩子怎样保护视力的责任。而学校里还作了一些预防和治疗眼力的措施,例如课间作的"眼睛操"等。

　　但孩子终究是孩子,只要一个放松,就会做那些损耗眼力的事。比如目前正是纳凉的时候,孩子们有的在暗淡的路灯下阅读连环图画,有的两个人对弈,也有几个人同玩扑克牌游戏的。

　　学校里了解了这样的情况,老师们怎么也安不下心来。于是在纳凉的场面中,常常有年轻的女老师前来访问。她对着正在下棋、读书的学生说:"同学们,在学校里我不是同大家讲过,在微弱的灯光下不看书、不做费眼力的活动吗?怎么,一放了暑假,又把我的话忘了呢?在假期里,我们也要注意保护眼睛……"老师是既温和而又严肃地对孩子们讲的,孩子们也觉得老师的夜晚访问,事非寻常,因而受到的教育自然深刻。

（注："流萤一点池塘影，来照阶前笑语人"，是李莼客的诗。）
（香港《大公报》1965年8月17日，署名：刘郎）

纳凉新词之二

晚风徐度得轻凉，此地人来曝"太阳"。左右两厢争入座，英雄故事说南方。时闻林下停针妇，催我桥前罢桨郎。妇去森森环一碧，可怜闲煞睡莲黄。

解放后，把旧上海的跑马厅，一劈为二，北面的一半为人民公园，南面的一半为人民大道与人民广场。夏天，无论是公园或广场，都是纳凉的好去处。而今年人民广场到了晚上，尤其热闹，因为这里新装了一只"小太阳"——十万瓦特的长弧氙灯。

在"小太阳"照射的地方，不但可以看书读报，即使是一枚绣花针掉在地下，也能立刻找到。

前天晚上，我一家人就到"小太阳"下面去乘凉散步。那里围着一堆堆人群，是故事员在开讲越南南方军民，抗击美国强盗的英勇故事。孩子们则作着歌唱和舞蹈的活动。有些家庭妇女，一边乘凉，一边还打着毛线衣。

回家的时候，我们又到了公园里，因为广场的热闹，公园显得特别幽静了。

（香港《大公报》1965年8月27日，署名：刘郎）

乡 居 二 首

乱蝉嗓遍夕阳沉，数盏莹灯照我寻。犹似儿时来竹院，井中捞起十条金。

盛暑之日，归返故乡。乘凉时，乡人从井底出土产甜瓜，瓜作淡黄色，我小时候，是称它"十条金"的，但如今的青年人，却把它正名为"十条筋"。因为瓜皮上正好有十条条纹，所以他们说，应该是"十条筋"。

"十条金"是从前人讨口彩,现在不行这一套了。

　　划破流艳欲盈樽,惟有妖桃系客魂。三十八年春不老,重来索醉过南村。

南村姚氏的家园里有几株桃树,都是异种。那桃实的皮上有轻毛,紫红色的斑斑点点,像齐白石画桃子用的颜料。但皮薄糜多,触之,艳汁自流。引口吮吸,味极甘芳。从前乡人都称姚家桃为"妖桃"。我已经三十八年久别"妖桃",此来正好桃熟时期,闻姚家无恙,桃也犹存,于是又得重亲珍果。

(香港《大公报》1965年8月31日,署名:刘郎)

今日应无陌路人

　　年年喜讯涌如云,话到家乡意倍亲。从有明灯遥点引,自将高格献青春。及身必有关心伴,今日应无陌路人。好事作多兼作惯,姓名安用世间闻。

不久前,在故乡嘉定的技术学校里,流传着一段佳话:原来这家学校有个上海学生叫魏幸福,因为体育锻炼时不小心,摔坏了一只脚,到上海医疗了一个时期,等勉强可以走路时,他就一拐一拐的返回学校去了。

当他搭上开往嘉定去的长途汽车,发现车上的座位已经被先到的人占满了,但马上有一个十八九岁的青年,看见他脚上包包扎扎的样子,便起身把座位让给了他。魏幸福很感谢这位青年,在旅途中他们自然地攀说起来。那青年听得这个病足的学生到了嘉定,下车后还得走十多分钟的路,才到达学校,他便在过南翔车站时补买了一张到嘉定的车票。

到了嘉定,青年扶着这个学生下车,走了几步,看他举步实在艰难,便说:"我来背着你吧,我有力气背得动你。"魏幸福坚决不肯,青年只得仍然扶着他缓缓地走。走了一半路,学生催青年早些回家,那青年却笑笑说:"我家在南翔,现在已经来了,就让我把你送回学校。"魏幸福听到他越站下车,是专诚为送自己来的,使他只觉得喉头像哽住了的一样,再也说不出什么话来。回到学校,他把车钱还给青年,青年不受,直等到他的同学来代替背扶时,青年才握一握魏幸福的手,连名字不留一个,道别而去。

(香港《大公报》1965年9月6日,署名:刘郎)

送女儿上学

窥帘雏雀噪秋晨,儿已催爷快起身。犹似平时梳洗早,亦同放假服装新。课程无缺几三代,膳用纷陈赤紫银。远道故交应爱惜:阿刘家有小工人。

上海的中小学校,大多于九月一日开学。早晨七时,我送大女儿入学。

我的大女儿今年初中毕业,考取了一家工厂开办的半工半读学校。这家学校按照它的工艺要求,专门培养学生攻读三角、代数、几何之外,也学习政治和业务基础知识,一个星期里,一半的日子上课,一半的日子下车间劳动。四年毕业,那时候,学生可以达到一个三级技工或是技术员的水平。

我们全家都因为大妹妹考取了这个新型的学校而感到欢欣鼓舞。其实岂止我一家,今年有十六万初中毕业生一半考进了一般的中学,一半都考进了各色各样的工读学校,使青年人都得到了适当的安排。所以无论是孩子们或孩子们的家长,都是衷心地感谢党对年青一代的深切关怀。

我也是说不出高兴。八月二十五日,陪着女儿去报到,八月二十九日夜间的家长会议,我也去参加的,九月一日又送她上学。下午孩子放学回家,问起学校里的膳食,她说,小菜很多,她只记得有烧虾、油焖茄子和蒸带鱼。学校是不收学费也不取膳费的。

(香港《大公报》1965年9月12日,署名:刘郎)

送儿子赴洛阳

　　尚是乌云乱压颠,儿方入世记当年。长成多受晴明乐,痴慧能争师友怜。数语江干才送别,传声天外恼清眠。洛阳漫道花如锦,汝似新花放更妍。

在上海交通大学肄业的儿子,今年暑假毕业了,被分配在洛阳工作。妈妈替他办了丰厚的行装,于九月十二日送他就道。

孩子出生的那一年,还在日本侵略者盘踞上海的时候。但当他上学之年,上海已经是人民的世界了。所以他的全部学业是比较完整的,从著名的育才中学毕业,考取了交通大学,攻读工科。

我们送他出门的时候,是这一天的中午,但第二天我在家午睡的时刻,孩子报告路上平安的电话,已从洛阳打来。他开头就说:"洛阳这地方漂亮极了。"我告诉他:"没有出过门的人,只知道上海地方好,出了门,才知道祖国的每一个城市都是美丽的。"

(香港《大公报》1965年9月26日,署名:刘郎)

宝山游到崇明

　　宝山水上到崇明,正好来回百里程。此日健儿才一往,大江勇渡满城惊。欺霜凌雪为冬泳,劈浪披风事远征。最爱后生胡月丽,浮沉惯试片腰轻。

九月八日早晨,上海有一百二十名游泳健儿,在风高浪重的长江口,从宝山游到崇明,全程五十里,历七小时到达彼岸。在今年上海的群众性游泳纪录上,写下了最雄壮的一页。

当这群勇将先后游入"中央沙"西端的地方,有几股水流汇合,形成漩水,水势湍急,浪花飞溅,气概逼人。但水里的人却不畏缩,大家拿出全副本领,与恶水搏斗。有人用自由泳抢渡漩水,有的转变方向,智越急流。他们前后呼应,互相照顾,终于安全地渡过了这个险区。

长游的健儿中,有一个叫胡月丽的姑娘,才十七岁。她从去年方始接受游泳训练,而在今年春节时,我已看过她参加冬泳,而这一次又参加了勇渡长江的壮举。她在汹涌的风浪里,时潜时现,时而为蛙泳,又时而为仰泳,她那安详的姿态,真有"胜似闲庭信步"之概。

(香港《大公报》1965年10月2日,署名:刘郎)

悼 天 韵

常是茗边弦外亲,廿年对巷作乡邻。适从平嫂逢尊嫂,忽自新闻见讣闻。对镜每觉长久病,好书初听《十三斤》。继承莫患无人在,何况明珠作远人。

弹词家刘天韵先生,于九月二十三日在沪病故。天韵患的是高血压症,多年了,这两年来,就不大登台。在竞说新书的年代里,我好像只听他说过一个中篇《如此亲家》(又名《十三斤油》)。

今年,病发得很凶,一直住在医院里。大约在十天前,我遇见刘夫人时,问起天韵的病,她告诉我很不稳定,言下之意,似乎很难好转。不料今天读报,看到了他的讣告。

著名女弹词家刘韵若是天韵的侄女,天韵夫妇珍如掌上明珠。当天韵病重的时候,韵若随了上海的新疆慰问团遨游在天山南北,因此来不及为叔叔奔丧。

(香港《大公报》1965年10月7日,署名:刘郎)

听程丽秋《望北方》作

兀立横眉大路边,北方望里是晴天。直惊强虏魂俱碎,难得佳人手自编。交膝漫矜清响逸,回身疑似彩云旋。近来倾折程家女,弦底篮前二少年(注)。

程丽秋是香港读者所熟悉的一位上海弹词家。她不止工于说唱,也能创作。新近我听了她自己编的一个短篇评弹《望北方》,不能不惊服这位女青年的才艺双全。

《望北方》是根据南越人民抗美斗争中的一个小故事写成的：一个老游击队员的妻子，在路上被美国强盗挖去了她的双目，她不喊一声痛，身体对着北方，昂首直立，口中从来没有停止过对敌人的呵斥。在英勇不屈的形象面前，万恶的强盗，竟显得猥琐和渺小。

程丽秋就在说唱的声腔中和面目的传神上，都表达了这位南方妇人的英雄气概。因此博得听书人同声赞许，说她说得十分成功。

（注：一二年来，时常欢喜看上海女篮打球，其中程友明的球艺，最令人激赏。）

（香港《大公报》1965年10月11日，署名：刘郎）

沈孙档"传灯"

三年来未见淑英，依旧双眸似水清。听到"传灯"声激越，肯抛"认母"泪纵横。分明上手多佳丽，却笑平时误姓名。今日弦边皆极诣，无分前辈与年青。

今年国庆节下午听了三档弹词，都是现代节目：第一档沈伟辰、孙淑英的《红灯记·传灯》；第二档严雪亭、单士宁的《好管家》；第三档张鉴庭、徐丽仙的《红色的种子·留凤》。

张鉴庭与徐丽仙是难得拼档的，而这二人又都是名重一时，何况"留凤"这折书，说多于唱，自然为听众所歆动。但是我激赏的却是沈孙档的"传灯"。

近年来沈伟辰一直同孙淑英拼档，可我从没听过她们的书。妙的是我看她的名字以为沈伟辰是男演员，直到这一天她一上台，才知她们是女双档，而两个都是青年演员。

孙淑英与刘韵若的《庵堂认母》，给我的印象很好，如今她起《红灯记》的铁梅，从吐字里，从眼神上都流露了激情，也使我深受感动。我常常这样认为：任凭你唱得怎样珠圆玉润，如果不能体现人物的感情，总不是最好的艺术。在女弹词家中，我之所以赏爱程丽秋、薛君亚、孙淑英她们,就为了有这点"偏见"。

（香港《大公报》1965年10月14日,署名:刘郎）

库 尔 勒 蜜 梨

披霜万里见相贻,闻道西来果子奇。入口浑疑曾注蜜,引刀初惜夺轻衣。乐家荡外鸡头绽,班女坡前桃实肥。艳说琼浆流一地,天山南北任魂移。

在上海秋天的果子市场上陈列的梨子中,如窝梨、香水梨、砀山梨、莱阳梨、恩梨、上海香梨、洋梨和雅梨,都是梨中的名品。

但是怎么也想不到新疆的梨子还有比雅梨更好吃的,它叫库尔勒蜜梨。

一个朋友从乌鲁木齐回来,他告诉我他吃过这种梨。这种梨嫩得出奇,比苏州的鸡头肉还嫩;也甜得出奇,比奉化的水蜜桃还甜。又说样子很像雅梨,但质量似乎比雅梨还高。

说起库尔勒蜜梨,我是有印象的。不久前在《新疆文学》上读过一篇散文。文中写到作者过梨子林时,看见前面的枝头上一只熟透了的梨子离枝堕地,但当作者走过去时,却不见地上的梨子,只见一摊水和一个梨梗。这些描写都是说明库尔勒蜜梨的皮薄、肉嫩、汁多。据我的朋友说,文章的确没有夸张,因为他曾经试过,把刀子在梨上一戳,就可以引口吮吸其汁。他还说,在乌鲁木齐买了一筐子库尔勒蜜梨想带回上海,但半路上都变质了,眼看一个一个的烂掉,所以不能与老友共赏天山佳果,真是憾事。（自上海寄）

（香港《大公报》1965年10月25日,署名:高唐）

［编按:本篇非《唱江南》专栏。］

手 表 佳 话

佳话东瀛昨日传,求之海内岂新鲜？晒场叶底烟工义,菜市篮边馈妇贤。枕下遗矣湖上得,道旁失却柜中悬。最怜星月乡村夜,苦待田间感少年。

十月十六日新华社发过一则电讯,大意说,浙江玉城供销合作社在销售一批日本进口的化学肥料时,发现化肥中有一只女用手表,他们便想法把它送还给日本的有关单位。这件事马上在日本国内传开来,日本人民既赞扬了我国人民的高尚风格,也认为这是中日人民友好的一个佳话。

凡有失物,必归原主,这在我们的社会里已经蔚为风气。关于手表的故事,发生在上海的,真是俯拾皆是。印象比较深的有:上海一家香烟厂在曝晒一批云南烟叶的时候,发现烟叶中有一只手表,把它寄回到云南;去年,一个家庭主妇在买回去的菜篮里多了一只手表,当时送回菜场,但菜场的工作人员没有人认领,后来查出,它是一位人民公社的社员在收菜时候失掉的;一个外宾在离开上海后,旅馆的服务员发现他在床上遗下一只手表,那家旅馆便派人赶往杭州,交还失主;一个公社的少年社员,在夕阳西下时,从公路上拾到一只手表,他就守候在路边,直到半夜,才有失主寻来。

至于上海各区的公安部门,都设有失物招领处,那里的柜子里经常放着各式各样的走路人遗失的手表……一口气叫我哪里写得尽这样的佳话。

(香港《大公报》1965年11月1日,署名:刘郎)

王 野 团 赞

灯前晚报从头读,花框新闻眼底触。牛庄路上方修屋,道有工人窖藏掘。眼看黄金堆簇簇,野团师傅无贪欲。临高挺起腰和腹,呼唤群人相互督。群人团聚观翻覆,心中争为野团服。品质难抑金与玉,清流终不微沾浊。世上滔滔喧逐逐,数此高风惟我独。

十月二十三日,上海一家晚报上刊载了一个"花边新闻":在牛庄路大修房屋的时候,有个泥工王野囡,在铲除一个晒台门后的墙壁时,发现砖头掉落的地方,里面放着一堆金条,这位师傅知道自己掘到了窖藏,他毫不犹豫地把工场的人一起唤来作证,叫大家监视,然后请领导上来处理这批藏金。

领导上派人来数了一数这批藏金,一共是四十根大条子。

"花边新闻"叙述的事实,大概是这一点。其余就是赞扬这位王野囡师傅的清风高格了。现在把它转记在这里,也许有的读者会嘲笑这位王师傅是个傻瓜,是个寿头。是的,在我们的国家里,就独多这样的傻瓜和寿头。

(香港《大公报》1965年11月14日,署名:刘郎)

红叶林中有旅家

◆ 苏州近事之一

不见飞舆石径斜,绛云堆外聚细车。君如重到苏州去,百里天平好作家。

绽足黄花秋已老,枫林一间栽如艭。可怜染遍群山日,亦染红腮向晓窗。

十月初到苏州,听说天平山有一家旅店,就叫天平山旅馆,还是最近开幕的。

天平山的红叶,是江南胜景。从上海到苏州,再赶天平,看过红叶,固然可以当天来回,但毕竟来去匆匆。如今有了一家旅店,便可以尽情欣赏。

有人说,赏览红叶,宜于清晨,也宜于薄暮,天平之所以设逆旅为客,可能也有这点意思。我到苏州的时候,秋光未老,枫树还不及经霜,所以未上天平,只在城内兜了一天而已。

(香港《大公报》1965年11月15日,署名:刘郎)

拙政园灯会

◆ 苏州近事之二

闻道华灯罨古城,看灯万巷一时倾。吴侬眉妩休相问,岂似芙蓉江上行?

本来无月亦无星,叠叠楼台叠叠灯。水外浮灯灯上水,楼台又登几多层。

拙政园的灯会从九月底就开始了。那热闹的情形是少见的,且不说本地的万人空巷,从远道赶来看灯的,也使水陆交通为之应接不暇。到了黄昏,街上的人流,都涌向拙政园而去,使整座园林,好似人和灯所交织成的一样。

苏州的灯采制扎工艺,原是海内闻名的。布置在拙政园里的大灯彩,都富有时代精神,比如大寨英雄贾进才劈山开田的场景,最使游人感动。"别有洞天"的灯景,是全园的高潮所在,一池绿水,水上的朵朵莲花,正大放光明,池上楼台,也是尽缀繁灯,倒映池中,把"别有洞天"照耀得如同白昼。

十月灯会,据说还是苏州的旧俗。前人竹枝词所载:"说与檀奴应一笑,看侬人比看灯多。"可见当时的倾城士女,也以看灯为乐事。

(香港《大公报》1965 年 11 月 28 日,署名:刘郎)

[编按:"说与檀郎应一笑,看侬人比看灯多",语出明·王彦泓(次回)《疑雨集·灯词》。]

虎丘塔开放

◆ 苏州近事之三

当初此地任荒湮,群雀千年躁欲颠。弦索才人空有托,蘼芜倾国几曾怜?尚留明塑今朝看,定使浮香一塔旋。安得重来冰雪里,斜阳古寺坐茗边。

虎丘是苏州胜迹,著名的虎丘塔是千年古物。大家知道,在《三笑》这部弹词小说里,描写唐伯虎追逐艳婢秋香,就是在虎丘山门前下船,一路赶到无锡的。

山上还有许多古迹,山腰有个真娘墓,曾使旧时代的骚人墨客,到此徘徊嗟咏,"蘼芜亦解怜倾国,不向真娘墓上生",这是《随园诗话》里提到的清代一个文人《过真娘墓》的两句诗,看有多少肉麻。山上有个冷香阁,只因楼下尽种梅树,原来到苏州赏梅,除了邓尉以外,虎丘也是一个去处。

至于这座古塔,却从来没有接待过游人。解放初期,传说虎丘塔濒于颓圮,因为前朝的几个政府,从来不把它整修,以致整座的塔上,尽被鸟雀所踞,堆积的雀粪,长期无人扫除,竟把塔形压得有点倾欹。幸好人民政府加紧抢修,近年来更经常整顿,到今年十月,索性把它开放,任人参观。塔里面有许多明代雕塑,研究古文物的人,对此会发生很大兴趣。

(香港《大公报》1965 年 12 月 3 日,署名:刘郎)

[编按:《随园诗话·卷八》:戊戌秋,余小住阊门。诗人张昆南每晚必至……昆南别去,后钱景开来,又诵其《虎丘》诗云:"蘼芜亦解怜倾国,多傍贞娘墓上生。"]

岁 朝 喜 事

　　海市霜飞报岁除,忽来人阵列通途。披寒岂为工妆点,犯晓非关乐酒脯。欲赶青春伸绝业,好凭豪志读全书。平生喜事从头记,得似今朝可喜无?

一九六五年除夕,上海有九条马路上排着九条长龙,等候一家店铺元旦开门。他们不是为了过年要买穿戴的或供口腹之快的东西,而是等新华书店出售的《毛泽东选集》。

大家知道,我们今天都在学习毛主席著作,因此人人都要购置一部《毛选》。十多年来,《毛选》印过好多次了,但远远不够供应。去年年底，听说新华书店要在一九六六年元旦早晨，大量供销，于是造成了连夜排队买书的场面。

除夕的夜晚，气温很低，但求书的人，不为严寒慑服，每个人都挺立在朔风中，若无其事。倒是这种精神，感动了新华书店的夜班值勤人员，便漏夜开门，把路上的人都接待进去，提早售书。

这一来，从半夜出售直售到元旦晚上，各个书店里买书的人，始终络绎不绝。上海人都说，这是一九六六年新年的第一件盛事，也是第一桩喜事。自然，这样的盛事和喜事，不止上海一地有，全国各地都会同样出现的。

（香港《大公报》1966年1月12日，署名：刘郎）

檐 前 肉

又报春前肉价廉，醉糟酱腊复熏腌。坛坛罐罐盛余外，日暖风高挂四檐。

一家团坐醉屠苏，往事凄酸忆岁除：哪有砂锅鸡肉在，欲寻土豆半颗无？

过了一九六六年元旦才几天，上海的猪肉价钱又像去年一样，降至八折。上海市民踊跃购买，买回去加工制成各色各样的肉，有的腌腊肉，有的腌咸肉，有的糟，有的醉，有的烟熏，有的做酱肉。今天休假，我登上四檐，向窗外一望，只见每户人家的晒台上、屋檐下，都挂着一两只新腌猪腿，也有挂熏肠和猪头的。离春节还有几天，这种丰足的年景，看了怎不叫人高兴。

为了让市民欢度春节，市场把肉价降低，事为旧社会所绝无，也是现今别的一些国家所认为的怪事。听听，我们老一辈的人，这两天都在告诉他们的儿孙，穷人在旧社会里的年景，哪有什么吃的喝的，只是一把辛酸血泪。

（香港《大公报》1966年1月27日，署名：刘郎）

过 青 阳 港 作

　　波光遥接玉山烟,百里来争弄水船。赖有乡人尊寸土,不教野犬践家田。

　　青阳港上两如烟,绿尽桥边好稻田。村舍二三黉舍一,长篙撑过打鱼船。

从上海乘火车去南京,将到昆山之前,先要经过一个小站,这车站原名"恒利",后来因为它在青阳港边上,所以把名字改为青阳港车站。

这青阳港起于太仓塘,止于吴淞江,全长只十余华里,但河面宽阔,水质清澄,在三十多年前,曾经被盘踞在上海的一些外国侵略者所垂涎。他们一到假日,便带了妻女,到青阳港为渡水之戏。这些侵略者备了许多划艇,在这里恣情作乐。随后还想在青阳港岸上,强买农田,建造别墅,其目的就在扩张"租界"地区。但这一阴谋被当地农民所揭露,群起抗议,使这群贪残的家伙们,不敢猖狂进犯。

前面的情况,当我还在少年坐火车过青阳港时,曾经目睹。如今老了,每次经过青阳港,总会想起这段往事。去年九月,我坐的火车又在青阳桥上驶过,举目窗外,只见青阳两岸的水稻长得十分高密,适巧旁座有一个农父对我说,这里的晚稻,岁岁丰登,今年又是大好收成。他又说,在旧时代,昆山一带的产量,有二三百斤已算不错的了,而现在,却两倍三倍的翻过来了。

（香港《大公报》1966年2月7日,署名:刘郎）

访 天 目 路

　　闻道门庭绝点尘,随时梳洗待归轮。所持常是箕和帚,欲访何论暮与晨。众口齐称来海客,苦心一片动乡邻。问谁识得平凡业,能慰居人悦远人。

我一向以为上海最清洁的一条马路是淮海中路,到最近才知道天目路的卫生工作,已经超过了淮海中路。

天目路是上海北火车站门外的一条马路,如果说,上海站是上海的"大门",那末天目路是上海大门里面的"天井"。这里的清道工人,有一个心愿,要使到上海来的中外旅客,一下火车就看到:上海是清洁的城市。

在这里担任清洁工作的是"北站卫生一条街"的清道小组,他们的组长马秀英,早已被评为五好工人,是一个标兵。

因为马秀英领导的这个清道小组,在天目路上的工作做得那么细致入微,也激励了这条路上所有的商店,它们都时时揩拭,打扮得纤尘不染。

读者诸君,您如果到上海来,下了火车,不妨留心一下天目路。在天目路上,您不容易看到掉在地上的瓜皮果壳,更不会看到一丝痰迹,甚至在石缝缝里,也很难看到些许灰埃。

(香港《大公报》1966年2月18日,署名:刘郎)

徐雪月退隐书坛

我方少壮汝年青,侧帽争听女敬亭。桃李满城花发日,还看白发照红灯。

开道老身让少年,退藏岁月自悠然。春风吹拂弦边女,迟暮何曾散醉仙?

徐雪月这位评弹艺人,书场老听客是没有不知道她的。三十多年前她刚刚出道,说《三笑》,起祝枝山一角,有特到的工夫。这个人长的并不好看,但书艺精湛,一向为听众激赏。

解放以后,她加入上海评弹团,依旧说《三笑》。在评弹团里,有许多青年演员,都拜她为师。她花了不少心血,教好这一群徒弟。所以这些年来,她是又作演员又当教师。

"文化革命"以后,书坛上说的都是新书,这位徐老太太不甘寂寞,自己选了一部新书《红灯记》,好几次在上海和外地演出。在《红灯记》

里她起的角色当然是李奶奶了。

　　几个月前听说徐雪月退休了,原因是她的健康情况不太好,评弹团照顾她的身体,让她休息。在国家的关怀下,徐雪月是晚景堪娱的。岂止是徐雪月,再告诉读者三十年前红极一时的醉疑仙,当她在全盛时期,嫁给了一个豪商,后来她遭受遗弃,苦守吴门。到解放后,苏州文化局因为她是艺人,是被压迫者,照样同情她,使她有演出的机会,这时候,她已经是望五之年了。

　　(香港《大公报》1966年5月3日,署名:刘郎)

怀人律句（1958.5—1958.6）

雪 艳 琴

盛时光采似虹霓，待欲冲天气力微。当世无情摧"圣旦"，几人末路唤虞兮！登场尚看回波媚，来日长期妙体肥。知否故交深爱惜，还从江汉觅参蓍。

二十多年前，雪艳琴是京剧的"坤旦祭酒"。事实也是这样，京剧自有"坤旦"以来，要讲允文允武，能唱能做的全材，几乎只有雪艳琴一个人。后来，她在婚姻上受了很大的折磨，但她没有死，一直熬到了解放。

现在，她在中国京剧院工作。去年我们到北京，曾经在人民剧场看过她一出《别姬》；也曾经到她家里去访问过。五十多岁了，而隽朗依稀昔日。她说，年来嗓子不大痛快，要用一点西洋参，但北京没有卖的。后来我们到了汉口，在一家药材店里，买到西洋参，就给她寄去。

这一张照片，她拍了三十年哩。地点是上海的兆丰花园（今日的中山公园），您看看，这就是她的盛时光采。

（香港《大公报》1958年5月11日，署名：大郎）

黄 宗 英

雄文每报汝平安，遥想成钢定不难。插水新秧千叶绿，归田妙女寸心丹。已从辛苦知真乐，未到坚强岂愿还？余事挑灯勤教读，书声响遍凤凰山。

黄宗英在浙江乐清县凤凰山下作农民,香港的读者,知道的很多了。

　　平时我看到浙江省的许多报纸上登着宗英写的文章,豪迈、乐观,充满在字里行间。前两天,《浙江日报》的一位记者,往黄宗英落户的地方去访问她时,她正在田里莳秧,便给她就地拍了一张照片。在照片上的宗英,正像她自己文章里说的,"……虽然我的体力很弱,但经过了一个月的锻炼,我的脸已经变得又黑又红,胳臂上也有了肌肉,一双脚也能登山走长路了。……"

（香港《大公报》1958年5月13日,署名：大郎）

王　丹　凤

　　冬来播种满霜畔,才过清明麦秀齐。自向田间劳体力,好从世上辨东西。负暄笑语连村乐,荷笠亲扶着雨犁。料得谦和勤问道,老农髯下首最低。

　　王丹凤是去年下乡的,她落户在上海东郊的淞南乡。她的丈夫柳和清,也在同一个农业社里工作。

　　丹凤在农村里,不但劳动得好,群众关系也做得最好。这点,真使我这个老朋友放心。

（香港《大公报》1958年5月14日,署名：大郎）

上 官 云 珠

　　出市行囊乍一肩,无多被服实新绵。自从农事才三月,犹趁上官未暮年。对镜应怜丰鬓颊,逢人艳说健餐眠。初来不解衣能携,十指融融弄井泉。

　　上海第一批下乡锻炼的电影女演员,上官云珠也是一个。她下放的地点,跟王丹凤一样在淞南乡,也算是上海的近郊。

　　是我到乡下去看望她的一天,给她拍了这张照片,那时她下去才三个月,但拍照离开现在却已不止三个月了。她的一切都很好,劳动已经成了惯事。你看她忙的很呢,才从田里回来,就赶着在井上洗自己的衣服了。(自上海寄)

(香港《大公报》1958年6月15日,署名:大郎)

华　慧　麟

说笑当年前记曾?重逢犹赖一樽清。凤阳腰软缠花鼓,云雨魂销唤翠屏。未有惊才常寂寂,任教双鬓点星星。自今贪活光明下,莫顾来时委地冰。

二十年前作观剧杂诗有句云:"翠屏不障云兼雨,为有销魂唤大郎。"这是看了华慧麟的《翠屏山》作的。华慧麟的好戏,不仅《翠屏山》,还有《打花鼓》,还有一出《大名府》的贾氏,说苏白,甘爽如吃稻香村糖食,这是一个南方"坤旦"的杰出人才。

可惜她后来蜕化了,嫁了个流氓,吸了毒,就此不振起来;到解放前她蜷缩在北京的陋巷里,无人闻问。

像王美玉一样,她也是给人民政府从地狱里拔出来的。将她安置在中国京剧院里,才告生活无忧。

去年这时候,我同她在北京吃过一次饭,还是那副爽直的脾气,有谈有笑,就是老了一些,但老有什么关系,我们的政府,不会随便抛弃一个人材的。

(香港《大公报》1958年6月19日,署名:大郎)

交游集（1961.2—1962.6）

近一年来为了工作关系，和上海文艺界朋友接触的机会又多起来了。这些人大多是我的老朋友，有的也是海外读者知名的人物。我想通过这个小诗的栏目——《交游集》，来反映他们在工作上或者生活上的一些近况。随手写来，不分谁先谁后，算了一算，可以写三十多人咧。

金 素 雯

每到樽空语似泉，吴霜渐上小金巅。近知韵事联双笔，更许高歌共一弦。历历能追传句夜，匆匆各到弄孙年。风尘时念香君勇，忍饿横眉向贼边。

去年冬天，本报第一版上登过台北的电讯：金素琴为了要求保障同业最起码的生活，向反动派的一个什么机关屡次请愿云云。我当时把这个消息告诉素雯。

素雯是素琴的妹妹，姊妹俩在二十年前都是江南名旦。抗战初期，跟欧阳予倩先生在上海搞改良京剧，最轰动的一个戏是《桃花扇》（素琴的李香君，素雯的郑妥娘）。就在这时候，我同她们初次订交，记得那一夜是在蜀腴川菜馆筵上，予倩和我，都为她们即席赋诗。

后来素雯同胡梯维先生结婚了，她一直耽在上海。现在她是上海京剧院的演员，同时也担任编导。去年，李玉茹演过一出《百花公主》，就是素雯导演的。这样，她们夫妻的兴趣更加接近了，因为梯维虽是工商界人士，但当年也能扮演花旦，也擅长编导。

上海话剧舞台上，近年突起一个优秀的演员胡思庆，是她们的孩子;现在思庆的孩子都三四岁了。

（香港《大公报》1961年2月27日，署名：高唐）

周 信 芳

卅年最爱看苍头，仍此须髯仍此喉。更是十年容有继，若论并世暂无俦。广华（山名）走雪如波袖，丞相登城似炬眸。岁暮招游同笑乐，香江盛事话西楼。

一九六〇年岁末，信芳先生在上海演了四天戏。我看了《别窑》和《跑城》。而除夕的前一天，又在他家里跟他闲聊。我把上海越剧团在香港演出的盛况，一一地告诉周先生，为了越剧演员替祖国争得很大的光彩，周先生感到非常高兴。

我听说上海电影厂又要记录几个麒派折子戏了。像《打严嵩》、《别窑》、《跑城》都在考虑之列。这天，我对周先生说，能不能记录一出《南天门》呢？因为在我看过周先生的名作中，我是特别喜爱《南天门》走雪山的水袖工夫的。

去年，周先生患过目疾，现在虽未全愈，却无损于他台上的眼眸。不是吗？我明明看见城楼上的徐老丞相，目光熠熠地注射着城下南山发来的人马呢！

（香港《大公报》1961年2月28日，署名：高唐）

黎 锦 晖

十年江岸未相闻，忽犯霜风一访君。别后身安家亦定，归来头白子成群。知渠报国心如火，与我论诗语若云。犹是愚园路上住，也应笑顾旧时坟。

去年仲冬时节，我拜访了一次黎派歌曲的创始人黎锦晖先生。他现在所住愚园路的房子，原是大女儿黎明晖的故居；而在抗战前，他也住在愚园路上，那时他的夫人是电影明星徐来，一家过着浮靡的生活。

后来,徐来离开他了,他就同梁栖结婚。从此流转天涯,直至上海解放,才又回来,在电影厂搞音乐工作。

现在呢,夫人无恙,儿女成群,而锦晖已七十老翁矣。老是老了,可豪情不减,他一看见我,就大谈作诗。他说他近来时常作作诗,填填词。还告诉我一个他在很小时候作诗的故事:那是在光绪年间,有一天秋收假满,家塾开学,先生带来一包大麻饼,放在书案上,引得他馋涎欲滴。先生指着西窗下的夕阳为题,叫他作一首五言绝句。他就随口吟道:"夕阳大如饼,红光照眼珠。开口向天笑,此饼味何如?"先生哈哈大笑,就给了他一只麻饼。黎先生讲到这里,又解释道:后来听说因为学生把先生比作了"天"才得了奖赏。其实孩子不过嘴馋,哪有拍马之意?先生休矣。

(香港《大公报》1961年3月2日,署名:高唐)

赵 丹

阿丹银事最丰隆,向晚招牌特地红。革命歌声传聂耳,反侵业绩看文忠。带髭鲁迅形容似,矢志王郎气概雄(注)。闲日调脂拈彩管,浓山郁水拟宾虹。

近年来,赵丹演的《林则徐》、《聂耳》等影片,轰动国内外。

一二月前,我在文化俱乐部的酒柜旁边,后面来了一个人,挤了我一挤,我回头看时,先怔了一下,再一认是赵丹!问他怎么留起胡髭来了?他说,你再看看,我像谁吧?我这才记起他正在拍《鲁迅传》里鲁迅咧,于是说,不化装,已经有点像了。

这一天,他端了一大杯啤酒,在观赏贺天健的富春山水的巨幅壁画。我因此问他,近来也画画吗?他说,有空就画。在我们的影人中,很少擅长国画的人,而赵丹却称能手。他喜欢写山水,对近代画家,黄宾虹是他钦服的一个。

(注:上海沪光仪表厂有一位革新闯将王林鹤,是全国闻名的英雄人物。不久前看到一张叫《风流人物数今朝》的影片,就是记录王林鹤

的革新故事,饰演王林鹤的也是赵丹。)

(香港《大公报》1961年3月3日,署名:高唐)

戚 雅 仙

　　自以表情事胜游,胜游何况及清秋。归来忽觉腰支阑,著述群惊笔力遒。得信能随新妇意,望儿欲断阿娘眸。榴花争堕人争盼,弦上清喉钵上头。

　　您看过王文娟的戏了,那末也许还向往着跟她并时的许多越剧名旦,比如说戚雅仙,这个以擅演悲剧闻名的"戚派"创始人。

　　去年秋天,雅仙主持的合作剧团,离开上海去旅行演出。不过两个月,她先回来了,一打听,她是在旅途得了孕,我们上海叫"有喜"。"有喜",在雅仙是多么大的一件喜事!她从来就热爱一切儿童,看待朋友的孩子都和亲生一样,何况她自己要生孩子了。现在她正在待产期间,外面不大看得见她了。我有时在电话里替她"催生",她说,早呐,要三月里呢。

　　雅仙的丈夫是位越剧编导工作者,年少多才,平时形影不离的,当真要好得很。

　　这首诗的结句是说,今年端阳时节,上海人又可以看到雅仙的全本《白蛇传》了。这出戏她不同于别人,别人都以"断桥"为佳唱;而她则以"合钵"一场,感人最至。

(香港《大公报》1961年3月4日,署名:高唐)

陆　　洁

　　同里相逢愈倍亲,清休善泰一闲身。银花散摘年年写,史料长留字字珍。入座相看多爱女,所居作伴有金鳞。老来癖好何曾灭,履服翛然绝点尘。

　　陆洁是上海电影界的元老。第一个把"Director"这个词译成"导演"而一直沿用到今天的就是陆洁。但现在他是退休了。

陆洁一生谨慎,也是最最细心的人。几十年来没间断过自己的日记。前两年把从事影业三十多年的日记,全部送给有关部门保存,作为史料,这在中国电影事业上,该是多么重要的文献。

今年春节前,王丹凤从缅甸回来,王熙春从合肥回来,陆洁替她们接风。这两位女演员,都曾经从陆洁手里栽培过来的,到如今,他还像女儿一样的爱怜着她们。

陆洁的退休生活是看书、养鱼,把屋子收拾得一尘不染,衣履清清爽爽,不这样,我的这位乡前辈怎么会叫作陆"洁"呢?

(香港《大公报》1961年3月6日,署名:高唐)

言 慧 珠

逢人最爱报家门,二姐春来仪度温。名数爷娘兄弟妹,剧分言家添子孙。一事征教芳愈乱,莱芜欲没菊翁墩。

今年春节,上海有三张影片同时上映:《风云儿女》、《战上海》、《游园惊梦》。

事情也真凑巧,《风云儿女》的演员里有言慧珠的妈妈高逸安;《战上海》的演员里有言慧珠的弟弟言小朋;而《游园惊梦》里扮春香的正是言慧珠自己。

这件事使言二姐(慧珠)非常兴奋。她于是告诉人家,不但她母亲是电影演员,她的弟弟小朋和弟妇王晓棠也都是电影和话剧演员,现在都在八一电影制片厂演员剧团。还有,她的哥哥言少朋,嫂嫂张少楼,都是京剧演员,现在青岛京剧团工作。而她的妹妹慧兰,则在兰州当评剧演员。

至于她自己呢,上海戏剧学校校长,又演皮黄,又唱昆腔。而她们的老爷子更是无人不知的言派创始人言菊朋先生,可惜老人家已亡故多年了。

你想想,言氏门中,一共这么几个人,而占了五个剧种,怎么不叫言慧珠一谈开来,就要喜心翻倒呢!

(香港《大公报》1961年4月1日,署名:高唐)

桑　弧

《满园春色》动天涯,杰作争烦远近夸。分与名烟来异国,更持灿笔写山茶。君今有子兰添蕊,我亦生孙竹发芽。犹是少年盛会共,岁朝并坐看《长沙》。

二月前,我国电影代表团访问缅甸,名导演桑弧也是成员之一。他从缅甸回来,我们聚首的机会较多,年初六晚上,我们还一同看了周信芳先生十多年没有唱过的《战长沙》。

他告诉我,他生平看到的好花,无过于这一回游览昆明,在黑龙潭时的一树山茶了。

后来他又写了一篇游记,谈到那一树山茶是这样说的:

"那株山茶花高约三丈,比两层楼的屋顶还要高一些。据传植于明代,名称是'早桃红'。其实它的花朵的色泽比桃红要稳重沉重一些。因此在鲜艳之中,又有一种收敛之美。

"它开得实在太旺盛了,数不清有多少朵,每一朵都显得那么饱绽有力。在阳光的映照下,连看花人的发肤也染上了一层红色。我不知道该怎样来形容这一树繁花的美妙的风华,说它好像在对着你笑,冲着你歌唱,似乎都不恰当,它简直是在向你喷射着生命的火焰。"

(香港《大公报》1961年4月7日,署名:高唐)

[编按:桑弧谈山茶花的游记,刊于1961年3月16日《新民晚报》,篇名为《黑龙潭的山茶花》,署名:惠宁。]

黄　绍　芬

笑痕未敛又欢呼,莹澈心田片滓无。不减交情如岁月,太多事迹尽楷模。曾经金榜题名姓,终是黄家好丈夫。谁念台风腥恶处,漂零芳草委泥涂!

拍中国第一部五彩片的摄影师就是黄绍芬。应该说,他也是电影界的元老了。绍芬是与我同年的,但他比我后生得多,也结实得多。依然那个样子:欢喜笑,欢喜吃一点酒,说起上海话来,离不开广东口音。大概这个人的笨,就是这一点了,从小生长在上海,上海话却说得那么不纯。

近十年来,他在政治上的进步,业务上的钻研,都有着出色的成就。一九六〇年,他还出席过全国文教群英会呢。

我们以前称他为"好丈夫",到如今他也是一样。

我每次碰到他,他说是"左拥孺人,右顾稚子"。因此使我想起陈燕燕来。燕燕当初离开了他,他没有很多的怨怼,还是把她当一个好朋友看待。不久前,本报上登过一个台北的消息,说陈燕燕在那里曾被流氓阿飞欺侮。为了不使老朋友萦扰清度,我始终没有跟绍芬提过。

(香港《大公报》1961年4月11日,署名:高唐)

沈　　扬

妙绝升堂知县官,一场戏吃一汤团。疑无嗣响《论烟草》,仍见元儒服履冠。壮岁所悲双目坏,盛时得遭寸心掩。门墙桃李芬芳日,许借枝头仔细看。

一九五三年,上海纪念世界文化名人契诃夫诞生一百五十周年的晚会上,沈扬演了一个独幕剧叫《论烟草有害》。那天,我看了他这个戏,随后他就得了眼病,一直没有治好,双目失明了!年轻的演员,得了这样一个绝症,在旧时代,不死也该饿死的了,但在我们这个社会里,沈扬的意气,依然旺盛得很。党给了他很大的鼓舞,替他治病,治不好,眼睛不能重光,但他还是要求演戏。一九五八、五九两年,我都看了他在《关汉卿》里饰演的王实甫。

今年春节,他又登台了。在佐临导演的一出喜剧《借妻》里,扮一个知县官,是主角。人更胖了,声音更响亮了;动作和打扮都滑稽得很。

每当他当场吞下一个汤团的时候,引得全场大笑。

他现在又是人民艺术剧院"学馆"的教师。看《借妻》的那天,旁座有几个他的学生,听他们在赞美自己的老师,说沈扬记台词如何敏捷,排起戏来又如何认真细致。从工作上,他已在青年群里树立了威信。

(香港《大公报》1961年4月15日,署名:高唐)

韩　　非

近来每次见韩非,但见韩非体越肥。好友擎杯同白穆,老爷上轿扮乔溪。夫人自以田间乐,儿女都从身畔依。暮色甫张驱犊退,篝灯夜夜课新题。

韩非主演的《乔老爷上轿》这张影片,有些人也许看过了。因为这片子很红,当韩非走在上海马路上的时候,常常有孩子们赶在他后面,指指戳戳地叫他"乔老爷"。

二三月前,我几次都在一个吃点心的地方碰到他,他有了三个孩子。我问他宛青(韩夫人)哪里去了？他说,下乡体验生活去了。吃完点心,他总是催着孩子们,回去吧！原来每天晚上,他还去替儿女们补课呢。

(香港《大公报》1961年4月29日,署名:高唐)

蒋　月　泉

歌声雄似潮喷岸,弦子清如泉泻岩。唐某魔深方少日,尊师名重欲苍髯。玉蜻蜓爱听元宰,草料场仇杀陆谦。雪袖青袍台上见,春来台下故人添。

蒋月泉是一位二十多年来盛名不替的弹词家。到现在,你要问上海人最欢迎的弹词家是哪一位？人们会毫不考虑的告诉你,蒋月泉。

今年连我也成了书场常客。蒋月泉还在说《玉蜻蜓》,他的关子书如《厅堂夺子》、《庵堂认母》，我都听过了；新书《林冲》也听过了。"火烧草料场"，口齿是斩钉截铁，声腔是浑厚沉雄，没有什么说的，好！真妙！

常常有这样的情形，我在台下遇见月泉时，因为他是人民评弹团的干部，穿的是制服，但一到台上，他就改了装：白纺绸的衬衫，藏青毛葛的长袍，依然当年风度。据说，评弹艺人献艺时，还是习惯于穿长袍，因为长袍能够帮助台上的表情。

蒋月泉的师父是周玉泉，我在二十来岁的时候听过周先生的书，那时我是个书迷。

（香港《大公报》1961年5月3日，署名：高唐）

童芷苓

亭亭初放洁于莲，向晚花光特地妍。原自童家班里长，仍冲姐妹队中先。棺埋斧锈庄周妇（指《大劈棺》），冕窄袍深武则天。绝世风神传拾镯，高唐珍藏既多年。

三月间，看童芷苓演《武则天》于上海。我不说这个戏有多大的意义，我只是为童芷苓演这个千载以前的、伟大政治家的气宇恢宏，表示由衷的惊服！唱腔是足够优美了，比唱腔更动听的是几次大段说白，那说白，并不挂韵，但又不是京白，也不比话剧念的台词，听来只觉得醇厚有力。这是童芷苓的天才创造，成功的创造。

大约四五年前，芷苓到民主德国作访问演出。在柏林上演的时候，有人替她拍过一张《拾玉镯》的剧照，她认为生平拍的戏装照片，这是最得意的一张。但这张照片，她自己却没有存留的了。她想起曾经给我拿去过一张，因此要我还给她。我也答应了她。这张照片真是好，现在先把它跟这首诗登一登，让《大公园》的读者认一认画里真真，然后物归原主。

（香港《大公报》1961年5月9日，署名：高唐）

金　焰

　　记得当年大路歌,老金声价用金敷。岂徒醉里闲情寄,自有胸中壮志罗。今日宝刀曾不老,等身传记未嫌多。催他两次三番写,又是三年两载拖。

和金焰交朋友的时候,金焰还在"电影皇帝"时代。二三十年来,只要他人在上海,我们的交往没有断过,即如近十年来,也总是聚晤繁频。

一九五六年我怂恿老金,要他自己写一部传记。像他经历之广,接触方面之多,这个著作不但内容丰富,也有极大的史料价值。他同意了,却一直没有动笔。忙是最大原因。不要紧,现在不写,我还要催他写的。至少他退休以后,总可以用笔墨来排遣晚年吧。

（香港《大公报》1961年5月13日,署名:高唐）

傅　全　香

　　迎春度岁赋归来,乍息行装唱"忽雷"。故里咸惊新曲调,佳人都住好楼台。丰容健笑如安适,列国周游为介媒。只有腰支纤似旧,凤凰何日却将胎?

去年,傅全香同范瑞娟都到北京,隶属于北京越剧团。腊底,她们又回来了,仍归上海越剧团。春节,全香就在中国大戏院上演《小忽雷》一剧,是在北京时候排的新戏。

她的家,还在枕流公寓,这是一所华屋巍峨、上海著名的公寓。目下住着很多文艺界的名人,王文娟、孙景路……也许都是您相熟的呢!

全香自己,曾经访问过几个国家,她的丈夫刘坚,更是足迹遍东欧诸国。我要求她们像俞振飞写《欧游散记》那样,写一点国外游记,记这些国家的风土人情和风景古迹。她答应代我催刘坚动笔,因为我是不认得刘先生的。

（香港《大公报》1961年5月15日,署名:高唐）

蒋 天 流

　　磨砻圭角又何曾？咻问频劳似啭莺。才与天流违数日,忽因春病动诸朋。唐家婉约朱家放(舞台上的《钗头凤》与《关汉卿》皆为天流杰作),台上风华座上清。自有魅人才地在,任他余子说倾城。

　　"愿待磨砻圭角后,长依绛树望天流"。十年前,天流在上海上演《法西斯细菌》,有一天,完了日戏,我们就在台上一同照了一个相,上面的两句,是我当时给照片题的诗。

　　近年来,同天流依然聚晤频繁。今年初春,才几天没有见到她,突然有人告诉我,说她在医院里检查,医生说,很有可能病癌。第二天我正想赶去望望她,不料她已出院来了。她对我说,什么病也没有,只是一场虚惊而已。的确,她脸色那么红润,笑起来,连鬓发也在飞扬,什么病也没有。

(香港《大公报》1961年5月18日,署名:高唐)

孙 景 路

　　飞扬敛尽转温存,自我年来看小孙。金发红裳婆外国,白花蓝布妇农村。《医生》笑泪揩千遍,翠喜(《日出》)惊才数独门。佳讽时同餐桌上,高唐老去尚狼吞。

　　四月间,孙景路约我看她上演的一个独幕剧《假医生请真医生》。演出地点在上海铁路局的大礼堂。

　　这一天,同时有三个都是独幕的、笑料非常丰富的喜剧。小孙只演一个,虽然只一个,因为很久没看老友登台,也觉得大为过瘾。看来,以后这样的瘾,还有得过哩。听说上海电影厂的演员剧团,正在大事发展,使演员经常登台锻炼,提高演技水平。像小孙那样成熟的演员,除了提高自己,还要为青年一代的演员,作为观摩的蓝本。

十年来同小孙的交往是比较多的,有时也一道游宴。她去年下过几个月农村,在农村时制了一件土蓝布上印白花的短衫,回到城市后也常常穿着它,因为她长得后生,看上去真像一个朴实的乡村少妇。

(香港《大公报》1961年5月20日,署名:高唐)

周　柏　春

绝技常倾一巷看,《满园春色》寄浓欢。却为兄长频传语,每见鲰生代问安。姚氏周家同骨肉,儿颜父貌两团圞。树高喜住深荫下,前路于今望更宽。

在上海,姚慕双、周柏春依然是滑稽戏的两块红牌。

姚慕双也还像当年一样,除了上戏院,平时不大到外面走动,所以我碰到的只是周柏春。他带着自己的女儿和姚慕双的两个女儿,看电影、上馆子。柏春看见我,第一句攀谈,总是"阿哥望望侬!"意即姚慕双托他为我致意也。

附带我想告诉海外的读者:姚、周本来自己组织一个"蜜蜂剧团",从去年起,这个剧团的全体成员,都加入了上海市人民艺术剧院,院长是黄佐临先生。由此可知,我们的政府,对滑稽戏是怎样重视了。也因为如此,滑稽戏演员看到自己前途的广阔,他们又是激动,又是欢喜。无怪每次看见周柏春圆圆的脸,笑起来和他的女儿一样娇憨。

上海有一出轰动一时的滑稽戏叫《满园春色》,就是姚、周他们加入"人艺"后排演的。

(香港《大公报》1961年5月25日,署名:高唐)

王　雪　艳

绵绵唇舌说吴侬,投暮还如少日红。雪压霜欺终不死,春烘日丽又相逢。其家仍住地方老,要我闲来电话通。长忆采苹台上活,似泉妙语泻琤琮。

二十六年前看王雪艳演文明戏,在《珍珠塔》里饰陈翠娥身边的丫环采苹,那副撒痴撒娇的样子,真使台下人赏心悦目。那时候小妹子(熟人都这么称她)年纪轻,小女儿演小女儿像个样子,还不算奇怪;想不到过了二十多年,到前三年她已是四十岁以上的人了,重演《珍珠塔》,依旧扮上采苹,居然年轻时的那副神情,丝毫也不走样,一口伶齿利牙的苏白,说得妙趣横生,这才使我们为她叫绝!

文明戏现在正名为通俗话剧,这个剧种,近年来还在发展。王雪艳是老艺人,也是重要演员。上月里,在路上碰到她,她见了我还是那么热情,说,我们都要老了,应该来来去去,"伲还住勒明德里,你来白相相。"(苏白)

(香港《大公报》1961年5月29日,署名:高唐)

毕 春 芳

黄鹂紫燕共呢喃,结队春郊看水杉。为妇且为三载母,葆真长葆一分憨。风仪邕(琵琶记)自成贤相,容止彬(王老虎抢亲)须是美男。千里雅仙归隐亟,巡游大任一肩担。

毕春芳之与戚雅仙,犹之徐玉兰之与王文娟,范瑞娟之与傅全香,一样为越剧生旦的老搭档也。上海人谈越剧演员风貌之都,当举毕春芳为最。《王老虎抢亲》一剧,在上海轰动全城,就因为毕春芳的周文彬是美男子,而一经"乔扮",则又是一个婉丽的村姑。

春芳结婚、产子都比戚雅仙早。今雅仙已于三月中旬生了一个女儿,我常常从春芳那里传来雅仙的产期消息。去年秋天,雅仙怀孕以后,合作剧团的大梁,由春芳一人来挑,这样的重任,她胜任愉快地担当半年多了。

记得我和春芳相识,是在虹桥路一家私人的别墅里,那里种了数不清的、高大的水杉,风景幽美极了,我们都不忍离去。算一算,距今也已七八年咧。

(香港《大公报》1961年6月5日,署名:高唐)

李 如 春

麒门诸弟素相亲,独与如春聚晤频。宝贝一声来"戆肉",航程两日作山人。蹬穿台板包公活,蹙尽眉头海派伸。花旦女儿花脸婿,自为老丈更天真。

李如春是目前京剧界赫赫有名的"活包公"。他的包公戏,唱到哪里,轰到哪里。前年在北京,也受到好评。按说,李如春是标准海派,在以前他即使红,也只限于杭嘉湖一带,到别处,就吃不开了;而如今他却誉满域中。这是因为在百花齐放、百家争鸣的方针下,海派不但不再受歧视,而且要发扬光大,要与京派并时竞爽一时。

现在,如春是庐山京剧团团长,除了长住在山上外,一年总有几次要去各地上演。也总要来上海住几天。他一到上海,就打电话给我。他向来有个绰号叫"戆肉",也跟我提过个绰号叫"宝贝儿",两个人凑在一道时,常常互为谐谑。

李如春的女儿叫李君华,是剧团的当家花旦,亭亭如高花秀发,很好看。去年和一个唱花脸的青年演员结婚,今年,听说"活包公"已经抱外孙了。

(香港《大公报》1961年6月8日,署名:高唐)

王 丹 凤

声华志气两飞腾,为有东风一路乘。岁末亲邻归远客,春来入矿结良朋。渴求真理辛勤学,坐近阳光力量增。是夜歌声多激奋,"高高山上挂明灯"!

今年春节前,丹凤从缅甸归来。不久她又到安徽去跑了几个厂矿,在那里体验生活,和工人交知心朋友。最近她又在演员训练班学习,使得政治修养与艺术修养同时提高。从这些事实,可以见得党对丹凤的关怀和培养,真是无微不至了。

但是,丹凤还有更大的幸福,降临在她的身上。那是"五一"晚上,毛主席与上海人民共度佳节,丹凤也是被接见的一人。后来她又赶到文化广场去参加晚会,会上她唱了一支歌颂党的名歌:《高高山上挂红灯》。第二天,她告诉我,她唱歌的时候,声音是那么激动,一面唱,一面眼睛里噙着喜悦的泪花。她说,好像毛主席庄严、慈爱的形象,还在她的身边。

(香港《大公报》1961年6月11日,署名:高唐)

盖 叫 天

腰身挺拔拟苍松,举箸还惊饭量洪。极构许推三出好(一箭仇、恶虎村、洗浮山),登场更逞十年雄。肝肠到老能如火,意气翻腾尚似童。多少初苗争秀发,公为春雨复春风。

盖叫天,七十几岁了,健得很,有天,跟他同桌用饭,他吃六片面包,我只能吃三片。看样子,寿还长哩;戏,最少还有十年好唱。

您不会相信,这几年来,他真喜欢看戏,到处找戏看,什么戏都看。您说他爱看戏是为了消遣吗?不是的。现在我们才知道他的看戏是对青年一代戏曲演员的关怀和爱护。举一个例,那个广西歌剧《刘三姐》在上海上演的时候,盖老先生也去看了,看完戏,他就下后台,找一位小青年,请他把刚才出场的身段,重演一遍给他看;等他看过,就提出他的意见,并且指导小青年,要他的两条腿应该怎么搬动,两只眼睛应该往哪个方向瞧,这样,不但更合情理,而且使台下人也更加爱看……这样的佳话多得很,我是讲不了那么许多的。

(香港《大公报》1961年6月22日,署名:高唐)

佐 临

望隆原是为才高,曾共清游迹未消。风雨漫山来澉浦,弦歌沸市走津桥。欣看好戏连年导,每有"蹲儿"一座邀。谁信先生唇齿钝,上台报告做滔滔。

我常常想,如果十年以来,我也寄居在香港,那末会一直想念佐临的戏;又如果知道上海正在上演一个佐临导演的新戏,那就会如饥如渴地不知如何是好了!

今年我已经看过他两个戏了:《悲壮的颂歌》和《借妻》,都是看了还想看的好戏。话剧的票子非常难买,每个戏,佐临总是买好一张票子,叫我去看戏(因为不要我出票钱,所以我常常称"看白戏",在从前的北方,叫做"听蹲儿"),他还拿了票子,在剧场门口等我入场。佐临,就是这样热情地对待朋友。

一九四七年的春天,在风风雨雨中,我们同游过澉浦的南北湖,还夜探鹰窠顶,后来又在杭州玩了两天。一九五一年他在天津写剧本,我从北京赶去看他,他足足陪了我两天,听了很多个相声节目。

认识佐临的人,一定有个印象,觉得他不大讲话。但如今,他常常做几个小时的报告。这是上海人民艺术剧院的一位演员告诉我的。他说,黄院长的报告,再长些,也有人听,幽默、生动,一点也不叫人疲劳。

(香港《大公报》1961年6月24日,署名:高唐)

朱 雪 琴

丁冬弦索茁奇花,琴调江南树一家。昔与沈翁配珠塔,旋烦苏凤记琵琶。强持颜色何能久?自接声容此足夸。有幸春风三面后,如潮盛誉涌京华。

在《交游集》里,朱雪琴应该算是最交浅一个了。因为我们相识,不过是今年春节的事。一连见过三次,她就随着上海市人民评弹团到北京去演出了。在北京不但座无虚席,也好评潮涌。《人民日报》都刊载推崇的文章。

朱雪琴是女弹词家中一位出色的人才,她从俞调、沈调(她原与沈俭安合作)中变化出来,自成一家,世人称为琴调。

她的书,有《珍珠塔》、《梁祝》、《琵琶记》,后者是姚苏凤替她编的。在台上,她手挥目送,旁若无人,更是日来女弹词家所没有的气概。

(香港《大公报》1961年7月2日,署名:高唐)

俞 振 飞

少年骑马过高墙,剑上恩仇记洞房。君以才华迷海市,我如饥渴仰文章。渐看脂粉侵书卷,安用参蓍实酒肠。再为诸君传喜报:江南俞五作新郎。

《墙头马上》和《百花赠剑》这两个昆剧,都是振飞近年的得意杰构。我都看过了,一个字,好。但,我更喜爱的是几年来振飞在报纸上发表的、大大小小的许多文章。这些文章,不仅给一般读者以戏剧上的各种知识,更给年青一代的演员在进修上添了许多营养。

振飞自从丧偶以还,有五六年了,朋友们一直在关心他续弦的事,到最近才听说有点眉目了,请海外的朋友,稍待些时,再听一报。

(香港《大公报》1961年7月6日,署名:高唐)

朱 端 钧

江干识面赖梯维,三老于今鬓有丝。闻说《陆游》初入手,记曾《雷雨》耀当时。一归专业夸君健,廿载相知谅我痴。不信先生无好句,先生温润本如诗。

朱端钧先生是胡梯维先生的老友,我认得朱先生是梯维介绍的。订交后不久,他就为周信芳先生导演过一次话剧——《雷雨》,我和梯维都参加了那次演出。那是在抗战时期,朱先生供职于一家企业机关中,搞戏剧,反而是业余活动。

朱先生在话剧之余,也喜爱旧诗,但他谦虚地说,爱诗而不能作诗。我则一向对梯维说,端钧一定能诗,不过不轻易示人耳。

现在,他是上海戏剧学院的教务长。目下正在写一个关于陆游的剧本,曾经托我供给一些有关资料,久无以应,后来打听得复旦大学历史系有一个"陆游研究小组",就告诉朱先生,他很高兴,认为这个线索很好,将对他的编剧会有很多帮助。

(香港《大公报》1961年7月20日,署名:高唐)

刘　琼

　　当初丁府旧宾朋,若数年华汝最青。今日各看儿女大,长枪能戮弹丸轻。轰传《兵站》惊神作,颇念《马嵬》好老生。人自顾顾皮自嫩,红云犹向颊边明。

与刘琼交朋友,大概与老金、王人美同时。那时候的周末之夜,我们常在丁悚画师的府上,歌呼饮博,记得周璇她们,还是后来参加的。

解放后,老刘从香港归来,我们也是时常聚晤的,可是没看过他演的戏。鄙人一向认为:银幕上的刘琼,不如舞台上的刘琼;而舞台上的刘琼,小生又不及老生。故费穆先生导演过《杨贵妃》,叫老刘扮唐玄宗,"惊变"诸场,老刘那副沉郁苍凉的神气,使我一直忘记不了。

今年七月,我在上海看了一张影片叫《五十一号兵站》,这是刘琼导演的新作,它深受观众喜爱,我也觉得很好。

你如果认识刘琼,一定记得他有容易红面孔的习惯,现在还是这样。我们有时在弹子房里碰头,我就吹我的技术比他高明;其实他自比我打得好,但吹不过我,反而他的面孔红了。

(香港《大公报》1961年7月27日,署名:高唐)

韦　伟

　　春来几度接归车,乐事频添喜事加。向道小人都有母,今看妙女始成家。灵山秀水双游展,江左天南掌故花。除却歌尘银海里,夜凉沉李与浮瓜。

韦伟在上海结婚的消息,报上是登过的了,婚后生涯怎么样呢?我曾经用五个字告诉一位香港朋友:"她高兴极了。"确是这样,她们夫妻恩爱,唱随甚乐。从蜜月旅行回来以后,最使韦伟贪婪的一件事是看戏、看电影。不论哪个剧种,不论哪部影片,她都要看。有一天,蒋天流告诉我:"韦伟回来后还没见过,但有一次我在台上演《星火燎原》时,望见韦伟同她的爱人双双临座。"我也听说韦伟每次看戏,总是同爱人一道去的。

七月的上海风高夜爽。韦伟打电话给我,叫我到她家里去,乘乘凉,说说山海经,吃吃西瓜。跟韦伟闲聊,真是乐事,她不但是香港通,更熟悉上海掌故,我们一见面,她就谈个不完。

(香港《大公报》1961年7月29日,署名:高唐)

王 美 玉

伤心往事记奴家,六十老身转不差。既看《母亲》新影事,重悬"太后"旧红牌。于今只有双眉展,此后将无末路嗟。俯仰应怜新世美,人情终不薄如纱。

三十五年以前,当我十几岁的时候,王美玉已是上海的名女人了。那时候她唱苏滩,我第一次听她的《活捉》,几声"奴家",台下人为之回肠荡气。

后来我跟王家班的人做朋友了。那时王美玉是玉成电影公司的老板,自己拍拍电影,高兴起来又唱唱文明戏。这样不过几年,王家班的人散的散了,沦落的沦落了,美玉的境况尤为凄绝。直到上海解放,才把她从沟壑中捞救起来,然而已伛伛一媪矣。

近几年来,她不但演过通俗话剧(文明戏),《西太后》也上过银幕,演过《母亲》。她们的剧团,去年已加入佐临领导的"上海人民艺术剧院"了。

现在有时候遇见她,跟她谈谈,觉得这个女人的精神状态,比之当她所谓"得意之秋"时要正常得多,她一面孔的眉花眼笑,话又说得朴实可喜。问其年,则今年正好六旬大庆,她是肖虎的。

(香港《大公报》1961年8月24日,署名:高唐)

谢　添

　　杜鹃花发数逢君,每倚深杯负薄醺。绝妙造型传阿贵(Q),不须量力斗冠军。未知何以终斯局？承让该能得几分。"变脸"谢添添节目,座中笑泪坠纷纷。

　　将在影片《鲁迅传》中饰演阿Q的谢添,今年春天与蓝马(饰李大钊烈士)同来上海,我曾经跟他一同饮宴。不久他们又回到北京。

　　七月底、八月初在北京有过一个联欢晚会。会上有个节目是男子乒乓双打：一方是赵丹与谢添；另一方则是今年的世界冠军庄则栋与李富荣。据看了比赛的人说,谢添的球艺还不及赵丹,但他打得勇猛顽强。北京的体育报上有一篇特写,还描述了谢添上场时的一副架势,说他先来一套踢腿、伸胳臂、弯腰的准备动作,等一上场,则又央求对方手下留情。这场有趣的球赛,"北影"还把它摄入镜头,作为《新闻简报》传映。

　　谢添是以擅长"变脸"闻名的,用手捂脸,等放下时,就会变成"啬刻鬼"、"鸦片鬼"等各种鬼脸。这天的晚会上,他也表演了这套绝活。

　　(香港《大公报》1961年8月29日,署名：高唐)

应　云　卫

　　丰才巧想更多谋,人道应为老噱头。六月跑城烦相国,单刀赴会拍军仆。入门新娘无缘见,问世名书到处求。近日相逢瘪着嘴(注),几时门面一同修。

　　应云卫在导演工作,别有一番奇思巧想,后生人敬服这位前辈先生,称他为老噱头。云卫还像从前一样,兴趣是多方面的,不过我觉得他爱好书本的兴趣,比之往日更加浓厚了。

　　上海的电影界又在为周信芳拍一部舞台艺术纪录片,包括三个剧目：《跑城》、《单刀会》和《坐楼杀惜》,都是应云卫导演的。第一个《跑城》已于夏天摄制完成。右面的照片,就是他们在摄影棚里休息时拍下来的。你看,老徐策的一部白胡须摘了下来,显出了周信芳笑容可掬,应云卫满面春风。

听说云卫续娶的夫人,年少多姿,我却从未见过。他的前妻程梦迟女士(已故),则是一向相熟的。

(注:今年我同应云卫都在医齿。)

(香港《大公报》1961年9月1日,署名:高唐)

王　熙　春

红筵笑语涌如云,来庆梯公寿六旬。老鸟婉娈犹小鸟,青春长久属熙春。愿同唐伯窑前戏,欲读干爹槛外文。安得随君三日住,巢湖岸上赶歌尘。

王熙春在舞台上是名角,在银幕上是红星。她在香港住过,她的成就,该不用我絮絮介绍了。

我应该介绍的是我们的关系。她是本报《京剧见闻录》作者槛外人的养女,槛外人是我的老友。那时候熙春的外号叫"小鸟",而今四十多岁人了,我看见她不得尊她为老鸟矣。

熙春现在是安徽省京剧团的演员。人在合肥,家在上海,经常来去,半年以内,我已跟她两次见面了。最近一次,是在胡梯维先生的寿筵上。我对熙春说,目前无所憾,惟憾不能常听熙春唱戏耳。熙春亦说,平生无所憾,惟憾常时没有陪唐伯伯唱一出《别窑》耳。互相"标榜",大雅君子闻之,得勿谓为恶俗不堪乎?哈哈。

(香港《大公报》1961年9月14日,署名:高唐)

[编按:"槛外人"为吴性栽笔名。]

姚　慕　双

千家餐桌时喷饭,一队儿童逐浪呼。赤黑晒成双膝盖,生青剃就络腮胡。泥他笑话专栏说,许我杭州谢客涂。近看《小山东》妙绝,阿流嘴硬骨头酥。

上海人家,多少年来总在吃夜饭的同时,打开收音机听一档滑稽节目,用为佐餐。这就是姚慕双和周柏春的"说说唱唱"了。

夏天以来,我却经常同姚慕双见面。一张长长的脸,胡子刮得干干净净;分挑头发,梳得又光又亮;白衬衫,深色短裤,白长统袜,黄色镂空皮鞋。风神俊爽,一副挺括的模样。因为在太阳头里游泳,皮肤是黑的,两条膀弯更黑,因而也添上一些雄健的气概。

他们的剧团打算上演《小山东》这个传统剧目,有一天晚上我去参观彩排,姚慕双扮一个流氓,他把旧上海流氓色厉内荏的本性,刻划得入木三分,真是令人绝倒。

九月份,他们要到杭州去公演,演毕回来,他答应给我编的副刊上写一个专栏,叫作"滑稽家说笑话"。他说,其实他要说的都是生活中的真实事例,不过把它夸张成为笑话罢了。

(香港《大公报》1961年9月19日,署名:高唐)

金 采 风

终须绝唱是《盘夫》,固执何妨怨老奴。屈指六年三出国,入朝昨日又征途。定知金派能千古,愿录唐都作大徒。昔见云英双辫俏,今看卷发换双雏。

写这首诗的时候,金采风已于昨天动身,随着上海越剧院出国作访问演出了。算了一算,自从我认得她以来,她已第三次出国,头一回到苏联,第二回到越南,这一回是到朝鲜。

今年春节,她要我看看她的《碧玉簪》,她认为这个戏是胜过《盘夫》的。我看了,觉得还是《盘夫》好,《盘夫》的剧本比《碧玉簪》简练,而最根本的问题,我是不喜欢李秀英那样的女人,讲戏剧里的女人性格之美,难道还有好过严兰贞的吗?

盛夏,我们时常相见于纳凉晚会里。我带了孩子,她也带了孩子。我一个十二岁的女儿叫唐都,欢喜唱越剧,我们夫妇,和采风约定,再过几年,让孩子为金门大弟子如何?采风笑而抚唐都之发,徐曰:先要好好读书,金家孃孃终会教你做戏的。

(香港《大公报》1961年9月24日,署名:高唐)

乔　　奇

　　记曾腼腆唤先生,旋复忘年唤小名。儿辈为兼徐叔教,中锋独白阿爷惊。富商末路酸还刻,蠢货称情野得清。饶汝三违三作客,如茵芳草护党庭。

当乔奇(姓徐)还在小青年时代,我们已经做了朋友。

他同孙景路结婚后,我们两家过从甚密。今年夏天,我的几个孩子学游泳,在池子里看见乔奇,就恭敬地请叔叔指导。乔奇有个女儿才四五岁,不但会唱各种歌曲和戏曲,还会像爸爸妈妈一样表演话剧。上月间,我们一道在夜花园里乘凉,这个小女孩忽然有声有色地表演了一段"中锋独白"。这是不久前乔奇演的一出叫《中锋在黎明前死去》里的一场戏。连乔奇听了也好笑起来,他说:"你晓的谁教她的?"我说:"她爸准是他教她的!"

他们结婚时先住在余庆路的公寓里,后来搬到衡山路集雅公寓(旧林肯公寓),两年前,又搬到枕流公寓,因为住在大厦的底层,那个大草坪好像就是他家所有。现在,两家的老太太都住在一起,厅多而广,空气清新,两位老人正好颐养天年。

近年来看过乔奇很多戏,我最赏爱的是《悲壮的颂歌》里他扮那个沙皇时代遗留下来的资本家,还有《蠢货》里的军人。这两个戏,导演(都是佐临)好,演员好,乔奇更好,真是口碑载道。

(香港《大公报》1961年9月28日,署名:高唐)

高　盛　麟

　　怜才念旧未相忘,互致平安字数行。得傍梅花成绝代,狞催琼树断渠肠！人来三镇争夸耀,谁似声光可较量？水净纱明共说理,文章且看一家杨。

在今天的京剧演员中,就我个人来说,能够迷住我的,使我心心切切想着他戏的,高盛麟算是一个了。

梅兰芳先生在《舞台生活四十年》里,对后辈人才推重最多的也是高盛麟。梅先生谢宾客,盛麟写了一篇哀悼的文章,从汉口寄给我,还附来一张他同梅先生(一九五二)在汉口上演《抗金兵》的剧照。文章写梅氏生前对他的爱护与提携,真是无微不至！读了也真是感人肺腑。

这两年来,有人从汉口来,我就要跟他们打听盛麟。有的说,盛麟的戏越演越好了;有的说,这样的武生目前是没有第二份了;更有的人像奇迹似的告诉我说:"您记得吗？盛麟从前在上海的时候,一天到晚不是老不喜欢开腔的吗！可现在哪,不但在学习会上,踊跃发言,连几个钟点的报告他也做了！"

前两天,我也给他写信,还出了个题目,请他写一篇《杨派武生》。以杨小楼传人写杨派的戏,也该是没有第二份吧。

(香港《大公报》1961年9月30日,署名:高唐)

李 玉 茹

时赊寸晷得闲身,伞底猩红一朵唇。广采兼收溶自我,兰香(梅兰芳)霜迹(程砚秋)未成尘。承余诸派亲师业,醉罢梅妃舞采蘋(梅妃姓江名采蘋)。谁谓了无些子是,能攀些子亦殊珍。

今年七月,荀慧生在上海的时候,童芷苓和李玉茹经常到他那里去请教。看上面这张照片,荀先生正在说一出什么戏,两个女学生全神贯注,老先生一本正经。

李玉茹此人,自有采众家之长、萃萃一身的雄心大志。她不但演梅派的《醉酒》,荀派的《红娘》,今年九月中旬,又把自己整理过的《梅妃》,在上海上演,那是又在钻研她们校长先生的程派了。据看过《梅妃》的人说,戏中的一场"惊魂舞"精采无伦。

上海京剧院的演员，要算李玉茹的演出最是频繁了。所以她是一个忙人。可是忙管忙，在台下却又时常可以看得到她。今年夏天，我几乎每天见她撑着一顶紫蓝色的西湖绸伞，伞底下一抹朱唇，在北京路上经过，等走近时，我告诉她："老远我就知道你在来了。"

（香港《大公报》1961年10月11日，署名：高唐）

路　　明

　　二十年前记小名，荷花生日荷官生（注）。挂须阿姊成专业，辞世"朝阳"惜故朋。发被丰颐如月满，笑含双目似波清。悬知绛帐春风坐，时有弦歌助表情。

　　路明是徐琴芳的妹妹，二十多年前姊妹俩都是上海的熠熠之星。路明的姊夫是陈铿然，不但为导演，还办过电影公司，所以有些朋友都叫铿然为"朝阳"，这有两种意思，因为铿然既是潮州人而又是"朝阳麻子"（上海人对老板之别称也）。

　　解放以后，听说路明在上海，可是直到去年才看到她。她比廿年前不同的是：戴上了眼镜；还有那时她是小姑居处，而今则是戏剧家陈西禾的夫人了。

　　我问起她姊姊与姊夫的情况，方知铿然早世，而琴芳则在昆明以唱戏为专业了。原来琴芳从小就学谭派戏，在为影星时，已是上海的名票。

　　现在路明在上海电影局附设的电影学校表演系当教师，专讲表情。

（注：路明江苏常州人，因为生在六月里，故小名荷官。）

（香港《大公报》1961年10月17日，署名：高唐）

［编按：路明小名实为薇官，唐大郎始终搞错。］

上 官 云 珠

　　兰史当年迹自沦，韦家兄妹尽通文。更因朗诵传名远，为受深恩感涕纷。一束飞蓬梳"水发"，几行折裥挂青裙。王、孙联袂归来日，南海宣劳卫土军。

大家晓得韦伟并不姓韦，但我们朋友当中有一个真姓韦的，那就是上官云珠，还是上官去年才告诉我的。她还告诉我她有个死去的哥哥是我当年小报的同行，那就是韦兰史先生。兰史死得很早，他是在旧社会里潦倒而死的。如今上官还有一个姊姊，已经退休了，她是一位雅擅诗古文辞的女才子。

其实上官自己的文章也写得好。近年来因为深沐党恩，文笔更加来得感情深厚。她是一个忙人，拍戏、演戏、写文章，还要经常到少年宫给孩子们朗诵。九月底才从福建回来，她是同王丹凤、孙道临一道到国防前线去为我们的战士宣劳的。

本诗五、六两句是说她今年夏天的装束。

（香港《大公报》1961年10月19日，署名：高唐）

吕　　恩

十年时念吕家恩，昔日同窗胜弟昆。西苑分挑砖一筐，江干且进酒三樽。倡随多喜居京国，骨肉同归过剑门。激赏无休《伊索》美，女奴心事断人魂。

今年十一月，北京人民艺术剧院到上海来演出，三班人马，在三个场子同时上演，《伊索》、《蔡文姬》、《同志，你走错了路》三个剧场，声势可谓盛矣。

在北京，"人艺"的数十百位演员中，只有两人是相熟的，舒绣文外，还有吕恩。而我与吕恩最称交好。十年前，我们在北京西苑是同学，每个月里总要到校外的建筑工地上劳动一二小时，吕恩往往跟我一起担土砖，她身体结实，老是抢着挑重的一边，而把轻的一边让给我。

这一回，当我去找她的时候，她趁着休假三天的机会，随着父亲回常熟故乡去了。从常熟再到上海，我们方始相见。她告诉我，她的丈夫早已从唐山调到北京工作了。

后来我去看了她的戏。她说在《伊索》里饰演一个叫梅丽达的女奴。《伊索》真是个好戏,既简净,又活泼,何况又有那么深刻的教育意义。那位剧作人巴西大文豪固然是大手笔,但我对这个戏的导演以及六位演员(全剧只有六个演员),给了我那么多的享受,致以虔诚的敬意。

(香港《大公报》1961年12月7日,署名:高唐)

张　慧　冲

　　驾车驰马作明星,欲与"飞来伯"并称。台上遁身玩幻术,天涯浪迹等飘萍。近闻笑口犹张库,留取后生便取经。多喜白头重见日,君持茶盏我吞冰。

　　近来我又天天饮冰,在饮冰的地方,总会遇到张慧冲。这位老友,这位七十来岁的老人,依然服履整洁地坐在那里喝咖啡。一看见我,就把我叫住来跟他聊上一半天。嘿,他肚子里的掌故可多咧,要请他为本刊写"春申旧事",准没个完。

　　三十多年前,当我看范朋克的《月宫宝匣》、《三剑客》等片子的同时,也看到张慧冲这个小生出现在银幕上了。因为慧冲在戏里会骑马、驾飞车,也会技击,所以我是当他东方范朋克看的(诗中的"飞来伯"是当年范朋克的北方译音)。

　　后来,他不拍电影了,改行做了魔术师。上海在舞台上表演"水遁""土遁"等大型魔术的,张慧冲是创始人。从此,他就萍飘蓬转地在国内外流连了一二十年,度过了旧时代的凄凉岁月。

　　现在,我们的文化部门是把他作为前辈艺人来供养的。记录他一生实践中的许多经验,等整理出后,传授给后生一代。

(香港《大公报》1961年12月20日,署名:高唐)

舒　　适

　　　　海市连朝过阿舒,半年前始别西湖。微栽白发生垂老,犹着轻装絮欲无。美影同观南展港,洗尘同为北来吴。梨园多少新花发,迟暮何曾薄玉茹?

　　舒适又从浙江电影制片厂调回上海工作了。数年不见,他添了数茎白发。

　　半月前的一个星期日上午,我同阿舒、老刘(刘琼)去参观美术电影展览会,这批作品,不久将在香港展出。阴历十一月的江南,阿舒还是一副春装,他说,他不能穿得太厚,过分热了,舒适就感到不舒适了。可见他的身体,比之从前反而健旺。

　　在吴祖光兄随着中国实验京剧团到上海公演的时期内,我们同阿舒更经常在一起。阿舒看了"中实"剧团一群青年演员的戏,赞不绝口,但他又说,这一丛似锦春花,却还掩盖不了一枝傲霜老菊,那就是真才实艺的李玉茹了。

(香港《大公报》1962年1月8日,署名:高唐)

吴　祖　光

　　　　几年熔铸化新钢,闻道丁香可逾墙。橐笔忽然过海上,论心先自觅高唐。清樽不减当时暖,妙语仍推一技长。武后雄才传曲女,吴郎自有好词章。

　　去年十二月,祖光从北京来沪,住了将近一个月,方始回去。

　　我们已经有四五年不见了。记得那一次我在北京,他刚刚搬家,在庭院里他种了一株海棠、一株杨树和一树丁香,那时这些树还都是幼树,如今听说杨树成荫,丁香也高过墙头矣。

　　令人高兴的是他同十六年前我们初相识时一样:体貌丰硕,健谈善笑。祖光的健谈不仅在于口才便给,还在于他的语汇丰富,一开口就是妙语如环。他现在有三个孩子,看见每一个老友,就从身上掏出两张照片,一张是夫人新凤霞的近照,一张是孩子们合摄的。所以当他每次将掏照片时,我总要向人家预告说,祖光要向你作"生产汇报"了。

这一次,中国实验剧团的青年们到上海来公演,剧目中有一出《武则天》。这是由祖光根据郭沫若先生话剧剧本改写的。上演之日,凡是文艺界的朋友都给祖光邀去观赏。饰演武则天的是一位二十三岁的演员,姓曲名素英,演得非常成功,我看了两次,准备写一首《素英曲》的长诗,来赞美这出戏,也赞美这位天才演员。

(香港《大公报》1962年1月12日,署名:高唐)

魏　鹤　龄

　　凝厚殊难况复清,每逢入座便心倾。教人从此耽元曲,似子何曾薄汉卿(注)。闻说满门皆是戏,悬知绕膝逾常情。接谈虽尽平生快,相见终嫌晚半生。

二十多年来,在舞台上、在银幕上,魏鹤龄的演技是使我最倾心的一个。可惜的是这样一位好演员、老演员,我还是近年才认识他的。

鹤龄的家庭,圈内人称之为演员之家。适巧手头有一张照片,可以作一番说明:魏夫人是上海电影厂的演员。他家有三个女儿、两个儿子。大女儿是上海戏剧学院实验话剧团的演员;二女儿在兰州,是甘肃省话剧团的演员;三女儿则是上海实验歌剧院的演员。拍这张照片的时候在去年冬天,魏蓓从兰州回来省亲,所以照片上女儿的人数已经齐了,所缺者是在武汉的两个儿子,他们也都是话剧演员。

(注:前二年魏演的话剧《关汉卿》,观众给以崇高的评价。)

(香港《大公报》1962年2月1日,署名:高唐)

黄　宗　英

　　听歌每共阿丹临,各以襟怀惜后生。"黄线"已殊囊日细,银丝偶染一头青(宗英已有白发)。展颜犹泌如饴味(向有"甜姐儿"

之称),下笔还多似沸情。真是文章推快手,云梯百尺顷完成。

去年岁末,北京中国实验京剧团来沪公演的时候,座上常客中有赵丹与黄宗英夫妇。他们都以很大的热情,来喜爱这群青年演员的精湛艺事。

宗英的身材一向又细又长,所以她自称为"黄线女"。但近来看她,体貌都比以前丰腴,故我对她说,您这根"线"已经粗了,至少像绳子一样粗了。

今年元旦的晚上,她打电话给我,说,赵丹在除夕夜间,为周信芳先生登台六十年纪念画了一幅祝画,题为"百尺云梯",现在她要替这幅画配一篇文章,写好了要我看一看。又说,文章当夜就好动手,叫我明天派人去取。第二天一早,果然就读到了她的文章,好一篇热情满纸的散文;不由得使我惊叹,宗英真是才女!

(香港《大公报》1962年2月16日,署名:高唐)

丁　赛　君

几次清歌隔幔听,却从无意见亭亭。十年交往应输毕,一席雄谈颇喜丁。绝倒酸儒画雪印,移人风度入银屏。自随御妹天南去,遂使声华海岛腾。

与越剧小生做朋友的,只有一个毕春芳。去年秋天,才又认识了丁赛君。记得那一天是同萍倩、夏梦等几位香港来的朋友一起吃饭,其中也有丁赛君,无意相逢,遂成良晤。

这一天,我跟赛君谈得很多,发现她同春芳一样,为人风趣,也很脱熟。她问我近年来看过她哪些戏?我说,《评雪辨踪》、《三看御妹》都看过的。我还说她都演得很好,因为她在台上不像女人扮的小生。

从此,我们在其他场合见面,就有说有笑,像老友一样了。

近闻,赛君为长城公司参加演出的《三看御妹》,已在香港放映,特寄此诗,以壮声威,并为萍倩兄之导演成功贺焉。

(香港《大公报》1962年4月30日,署名:高唐)

金　山

　　遍握茗边尽笑颜，又从海上见金山。南游三月春常滞，某过中年迹尚顽。明日欲窥西子秀，双携难得一身闲。风华旷世才华绝，灵爽佳人发未斑（末二句谓夫人孙维世女士）。

　　解放前，金山与吴性栽先生合作清华影业公司（文华公司的分枝）时期，我们几乎朝夕相见。及上海解放，金山到了北京，从此一别十余年，连音信也没通一个。

　　今年四月中旬，他同夫人漫游南方，从广州来到上海。总算凑着一个机会，跟他互诉离衷。这一天，上海电影局副局长瞿白音夫妇和蒋天流都在一起。也幸亏有这个聚首的机会，若使错过的话，则金山夫妇第二天又展游屐于西子湖滨了。

　　金山不但一点不老，只有比十年前丰润得多，好像他脸上的雀斑都看不大出了。他说我还是那么天真，我说他还是那么活泼，其实彼此都已是五十多岁的老伯伯矣。

（香港《大公报》1962年5月11日，署名：高唐）

新　凤　霞

　　合家欢寄元宵来，只为心开口亦开。却看朱颜大妹健，还夸画笔一儿才。吴郎终取桥前爱，何日将登海上台？苗子归时凭寄语，小诗聊替寸笺裁。

　　新凤霞在今年元宵节后，寄给我一张合家欢的照片。她们的一个男孩子，也是小画家，专门画戏曲人物，这大概因为妈妈是评剧著名演员，孩子看戏看多了的关系。她的女孩子人称"小大亨"。黄永玉曾经讲过这样一个故事：有一天兄妹二人在书房里争论，她们的爸爸吴祖光正在旁边写作，回过头来对儿子说："你别吵，好不好！"男孩子不说话了，那女孩子挺出身来道："你呵他干什么呐，是我在吵！"

上月,黄苗子从上海回北京,我托他把这首诗带给凤霞。记得十一年前她们夫妻在初恋时期,凤霞还住在宣南的虎坊桥畔(我诗第五句故云),我曾经写过一首诗祝贺她们的成功,这是第二次赠诗。

(香港《大公报》1962年5月14日,署名:高唐)

刘 斌 昆

京昆名丑著南中,三十年来仍旧工。嗟赏何曾忘《活捉》,苍凉无限入《青风》。晤谈每拾襟边趣,请益皆因腹内充。受尽提携还有我,《别窑》往日上匆匆。

刘斌昆是南方名丑。《祥梅寺》的和尚,《大劈棺》的二百五,《活捉》的张文远,《青风亭》的老旦,都是一时无两的人才。

不久前他在上海与盖叫天演《恶虎村》后,也上演了一出《活捉》,作为内部观摩。上演之前,我遇到他,他叫我去看看戏,他说:"你从我壮年看到老年,如今六十开外了,是不是还有从前那分工力,你是看得出来的。"我听他的话,果然去看了,看完,说他一声好。因为他的演技已经由成熟而进入化境,所以使人欣赏到一种简净之美,这样的艺术,才可不朽。

十多年前,我每次登台,总希望幕后有个刘斌昆,就会大胆得多。他替我把过好几次场,我唱《别窑》,往往听他喊"转身"、"踢腿"、"亮住"等等的动作而动作,正合尺寸。

(香港《大公报》1962年6月11日,署名:高唐)

海上银灯词（1962.6—1962.7）

忙导演桑弧

春夏秋冬尽导之,桑弧真费好才思。扑飞争看祥林嫂,戴镜将窥魔术师。恨海文明偿宿愿,鉴湖英烈及寒时。却惊忙里添丰硕,不是梅清鹤瘦姿。

上海越剧院于六月初在大舞台上演《祥林嫂》。这个戏由袁雪芬、傅全香(AB祥林嫂)和范瑞娟主演的,而由桑弧导演。越剧院所以请桑弧导演,因为他是影片《祝福》的导演。

一九六二年桑弧要导演四个戏:最先完成的是立体电影《魔术师的奇遇》;接着就导演《祥林嫂》。下半年开始,将为上海人民艺术剧院导演一出方言话剧(文明戏)《恨海》,再下来就要为导演《秋瑾》作准备工作了。

认识桑弧的人,都知道他向来体貌清癯。想不到他这一阵忙下来,身体强壮了,面容也丰满了。可见忙不一定使人衰弱,只要工作得愉快,忙,也是锻炼体魄之道。

（香港《大公报》1962年6月13日,署名:高唐）

海燕之会

江南五月见金山,作伴孙娘有笑颜。信有夫妻皆绝世,能许才地耀尘寰。

上官累夜坐弦边,远适刘琼何日旋?料得密林灯火下,竹楼幽筐任流连。

金山偕孙维世来沪之日,曾到海燕制片厂参观,与上官云珠、刘琼合摄了这张照片。

上官云珠是个"书迷"。五月间蒋月泉、刘天韵、朱雪琴、徐丽仙以及杨双档在"仙乐"演奏之日,上官几乎每夜必到,可见她近来是比较清闲的。

刘琼则往云南去了。他要导演一部以少数民族为题材的歌舞片,云南之行,为的是察看外景。

(香港《大公报》1962年6月19日,署名:高唐)

[编按:杨双档指杨振雄和杨振言兄弟。]

孙郎何日作新郎?

银灯久未照孙郎,风采犹为海上光。自以青春忙战斗,还抽余绪写文章。问渠北往何时也?闻道良辰七月将。众里已寻千百度,可怜天壤有王娘!

不久前,孙道临在替一班青年演员导演一个舞台剧,剧名《战斗的青春》。

最近则听说他受"北影"之约,要去拍一部片子。

大家知道,孙道临到如今还没有结婚。这两天,上海在传他的嘉礼或在双星渡河之月。到那时候,读者若证实了他的喜讯,再看我上面这首诗,也许会有点味道。

(香港《大公报》1962年6月25日,署名:高唐)

"大力士"关宏达

相声台上搭于飞,戏里常常演滑稽。"三李"今朝为力士,江湾明日赶"球迷"。扛铃过顶视同屁,蹄膀登盘噬择肥。一说"从头到底"乐,关公名号是新题。——微齐浑押今年春夏之交,关宏达有两个戏同时开拍,两个都是喜剧。其一为《球迷》,徐昌霖导演,以江湾球场为背景,关公扮的是检票员;另一为谢晋导演的《大李、小李和老李》,这剧名很别致,为了省事,人们又称它为"三李"。

那几天若是碰着关宏达,问他:干什么啦?他说:正拍"三李"哪!再问:戏多不多?他说:从头到底。

"从头到底"者,表示主要演员也。事实上"三李"的大力士,确是要角,关公之戏,相当繁重。

别看照片上的关宏达依旧那副棒样子,细细的瞧,头发也有几根白了,毕竟是毛三十年的演员,难怪有人要称他为关公了。

电影演员里会演相声的很多,关宏达与于飞、程之,最是出名。

(香港《大公报》1962年6月30日,署名:高唐)

晴晖一路照惊鸿

轻车亲驾趁晴晖,十里云衢去若飞。时有笑痕唇角在,伊人梳洗本随宜。

长年松花一片江,近闻闹罢李双双。年来依旧桃和粉,塑就青春俊脸庞。

照片上,张瑞芳骑了自行车在郊外,碰着摄影记者,请她停一停,替她拍了一张"春郊行脚图"。"行"自行车,"脚"脚踏车也。

瑞芳真是和蔼可亲,见了人,总是以笑脸相迎。她跟严厉在一起时,也是有说有笑的,那热闹的样子,可知夫妻的恩爱了。

不久前,她演完了一部片子,那片名叫《李双双》,是个闹剧。

(香港《大公报》1962年7月16日,署名:刘郎)

金焰病中练剑

西郊少日记驰骋,多病年来一病凭。修武修文皆有用,老金似旧发青青。

　　病时赢得一身闲,曲水横云指掌间。料得客居余绪美,起来摇笔写湖山。

这一年来,老金病,不问银事。

他的胃病已到溃疡程度,曾住医院动过手术,但大部分的时间则在太湖疗养。上海的朋友关心老金,游太湖,必顺道前往探病。

老金从小对体育的兴趣,方面最多,骑马、打猎、划船、打拳乃至一切球类,无所勿好。近年则欢喜剑术,在病中也不废用功。

(香港《大公报》1962年7月21日,署名:刘郎)

海上拾句（1964.1—1964.5）

与凤英话别

　　重逢犹是绿梧肥，饯别霜华欲满衣。长念莺簧惊半夜，朝来凤辇入云飞。

一九六三年夏末，严凤英自合肥来上海。从此来来去去，去去来来。直到岁暮，有一天打电话给我说，明天又要飞返合肥，这一回她要在故乡耽得久一些，因为要排演几个现代戏，准备明年来上海参加华东地方戏曲会演。于是，我便赶去和她话别。我们谈得很久，到晚上，还通了一次电话，因为客机起飞太早，我故没去送她。

　　一家人领两家军，廿载重完手足亲。往事何堪回首说，泥她伏笔写酸辛。

凤英有一个离散了二十多年的亲妹妹，到近年来才得骨肉团聚。她来上海就为了要和妹妹朝夕相伴。这位妹妹是常熟评弹团的主要演员。她们是在苦难的日子里离失，而在欢乐的日子里重逢。传奇性的故事，曲折而又辛酸。我要求凤英把离合的经过写成文章，给本报的副刊发布，她答应了，待回到合肥后，定一定神，就写给我们。

（香港《大公报》1964年1月11日，署名：高唐）

哭沈扬

　　儒冠台上演《长亭》，临去还争台下听。自有生来心似火，既瞑双目几曾瞑！

今年一月十日,戏剧家沈扬病逝于上海,年方四十有七!

沈扬因患目疾,闭了他的两只眼睛,几年来都成了盲人。但是,他身残心不残,依然雄心勃勃地献身于戏剧事业。平时除为年青一代作教课外,自己还把他的精湛演技,经常在舞台上献给观众。记得他盲后的第一个戏是在《关汉卿》里饰演王实甫,我特地赶去看的。去年十二月起,上海举行华东话剧会演,沈扬几乎每个戏都在台下"观摩",到他逝世的前七天,他还在台下瞧戏。

   病床笑语记犹真,想望银灯现此身。谁意才人终短命,竟难再度一年春!

沈扬进了医院后,桑弧去望病,还希望在他导演的新片《第二个春天》中,由沈扬担任一个老人的角色(在舞台上沈扬演过这个角色),沈扬还欢乐地一口应承。不料数天以后,病势转剧,终以不治闻矣!

(香港《大公报》1964年1月23日,署名:高唐)

一张弦子自成家

   风头妙在"嫩齐齐",唱绝吴中秀士妻。稚柳终当成乔木,清声从不属鸟啼。

   颇难想象"老茄茄",抛却琵琶半面遮。但看婉儿三十后,一张弦子自成家。

一二十年来,赏识了几位年轻的女弹词家:南京的杨乃珍,上海的程丽秋和刘韵若,而苏州则有薛君亚(婉英)。

薛君亚把《玉蜻蜓》里的金大娘娘和三师太两个角色,刻划得最为神妙。她一向做的下手,到近一年来,苏州评弹团的领导上,把她翻为上手。有一回遇见她,对我说:做下手,有一种"嫩齐齐"的风头,翻了上手,不免有"老茄茄"的味道,也意味着演员青春的消逝。大凡这几句话,可以代表所有弹词女演员对下手翻上手的想法。

后来我就作了上面两首诗,寄给君亚,表示我对她的安慰和鼓励。我所以把"嫩齐齐"和"老茄茄"都放在诗里,因为我很欣赏这两句苏州人的口语,我觉得用"嫩齐齐的风头",来形容做下手的弹词演员,再没有其他文字,更为传神的了。

(香港《大公报》1964年1月27日,署名:高唐)

岁暮喜朱石麟先生归来

十年遥别发无斑,遍握樽前尽笑颜。恐使先生眉一皱,高唐老去尚疏顽。疏篱短槿蔽深寒,共度当初岁月艰。今日喧闹门外路,归来不识土山湾。

朱石麟先生来上海,住在他自己的家里。他的家位于徐家汇土山湾,疏篱一带,矮屋数椽。二十年前,当日寇侵沪时期,我们几个朋友如桑弧、梯维和黄绍芬等,常来这里聚头,于强颜欢笑中,度过那几年的艰辛岁月。

这土山湾地方,那时是一沟臭水,沟两边都是棚户。解放后,沟填没了,辟为通衢大道,南通漕河泾,北通徐家汇,称漕溪北路,车辆往来奔驰,路两边则花木扶疏,四时不绝。朱先生数载未归,再也认不得故园面貌了。

(香港《大公报》1964年1月30日,署名:高唐)

"徐娘旦"看乔夫人

十年江海故相存,旦扮徐娘看小孙。请客势将传一代,演员都在"老爷"门。

爽辣难寻旧日痕,换来凝重复温存。近知腊弦声催里,一队人才闹白门。

我欢喜打朋,看见乔奇叫他乔老爷,于是也叫孙景路为乔夫人。这对夫妻是名演员,如今他们家的两个女儿,大的也成了方言话剧的演员,小的还小,但据说看了爸爸妈妈在台上的表情和动作,都能搬到台下来摹仿,已经是一副演员架子。

去年十二月里,上海电影演员剧团在艺术剧场公演《年青的一代》,小孙在这个戏里,扮一个早年跟丈夫参加过革命的妇人,她四十多岁,还不算老旦,按照从前"文明戏"的说法是"徐娘旦"。如果你是小孙的老观众,对她演过的曾思懿(《北京人》)、翠喜(《日出》)的印象比较深的,那末今天《年青的一代》这个角色,完全不是那种风格。

这个戏着实轰动了上海,我看的是最后一场,这是孙景路请我看的。她说:"你再不看,就看不到了,因为她们全班人马要到南京演出,南京下来,她又要到北京拍电影去了。"

(香港《大公报》1964年2月8日,署名:高唐)

三八前夕记事

春宵片辰总能赊,来访缪家亦简家。坐向荧光屏外望,可怜双凤尽如花。

座上柳郎看爱妻,韦娘自惜采凤肥。剩来亦有高唐乐,大妹肩挑步似飞。

"三八"前一夜,上海文化广场,举行庆祝妇女节的晚会。电视台有晚会的实况转播。

我在韦伟家里看电视。只有三个人一道看,韦伟、柳和清与我。和清是王丹凤的丈夫,丹凤是晚会的报幕员,所以他要看的节目中有一个现代戏的越剧《柜台》,主演者金采风(采风旧名彩凤,故诗中有"双凤"之称)和丁赛君;韦伟是"金迷",所以她要看。还有一个现代戏的京剧《送肥记》,主演者是童芷苓和金素雯。从童家大妹献身舞台以来,我一直喜爱她的演技,所以我要看。

于是,这一夜,三个人各看各的,一直看到十点多钟。

(香港《大公报》1964年3月23日,署名:高唐)

[编按:《送肥记》,原作《送肥戏》。]

《柜台》旧侣

　　当初曾共尔翁游,二少中年亦胜流。要让徐州夫吊孝,言家一脉此长留。

　　今宵来坐"柜"台边,千里移根入管弦。不挂长髯翻老旦,眼波犹作弄人妍。

《柜台》,是去年上海举行华东话剧观摩会演时,由青岛话剧团演出的一个小戏。这个戏虽小,因为结构巧,演出的形式又俏,所以很吸引观众。

到今年二月,上海便有其他剧种,把它移植过来。例如:上海越剧院改成越剧,由金采风、丁赛君等演出;上海京剧院也改成京剧;而移植得最成功的,要数上海戏曲学校师生合演的一台了。

言少朋与张少楼是夫妻,又都是言派(少朋为菊朋之子)老生,目前又都是上海戏校的教师。他们在《柜台》里饰演的是一对老年夫妻,少朋在"训女"一场中大唱言派;而少楼则该唱老旦腔,从她的老旦腔里又听出许多谭派的老生腔来,非常悦耳。因此,这一台戏,使那班老戏迷对现代京剧加深了好感。不由不承认,京剧演现代戏,也正有可听可看的东西。

(香港《大公报》1964年3月24日,署名:高唐)

为现代京剧而作

　　农家少妇美丰标,肩着春肥步摆摇。看出花衫工底厚,满场健脚复轻腰。

　　鼓松河上荡轻舟,烈士陵前血影浮。赖有阿爷当舵稳,女儿才得住清流。

　　座上人夸续正刚,偶然喷吐有佳腔。最怜初试新型后,死脸能翻活脸庞。

这三首诗,都是看了上海演的京剧现代戏而写的。

第一首还是写童芷苓的《送肥记》。因为在电视里看得不过瘾，所以又去看了一次舞台上的演出。

二、三两首，则是为《社长的女儿》写的。《社长的女儿》本是豫剧的现代戏，自从河南商丘豫剧团来上海演出后，这个戏便轰动起来，于是上海的各个剧种都竞相移植。上海京剧院的两个团，都认真排练，次第上演。我看的一台，是由张南云、王宝山、李多芬、林敏兰、续正刚、梅贻婵等演出的。我是热爱现代戏，也热爱这些演员，他们都在舞台生活的转折点上，都有了自己的发展。比如这位年轻的续正刚，他是一个很好的杨派老生，就是脸上无戏（内行称为死脸子），但他一旦演了现代戏，脸上的戏竟多得很，这难道不是可喜的转变吗？

（香港《大公报》1964年3月31日，署名：高唐）

麒麟犹似童年勇

弦管江城万斛春，花开老树一枝新。麒麟犹似童年勇，来作鸣锣喝道人。

穷途无泪只声吞，塑出新型第一尊。昂激凄酸兼爽辣，迸将热血溅权门。

自从全国京剧界大演现代戏以来，浸至目前，上海到了高潮时期。我们这位京剧大师周信芳，也要演出《杨立贝》了。三月中旬，新华社还为此发了一个电讯。

其实信芳之排现代戏，发动是很早的。还在年前，他就把剧本研究起来了。到底因为他的眼疾尚未大愈，精神亦不及当年旺盛，进度不免推迟下来，到三月里，才紧锣密鼓，人们才知道"麒老牌"也要唱现代京剧了。

《杨立贝》这个戏，是真人实事。杨立贝是浙江昌化的一个贫农，他受着阶级压迫，忍无可忍，挺身起来，反抗恶霸地主。他告状，从地方告到南京，但在当时的反动政权下，哪里有穷人的说话的余地？杨立贝含冤受屈，一直到了解放，才得翻过身来。

信芳扮杨立贝，根据他在多方面的演技，必能出色。有一天，我们听他谈起,他在这个戏里,采取了不少老戏像《九更天》、《跑城》、《连营寨》里的动作。我们相信,这样一位有修养的老艺人,在推陈出新的艺术方法上,自然会给人一些新鲜感受的。

(香港《大公报》1964年4月3日,署名:高唐)

题　　画

　　少年气概足凌云,腕底能生力万斤。临水倚山皆入画,寻诗探句亦成文。时睁双目惊顽寇,要以个身抵大军。正业辉煌余事美,枕戈把笔尽奇勋。

在上海,有机会看了许多人民子弟兵的美术作品。

我特别爱赏的是一幅国画。把这幅国画平搁下来,可以铺摆两张八仙桌。画上面一位海军战士御风兀立,他像雄鹰一样,双目炯炯地望着前面的大海。这是一幅着色画,左上角还题了三句诗歌;字,都像汤碗口那么大小。那歌词写道:"祖国的山,祖国的海,我在这里谁敢来。"书法也雄健有力。

我问了一下,画画的人是东海舰队的列兵,叫牟敦泽。他今年才二十岁,歌词是他作的,字也是亲笔。有人还说,他不仅国画画得好,钢笔画、炭笔画都有出色的成绩。

我们的人民子弟兵,都是最可爱的人。他们打击起敌人来是舍生忘命,学习起来则是刻苦钻研,而他们的工余生活却又是丰富多彩。他们都是文艺、美术、音乐、戏曲的爱好者,不论哪一个项目,叫他们爱上了,立刻就会成家。不是吗?十多年来,在部队里不知涌现出多少的诗人、散文家、画家和音乐家哩。

(香港《大公报》1964年4月8日,署名:高唐)

看李炳淑演《两块六》

　　渡坡涉水过长桥,眼底山村景物饶。唱到丰收心上喜,恍闻空谷调门高。

　　　天边霞接岭边霞，望得前山盼到家。万态千姿驴背上，一场行路灿于花。

《两块六》是上海戏校京昆剧团演出的一出现代戏，这京戏，演员有李炳淑、朱文虎、高青等人。戏的全部精华，集中在"行路"一场。台上只有两个演员，李炳淑与朱文虎。

李炳淑扮一个下乡的初中毕业生，同朱文虎扮的老农民，载歌载舞，身段是那么繁复，动作又那么优美，使看的人目迷五色。李炳淑有着一条又甜美又嘹亮的嗓子，在这场戏里，自然地运用了各种唱腔，把戏渲染得如火如荼。

上海正在大演现代戏，它们吸引着我，使我又成了"戏迷"。我觉得看现代戏，不止有新鲜感，因为它所反映的都是现实生活，所以更有亲切感，何况每个演员都有自己的创新本领，都好像本身是一株名种的花树，忽然又发出美丽的奇葩来，令人嗟赏不尽。

（香港《大公报》1964年4月17日，署名：高唐）

麒门历历数交游

　　　麒门诸弟又相逢，依旧如春恼鹤峰（注）。安得汉皋来百岁，长沙一战会群雄。

周信芳先生当年的几位得意门生，如今也都得意的很。高百岁、陈鹤峰都是武汉京剧院的团长，李如春是庐山京剧团团长。

如春因为病脑，在上海医疗已久，他今年也五十多了。三月，陈鹤峰来上海，我们三个人聚在一起，总是谈戏，谈到过《战长沙》。麒派的《战长沙》，有个特点，剧中的三个角色：黄忠、关公、魏延，信芳都能演，而且演得都出色当行。因此他的学生们也无不能演。

好多年前，曾经看过他们师弟同台，上过两次《战长沙》，第一次是信芳的黄忠，鹤峰的关公，百岁的魏延；第二次则是鹤峰的黄忠，百岁的关公，而是信芳的魏延。自然在其他场合中，也见过信芳的黄忠，如春的魏延。这样凑合的好戏,常使人终生难忘。

我不是麒门的弟子,三十岁前后,度过一段氍毹生活。有一回,信芳对我说,要同我演一次《长沙》,他的魏延,我的黄忠;我高兴的不得了,拼命地学那段"刀架子",可不挣气,没有学好,学不好,在场上一定要砸,砸了我不要紧,砸了我们的一代宗师,我过意不去,所以到底也没有演成,至今引为毕生憾事。

(注:陈鹤峰在台下有口吃症,一恼火,口吃得更厉害,如春往往以此道之。)

(香港《大公报》1964年4月28日,署名:高唐)

悼戈湘岚

楮间江鸟罢飞鸣,戈马还休纸上腾。似我无知真可惜,嗟渠能活恐难承!秋高草长天容远,畜盛膘肥笔意清。地下悠悠应息恨,层楼在望况曾登。

今年四月,以绘马出名的国画家戈湘岚,病逝沪上。距花鸟画家江寒汀之丧,正巧一年。

三十年前,我已见湘岚作画,他的画比较工细,那些画上的马,只只都很漂亮、潇洒。这样的风格,我一向不太欢喜,但那时候已经有人誉之为戈活马了。

近年来,看到湘岚的画,往往有所转变:有些都以草原为背景,气势便来得壮阔;而他还不单画马,也画牛羊,描绘我们的农业生产,所以他的作品也就有了生活气息。

他卧病以前的最后一幅是为上海豫园画的。死后,他的家人把它送来给我看,对兹遗卷,缅怀亡友,久久怃然!

(香港《大公报》1964年4月29日,署名:刘郎)

知君真悔廿年迟

余生拼秃笔三枝,为赋丁娘百首诗。赚我近来痴一片,知君真悔廿年迟!

上海有三种地方戏,最为群众所热爱,那就是越剧、沪剧和淮剧。

沪剧的前辈(不是老辈)演员,到现在还有红得发紫的,此中以丁是娥为最。

我不久前看了丁是娥的一个新戏《芦荡火种》后,真的叹为观止。像这样的演技,应该是属于第一流的。

我向来不看沪剧,怎么也不会想到这个剧种在十几年来,创新和提高的速度,乃如此惊人。除了恨我的愚钝无知,还有什么好说的呢?

记得二十年前,丁是娥还初露头角的时候,就有人看出她是一块好材料来。有一天,一个朋友邀我去看她的戏,我硬是不去,可见我对沪剧的成见由来已久。幸亏我没有早死,到今年终于让我认识了江南的地方戏里,还有这么一件宝贝,还有这么一位人才。我发誓从现在开始,要写大量的诗来赞美丁是娥,不过,这些诗将来会留在我的集子里,不是都给读报诸君看的。

(香港《大公报》1964 年 5 月 1 日,署名:高唐)

披甲凝妆看采风

江上幽威剉寇锋,金山战鼓击通通。夫人真似天人艳,披甲凝妆看采风。

上海越剧院在五月份要上演《金山战鼓》了。这原是个老节目,但这一回的阵容变动很大:梁红玉不是由吕瑞英演,而是改了金采风;苏德将军一角,向来是陈少春扮的,现在改了丁赛君(听说在香港时,此角由男演员史济华饰演);而赵构则由陆锦花扮演。其中只有一个人不动,那就是张桂凤的韩世忠。

听说金采风要演梁夫人,我是表示欢迎的。三十年前看过京剧梅兰芳的《抗金兵》,二十多年前看过越剧袁雪芬的《梁红玉》(其时袁组"雪声剧团"在上海长期上演),总觉得戏是好的,不过这两位梁夫人的脂粉气都不免多了一些,而缺少一种肃杀的、凛凛幽威之气。所以我在这里主观想象,如果让金采风来演,一定会从她的身上,找到这种特色的。

(香港《大公报》1964年5月4日,署名:高唐)

菊 部 新 苗

教人海外漫操心,儿辈功夫日日深。昨夜樊江关热闹,我来看煞薛千金。

前代还稀上代无,群儿俱练硬功夫。几场跌扑翻腾后,亘古纵横一子都。

香港有一位唱谭派老生的朋友,读了我前一时期的《海上拾句》,有些欣赏京剧现代戏的绝诗后,恐怕京剧艺人多演了现代戏,会耽误他们的练功,因而写信来问我,表示莫大的关怀。

我自然立刻给他回信,告诉他,演现代戏并不等于放弃演老戏,所以老演员照样勤修苦练,而年青一代更是严格地要求打好基本功,练得愈加起劲。

最近看了上海戏剧京二班学生的几台戏,觉得我们的菊部新苗中,真有许多出色的人材。给我印象最深的是一出《樊江关》。扮薛金莲的叫王健英,扮樊梨花的的叫马博敏,两个都是刀马旦的高材生,扮相既美,嗓子又好,所以她们虽然还是五年级的学生,已经声华藉甚。今年春节,他们演《杨门女将》时是分别担任穆桂英的AB角,那几天风狂雪大,但观众依然排了长龙去等退票,可见上海戏迷对这两个小姑娘是如何的倾动了。

不久前,戏校举行的观摩演出中,有一位福建省京剧学校的小青年叫李幼斌,演了一出《伐子都》,上海的老一辈艺人都去看了,都说好,甚至有人说,这样好的子都,还是平生第一次看到。李幼斌据说是该校校长李盛斌的儿子,戏就是他爸爸教的。

上面这两个例子,都可以说明,我们的京剧演员,都在紧扎着深厚的功底。唱京剧嘛,不练还行吗?

(香港《大公报》1964年5月8日,署名:高唐)

红灯照尽一双蛾

红灯荡外慼双蛾,动不嫌多静亦多。谁信轻嗔低笑后,自擎只手抗风波。

京华万姓看丁娘,赵姊丰容定擅场。群谓江南皆是宝,可怜绝调出东乡。

《芦荡火种》是上海市人民沪剧团编制的一个新戏。当它在北京演出的时候,也受尽了京华人士的赞扬。赵燕侠看中了这个题材,把它改编京剧。她还亲自去请教过丁是娥,一起琢磨了阿庆嫂这个角色哩。

阿庆嫂在她开设的茶坊外面,悬挂着一盏红灯,当她在上场的时候,灯光照在她的脸上,常常构成舞台上最美的场面,这是导演设想的成功。说句内行话,也是表现了这个戏"思想性与艺术性的高度结合"啊。

(香港《大公报》1964年5月14日,署名:高唐)

送杜宣赴巴基斯坦

江干不遇遇机场,犹似翩翩年少郎。诗句每闻出手快,先生常为入云忙。我从豆苋盘中乐,君在丝绸路上航。万里行程方毕事,读书灯尚照高唐。

四月二十九日,中国和巴基斯坦通航的第一天,在机场上遇见杜宣,我们这是第一次见面。从巴基斯坦来的飞机,在路上花了三小时又一刻钟,于下午四时半降落机场。到六时,飞机又要返航,杜宣是随机赴巴,作为期一周的旅行。

杜宣是作家,也是诗人,他的旧体诗很有风采,我一向佩服,他为我编的报纸上写过许多诗文。苏东坡有"海内十年谋识面,江干一见即论心"之句,那天,我正是以这种心情来认得这位朋友的。

那天,我又计算了一下:当我回家以后,在晚餐桌上,杜宣已经在中巴的航道上了;当九十点钟我还在灯下读书之时,杜宣已经结束了一万二千里的航程,到达了巴基斯坦。

诗中的"丝绸路上"是因为在公元前一百多年,从中国的新疆通往西亚和欧洲的一条国际贸易的"丝绸之路",就经过巴基斯坦的北部。

(香港《大公报》1964年5月18日,署名:高唐)

朱家一曲最缠绵

不闻莺啭既三年,还祛疏慵理旧弦。看遍绛唇千点破,朱家一曲最缠绵。

前两年上海评弹团到香港演出,徐丽仙和朱雪琴都去了,而朱慧珍没有去,我想,在香港的评弹老听客是会怀念这个人的。因为那时朱慧珍病了,一病就是几年,在上海她也很久未曾登台。

朱慧珍是以唱俞调著称的。到现在为止,所有的评弹女演员,唱俞调还没有人能唱得过朱慧珍的。她有一副又甜又脆的喉咙,不怕拔高,拔得高,放得开,甚至有人说她越是拔高,听起来越是圆朗,这才是真价实货。

旧开篇里有一支"宫怨",是朱慧珍的杰唱。后一辈的艺人唱起这支开篇来,都以她为蓝本。其中杨乃珍是"庶几近之"的。

朱慧珍的病,从去年下半年起已有好转,到今年春天,居然全复健康,不久前已经在静园书场演出过一个短期。她是上海人民评弹团的主要演员,也是评弹界的珍品。

(香港《大公报》1964年5月25日,署名:高唐)

一部连续几十年的私人观察史

（《唐大郎文集》代跋）

唐大郎的名字，现在可能也算得上轻量级网红了，知道的人并不少，甚至有学者翘首以盼，等着更为丰富的唐大郎作品的发布，以便撰写重量级的论文和论著。这是我们作为整理者最乐意听到的消息。现在，皇皇大观12卷本的《唐大郎文集》的最后一遍清样，就静静地摆放在我们的书桌上，不出意外的话，今年上海书展上，大家就能看到这部厚厚的文集了。

唐大郎是新闻从业者，俗称报人，但他又和史量才、狄平子、徐铸成等人有所不同，他是小报文人，由于文章出色，又被誉称为"小报状元""江南第一枝笔"。几年前，我曾在一篇小文中阐述过小报的地位和影响："上海是中国新闻界的重镇，尤其在晚清民国时期，几乎撑起了新闻界的半壁江山，而这座'江山'，其实是由大报和小报共同打造而成的。大报的庙堂气象、党派博弈与小报的江湖地气、民间纷争，两者合一才组成了完整的社会面貌。要洞察社会的大局，缺大报不可；欲了解民间的心声，少小报也不成。大报的'滔滔江水'和小报的'涓涓细流'，汇合起来才是完整的、有着丰富细节的'江天一景'。可以说，少了这一泓'涓涓流淌的鲜活泉水'，我们的新闻史就是残缺不全的。一些先行一步、重视小报、认真查阅的研究者，很多已经尝到甜头，写出了不少充满新意、富有特色的学术论文。小报里面有'富矿'，这已经成为越来越多的专家学者的共识。我始终认为，如果小报得到充分重视，借阅能够更加开放，很多学科的研究面貌一定会有很大的改观。"现在，我仍然这样认为。《唐大郎文集》的价值，就在于这是一个小报文人的文集,它的文字坦率真挚,非常接地气;它的书写涉及三教九流,各行各业;它更是作者连续几十年的私人观察史,因之而视角独特,内容则极为丰富多彩;而且,如果我记得不错的话,这是小报文人第一次享受这样高规格的待遇:12卷本,400万字的容量。有心的读者,几乎可以在里面找到他想要找的一切。

为了保持文集的原生态,除了明显的错字,我们不作任何改动,例如当年的一些习惯表述,有些人名的不同写法,等等。我们希望,不同专业的学者,以及喜欢文史的普通读者,都能在这部文集中感受来自那个时代的精神氛围,从中吸取营养,找到灵感,得到收获。

这样一部大容量文集的出版,当然不是我们两个整理者仅凭努力就可以做到的,期间受到来自方方面面的帮助是可以想象的,也是我们要衷心感谢的。这里尤其要感谢唐大郎家属的大力支持,感谢黄永玉先生、方汉奇先生、陈子善先生答应为文集作序,还要感谢黄晓彦先生在这个特殊的疫情期间为之付出的辛劳。他们的真情、热心和帮助,保证了这部文集的顺利出版。请允许我们向所有关心《唐大郎文集》的前辈和朋友们鞠躬致意。

张 伟

2020年6月5日晨于上海花园